稔子花开

莫贤 / 著

广州新华出版发行集团
广州出版社

图书在版编目（CIP）数据

稔子花开 / 莫贤著. — 广州 : 广州出版社, 2019.12
ISBN 978-7-5462-3036-8

Ⅰ. ①稔… Ⅱ. ①莫… Ⅲ. ①长篇小说—中国—当代
Ⅳ. ①I247.5

中国版本图书馆CIP数据核字（2019）第268989号

书　　名　稔子花开
　　　　　RENZI HUAKAI
责任编辑　刘宗贵 卢嘉茜 刘 甲
责任校对　李少芳
装帧设计　小 南
出版发行　广州出版社
　　　　　（地址：广州市天河区天润路87号9楼、10楼　邮政编码：510635）
印刷单位　佛山市华禹彩印有限公司
　　　　　（地址：佛山市南海区罗村联和工业区西二区三路一号
　　　　　电话：0757-88582238）
开　　本　787毫米×1092毫米　1/16
印　　张　26.25
字　　数　400千
版　　次　2019年12月第1版
印　　次　2019年12月第1次
书　　号　ISBN 978-7-5462-3036-8
定　　价　48.00元

发行专线：（020）38903510　38822649

目录

contents

第1章 毕业回乡

轻风荡起，调皮地在黄泥路上拂起了迷茫。

一辆三轮摩托车呼啸着往前方冲去，崎岖的路让其如青蛙般跳跃，刘振华真担心这搭他回落山村的三轮摩托车，会穿破四周的黄尘冲进旁边的山沟里。

刘振华拍拍身上的黄泥土，提着轻便的行李往村子里赶。

在他读初三的时候，父母因病身亡，是落山村的乡亲们把他抚养大。

当年村主任宋民号召乡亲们资助他，你一斤米，我一斤菜，他一件衣服，让刘振华能过上温饱的日子。

他读高中的学费，也是乡亲们你十块我八块地凑起来，刘振华深知自己受落山村的恩惠太多了。

考上省重点大学后，刘振华除了在学校努力向上，申请各种奖学金，还勤工俭学，想着毕业后能回报落山村。

在临近毕业时，宋民给他打电话，说自己身体不好当不了村主任，希望刘振华这个落山村唯一的大学生能回来当村主任，带领乡亲们摆脱贫困。

刘振华毅然答应了，决定毕业后回落山村当村主任，让大家过上红红火火的日子。

刘振华的家是一座两居室的瓦房，为了省钱，他在开学前就离家，寒暑假才回家，平时家里都是由宋民帮忙打扫的。

“咦，屋里有人？”

刘振华吃惊地看着屋里，他们落山村是全县最穷的贫困村，这几年村里都没有听说过有失窃的事。

不是小偷不敢来，而是落山村实在没有什么东西可偷。

他家是落山村最穷的，更没有什么东西偷了。

就在刘振华奇怪时，屋里跑出一个姑娘，俏丽的脸庞，水汪汪的大眼睛，窈窕的身段，一条乌黑的长辫子，让他眼前一亮。

“振华哥，你回来了。”这漂亮的姑娘对刘振华嫣然一笑，如昙花一现。

刘振华认出这是宋民家的小闺女，叫宋丽芳，两年前她高考落榜后，便在家里帮忙干活。

“丽芳，你怎么在这里？”刘振华奇怪了。

宋丽芳笑道：“我爸说你过两天会回来，让我过来帮忙收拾一下你的房间，没想到你这么快就回来了。”

“太麻烦你们了。”刘振华感激地走进屋里收拾起房子里的东西。

刘振华要回村子里当村主任的消息在落山村传开了，很多村民不理解。

“振华是不是在省城犯了什么错误，怎么跑回农村呢？”

“是啊，听说在省城单位工作，一个月有五千块，这一年就有六万块啊。”

“看来他是出了什么问题。”

宋民听说刘振华回来，邀请他来家里吃饭。

宋民家是一栋两层高的房子，虽然外墙没有贴上瓷砖，只是抹上黑乎乎的纯水泥浆，但在落山村已算是上等人家。

小客厅的餐桌上摆着两碟菜，宋丽芳还在厨房里忙活着。

宋民指着桌上的白酒：“振华，来，我们喝两杯。”

“宋叔，我不会喝酒。”刘振华摇头。

在大学期间，他能吃上饭都不错了，哪还有钱去喝酒。

“你要当村主任了，不会喝可不行。来，先喝上一点，这是我自己酿造的，真正的乡下米酒。”宋民大笑着。

落山村有 325 户，共 1641 人，符合国家标准的贫困户有 308 户。

宋民会酿酒，他大儿子在县里打工，二儿子在镇里做点小生意，他家一早就脱贫了。

“宋叔，你的身体不是不舒服吗，怎么还喝酒？”刘振华奇怪地看着宋民。

宋民指着双腿叹着气：“这是老毛病了，走动不大方便，有时喝点酒活血。村主任的事，我已经帮你报名了，明天镇领导会过来召开选举会。”

本来村主任每个月是有工资的，虽然钱不多，一个月几百块，但镇里有不成文的规定，哪个贫困村没有完成去年一半的扶贫任务，今年的工资就扣着不发。

什么时候完成，什么时候发工资，这让一些想当村主任的村民畏而止步，也让刘振华有机会当选落山村的村主任。

在宋民的劝说下，刘振华拿起小酒杯一饮而尽，一股热火从小腹涌上心头，让他的脑袋有点晕晕的感觉。

“你快吃点菜压酒。”宋民看到刘振华白皙的脸上泛出红晕，急忙为他夹菜。

“谢谢宋叔。”刘振华感激道。

宋丽芳端着一碟青菜炒猪肉从厨房里走出来，看到刘振华的窘态，不由嗔道：“爸，你又灌别人酒了。”

“哟，丽芳挺关心振华嘛。”宋民调侃着宋丽芳。

自从宋丽芳高中毕业，就有不少媒婆来她家说亲，其中有一些镇干部和年轻老板，可宋丽芳都看不上对方。

“爸，你喝醉了。”宋丽芳的小脸蛋上立即泛起红晕，也如刘振华一般喝醉了。

宋民饶有兴趣地看着女儿，知女莫若父，他好像看到了什么。

“振华，你有女朋友了吗？”宋民又为刘振华倒了一杯酒。

“我……我没有。”刘振华神色黯然。

前女友杨思诗是他的大学同学，是大学教授的女儿，现在她应该在某国企里上班吧？

“太好了。”宋民兴奋地拍着大腿。

“太好？”刘振华疑惑地看着宋民。

宋民自知失态，忙讪讪回答着：“你还年轻，没必要在儿女情长上花功夫，过几年再谈婚论嫁也不迟。”

“爸，昨天你还说我要快点找人家，振华哥可是比我大两岁呢。”宋丽芳不依了。

“我……我说的是男人，你们女人可以早点嫁。”为了掩饰自己的窘态，宋民把杯里的酒一口气喝完。

“振华，不好了！”就在刘振华他们吃着饭时，外面响起一道焦急的声音。

一个皮肤黝黑，个子不高，但长得非常胖的青年气喘吁吁地跑进宋民家。

青年叫牛志锋，也是落山村人，是刘振华的小学同学，平时与刘振华的关系不错。

牛志锋的父亲是杀猪的，外号“牛杀猪”，经常带着牛志锋在村里卖猪肉，日子过得还可以。

“发生什么事了？”宋丽芳似乎比刘振华还要紧张，先开口询问。

牛志锋看到漂亮的宋丽芳向自己问话，感觉骨头都轻了几百斤，两腿一软，脑袋居然撞在旁边的柱子上。

“牛志锋，你这么胖，不要把我家的房子撞倒了。”宋民把手里的杯子放在桌子上，打趣道。

“呵呵，宋叔，我这叫健壮，不是胖。”牛志锋一边用力揉着疼痛的脑袋，一边还是在看着宋丽芳。

“丽芳，你明天有空吗？我家买了 125 毫升排量的新摩托车，我载你去圩镇里玩玩。”

宋丽芳警惕地往后面退了几步：“我没有空。你说振华哥什么事情不好了？”

牛志锋这才想起自己过来的目的：“振华，有一个长得很好看的姑娘开着一辆越野车过来找你。看她气势汹汹的样子，似乎要找你报仇，你是不是在外面做了什么坏事？”

“长得好看的姑娘？”宋丽芳的脸色似乎变了。

刘振华惊奇地站起来：“会是谁呢？”

“振华，我们出去看看。”宋民拿过旁边的拐杖，与刘振华等人到了村口。

此时的落山村村口已经有不少村民围观，有人奇怪地看着那辆红色的越野车，有人疑惑地看着眼前那个与电影明星一般好看的女人。

刘振华看到那个女人，感觉如被千斤铁锤狠敲在心头一般。

她怎么会来了！

女人看到刘振华，气愤地走过来叫道："刘振华，这就是你要回来当村主任的落山村吗？这么穷的地方，你也要回来？你是不是发烧了？"

"思诗，你怎么来了？"刘振华看着眼前曾经深爱的女人，眼里全是忧伤。

那一晚，他与她分手，他就知道他们以后是不可能的了。

"我再问你一句，你愿意跟我回省城吗？"杨思诗目不转睛地看着刘振华。

围观的村民们似乎明白过来了，美女不是来找刘振华报仇，而是叫他回省城。

"美女啊。"牛志锋抹着嘴边的口水。

"你要知道，如果你明天去省城那边的单位解释一下，人家还可能会要你。但你再不回去，你以后都没有机会了。"杨思诗越说越生气。

说好的山盟海誓，说好的携手到老，但因为刘振华要回落山村当什么村主任，一切都变样了。

刘振华回过头看了看落魄贫困的村子，摇头道："我以前已经跟你说过了，我要回来当村主任，我要想办法让落山村富裕起来。你不要劝我了，我意已决。"

"哈哈哈，刘振华，你太看得起自己了。"杨思诗突然大笑道，"我把一些东西还给你。"

说完，杨思诗跑回车里，拿出一袋东西往刘振华身上扔过去。

东西砸在刘振华的身上，红着眼睛的杨思诗开着越野车离开，只留下一片飞扬的黄尘。

牛志锋以为是什么好东西，跑过来捡起来发现是一些刘振华写的书信，便还给他。

"大家都回去吧，没什么好看的。"宋民挥着拐杖对村民们道。

村民纷纷离开，宋民看着脸上露出不舍的刘振华，忍不住提醒道："振华，如果你想回省城的话，就给那个女的打电话，赶快走吧。我们村子太穷了，不能耽误你一辈子的幸福。"

刘振华毅然摇头道："不，宋叔，在我读大学的时候，我就下定决心，毕业后回落山村，想办法让我们村富裕起来。"

当年他父母双亡，如果没有落山村村民们的接济，他一早饿死了，更不要说能继续读书，还能读到大学毕业。

受人滴水之恩，当涌泉相报。他现在要回报落山村，帮助落山村摆脱贫困。

"唉，可是谈何容易啊。"宋民叹着气。

第2章 欠债还钱

宋民把落山村现在的情况告诉刘振华："我现在也跟你交个底，我们落山村与其他村庄不一样，想要脱贫非常困难，县里的干部想尽方法，都不能奏效。"

"就算你当了这个村主任，也不一定能让落山村脱贫，你还是再考虑考虑吧，如那个女的所说，你现在后悔还来得及，我不想害了你一辈子。"

宋民虽然这样说，可还是把希望寄托在刘振华的身上。

刘振华是名牌大学毕业，眼光应该与县扶贫干部不同。宋民想着，不过落山村四分之三以上是山地，不适合开发耕地，种果树和茶树也没有什么收成，这让大家很头疼。

除非刘振华有神仙点石为金的能耐，要不然也不能让村民们富裕起来。

刘振华坚定地说道："宋叔，我会想办法的，车到山前必有路。再说了，我在学校的时候已经研究过一些国家政策，国家也不会让我们落山村一直穷下去的，你要对我们国家有信心。"

刚才吃饭的时候，宋民也跟刘振华说了落山村的底细。

现在的落山村比以前更穷了，因为现在的物价越来越高。村民们以前花一百块还能买上十斤猪肉，现在只能买几斤。

因为穷，落山村的人几天才买一点肉吃，这样的日子真的难过。

“我是一个老党员，我怎么会对国家没有信心呢？”宋民大声地叫着。

刘振华拿着刚才杨思诗扔过来的袋子回家了，宋丽芳好像有点感激地对牛志锋笑了笑，然后扶着宋民回去。

“天啊，丽芳对我笑了，她果然喜欢我啊。”牛志锋兴奋地迈着八字步回家。

下午，刘振华在村里了解一些情况。

在读大学时，他就经常读一些与农村有关的书籍，想毕业后服务乡村。

不过村子里也有不少闲言闲语了：“振华真是傻啊，留在省城单位，以后当了大官，随便给我们每家分个几十万，那不就行了吗？”

“你想让振华犯罪啊，这可不行。”

“唉，我们本来想着村子里好不容易有个大学生出去，会有个照应，看来现在是竹篮打水一场空了。”

“那我们借给振华读书的钱，他岂不是不能还了？”

“那当然了，当个村主任有什么出息？看来猴年马月才能还我们的钱了。”

在村头，刘振华被牛志锋的父亲牛杀猪拦住了。“振华，你现在也毕业了，以前读大学时借我家一千块的学费，什么时候还啊？”

牛杀猪长得并不胖，瘦瘦高高，像根竹竿似的。

“牛叔，我会尽快还你钱。”刘振华不好意思道，“明天我就要选村主任了，如果顺利当选，下个月应该有工资领。”

“村主任的工资？”牛杀猪冷嘲着。

以前刘振华还在大学读书，可能会在省城单位工作，牛杀猪对他还有点敬意。

现在刘振华回来落山村当一个没用的村主任，牛杀猪的眼里除了看不起还是看不起。

“老宋没有跟你说吗？因为扶贫工作做不好，他去年的工资还没有领呢。如果他不是靠着媳妇娘家的什么家传酿酒卖点钱，他们家还是贫困户呢。”

刘振华讪讪道：“宋叔没有跟我说，牛叔，我会尽快还你钱。”

欠债还钱，这是天经地义的事情。

且当时刘振华在那么困难的时候，乡亲们还借钱给他读书，这一借就是几年，这份情义实属难得。

刘振华干脆去找当时借钱给他的乡亲们，跟他们交代一下，他现在毕业了，会尽快还他们的钱。

谁什么时候借给他多少钱，他都记在脑海里，也在自己随身带着的本子上记着。

总共有 132 户乡亲借钱给他，一共借了三万五千六百块。借最多的就是村主任宋民，五千块，最少的那户是一百块。

来到村主任宋民的家，宋丽芳正在厅里倒着酒糟。

宋民的腿脚不利落，宋家酿酒的活大多由宋丽芳及宋民的妻子李水莲干了。

“振华哥，你来了。”宋丽芳看到刘振华过来，脸上露出高兴的神情。

“嗯，宋叔在吗？”刘振华觉得宋丽芳长得非常好看，并不比杨思诗逊色。

如果杨思诗像一朵鲜艳娇媚的玫瑰，那宋丽芳就像幽雅纯洁的百合：两人各有千秋。

“他在屋里呢，你去找他吧。”李水莲似乎对刘振华不大热情，“丽芳，你赶快帮我倒酒糟。”

“噢，来了。”宋丽芳听到李水莲叫唤她，只得过去帮忙了。

刘振华进到屋里，宋民听到外面的声音，已经坐起来了。“振华，你找我有事？”

“宋叔，我欠你们家的五千块，迟点会还给你们。”刘振华不好意思地低着头。

“振华，你不要跟我客气，我们家的钱不急着还。不过其他乡亲的，你还是想想办法。这两年大家的日子不好过，他们也不容易啊。”宋民想着自己这个当村主任的无能，心里非常难受。

这时，李水莲走进屋里。“振华，我们家也不容易，如果你有钱的话，也尽快还我们吧。”

“是，是，我会尽快。”刘振华狼狈地离去。

宋民不满地看着李水莲：“你是怎么回事，对振华有意见？”

“这不是有意见，我们借给他那五千块已经四年了，如果放在银行里都不知道有多少利息呢，你说是吧？”李水莲道，“还有你的腿，过两天要去县医院治疗，也要用钱啊。”

“妈，你以前好像不是这样对待振华哥的啊。”宋丽芳也进到屋里来了。

李水莲冷笑着说：“现在与以前不一样了，以前刘振华可能会在省城的单位工作，有出息，可现在回村里当个没用的村主任，哪有什么出息。”

“你的意思是说我也没有用了？”宋民生气地瞪着李水莲。

“你有多大用不是摆在这里吗？”李水莲也是一个泼辣的女子，立即双手叉腰回瞪着宋民，“如果不是我从娘家那里拿来家传的酿酒方法，你们宋家一早就喝西北风了，我们也一样是贫困户。”

“你也不看看，现在哪有姑娘愿意嫁到落山村来了？哼，刘振华想追我们家的丽芳，没门。”

宋丽芳红着脸小声问道：“妈，以前你还让我多与振华哥联系，看能不能成一对呢。”

当时李水莲还经常怂恿宋丽芳与刘振华处对象，说让她大胆主动一点呢。

李水莲白了女儿一眼：“我刚才不是说过了吗，那是以前，他如果在省城工作，是城里人，我愿意把你嫁给他。可他现在回来当农民，我才不让你跟着他。”

“妈——”宋丽芳嘟起可爱的小嘴巴。

宋民对宋丽芳道：“丽芳，你不要听你妈的，你喜欢谁就跟谁在一起，爸支持你。”

刘振华拜访完那些借钱给他的乡亲，已经是傍晚。

现在刘振华心里非常沉重，正如宋民所说，乡亲们家里的情况也不好。

特别是五保户吴大爷，每个月从民政部门那里领到两百块钱，只能勉强维持着生活。

吴大爷刚才在吃饭，破旧的桌上只摆着一小碟萝卜干和一碗白粥，并没有其他肉菜。

去年刘振华还在吴大爷那里借了五百块交学费，也不知道吴大爷是怎么省下的那五百块钱。

“我一定要想办法。”刘振华紧握着拳头。

经过刚才的走访，他更加坚定了留在落山村的决心。

“思诗，等我让落山村脱贫，让乡亲们富裕起来。如果那时你还没有男朋友，我会去找你的。”刘振华抬头看着天空上的月亮暗自道。

“振华，你吃晚饭了吗？”牛志锋又风风火火地跑过来。

“我正要煮饭。”刘振华看着自己的米缸里不知道什么时候多了几斤米，不由心生感激。

只有宋家才有他家的钥匙，估计是宋民让宋丽芳送过来的。

不过只有米没有菜，他一会儿还要去小卖部买两包榨菜凑合着吃。

刘振华想到村主任的工资不能准时发，头也疼了。

不过他有手有脚，在屋后那块空地上种点菜，再养几只鸡，还是能过日子。

现在要紧的不是怎么吃饭，而是怎么让乡亲们摆脱贫困。

现在市里定的贫困户标准是每人年收入低于四千块钱，如果一家有五口人，就要一年收入低于两万块。

如果是其他村子，有很多水田的话，还容易解决。

可落山村每户平均不到一亩的水田，剩下的全是山坡，想要让大家都富裕起来，真的不容易。

不过听宋民说，明天除了镇领导之外，对口落山村扶贫的邱干部也要过来，刘振华想与他聊聊。

“振华，你觉得我帅吗？”牛志锋突然冒出了这句话。

“噗。”刘振华差点摔倒在地上。

牛志锋长得又矮又胖，皮肤又黑，怎么看都不能与帅搭上边啊。

不过刘振华是有修养之人，也不当面打击牛志锋。

“噢。”刘振华含糊地应了一声。

牛志锋以为刘振华说他帅，高兴得大笑起来：“哈哈哈，我就说嘛，像我这么帅的人，丽芳一定会喜欢我。”

“丽芳喜欢你？”刘振华吃惊地看着牛志锋。

“是啊，村里的人都这么说。你想想啊，我家的经济情况在村里数一数二，我又长得帅，她不喜欢我喜欢谁呢？现在村里就只有十来户不是贫困户，除了我这样有钱的帅哥，她没得选啊。”牛志锋兴奋地把自己的胸膛拍得啪啪响。

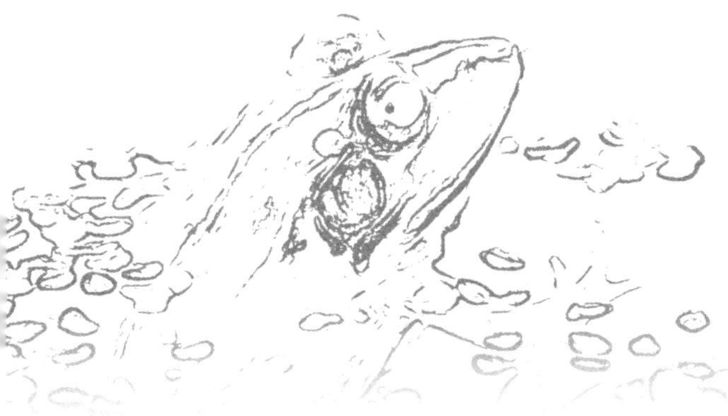

第3章 牛蛙项目

这时，牛志锋把手里的一小包东西递给刘振华：“我不会让你白干的，我读的书少，读到初一就不读了，不会写情书，你帮我写。到时我与丽芳结婚时，我请你当伴郎。”

“这是什么？”刘振华看着牛志锋手中黑黑的袋子。

牛志锋小声道：“这是一斤五花肉，从我家里偷来的，我够朋友吧，不会让你白写。”

刘振华正愁没菜吃，急忙拿过黑袋子。“志锋，我可以帮你写情书，不过不包成功。”

“没问题，你帮我写就行。”牛志锋笑道，“丽芳都喜欢我了，写情书只是走一个过场，只要我一送情书，肯定功到马成。”

“是马到成功。”刘振华纠正着。

牛志锋傻笑着：“呵呵，都一样嘛，反正是成功就行。”

刘振华从房间里拿出一封今天杨思诗退回来的情书给了牛志锋。“你拿去抄吧。”

“你这个行不行？”牛志锋怀疑了。

“怎么不行？这可是当年我的辉煌之作，就这样把对方追到了。”刘振华想到以前与杨思诗在一起的美好时光。

“也是，今天那个女孩子还追到落山村了。振华，你真傻，那个女孩既漂亮又有钱，你怎么就不要了呢？如果是我，我肯定不卖猪肉跟着她跑了。”牛志锋把这封情书紧紧地搂在怀里，如获至宝。

第二天一早，村广播响了起来：“各位村民们，镇里的马委员和县里的邱干部都来我们村了，大家赶快到村广场集中开会。”

刘振华刚把家门关上，要去村广场时，牛志锋跑了过来。

“振华，成了，成了。”牛志锋高兴得想跳起来，可由于他太胖了，身体只是轻轻晃了晃，并没有成功地跳起来。

“你追到丽芳了？”刘振华的眼神一暗，心里有一点说不出的难受。

“不是，我成功地把情书给了丽芳。天啊，我太幸运，我感觉我要成功了。”牛志锋又在继续晃着胖胖的身体。

刘振华道：“宋叔刚才在广播说要召开全村会议，我们赶快过去吧。”

“切，像这种会议，我们都懒得开。在我们的眼里，村主任不算什么。不过你今天要选村主任，我还是给你面子。我刚才在路上跟一些兄弟说了，一会儿他们会拼命地帮你鼓掌，为你助威。”牛志锋笑道。

刘振华正想去广场时，牛志锋又拉住他。“振华，我有点紧张，不知道丽芳看了我写的情书，会有什么想法没有？”

“这个我不知道。”

“那你说，我要怎么知道她是同意当我的女朋友还是不同意呢？”牛志锋继续拉着刘振华问道，似乎他不问清楚是不会放刘振华离开的。

刘振华道：“以我过来人的经验，如果丽芳看了你的情书还对你笑脸相迎，那你就有戏了。如果对你凶着脸，兄弟，你可能是失败了。”

“这样啊。”牛志锋有点紧张了，以前宋丽芳都是对他凶着脸的。

刘振华他们到了广场，宋民正要给刘振华打电话催促他快点过来。

宋民见刘振华来了，马上把他叫到台上来。

现在落山村就只有宋民一个村主任，没有其他村干部。

因为其他村民不愿意当这种没有工资的村干部，所以平时村里有什么事情，宋民都叫宋丽芳帮忙。

这不，宋丽芳正拿着一条红绸布在铺主席台上的长桌，后面放着四张靠椅，也有点像模像样了。

村里的广播站、村办公室和广场等，都是县扶贫组在前年扶贫时，为落山村捐建的，听说花了十几二十万元。

对于广场，村民们还是非常喜欢的。

广场是水泥铺建，平时大家可以在上面晒稻谷、花生等，非常方便。

宋丽芳看到刘振华过来，小脸羞红，不过她还是娇嗔地对刘振华一笑:“振华哥，你来了。”

“嗯，丽芳，你辛苦了。”刘振华礼貌地回答着。

“是啊，振华，丽芳今天起得非常早，一直在这里忙活呢。”宋民似乎在暗示着什么。

“爸。”宋丽芳的小脚在地上微微一跺，小脸更红了。

旁边两个男人也跟着笑了起来：“老宋，你真是狡猾啊，让自己的未来女婿接你的班。”

宋民没有接上这话，只是转过头向刘振华介绍着：“振华，这位是镇组织委员马委员。”

刘振华看着这位有点秃顶的中年男人，急忙恭声道：“马委员好。”

“你好。”马委员好奇地打量着刘振华。

一个名牌大学的学生放弃在省城优越的工作回家乡当村主任，图的是什么？难道图的是宋民家的闺女？英雄难过美人关？

“振华，这位是县扶贫小组的邱干部。”宋民继续介绍着旁边那位身穿灰色中山装，年约五十岁的国字脸男人。

“邱干部好。”刘振华继续恭声道。

邱干部也在打量着刘振华，一个才大学毕业不久的青年回来贫困村当村主任，他觉得简直是胡闹。

看来开完会后，他要与宋民好好商量，不能就扔下这个村子不管。

他也是今年参加扶贫工作，明年他也该退休了。

宋民见村民们来得差不多了，拿着话筒让大家坐下，说准备开会了。

宋丽芳见这里没自己的事情，也走进下面的人群里。

牛志锋见宋丽芳下来了，急忙凑过去：“丽芳。”

这时的牛志锋非常紧张地看着宋丽芳，他要用刘振华所教的方法来验证宋丽芳到底喜不喜欢他。

如果宋丽芳对他满脸微笑，他肯定是成功了。如果宋丽芳对他恶脸相向，这代表宋丽芳有点害羞，暂时还不答应他的追求。

他要多去刘振华那里抄情书，可他想着每次去都要送点五花肉的话，也非常肉疼。

“咦，是志锋啊，谢谢你了。”宋丽芳对牛志锋莞尔一笑。

谢谢我？牛志锋的脑袋有点反应不过来了，自己给宋丽芳写情书，她怎么要谢谢他？

难道是说感谢他写情书给她吗？嘿嘿嘿，只要她喜欢，他可以天天给她写，不就是一斤五花肉嘛，他还出得起。

不过，其实他可以每次去刘振华家只带半斤五花肉的，反正他以前卖猪肉时又不是没有做过缺斤少两的事情。

“嗯，快要开会了，我们不要说话。”宋丽芳红着脸看着主席台，也不知道她是看宋民，还是在看刘振华。

此时的牛志锋简直可以用心花怒放来形容，如果现在他家的老母猪在前面，他都会勇敢地冲上去紧紧抱着它。

成功了，刚才宋丽芳对他妩媚地笑着，正如刘振华所说，宋丽芳对他笑得越灿烂，越说明她喜欢他啊。

他长得这么帅，宋丽芳怎么会不喜欢他呢？

想到这里，牛志锋抹了抹脑袋上全是发胶的头发，喜形于色。

今天一大早，他就起来“梳妆打扮”，就是想让宋丽芳看到他非常帅气的形象呢。

宋民不愧是老村主任，一套官腔的开场白说得头头是道，直接就讲了几分钟。

就在村民们昏昏欲睡时，宋民介绍了两位领导干部，再把刘振华夸了一番。

最后，马委员用等额选举的方法，请村民们举手选举刘振华当村主任。

牛志锋兴奋地对旁边的青年们道：“你们都举手选振华啊，他是我的好兄弟。”

刘振华只是让他抄了一封情书，就让他俘获了宋丽芳的芳心，他怎么也得帮对方的忙。

村民们对选谁当村主任是不热心的，上一届村主任宋民去年的工资都还没有拿到，谁会那么傻当这个村主任呢。

没有什么悬念，刘振华当选了落山村的村主任。

马委员见选村主任的事情办完，急着要回镇里处理公事。

马委员走后，邱干部拿过话筒，询问村民们："乡亲们，如果今年没有什么变化的话，我们扶贫组会再想办法资助落山村二十万元，我们摸索了新路子，希望今年可以让大家摆脱困境。"

"邱干部，今年不养牛蛙了？"村民陈学才问道。

邱干部的脸色一下子不好看起来，这个陈学才是哪壶不开提哪壶。

牛蛙扶贫养殖项目是去年他们扶贫小组在落山村搞的，他们也派人去一些地方考察过，如果能把牛蛙养成年，有很大的经济价值。

像落山村所处的地区，气温较高，牛蛙从卵产出至长成能繁殖的成蛙只需要三年，而其他地区需要四到五年，这就是他们的优势。

本来他们想着有这个优势，一定能把这个项目做成功，到时再以点带面，让落山村家家户户都养殖牛蛙，让大家都富裕起来，实现脱贫。

他们投入了二十万元的扶贫资金，建养蛙池，买幼蛙（这样养殖期会大大缩短），请养殖技术人员培训一些村民代表。

开始两个月，这个项目的工作还开展得如火如荼，邱干部还叫县电视台的记者过来采访报道，让他和落山村"红"了一段时间。

但在第三个月的时候，村民们的技术水平还是不高，不懂牛蛙的病害防治，牛蛙得病了，很快在各大养殖池里蔓延。

等邱干部请了专业技术人员过来时，那些牛蛙已经救不活了。

因为这件事情，邱干部被上头狠狠批了一顿。

说他尽干一些不务实的事情，还不如像前年那样，建广播站、办公室、广场等，实实在在地在落山村里留下一些痕迹。

以后领导下来检查时，还能指着实物建筑说是他们扶贫组的功劳。

可那废弃的养蛙池，只会遭人诟笑。

第4章 种风景树

至于今年扶贫的重点是什么，邱干部是非常小心翼翼，想着不能再干出去年的“傻事”来。

请专业的技术人员，一个月至少要五千块钱，一年要六万块。这种钱，扶贫组不能出，落山村又没有钱出，所以牛蛙养殖是不可行了。

邱干部清清喉咙道：“今年我们想着不搞养殖了，搞种植。”

“唉，邱干部，我觉得你们不要折腾了，要不你们把那二十万元给我们分了吧，一家有几个人的话，还能分到几百块呢。”有村民笑着道。

“哈哈哈，是啊，没必要折腾了。去年我们都守在养蛙池旁边，什么活都干不了，最后却是竹篮打水一场空啊。”

“就是，还不如把钱分给我们，如果我们家能分到几百块，这两三个月也能多买一点肉吃呢。”

邱干部听着众村民的议论，气得快要吐血。

“不行，不能这样的，这是扶贫款，不是慰问金。”邱干部气得拿起桌上的茶杯，一口气喝掉杯里的茶水。

那劣质的茶叶泡出来的茶水有点涩味，邱干部喝得不习惯。

可他也没有说什么，落山村是贫困村，能有茶叶泡水算不错了，起码比开水好。

宋民见村民们都叫嚷起来，急忙站起来叫道："大家不要说了，下面有请新村主任刘振华讲话，大家鼓掌欢迎。"

可即使宋民这样说，那些村民们也并没有热情，只是稀稀拉拉地鼓了两下掌就放下手来。

只有牛志锋如打了猪血一般站起来拼命地大叫、鼓掌："好啊，振华，我支持你！"

旁边的牛杀猪看到牛志锋叫得起劲，眼睛一眨，似乎在想着什么事情。

刘振华以前在大学就是系学生会干部，也不怯场，大大方方道："各位乡亲们，承蒙大家看得起我，以后我会竭尽全力，与邱干部一起努力，让大家脱贫，日子过得好起来。"

宋丽芳见刘振华说得这么得体，美眸露出喜意。

"振华，你这话可当真啊？"陈学才又站起来问道，"你不要到时像邱干部那样，不但帮不了我们脱贫，还让我们穷得脱裤子了。"

"哈哈哈，学才，你晚上不脱裤子睡觉吗？"有村民嘲笑着。

其他村民们也跟着哄笑起来，场面一片混乱。

邱干部气得直瞪眼，这些村民太看不起他了。

如果不是有任务在身，他真不想来落山村扶贫。

宋民见这会再开下去，会成为笑话，急忙拍着桌子说："好了，现在散会，你们该干什么就干什么吧。"

"走吧，散会了，我们回家去吧。"陈学才自言自语着，"我们落山村没有什么土地，哪有什么活干？想出去打工，但外面的活也不好干，没有熟人带着，可能会被人骗去搞传销呢。"

去年隔壁村有个青年就是被人骗去搞传销，开始说在外面生病要钱，吓得家人东借西借，筹了几万块寄过去。

后来那青年又继续问家里要钱，他的家人发现情况不对急忙报警，警察才把人给救出来。

可那些钱就找不回来，现在大家对外面所说的打工非常精彩、工资又高的话存着警惕之心。

特别是落山村这边，没有什么人外出打工，也自然带不了其他乡亲出去。

“唉，本来我们想着振华在省城那边的单位工作，可以介绍我们去省城打工，好歹赚两个钱，看能不能脱贫，看来真的如学才所说，我们要回家脱裤子了。”村民田世明叫着。

陈学才骂道：“世明哥，你不要笑我。我看就算振华这个大学生当村主任也没有用，我们落山村是一个死地方，哪有村子像这样的，一座座种不了东西的山。我看脱贫啊，就要把我们落山村搬到其他地方，再给我们平坦的土地，我们肯定可以过上好日子。”

陈学才的话引起不少村民们的遐思：这是事实啊，农民不靠种地，靠什么为生呢？

让他们搞养殖、搞事业，他们不在行，到头来竹篮打水一场空，什么都捞不着，还落了一身脏。

“学才，我看让你当村主任得了。”田世明笑道。

“我可没有这个本事。”陈学才摇着头，“我现在托人帮我在外面找活了，看有合适的不。”

说到这儿，陈学才的媳妇莫华珍脸色不好看了，如果自家的男人离开村子，去外面打工，她一个人干不了家里的活，也照顾不了家里的老少。

陈学才看出莫华珍不高兴，拍拍她肩膀：“这个到时再说吧，你也不想我们家一直穷下去吧？”

村民们纷纷离去，广场只剩下宋民他们几个人。

刘振华见宋民的脸色不好看，劝道：“宋叔，学才哥这个人的嘴有点直，你不要放在心上。”

“唉，我哪能不放在心上呢。”宋民叹着气，“他说的都是事实，我们落山村这种地方，真的是难以让农民过上好日子啊。他们想出去打工，但又怕自己离开，媳妇一个人在家，照顾不了家里的老人孩子，为难啊！”

邱干部摇着头：“老宋，我实话跟你说，我们是没有办法帮你们落山村搬村子的，这超出了我们扶贫组力所能及的范围。我也苦啊，怎么被分到你们落山村这种地方，别的扶贫干部只要在贫困村蹲点一两年，扶贫工作就大有成效，已经能完成三分之二的扶贫任务。”

“可我这里，是越扶越差，工作做了，到头来还被上头批评。”邱干部用力揉了揉自己满头的白发，“怨气的话就不说了，反正我也就今年参与你们村的扶贫，明年我要退休了，到时谁爱来折腾就让谁来吧。”

“你明年要退了？”宋民吃惊了。

邱干部点点头：“我也老实说吧，你们这村子，真的难以扶贫，如陈学才所说，那一座座山头，真恨不得把它们炸掉，弄成平地好种庄稼呢。”

落山村的人不懒，肯干活，但没有土地，他们也没有办法啊。

刘振华道：“邱干部，我正想跟你聊一下，今年你们扶贫组准备怎么扶贫我们？”

刘振华在回乡之前，已经阅读过不少资料，知道扶贫组每年都有一个扶贫计划，要先与村主任等村干部沟通后再实施。

“我今天过来就想与你们说这个事情。这里风大，我们去村办公室里说吧。”邱干部看了一眼四周，广场还有好几个村民，他不想讨论的事情这么快被传出去。

“行，我们进去里面说。”宋民虽然不再是村主任，可是威信还在，他让宋丽芳叫几个人把桌子搬回去。

宋丽芳见牛志锋和几个青年还在广场，笑着道：“志锋哥，你有空帮我的忙吗？”

“有，有，我时间多着呢。”牛志锋拼命地点着那胖脑袋，一点都不担心把脑袋给点断了。

“那你们帮我把桌子抬回去吧。”宋丽芳笑道。

牛志锋看到宋丽芳的笑容，感觉自己已经轻了两百斤，完全可以飞到九天之外了。

这事真的成了，连刘振华那样的名牌大学生都说了，他送宋丽芳情书之后，如果宋丽芳还对他笑容满面的话，那就说明她接受他了呢。

如果不是旁边还有一些青年，牛志锋真想大声对宋丽芳说“我爱你”了。

“兄弟们，你们赶快帮我搬桌子，晚上我请你们吃红烧肉。”牛志锋大声叫着。

“志锋哥，你怎么老是请我们吃红烧肉啊，难道就不能吃铁板牛肉吗？”两个青年搬起了一张长桌子。

“我家就只有猪肉，不请你们吃红烧肉吃什么呢？”牛志锋见宋丽芳想与别人搬另外一张长桌子，他急忙跑上去逞英雄。

“丽芳，你不要搬，我自己搬就行了。”牛志锋伸出自己的胖手臂，果然如小腿般粗。

宋丽芳担心地问道："志锋哥，你一个人行吗？"

"行，我怎么不行呢！"牛志锋拼命地拍着自己的胸膛。男人在自己喜欢的女人面前，千万不能说不行啊。

牛志锋一个箭步冲上去，抱着长桌子往前面走。

可长桌子太重了，牛志锋长得胖，可力气并不是很大。

踉跄几步，牛志锋往前面摔去，胖脑袋先落下去，被卡在桌子里面，两条胖腿在上面乱晃着。

"救、救命啊！"牛志锋惨叫着。

"哈哈哈，笑死我了。"刚才还在搬桌子的青年们看着牛志锋的窘态，不禁捧腹大笑。

宋丽芳忍着笑对青年们道："你们不要笑了，赶快把志锋哥拉起来啊。"

青年们这才想起牛志锋还卡在桌子里面，忙跑过去，把牛志锋给拉起来。

"哎哟，志锋，你真重啊，看来你与你家的猪差不多了。"叫宋子泉的青年吃力地叫着。

"子泉，你胡说，我家的猪起码有二百五十斤重，我才二百一呢。"牛志锋气得满脸通红。

宋子泉他们听说牛志锋有两百一十斤，个个惊呆了。

邱干部他们三人进到办公室里，刘振华便着急问道："邱干部，你们今年的扶贫计划是什么？"

"今年的扶贫资金还是二十万元，我们也打探过了，想着今年让你们的村民种风景树。"邱干部得意地笑着。

"这可是我们想了很久，也询问过农科所的技术人员，觉得适合你们村的。"

宋民微微蹙眉："种风景树？这适合吗？邱干部，今年可是你们第三年的扶贫了，如果再没有一点起色，我怕村民们以后都不听你们的了。"

第5章 出乎意料

邱干部听宋民这样说，脸有点挂不住了。

不过宋民说的也是实情，如果三年扶贫都不能让落山村有点起色，他们的脸真是丢到家了，这也是他老邱退休前的耻辱。

“这次应该可以，我们论证过了。”邱干部笑着道，“我们这些扶贫干部也不是吃干饭的，我们是理论联系实际。”

刘振华赔着笑脸：“是啊，邱干部也是为我们着想，第一年，觉得我们落山村的硬件不行，先是弄了广播站、办公室和广场。第二年觉得我们这里的地形不好，想用养殖代替种植呢。”

“噢？刘村主任，你还是挺了解我们的扶贫工作嘛。”邱干部惊讶地看着刘振华，邱干部开始是看不起刘振华这种小年轻的，他认为对方刚大学毕业，能懂什么农村工作，估计就是想搏个噱头，想入个党，再跑到大城市好找工作呢。

现在的党员与以前不一样，可吃香呢。

特别是从农村出去打工的，人家城市的公司政审非常严格，谁知道你以前是不是偷鸡摸狗的人呢？

可是党员就不一样了，一出去就会被贴上“好人”标签。

邱干部以为刘振华是那种不学无术的人，堂堂一个大学生，都在省城那里找不到工作，还要回到农村里混，真是不像话了。

但邱干部听着刘振华刚才的分析，他吃惊了：这个刘振华的肚子里果然有点墨水。

他们扶贫小组就如刘振华所说，第一年要弄点硬件，让别人看到他们扶贫组是实实在在地来落山村做事的，那些硬件摆在那里，上个县电视台的新闻没有问题。

第二年他们也想着看能不能帮助落山村过上好日子，种植不行，那他们就来个养殖，这合情合理。

没想到弄个牛蛙养殖出了问题，他们这次再想着种植风景树，看能不能弄出点成绩来。

宋民为难道："邱干部，我们这个地方种植风景树，可能也不大好啊。我想了一下，要不我们养殖黑山羊吧。黑山羊不是可以在山上放养吗？这正合适啊。"

"黑山羊？"邱干部摇摇头，"老宋，我们以前也想过了，可这二十万元，够你们村民买多少头羊啊？这成本太高了，且一养就是一大群，依你们现在的情况，不适合啊。"

"再说了，你们每户都养一群羊，以后这羊销售到哪里？产量过剩，那会出大问题，村民会找你拼命。"

宋民没辙了，瞄了刘振华一眼："振华，你觉得怎么样？"

刘振华见自己刚才拍了邱干部的马屁，他对自己的态度似乎不一样了，心里暗暗高兴。

"还是邱干部高瞻远瞩，扶贫组的计划是种植什么风景树呢？"刘振华问道。

刘振华也想过这个问题，不管是养蛙还是养羊，都是要技术的。

如果全村大量养殖，会出现技术、资金和销售等问题，这些问题如果不能解决，那还是会像以前一样。

"大王椰树。"邱干部脱口而出。

"大王椰树？"刘振华微微蹙眉。

大王椰树是南方庭院观赏常用的树种，是园景树中最高大壮观的椰子类植物，被广泛种植于广场、道路分隔带或河边林荫小道等，是南方城镇园林绿化的主要树种之一。

他们村广场也种着几棵大王椰树。可是这风景树非常高大，不一定适合在山坡上种植。

邱干部笑道："是啊，我们不是在搞村广场吗？当时我们买了八棵大王椰树，你们知道多少钱吗？"

"我记得。"宋民回忆了一下说，"当时你说一棵要两千块钱的，人家便宜卖给我们，后来八棵只收了一万五。"

"是啊，还是老宋记性好。"邱干部满意地笑着。

当年那八棵大王椰树成为那一年的扶贫工作亮点，一些下来考察的工作人员，都纷纷到大树下拍照合影，说这大王椰树气派壮观呢。

"刚开始我们买的时候那些树差不多十米高，这两年过去了，好像有十几米了吧？"邱干部问宋民。

宋民道："我目测应该有的。邱干部，这两年我们一直悉心照顾这大王椰树，它能不长高吗？"

"不错，老宋，你说这大王椰树那么贵，我们种植能不能赚大钱吗？"邱干部得意地问着。

"肯定可以。"宋民拍着大腿兴奋地叫着，"一棵大王椰树卖两千块，如果我们种一万棵，我的乖乖啊，那能得到多少钱啊？"

"两千万元啊，老宋，你说这次你们村是不是可以脱贫了？"邱干部为宋民画下了一个大饼。

宋民拼命地点着头："是，是，一定可以脱贫，我们还会成为土豪呢。如果我们家种一百棵，那岂不是有二十万元了。一年有二十万元，谁家的日子有我们这么好过呢？"

宋民兴奋地站起来拉着邱干部："走，现在我们就去买大王椰树苗，马上就种，我就不信不能让落山村脱贫了。"

邱干部没有想到宋民这么急，正想说明天大家一起去询问树苗的价格时，刘振华说话了。

"邱干部，宋叔，你们了解过吗？大王椰树的成长期较长，一般要五年，长到五米以上高度，才可以出售。村民们可以等到那个时候吗？"刘振华用手机查找着大王椰树的相关资料。

宋民愣住了："啊，要五年？"

宋民摊出两只手算了起来，"就算是五年，我们一家一年能赚四万块，也是脱贫了。"

"可要把这些大王椰树全部销售，才可以算赚钱。"刘振华道，"其实我们村民要生产出一些产品并不是很难，关键是要看销售。如果我们种出来的大王椰树卖不出去，那会非常麻烦。"

"这种好东西，应该可以卖得出去的。"邱干部摇着头道，"刘振华主任，你也太杞人忧天，什么都想着不行，那我们的工作就没有办法开展了。"

邱干部明年就要退休了，这大王椰树要五年才可以看到成效，到时功劳也不属于他了。

他只想着看到落山村乡亲们种着一排排的大王椰树苗，那情景肯定非常壮观。

到时他再请县电视台的记者过来报道一下，他就可以光荣地退休了。

至于几年后的事情，他管不了，也不想管了。

宋民点头附和着："振华，邱干部说得对啊。我们做什么事情都有风险的。这种树，我们还是有经验的。特别是那大王椰树，我们种了那八棵树已经两年了，知道怎么种，跟种庄稼差不多，没有什么大不了的。"

"对，我们扶贫组就是考虑到这一点，种植大王椰树，你们不需要请什么技术人员了，直接就买树苗种，到时长成了，你们就卖掉赚大钱。呵呵呵！"邱干部都被自己想出来的计划给刺激得兴奋起来。

这一次，他们肯定可以让落山村脱贫，到时上级领导表扬他指导得力，他真的可以光荣退休了。

刘振华有点担心道："我们山坡较多，大王椰树种在山坡上，以后长高了，会不会倒下来？"

"我们也考虑过了，可以种在不高的山坡上，你们不是还有其他平地吗？那里也可以种，种密集一些就行。你们想想啊，两千块以上一棵的大王椰树，那是大赚特赚。"邱干部又为大家描绘着宏伟蓝图。

"那是，那是，邱干部，我觉得这次你们找对路子了，我们可以拼上一拼。"宋民咬咬牙下定决心。

“可是销路还是一个大问题啊。”刘振华也不想给邱干部他们泼冷水，但如果邱干部他们决定下来，便会把那二十万元扶贫资金花掉，今年他们落山村就没有这笔扶贫资金了。

邱干部见刘振华还那么担心，笑道：“这样吧，我现在给那个卖大王椰树的何老板打电话。我就用免提吧，你们都听听现在大王椰树的价格。”

“不是我吹牛，前年一棵两千块钱，现在可能不止这个价格，你们到时听了可不要吓得叫出声，免得别人嘲笑你们是农村人。”邱干部一边说着，一边拿出手机打起电话来。

不一会儿，手机接通了，邱干部对着开了免提的手机道：“何老板，你还记得我是谁吗？”

“记得啊，你是邱老板啊，当时你在我们这里买了八棵大王椰树，我还带着工人过去帮你们移种呢，我可是记着你的手机号码。”何老板似乎非常兴奋。

邱干部压着声音小声道：“你们听，这个何老板很厉害，还记得我们，难怪人家赚大钱。”

接着邱干部提高音量道：“何老板，我们想问你的大王椰树……”

可话没说完，何老板就接上了话：“邱老板，我们苗圃有很多大王椰树，你要多少有多少，我按市场价给你打八折，四百块，怎么样？”

“什么？市场价八折四百块？”邱干部的眼睛睁得老大，这是怎么回事？不是两千块钱吗，怎么市场价是五百块了？

“邱老板，你不能再压我们的价了，现在我们苗圃的风景树生意不好，你再压一下，我们真的没有办法活了，我也要破产了。”何老板道，“我正想给你们这些老顾客一一地打电话，看你们还要不要大王椰树呢。”

第6章 脱贫目标

邱干部明白了，为什么这个何老板会记得他的电话，会一下子喊出他的名字，原来人家准备给他打电话卖大王椰树呢。

邱干部苦着脸道：“何老板，现在的市场价格……”

“唉，邱老板果然是精明人，现在的市场价格降到四百了。算了，我们是老交情，我再给你打八折，三百二十块吧，不能再少了，要不然我全家都得跳楼。”何老板叹着气。

“三百二十块！”后面的宋民顾不上刚才邱干部的提醒，再也忍不住叫出声来。刚才他们还雄心壮志，没有想到现在一棵大王椰树才三百二十块！他们还怎么种啊？大王椰树一种就是五年，他们村民真的要喝西北风了。

何老板听到宋民的声音，以为对方不肯，又叫出声音来：“老板们啊，我知道现在竞争激烈，到处都有人卖大王椰树，这都怪他们不看市场，一窝蜂地乱种。这样吧，最低价两百块一棵，还是十几米高的，你们就行行好，帮我买一些吧。”

邱干部听着何老板恳求的声音，气得把手机挂掉了。

两百块一棵十几米高的大王椰树，他们还种什么呀！

宋民对邱干部道：“看来我们还是要从长计议。”

“我……我们再想想。”邱干部感觉喉咙被什么东西给塞住似的，快要说不出话来了。

刚才他还打包票说销售没有什么问题，价格还会高过两千块，没想到现在只要两百块一棵，还是十几米高的大王椰树，这起码要种植五年呢。

刘振华道：“我以前在学校的时候，也查阅过不少适合农村种植养殖的东西，可都不大适合我们现在的落山村。”

“是啊，刘主任，你这个大学生果然看得明白。‘十三五’规划建议提出农村贫困人口脱贫是全面建成小康社会最艰巨的任务。要把你们落山村脱贫，真的是艰巨的任务。实在不行，我们就向上头打报告，看能不能把你们村搬出去了。”邱干部道。

宋民摇着头：“这可能不大妥，大家祖祖辈辈都生活在这里，你让他们都搬走，他们不一定愿意啊。特别是一些老人说，就算是穷死在落山村，都不愿意搬出去。”

“我们再想办法吧。”邱干部看了刘振华一眼，“刘主任，你是名牌大学生，有什么好的想法吗？”

刚才刘振华的思维非常清晰，考虑问题非常周到，邱干部没有再把他当成愣头青了。

刘振华思索了一会儿：“邱干部，我已经有了初步的想法，不过我还想在村里再做调研，三天后，我给你一个确定的方案，行吗？”

“你三天就能拿出一个方案来？”邱干部没有想到刘振华的动作这么快，刚才他也只不过是随口问问。

“嗯，其实我在回村里之前，已经在琢磨村里的事情。昨天在村里走了走，还没有调研完，我还想再走访两天，同时再与留在省城工作的大学同学沟通一下，最后给你一个方案。”刘振华郑重地说着。

“好，我们就等你这个方案。刘主任，你们村有308户是贫困户，就算是1500人，平均四千块一年的脱贫标准，全部脱贫的话，那些贫困户年总收入要六百万元。上头给我们的要求不高，只要完成三分之一就行，你就按他们年收入两百万元的预算去做方案吧。”邱干部道。

宋民叹气道：“邱干部，要他们一年收入200万元，谈何容易啊。”

“唉，我也知道难如登天，我们一起努力吧。”邱干部也不想在这里多待，刚才他丢脸丢到姥姥家了。也不知道宋民会不会把刚才的事情说出去，如果把这件事传出去，那他更加糗了。

邱干部走后，宋民对刘振华道："振华，看来让你回来是正确的。还是你看事情透彻，如果我们真的种植大王椰树，又是竹篮打水一场空。我们村穷了这么多年，折腾不了几年啊。"

"宋叔，落山村养我育我，我一定会想办法让落山村脱贫。"刘振华咬咬牙下定决心。

刘振华离开村办公室往家里赶，在路上看到牛志锋靠在一棵稔子树旁边，歪歪斜斜。

稔子树在落山村可以说是一大特色，山坡上长着不少稔子树，每到5月的时候，漫山遍野都是稔子花，也是一大美景。

暑假时，刘振华会与一些小伙伴去山坡上摘稔子果。成熟的稔子果清甜可口，是他们农村孩子的常用"水果"。

稔子生命力强，他们随手把稔子果核扔在屋后的空地上，来年就会长出稔子树了。

牛志锋好像在想着事情，嘴里念叨着："奇怪了，她怎么说谢谢我呢？"

刘振华见状，走到牛志锋的身边大声叫道："志锋！"

牛志锋想得太入迷了，被刘振华这大声一叫，吓得打了一个激灵，身体往后面的稔子树倒去。

稔子树本来就不高，枝杆又细，哪受得起牛志锋这两百多斤身体的重压。

啪！牛志锋一头扎在稔子树丛里面。

"救、救命啊！"牛志锋惨叫着。

刘振华急忙把牛志锋拉了出来："志锋，你也太重了吧，你还是少吃一点肉。"

"我今天怎么就这么倒霉啊。"牛志锋现在连想死的心都有了。

今天他摔倒两次，他的帅脸都被刮花了。

"你在这里干什么？"刘振华奇怪地问道。

"振华，我成功了！"牛志锋兴奋地叫着。

"什么成功了？减肥成功吗？"刘振华看了看牛志锋那比大水桶要粗很多的肥腰。

牛志锋拼命摇头道："不是啊，我成功追到丽芳了。"

"你追到丽芳了？"刘振华也不知道为什么，感觉自己心里有点不舒服，不知道是不是因为今天早上没有吃早餐。

"是啊，你不是跟我说，我送情书给丽芳后，就要看她对我的表情吗？"牛志锋道。

刘振华问道："那她的表情如何？"

"哈哈哈，那是笑容满面，而且她一直对我笑，还说要谢谢我呢。"牛志锋笑得见牙不见眼。

"她为什么要谢谢你？"刘振华奇怪地问道。

牛志锋也是纳闷这个，不过在刘振华的面前，他怎么也得打肿脸充胖子。再说了，他本来就是胖子啊。

"振华，我知道你笨，但不知道你这么笨啊。"牛志锋大叫着，"丽芳当然是要感谢我喜欢她啊，她本来就喜欢我，就等着我写情书向她表白呢。现在我表白了，她当然要谢谢我啊，难道要谢谢你吗？"

刘振华笑道："志锋，你们是要谢谢我的，那可是我的情书啊。"

"我们那是交易，我可是给了你五花肉呢。"牛志锋挥挥手，"行了，我已经与你分享我的快乐了，我去帮我爸卖猪肉。"

就在牛志锋要走时，家在前面的三婶走了过来。"咦，是哪个没家教的熊孩子折断我家的稔子树枝？天要收他啊。"

牛志锋脸上的肥肉抖了几抖："三婶，可能是人家不小心摔倒压着的，你不要骂得这么惨吧？"

"这是摔倒压的吗？树枝都断了，就算我家的肥猪也压不断啊！"三婶尖叫着。

牛志锋脸上的肥肉抖得更加厉害了，可他不好反驳，毕竟是他压断稔子树的。

刘振华急忙打圆场："三婶，你煮中午饭了吗？"

"哟，是村主任啊，我还没有煮饭呢。"三婶现在才看到刘振华似的，"我家那位今天拉肚子，我来摘点稔子叶煮水给他喝。"

三婶捡起那些被牛志锋压断的稔子枝叶。

刘振华奇怪了："三婶，稔子叶可以治疗拉肚子？"

“是啊，我们村不少人都知道呢，以前老祖宗传下来的古方，我们试过也觉得非常有效。”三婶没有与刘振华多说，拿着一些稔子枝叶转身走了。

“稔子叶可以治拉肚子。”刘振华自言自语地说着。

“振华，这个是真的，我以前拉肚子的时候，我妈就用稔子叶煮水给我喝，很有用。不过有点苦，我不喜欢喝。”牛志锋对刘振华道。

刘振华回到家门口时，看到自家屋顶上的烟囱冒着白烟。

“我家有田螺姑娘？”刘振华推开门进到屋里，看到宋丽芳在他家厨房里烧火煮饭。

“振华哥，你回来了。”宋丽芳似乎每次见到刘振华，开场白都是这一句话。

特别是她现在这话语，就像小媳妇等着男人回来似的。

刘振华不好意思道：“丽芳，怎么好意思麻烦你帮我煮饭呢？”

“这是我应该做的。”说完，宋丽芳觉得自己这话有点问题，急忙道，“你现在为村里脱贫的事情忙活，我帮你做饭也没有什么。”

“你家里的事情也多，我怕麻烦你。”刘振华道。

“不麻烦。”宋丽芳红着脸偷偷瞥了刘振华一眼。“振华哥，你以后要多练字。你是大学生，字也要写得好看才行。”

刘振华听不懂宋丽芳话里的意思：“字要写得好看？”

他的字写得非常好看啊，以前还在大学书法比赛中拿过奖呢。

“你……你写的字有点不好看，你有空就练练，这样可能会更好一点。”宋丽芳越说越小声，那小脸蛋羞红得快要滴出水来了。

第7章

稔子果酒

刘振华越听越不懂了，不过他也没有想到其他地方去，只是以为宋丽芳的要求高，觉得他的字还不够好看呢。

“好，我有空就练字。”平时刘振华有空也会练练书法打发时间。“对了，丽芳，祝福你和志锋啊。”

“振华哥，你这话是什么意思？”宋丽芳的脸色马上变了，没有刚才的羞红。

刘振华见宋丽芳生气，以为她脸皮薄，不想这么早让别人知道她和牛志锋的事情，急忙道：“呵呵，没什么，我就是开开玩笑。咦，这稔子果是你摘的？”

宋丽芳站了起来点头道：“嗯，我昨天去山坡上摘了很多稔子果回来酿酒。你以前很喜欢吃的，所以我给你送一点过来。”

“用稔子果酿酒？”刘振华好奇地问道。

“稔子果酒可以治风湿疼痛，我爸的腿脚风湿病犯了，我就用稔子果酿酒给他喝。他喝了一段时间，风湿病缓解不少，现在都可以拄着拐杖走路了。”宋丽芳笑着道。

刘振华更是吃惊了：“什么，稔子果酒可以缓解风湿病的疼痛？特别是你爸的那种风湿腿脚疼痛？”

刘振华回来时，已经询问过宋民腿脚的病情。

他还想着迟点麻烦大学的同学，去省中医院找专家医师开药方，看能不能缓解宋民的腿痛。

没想到宋丽芳泡的稔子果酒，居然能把宋民的腿痛治得差不多了。

“丽芳，你不会骗我吧？稔子果酒真的有这样的功效？”刘振华不相信地看着宋丽芳。

“振华哥，我怎么会骗你呢？这是我妈妈家的家传秘方，都用了很多年。当年当作嫁妆送给了我爸，可珍贵着呢。”宋丽芳说到“嫁妆”这两个字，小脸又红了。

刘振华兴奋地紧抱住宋丽芳：“丽芳，你真是太好了，我突然想到了第二个扶贫方案，这个方案比我第一个方案好多了。”

宋丽芳被刘振华紧紧地抱着，整个人愣住了。

她本想挣扎一下，但似乎又不大愿意。

最后，宋丽芳红着脸闭上眼睛，没有说什么。

“太棒了。”激动万分的刘振华没有意识到刚才自己抱着宋丽芳，他拿出手机跑出屋子打电话。

“喂，是老枪吗？”在外面的刘振华兴奋地叫着。

老枪是刘振华的大学舍友，大家平时的关系非常好。

“振华，听说你回农村当村干部了？”对方大笑着，“我跟他们说这是不可能的事情，你哪会那么傻啊，你找到的单位比我的还要好呢。”

刘振华道：“老枪，我现在就在农村。我有急事，先不与你扯别的事情。你帮我去省城的农科研究所等机构查一下一种叫稔子树的植物，我要它的详细资料，特别是商用价值和药用价值等。”

“稔子树？那是什么？”老枪奇怪地问道。

“稔子树是我们乡下的叫法，你帮我查一查它的学名叫什么，我一会儿拍几张稔子树的相片发给你。你帮我找到稔子树的资料后，第一时间发给我啊。”刘振华也不多说，立即挂了手机往外面跑去。

落山村的后山有许多稔子树，如果稔子树真的有很大的商用价值，他们落山村脱贫有望了。

被刘振华松开了很久，宋丽芳才回过神来。

她也不知道刘振华要去干什么，见灶台上的火快要灭了，急忙继续烧火煮饭。

刘振华回到家里，宋丽芳已经不在了。

灶台边上放着热腾腾的米饭和炒肉丝，那是瘦肉，不是昨晚牛志锋带来的五花肉，估计是宋丽芳带过来的。

刘振华看着这一切，心里暖乎乎的。

不过他想着宋丽芳接受了牛志锋所抄写的情书，那心又一下子冰冷了。

下午，刘振华又跑去山坡上，拿着一个小本子，这里记一下，那里记一下。

傍晚时，刘振华才从山上回到家。

"哎呀，振华啊，你怎么现在才回来啊。"牛志锋靠在刘振华家的门边，一副着急得不得了的样子。

"怎么了？"刘振华在山里忙活了一下午，身上带了不少泥土。

"情书啊。"牛志锋扬了扬手中的半斤五花肉。

刘振华也不知道为什么，不想再让牛志锋抄他的情书："志锋，我今天非常累，你还是回去吧。"

"你累是你的事，我只是想要情书，你给了我我就走啊，难道你不要五花肉吗？"牛志锋又扬了扬五花肉。

"不要，你走吧。"刘振华生气道，"如果你真的喜欢丽芳，就应该自己写情书，抄别人的情书算什么呢？一点情意都没有。"

牛志锋生气道："刘振华，你牛什么啊？你就是一个穷村主任，听说你们当村主任的都没有工资发，你拿什么吃饭？"

刘振华不想与牛志锋多说，把他赶走了。

下午宋民给刘振华打电话，说已经跟马委员说了，刘振华是现在才开始当村主任，以前的扶贫工作与他无关，镇里同意先给他发工资。

不过如果明年的扶贫工作不合格，那他一样也没有工资领了。

刘振华听说他下个月就有工资领，心里的石头落了下来。

这样他能解决自己的温饱问题，可以花更多的心思在落山村的扶贫工作上。

第二天早上，刘振华接到宋民的电话，让他过去村办公室办理工作移交手续。

本来这移交手续是昨天就该办的，可是因为刘振华昨天下午一直在山上，都没有回来，所以定在今天了。

刘振华来到村办公室，见宋民依依不舍地坐在村主任办公椅上，旁边还有一根拐杖。

“宋叔，你的脚怎么样了，喝稔子果酒有效吗？”刘振华担心地问道。

“咦，你也知道我家的稔子果酒？”宋民对着在旁边帮他整理账本的宋丽芳道，“丽芳，是不是你向振华告密啊？你这孩子啊，胳膊肘往外拐了吗？”

宋丽芳娇嗔道：“爸，这稔子果酒又不是什么贵重的东西，跟振华哥说又有什么呢？如果振华哥喜欢喝，我们送他几斤也没有什么。”

“也是，振华，我们家的稔子果酒可以活血，你晚上喝一点，可以消除疲劳，很不错的。”宋民对刘振华道。

“啊，稔子果酒还可以活血？”刘振华吃惊地叫着。

宋民点头道：“是啊，我现在的腿脚走路也方便不少，明天我去县城医院检查一下，估计没有什么大问题。”

“宋叔，如果你的身体没有问题，还是你来当村主任吧，我当你的助手。”刘振华诚恳道。

宋民摇着头：“我老了，还是你在前面冲锋陷阵吧，如果有什么需要我帮忙的，我可以帮你打打下手。昨天的事情，如果不是你劝阻，可能我们会出大错。”

“振华哥，你真厉害。”宋丽芳敬佩地看着刘振华。

宋丽芳也听宋民说了昨天的事情，刘振华果然不愧是大学生，见多识广。

宋丽芳把一个本子放在刘振华的面前，“振华哥，你查看这些移交的办公物品和村财产登记本上的名录，核对一下，如果没有问题的话，你就在签收栏的上面签个字。还有这里的钥匙，也放在这里了。”

本来这些是宋民交接的，但他的腿脚不大方便，就由宋丽芳帮忙。

刘振华看了看四周的办公物品，笑道：“我还不相信你们吗？”

说完，刘振华在登记本上签上了自己的名字。

刘振华的字写得非常漂亮，飘逸中透着苍劲。

宋丽芳看到刘振华的字，不由吃惊问道：“振华哥，你写的字这么好看？”

“不算是好看，以前练过。”刘振华笑道。

昨天宋丽芳说他的字不好看，现在听到宋丽芳的夸奖，他心里当然高兴了。

宋丽芳突然从桌面拿过一张白纸道：“振华哥，你还要写一张收据给我们，说你已经拿到了这些东西。”

“行。”刘振华不疑有他，便在纸上写着自己收到村主任宋民移交过来的东西。

刘振华虽然学的是工商管理专业，可他文笔好，很快就把这个收据写得清清楚楚。

那些字还是那么好看，不过宋丽芳看得脸色苍白。

“丽芳，你怎么了，不舒服吗？”刘振华奇怪地问着宋丽芳。

宋丽芳没有说话，突然一个劲往外面跑，一下子不见踪影了。

“这个孩子，有时就是任性。”宋民也是惊讶，不过也不过多责怪宋丽芳，反而错开话题，“振华，你昨天到山上去，有想到扶贫的方案了吗？”

刘振华道：“宋叔，本来我就想到一个方案了，不过我昨天想到了第二个方案，可能会更加好。”

“噢，第二个方案是什么？你跟我说说。”宋民来了兴趣。

“宋叔，现在还差一些资料论证，我在等省城的同学发资料过来。”刘振华不好意思道。

现在刘振华也非常急，都快一天了，怎么老枪还没有查到稔子树的资料呢？

因为不管宋丽芳还是三婶所说的功效，都是一些民间秘方，扶贫组不一定会相信。如果有某机构的资料，可能容易说服他们了。

“那好，我等你。今天是第一天了，后天就是第三天，邱干部说要过来的。”宋民道，“我明天就要去县城了，什么时候回来还不知道，这落山村就交给你了。”

“宋叔，我知道了。”刘振华道。

现在落山村村主任的主要工作就是扶贫，至于去村委会或者去镇里开会什么的，也是轻松的事情。

第8章 名字都抄

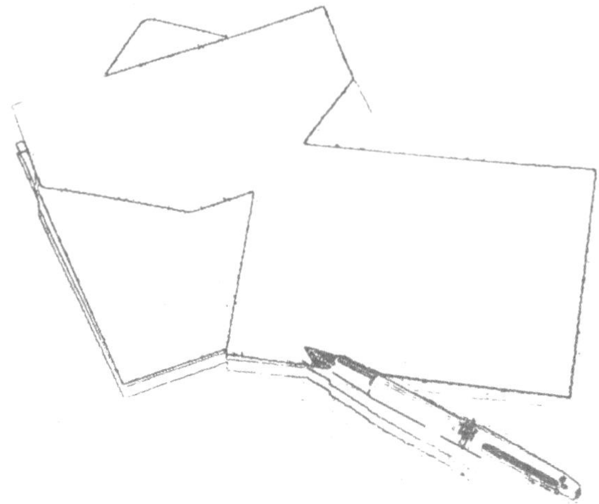

宋民走了，他把落山村所有的事情都移交给刘振华，这让刘振华感觉肩上的压力非常大。

可初生牛犊不怕虎，刘振华把村办公室的门锁上，准备去三婶家，看看三叔。

刘振华刚走几步，见宋丽芳满脸通红地迎面跑来。

不过现在宋丽芳脸上的红可不是羞涩的红，而是生气的红。

“振华哥，这是你写给我的情书？”宋丽芳把一张写满歪歪斜斜钢笔字的情书递了过来。

刘振华看都不用看了，摇头道：“这怎么会是我写的呢？我的字不是这样的。”

“不是你写的，怎么署了你的名字？”宋丽芳问道。

听宋丽芳这样说，刘振华才认真地看了起来。

这一看，刘振华快要吐血了。

这信的内容是他给牛志锋的那封情书，不过后面的署名，牛志锋居然一直照抄下去，这不就相当于他给宋丽芳写情书了。

只不过是牛志锋帮他抄写，那字写得也太让人不敢恭维了吧。

天啊，怎么会是这样啊！刘振华暗叫坏事。

要命的是，牛志锋为什么不全照抄呢？如果开头的称呼也抄“杨思诗”的话，那什么问题都没有。

但牛志锋还写着“亲爱的丽芳”，这让刘振华感觉汗毛都竖了起来。

“我……我也不知道是谁的恶作剧。”刘振华想不出什么借口来推搪，干脆假装不知道。

“是牛志锋！”宋丽芳咬牙切齿地跑了。

三叔家是三间室的瓦房，房子已建多年，墙上爬满青苔。

三叔家七口人，他父母与他小女儿住一间房，两个儿子住一间房，剩下一间是他们夫妻住。

三叔的大儿子今年二十二岁，到了该谈女朋友的年龄。

可媒婆带过几个姑娘来他们家，人家女方只是看了看这房子和家里住的人，就立马转身走人，没有第二句话说。

三叔家着急了，再这样下去，他大儿子就成了大龄青年。而再过两年，二儿子也要成家，那该怎么办？

三叔也知道他们家房子太窄，如果大儿子结婚没有一间单独的房子，人家女儿也不敢嫁过来。

当时宋民了解这个情况，也给他们家分了地。

可有地管什么用，关键是得有钱建房子。

三叔坐在家门前的小院子里喝着小酒，对面坐着隔壁家的九伯。

酒桌上只有一小碟花生米，他们俩人一边说着话，一边喝酒。“唉，看来我是要出去打工赚钱才行，留在村里是没有指望了。”三叔想着家里的事情就烦了。

“三叔，再等等吧，昨天邱干部不是说有新的扶贫计划吗？看他公布的扶贫计划靠不靠谱，我们再做打算吧。”九伯劝着。

“唉，难啊，他们那些干部就会纸上谈兵，还要面子。”三叔摇摇头，拿起酒杯喝酒。

刘振华走上前直接问道：“三叔，您还拉肚子吗？”

“噗。”三叔听到刘振华这句话，被呛得喷出嘴里的白酒。

对面的九伯没想到三叔会一下子喷酒出来，想躲也躲不了，那些酒水全喷到他的脸上。“阿三，你这是干什么？”九伯埋怨着。

“振华，你没有看到我们在喝酒吃东西吗，你说这话是什么意思？”三叔怒视着刘振华。

刘振华没想到会是这样：“三叔，对不起，昨天听三婶说您拉肚子，她摘了稔子叶煮水给您喝，我担心您的肚子没有好，现在又喝酒，这可不好。”

三叔听刘振华这样说，脸色缓了一些。“振华，稔子叶专治拉肚子，我哪能不好呢？对了，你现在是村主任了，今年村里的扶贫方案是怎么样的？”

刘振华听三叔说稔子叶治好了拉肚子，心里更加有信心了。

不说别的，就是这种治拉肚子的药方，就能让一些药厂想与他们合作了。

他们落山村别的不敢说，稔子树可是多如牛毛。

“三叔，我们迟点会公布扶贫方案。”刘振华自信地笑着。

这个老枪是怎么回事，昨天让他帮忙去省城一些农科研究所等机构问一问，他到现在都没有回信息。

“振华，不好了。”牛志锋急匆匆地跑进三叔家。

牛志锋不顾旁边有人，拉着刘振华跑到外面去。

“振华，我真是猪脑袋啊。他们没有说错，我经常与猪在一起，脑袋也快变成猪头了。”牛志锋苦着脸叫嚷着，“我怎么把你的名字也抄在情书里面呢？如果写了我的名字，丽芳就会喜欢上我了。”

牛志锋手里拿着那封被宋丽芳扔回来的情书，叫苦连天。

刘振华恨铁不成钢：“你怎么那么浑，把我的名字抄进去，我都不知道如何跟丽芳解释。”

如果让宋丽芳知道是他借情书给牛志锋抄的话，估计会恨死他。

不过刘振华现在的心里还是有点舒服，至于为什么，他自己也说不清楚。

“我刚才被丽芳骂了个狗血淋头，现在都不敢见她了。”牛志锋抬起那如苦瓜般的胖脸，“我前面抄得非常认真，还把杨思诗的名字改为丽芳的。可是抄着抄着就犯困，想快点睡觉，所以拼命地抄，可能连后面的内容也全抄下来了。”

牛志锋现在连要死的心都有了，还以为宋丽芳喜欢他，笑容满面的，原来是因为他抄了刘振华的名字。

“不对啊，刘振华，丽芳开始拿到情书，以为是你写的，所以才笑容满面，那说明她喜欢你了？”牛志锋震惊地跳了起来。

“不会吧，丽芳应该不会喜欢上我。”刘振华摇摇头。

“嗯嗯，你说得非常对。”牛志锋拼命地点着胖脑袋。“我长得比你帅，又比你有钱，丽芳肯定不会喜欢上你。”

牛志锋继续道：“丽芳之所以生气，那是因为气我把名字都写错，如果我把名字写对了，她肯定非常开心。”

刘振华不理牛志锋，他拿出手机给老枪打电话：“喂，老枪，我让你查的事情怎么样了？”

“刘振华，你到底前世修了多少功德，才有人对你这么好。”手机里传来老枪的感叹。

“老枪，你这话是什么意思？谁对我好？”刘振华奇怪地问道。

“我……我……”老枪支吾了一会儿，转口道，“我是说我对你好啊，你都是乡巴佬了，又不肯回省城，你看其他同学谁愿意理你啊？”

刘振华暗暗点着头，老枪所说不假。

因为落山村的事情，他也找过其他留在省城的同学帮忙。

不过那些人不是推说没有空，就是说找不到，有一些甚至不接他的电话。

世态炎凉，人情冷暖。

以前大家在学校里的感情还是不错的，现在他成了乡下人，有些同学就不想理他了。

刘振华感激道：“老枪，大恩不言谢，你的恩情，我会记在心上。”

“呵呵，振华，听说你们那边有着不少漂亮的村姑，到时介绍个给我认识吧。”

“漂亮的村姑？”不知为何，刘振华的脑海里浮现出宋丽芳俏丽的身影。

那甜甜的笑容，让他心的里不断地泛起涟漪。

刘振华敷衍着：“这个好说，欢迎你来落山村做客。”

“振华，这可是你说的，你要把最漂亮最好的村姑留给我，你不能打人家的主意。”老枪笑道，“我已经帮你找到稔子树的资料了。”

“真的吗？你赶快发给我。”刘振华兴奋地叫起来。

“振华，这稔子学名叫桃金娘，浑身是宝啊，你从哪里找到的？”老枪问道。

刘振华精神一振，急忙问道："稔子浑身是宝？老枪，真的吗？"

"是啊，稔子药用价值非常高，祛风活络，收敛止泻，还能止血、补血、滋养、安胎等。我们在研究所那里询问时，有个研究员还奇怪，他们刚研究出来还没有推广，我们就知道了呢。"老枪道。

"老枪，你赶快把资料发给我，还有那个研究所的名称和电话，也要给我。"刘振华激动得话都快说不出来了。

果然不出他所料，这稔子的用途非常广，他们落山村可能有希望脱贫了。

"我刚发到了你的ＱＱ邮箱，正想给你打电话，没想到你先给我打电话了。"老枪道。

刘振华高兴道："老枪，太好了，我要看邮箱里的资料，有空再聊。"

"振华，如果你以后有什么困难，尽管跟我说，我能帮就帮。"老枪诚恳道。

"好，如果有什么需要，我第一个给你打电话。"刘振华挂了电话，急忙用手机上网。

因为村里穷，村办公室的电脑还没有装上网线。

刘振华看了邮箱里老枪发给他的资料，心里除了感激还是感激。没想到老枪做事这么细致，把他所要的资料都整理得非常清晰。

资料显示，如果他们有大量的稔子树果，就可以开发稔子果汁、稔子果酒等产品项目。

稔子树除了用稔子种子培植外，还可以用扦插培植，这是刘振华想都没有想过的。

用扦插培植，稔子树成长期会缩短不少，这对于他们落山村是一个大好消息。

"就是它了，我现在就回去做方案。"刘振华回到家里，马上写着利用稔子树在落山村大做文章的方案。

这一写就是两天，其中有一些不明白的，刘振华立即给老枪打电话。

老枪也是够义气，自己不懂的，让刘振华先等会儿，他再问问。

没有过多久，老枪又给刘振华打电话解惑了。

第9章 墨守成规

宋丽芳陪宋民去县医院看病，刘振华也不想打扰宋民，所以也没有把这个消息先告诉他。

刘振华也吸取了上次邱干部的教训，打算先与邱干部商量，没有问题了，再向村民们通报，免得到时节外生枝。

邱干部听说刘振华已经写好了扶贫方案，也在第三天的上午，坐着一辆破旧的工具车来到落山村。

邱干部从车里下来，吐着浊气骂道："落山村真的是落后啊，其他村都有四米宽的水泥路，只有落山村是两米多宽的黄泥路，真是要命啊，我的骨头快要散了。"

开工具车的司机从窗户里探出头："邱干部，刚才是你叫我开快一点的。你也知道我们单位的工具车就是这样的性能，你不要怪我。"

"我不怪你。"邱干部摆着手，叫上刘振华去办公室。

"刘主任，你说说你的扶贫方案。"邱干部一副着急的样子。

刘振华清了清喉咙道："是这样的，我想利用稔子树作为我们今年的扶贫重点。这是我写的方案。"

刘振华把写好的方案递给邱干部，这是刘振华手写的，那楷书写得非常工整，如打印一般。

“什么？用稔子扶贫？我是不是听错了？”邱干部简直不敢相信自己的耳朵。

“邱干部，你没有听错，我是想着用稔子扶贫，那是好东西啊。”刘振华笑着道，“你看看我写的方案吧，里面写得很详细。”

“刘振华，你是喝醉了，还是发烧脑袋烧糊涂了？”邱干部拍着桌子生气地站起来，“我知道你们落山村就是稔子树多，但你也不能异想天开想着用这个来脱贫啊，你这是乱来，乱弹琴！”

刘振华郑重道：“邱干部，我没有乱来，稔子全身都是宝，我托在省城的同学找研究所询问过了，对方给了相关资料，还在上面盖了印章呢。这不，还扫描发到我的手机上了。”

刘振华拿出自己的手机，打开几张相片。

“什么，还盖了印章？”邱干部是一个老干部，最相信盖着印章的资料。

邱干部拿出老花镜，认真地看着里面的资料。

“咦？还真有这么一回事啊，如果这资料是真的，那稔子是宝啊。”邱干部点着头。

刘振华说道：“邱干部，你再看看我写的方案吧。”

这次邱干部没有拒绝，把刘振华所定的方案看完了。

看完方案的邱干部并没有说话，只是眯着眼睛在想着事情。

过了好久，刘振华见邱干部没有什么动静，着急了：“邱干部，你觉得我这个方案怎么样？”

邱干部如果不认可他的这个方案，那他们就得不到扶贫组的支持。

如果得不到扶贫组的支持，那二十万元的资金就不会落到落山村上了。

刘振华的方案写得非常清楚，修路、请技术人员、育苗、建酒厂等，这都需要钱呢。

邱干部摇着头道：“刘主任，你去省城问过了吗？这资料是不是真的？你不要以为印章就是万能的，听说骗子随便在街上刻个木头印，也值不了多少钱。再说了，销售是个大问题，如果你们酿制出来的稔子果酒卖不出去怎么办？”

“你看看啊，上次我说的那大王椰树，本来是很好销售的，但一下子就卖不出去了。你不能不考虑这个关键问题。”邱干部用上次的事情做反面教材了。

刘振华解释着：“邱干部，这不一样的。现在风景树本来就供大于求，且现代人的审美观念有变化了，也不怎么喜欢大王椰树。”

“哼，那别人就喜欢你的那些稔子果酒吗？”邱干部与刘振华抬上杠了。

“这不一样的，根据我查找的资料，还有我同学去省城各大医院进行的调查，现在老人普遍有风湿疼痛等问题。如果我们的稔子酒真的有这种缓解作用，会有很大的市场。”刘振华道。

邱干部问道：“真的有效果？我的腿脚有时也出现风湿疼痛，喝这个能好？”

“不敢说治好，但有缓解作用，还能活血补血，这稔子果酒是好东西啊。”刘振华道，“宋叔的腿脚不是也不舒服吗？他喝了自己泡的稔子果酒就好多了。”

邱干部想了想道：“我以前见老宋走路好像不大利索，上次见他，似乎好了一些。不对啊，我今天给老宋打电话，他说在县城看病还没有回来呢。”

“我真的没有骗你，你可以打电话问问宋叔。”刘振华着急道。

邱干部拿出手机给宋民打电话，过了一会儿，半信半疑道：“刘主任，刚才老宋说了，让你去他家，找他老伴倒两斤稔子果酒给我，我试试看效果。”

“邱干部，那这个方案……”刘振华问道。

“我拿回去与扶贫组的同事讨论讨论，你也知道用稔子扶贫，让人觉得不可思议，我现在都接受不了，更不要说他们。”邱干部拿过桌上的方案书，“刘主任，我尽量吧。”

刘振华在心里暗叹了一口气，如果得不到扶贫组的帮助，他以后的工作会非常困难。不过不管如何，都要走下去。

刘振华带着邱干部来到宋民家，邱干部脸皮薄，让刘振华进去拿稔子酒。

刘振华对着里面叫道：“李婶。”

“是谁啊？进来吧。”里面传来李水莲的声音。

刘振华进到屋里，见李水莲在翻着煮好的米饭，这是做酿酒的酒糟。

“是你。”李水莲见进来的是刘振华，立即板着脸问道，“你有事吗？”

“宋叔让我过来拿两斤稔子酒。”刘振华道。

“稔子酒？现在没有了。”李水莲转过头不看刘振华，“我现在正忙，如果你没有什么事就走吧。”

在外面的邱干部一直听着里面的人说话，一听李水莲说没有稔子酒，不由问道：

“这是怎么回事？老宋明明说有的。”

李水莲听到外面有人说话，走出来一看，不由欢喜道：“哟，是邱干部啊。”

“是啊，李嫂，不好意思，打扰你了。我的腿脚也有点麻，老宋说你们家的稔子酒不错，让我过来拿两斤。如果没有的话，那就算了。”邱干部来落山村扶贫两年了，从来没有拿过落山村群众的好处。不过他与宋民的关系不错，两斤自家酿制的酒，应该没有多大原则上的问题。

“有，我家还有稔子酒，我现在就给你倒去。”李水莲笑着进了里屋。

刘振华愣了一下，刚才李婶不是说没有了吗，怎么一下子又有了，这转变也太快了吧。

没有过多久，李水莲拿着一个雪碧瓶出来：“邱干部，我给你倒满了，这里面差不多有三斤。”

“哎呀，李嫂，这怎么好意思呢？”邱干部不好意思道。

李水莲笑道：“如果你觉得不好意思，那就帮我们家丽芳在县城介绍个对象吧，最好是在你们县城有单位的。”

“如果是有单位的话，有点难，毕竟丽芳也没有单位嘛，现在的人也还是讲究门当户对。”邱干部为难地道，“不过如果是做点小生意或者个体户的年轻人，还是问题不大。”

“在县城做生意的也好，总比在我们村里强。”李水莲一边说着，一边瞄了刘振华一眼。

刘振华明白李水莲的意思，可他没有说什么。

“如果是这样的话，那我回去就帮丽芳物色一下，有好消息立即告诉老宋。”邱干部点头道。

“那麻烦你了。”李水莲听说问题不大，脸上的笑容立即灿烂起来。

刘振华把邱干部送上车，闷闷不乐地来到村办公室。

出师不利，对他还是有打击的。

刘振华感觉心里有点闷，上了 QQ 把现在的情况告诉老枪。

没有过多久，老枪打电话过来：“振华，你们稔子树那么好，既然扶贫组的工作人员不热衷，你可以换个思路，跟村民说一说。如果你先得到他们的支持，那扶贫组的工作也容易做了。”

“对啊，老枪，真没有想到，你现在变得越来越聪明了。”刘振华兴奋地拍着大腿叫道。

“喂，刘振华，你还能不能好好地聊天啊？我什么时候不聪明啊？”老枪生气了。

“是，是我说错了，我现在去找村民们好好聊聊。”刘振华挂了电话。

可刘振华去找村民们说利用稔子脱贫时，他们个个都摇头表示不赞同这样的做法。

“振华，不是我泼你冷水，我们落山村的稔子树多如牛毛，但你说怎么用来让大家发财致富啊？还有稔子酒，那是宋家的秘方，他们会告诉我们吗？”

“就算宋家能告诉我们，可我们全村都酿制稔子酒，那会有多少斤啊？我们能卖得出去吗？”

“我们连养牛蛙都不会，怎么可以做稔子果汁等饮料呢？真是天方夜谭啊。”

陈学才看着刘振华失望道：“我还以为振华是大学毕业的，做事比那些人靠谱。没有想到他要做的事情更加不靠谱，看来我们今年的扶贫工作又是一场空，我们还是为自己想一想吧，再这样穷下去，我们怎么办啊？”

随着乡亲们一道道的反对声，刘振华感觉心理压力越来越大。

乡亲们根本不知道这种土生土长的东西有着很大的商机，可以赚钱，他们墨守成规惯了。

看来，落山村的村民们穷的不只是钱财，还有思想。

“丁零零。”刘振华的手机响了。

刘振华看是邱干部打过来的，心里一喜，急忙接通电话问道：“邱干部，是不是你们扶贫组同意我的那个方案了？”

第10章 祖传秘方

“刘主任，刚才我跟扶贫组的领导汇报了，领导让你去征求一下村民的意见，看看他们怎么说，到时再报上来让我们讨论决定。”邱干部道。

刘振华一下子愕然了：“要村民们同意？”

“是啊，如果村民们不同意，你要一意孤行的话，我们也不敢支持你的方案。”邱干部笑着道。

其实邱干部在落山村扶贫了这么久，与村民们有一些联系。

当刘振华的这个扶贫方案在落山村里传开后，就有人给邱干部打电话告状了。

邱干部将计就计，给刘振华下了一个套子，让他不能再提这个方案了。

用稔子为落山村脱贫，真是天大的笑话，如果这样都能脱贫成功，他们不是随便想想办法都能让贫困村脱贫了吗？

刘振华只得实话实说：“邱干部，现在有一些村民还不了解我的扶贫方案，我正在做他们的思想工作。”

“如果他们不同意的话，我们扶贫组会再想一个方案。”邱干部笑着挂了电话。

刘振华急了，如果扶贫组那边不支持他的工作，村民们更加不会同意他这样做了。

在村民的眼里，上头认为他的方案不行，那他的方案可能真的不行，以后还怎么实施下去？

就在刘振华思考的时候，外面传来李水莲的叫声："刘振华，你给我出来！"

刘振华听到后走出去，见李水莲气势汹汹地站在门外。

"好你个白眼狼，我们宋家对你不好吗？你读书时，是我们老宋帮你张罗学费，你还借我们家五千块钱没有还呢。现在你当了村主任，就想着打我们酿酒秘方的主意？你要知道，是老宋推你当村主任的，要不然你什么都不是。"李水莲生气地指着刘振华骂道。

刘振华听明白了，稔子酒是宋家酿制出来的，李水莲听说落山村要大规模搞稔子酒酿制，这才过来责骂。

刘振华为难道："李婶，我说的只是方案，还没有实施呢，这不征求大家的意见嘛。等宋叔回来，我还要问他的意见。"

"我们宋家不同意，这是我们家赚钱的秘方，凭什么拿出来给大家用？"李水莲叫道。

刘振华有点头疼了，如果宋家不肯把酿制稔子酒的秘方拿出来，他们要再研究一个方案，那要费不少时间。

待李水莲走后，刘振华给老枪打电话："老枪，我这边有点问题，可能别人不答应拿出酿制稔子酒的秘方。不知道我们自己用稔子泡酒，会不会达到这样的功效？"

"这个有点麻烦，上次那个研究员跟我们说，有多年实践经验的家传秘方，效果肯定会更好。如果用稔子直接泡酒，是有一定的效果，但肯定没有老秘方好。"老枪道，"我有空再去找研究员请教一下。"

刘振华感激道："老枪，麻烦你了。"

"不客气，我们是同学嘛。"老枪笑道。

由于李水莲骂了刘振华一顿，落山村的村民们对刘振华这个扶贫方案更加抵触了。

宋家酿制的酒与别人的不一样，那独特的清甜，不是别人能仿制得来的，这也是宋家酒这么好卖的原因。

夕阳从村西边的山坡缓缓落下，晕红的余光在草丛中抹上一片薄薄的宁静，别有一番美景，这就是落山村得名的由来。

可现在刘振华的心情一点都不好，本以为找到一条让村民们脱贫的好路子，没想到计划一开始就受打压，可能要夭折。

村口开过来一辆三轮车，摇摇晃晃地停下来。

宋丽芳从车后帐篷里跳下，她担心地对里面道：“爸，你慢慢下来，不要摔着了。”

“没事，医生都说我的腿脚好了不少，再休养一段时间就没事了。”宋民在宋丽芳的搀扶下下了车。

宋民恨恨地看着后面坑坑洼洼的黄泥路：“这路也有很多年了，是要修一修了。”

“对啊，宋叔，要致富先修路，我们要把这几公里黄泥路修起来。”刘振华迎上去兴奋地说着。

修路，这是刘振华的第一个目标。

进落山村的这几公里黄泥路太难走了，很多大车都不想走他们村这条路，这也是落山村落后的其中一个原因。

他们落山村要发展起来，这条路不修好是不行的。

不要说货物，人在车里坐着，都要被颠簸得不行了。

“唉，谈何容易，这是村道，不是乡道。”宋民摇着头叹气，“听说现在建四米宽水泥路造价是一公里三十五万元，我们这条黄泥路有八公里，就要二百八十万元。镇里说过了，可以帮我们向上面申请扶持，但大概只能申请到一半的资金，另外一半的资金由我们村出。我们村哪有钱？”

刘振华问道：“难道就没有全额帮助我们建公路的名额吗？”

“不是说没有，而是要等。毕竟这是村路，属于我们村的，人家上面没有这样的明文规定全额帮助我们。再说了，上面的资金也紧张，哪里都要用到钱，哪能顾得上我们这小小的贫困村呢。”宋民无奈地摇着头。

宋丽芳看着憔悴的刘振华：“振华哥，听说你弄了一个扶贫方案，怎么样了？”

虽然宋民他们在县城，可是消息也传到他们的耳朵里了。

“邱干部不赞成，村民们也反对，我看麻烦了。”刘振华沮丧道。

“振华，我也是道听途说，你跟我详细说说吧。”宋民道。

刘振华看着宋丽芳手里的行李，不好意思道：“宋叔，你不先回家一趟？”

“不急着回，我们去办公室聊吧。”宋民想了想道，“丽芳，你把行李拿回家。”

“是，爸。”宋丽芳拿着行李往家走去。

刘振华想扶宋民走，可被他推开了。“振华，你不要扶我，医生说我自己多走动有好处，可以活络筋骨。”

刘振华与宋民到村办公室时，宋丽芳也过来了，她手里还提着一瓶稔子酒。

“振华哥，这就是我们家酿制的稔子酒，你尝尝。”宋丽芳递给刘振华。

“谢谢丽芳。”刘振华也想试试稔子酒的效果如何，这样他向别人推销的时候，更能说出个一二三来。

宋丽芳微微一笑，走进办公室。

宋丽芳进到办公室，就如在自己家里那样熟悉，开始煮开水为他们泡茶。

刘振华见宋民坐下来，便把这个稔子方案和众人的反应一五一十地告诉宋民。

宋民听后，暗暗蹙眉：“振华，你的想法很大胆，我当时听了也很震惊。不过现在听你一说，是有机会的。”

“是啊，宋叔，如果我们能把稔子这个品牌打出去，我们落山村就不会再是穷山村了。”刘振华的眼眸亮着光。

倒完茶的宋丽芳坐在旁边的椅子上，美眸一直在暗中看着刘振华。

“爸，我觉得振华哥说得有道理。我们落山村穷了这么久，要发展起来，就要走不平常之路。这稔子在我们落山村非常多，如果能把稔子发展起来，我们村就不会穷了。”宋丽芳敬佩地看了刘振华一眼，那俏丽的小脸又出现了以前的娇羞。

刘振华果然是有想法有魄力的人，回来没有多久，就能想到这么大胆的发展落山村的方案。

如果做成了，一直压在她爸爸心头的石头就可以搬开了。

宋民思索一番，咬咬牙拍桌子道：“好，振华，这次是我们落山村难得的机会，我们与你一起干。”

“宋叔，你赞同我的方案了？那我们现在就去村民家说动说动。”刘振华激动地站起来，把桌上的茶杯给打翻了。

可宋民摇头道：“振华，你不理解我们落山村的人，你越去说，他们越以为你这方案不行，可能是忽悠他们呢。”

“那我们怎么干？”刘振华问道。

“只有我们先自己干。”宋民道，“只有我们把稔子酒卖出去赚钱了，到时不用我们找他们，他们也会过来求我们了。”

“对，对，我们就这样干。”刘振华这才明白宋民的意思了。

村民们穷怕了，让他们去尝试别人从来没有做过的事情，他们可能不敢去做。

可刘振华他们先做了，如果真的能赚钱，那村民们就会听他的了。

用事实来说话，这是真理。

突然，刘振华抬起头看着宋民：“宋叔，你们的稔子酒秘方可以拿出来给大家用吗？这可是李婶家祖传的啊。”

“我们酿制的稔子酒非常不错，别人酿制的与我们的相比，根本不是一个档次。”宋民自豪地挺起胸膛，“不过只要能让村民们发家致富，这家传秘方又算得了什么呢？”

“宋叔，谢谢你。你为了落山村，付出太多了。”刘振华激动地冲上前抱着宋民。

宋丽芳吃惊地看着刘振华抱着父亲，难道这是刘振华的惯性动作？

刘振华也是抱了抱宋民就松开了。“宋叔，吃过晚饭后，我去你们家聊聊，明天就开始弄稔子酒的事情。”

刘振华也知道现在弄稔子酒，不能用宋民家以前那样的小规模做法，只是酿制少量供自家喝。他们现在要做的，是大规模地酿制稔子酒，达到一定的规模，才能在外面推广销售。

“刘振华，你晚上不要来我们家了，我不同意。”办公室门外响起李水莲生气的声音。

第11章 无私付出

宋民听到李水莲的话，脸色一变，急忙对走进来的李水莲道："水莲，刘振华这个方案非常不错，如果做得好，可以让落山村的乡亲们脱贫啊。"

"哼，你整天就想着落山村，但有什么用呢？你有办法帮助大家脱贫吗？"李水莲重重地哼了一声。

宋民讪讪地道："我……我们不是在想办法嘛，现在有办法了。"

"这是什么办法啊，拿我娘家的家传秘方给别人用，宋民，你还有什么好想的吗？！"李水莲骂道。

"虽然说这是家传秘方，但不也只是一个方子吗，没有多大的事情。"宋民道，"大家好才是真的好。"

"如果到时家家户户都酿制稔子酒，我们村的酒还能卖吗？到时我们全家去喝西北风？"李水莲气愤地瞪着宋民，"反正我不同意，这是我们李家传过来的秘方，如果你擅自拿给刘振华，我跟你没完。我……我跟你离婚，我还要与你打官司，告你侵权，让你们赔大钱，让你们坐牢。"

刘振华听李水莲这样说，知道自己不能再打宋家秘方的主意，要不然宋家要出事。

"李婶，你放心吧，如果没有得到你的同意，就算宋叔给我，我也不敢要。"

刘振华急忙对李水莲道。

“振华，你还是回省城吧，这落山村没得救了。”李水莲听刘振华这样说，脸色缓和了一些，“你也不听听外面的乡亲怎么说你，他们说你异想天开，在省城读书把脑袋给读晕了，做事不讲实际，想着把今年扶贫的二十万元私吞了。”

“你们好心为落山村着想，可他们能理解吗？像我家老宋，几十年如一日地当村主任，还被一些村民在背后责骂，说老宋把村里的钱都贪污掉了呢。”李水莲对落山村的村民有不少意见。

宋民喝道：“行了，水莲，你不说话没有人当你是哑巴。”

“宋民，现在你都不是村主任了，你还管那么多干什么？”李水莲大声叫着，“如果没有经过我同意，你敢把我家家传秘方拿出来，我跟你离婚！”

说完，李水莲气冲冲地离去了。

宋民见状，也没有再说什么，拄着拐杖离去。

“振华哥，你不要气馁，我们会想办法的。”宋丽芳劝了刘振华几句，也跑回家去了。

刘振华听到宋丽芳这样说，心里又有了点希望。

如果宋民和宋丽芳回家劝一下李水莲，能做通李水莲的工作，那也是不错的。

刘振华回到家自己煮饭，炒完菜后，宋丽芳过来了。

“丽芳，你过来坐。”刘振华招呼着宋丽芳。

本来刘振华想着叫宋丽芳一起吃饭的，但是看着自己桌上的五花肉炒青菜，还是把话给忍了回去。

“振华哥，你老吃这个可不好，要煲点汤。”宋丽芳犹豫一下，从口袋里拿出五百块钱，“你拿着用吧。”

“我不要，我下个月就发工资了。”刘振华摇着头。

昨天老枪还往他的银行卡上打了五百块，说是借给他的，让他以后有钱再还。

“那你下个月还我。”宋丽芳一边说着，一边把钱塞进刘振华的口袋里，“你现在是村主任，有时要去村委会或者镇里开会，遇到领导，怎么也得请人家吃饭，拉拉关系吧。”

“这，这个……”刘振华犹豫了一下。

宋丽芳说得没有错，他刚当上村主任，很多关系都要拉拢，要不然以后的工作非常难开展。

想到这，刘振华道：“好吧，我下个月还你。对了，丽芳，你妈现在怎么说？”

“她还是没有同意。”宋丽芳为难道。

刚才她在家里吃饭的时候，被妈妈数落了一番，说刘振华是外人，没有必要拿家传秘方帮他。

还说刘振华现在是农村人，没有出息，让她没事不要去刘振华那里。

这些难听的话，宋丽芳是不能跟刘振华说的。

“唉，我也想到会是这个结果。”刘振华叹着气坐了下来。

不要说农村人，就是城里人，也不会轻易地拿家传秘方出来给别人用。

“如果你妈妈同意的话，我会说服别人给她版权费的，或者是在销售中占一点分成也可以。”刘振华道。

宋丽芳苦着脸：“估计现在说这个没有用，我妈觉得你这个方案不行，说到时赚不到钱，还会把我们的家传秘方赔进去。”

“我再想其他办法吧。”刘振华只得把希望放在省城老枪那边，希望他能帮自己找到酿制稔子酒的方子。

不过他们自己摸索酿制稔子酒的方子，估计要一年半载，落山村的扶贫工作又要落后不少。

时不我待啊。

现在大家都知道他要搞这个稔子脱贫的方案，估计这消息很快就能传出去。

如果让别的地方的人知道这个事情，率先搞起来，他们没有了先机，要赚钱就不是那么容易了。

真是急啊。刘振华感觉自己心里非常郁闷。

他看到墙角放着宋丽芳送他的稔子酒，走过去拿过来，倒满了一碗。

“呼。”刘振华一口气把那碗稔子酒喝下去，只觉一股热气从小腹处涌了上来。

“好酒！”刘振华大叫一声。

宋丽芳见刘振华的俊脸上涌上一片红晕，不由着急起来：“振华哥，你不会喝酒，不要喝这么多，这酒后劲很大。”

“我心里烦，喝一点吧。”刘振华抬起手夹菜时，发现自己的手有点重了。“丽芳，你也来喝点吧。”

“好。”宋丽芳以前陪宋民喝过酒，也有点酒量。

她心疼刘振华这样喝闷酒，也拿过一个饭碗与他喝了起来。

宋丽芳怕刘振华喝醉，急忙招呼着他吃点饭菜。

可刘振华心里苦闷，吃了一点五花肉后，又叫嚷着与宋丽芳喝酒。

无奈的宋丽芳只得与刘振华喝着，没有过多久，酒量不行的刘振华晕头转向了。“丽芳，我……我的头有点晕，我先去躺会，一会儿再与你喝啊。”

说完，刘振华摇摇晃晃地往着里面的房间走去。

可刘振华已经醉了，根本分不清门口在哪里，脑袋直接就撞上前面的墙壁。

“咦，怎么这门进不去啊？”刘振华醉得都不知道痛了。

宋丽芳心疼地跑过去，扶着刘振华进到房间里面。

宋丽芳也不是第一次进刘振华的房间，她以前过来帮他打扫过，所以轻车熟路地扶着他到床边。

不过宋丽芳也累得直喘气，当她把刘振华扶躺下去时，刘振华迷糊地叫着：“思诗，我不想你离开我。可是，落山村把我养大，乡亲们这么穷，我不能不报答他们的恩情啊。”刘振华说着说着大哭了起来。

宋丽芳听到刘振华突然哭了起来，她心里非常难受。

刘振华继续哭道：“呜，可现在我遇到了大难题，乡亲们不相信我，没有人能帮我，我好痛苦，我的心好难过啊。”

宋丽芳的眼泪也掉了下来，以前刘振华没钱读书，没钱吃饭时，她都没有看到他这么难过。

可现在他居然为了落山村的脱贫大哭，宋丽芳的心里如百味酱，她突然暗下决心。

也不知道过了多久，刘振华睡着了，宋丽芳为他盖上被子。

宋丽芳去到外面收拾碗筷，再把门闩上，回到了刘振华的屋里。

宋丽芳就这样站在那里看着刘振华很久，最后，她犹豫几番，把房间的灯关掉……

凌晨时分，宋丽芳悄悄地回到家。

她刚进屋，客厅的灯就亮了，李水莲坐在木椅上。“丽芳，你去哪了？怎么打你的电话也不接？你知道妈妈担心你一个晚上吗？找你又找不到。”

“妈，我……我迟点跟你说，我先去洗澡。”宋丽芳红着脸进了自己的房间，拿着换洗的衣服进了洗澡间。

宋丽芳洗完澡回到自己的房间时，发现李水莲坐在她的床上，脸色非常难看。

“丽芳，你喝酒了？”李水莲蹙着眉头。

“嗯，晚上我过去找振华哥，与他喝酒了。”宋丽芳红着脸点点头。

“什么？你在刘振华的家？！”李水莲吃惊地叫起来。

宋丽芳暗叫侥幸，她估计一会儿母亲会大叫，所以进来的时候，已经把房门关上了。

李水莲又摇着头：“不对，晚上我去刘振华家找过你，可是他家里熄灯没有人，你到底在哪里？”

“我……我一直在振华哥的家，我晚上去他家，与他一起喝酒，后来我们喝醉了，然后我们……”宋丽芳低下头没有再说下去。

不过李水莲哪能听不出宋丽芳的弦外之音呢。“丽芳，你……你吃亏了？”

“妈，我们都喝醉了，所以什么都不知道了。后来醒来，我才发现……这不怪振华哥。”宋丽芳轻咬着嘴唇，那脑袋都快垂在胸前了，“我现在是他的人了。”

“什么？不怪刘振华？他欺负我家闺女，不行，我得找他去。对了，我要报警，叫警察来抓他。”李水莲习惯性地想摸出手机，发现自己穿着睡衣，根本没有带手机。

“刚才你回来的时候，走路有点不一样，我就觉得不妥了。刘振华那个人面兽心的家伙，我不会放过他的。”李水莲气愤地要冲出房间。

第12章 态度转变

宋丽芳吓得急忙抱着李水莲："妈，你不要吵闹，如果你把这件事情传出去，我以后怎么见人啊？"

李水莲那张大的嘴巴一下子没有了声音，如被别人塞进什么东西似的。

过了一会儿，李水莲回过神来："是啊，你以后还要见人的。可是，我们不能便宜了刘振华。"

"妈，我都说这件事情怪不得振华哥，他喝醉我也喝醉，事情都发生了，你就不要吵闹了。"宋丽芳小声道。

"那刘振华怎么说？"李水莲想了想，见生米已经煮成熟饭，只得忍气吞声问宋丽芳。

宋丽芳好像一早就想好了，从容道："振华哥说会负责的，妈，你就不要操心了。他还说要做一番事业，再谈婚姻的事情。"

"他说的也对，如果像他现在这种穷样，我是不会答应让你嫁给他的。"李水莲点点头，没有刚才那么生气了。

"可是，丽芳，刘振华比不上县城的那些小伙子，我还让邱干部帮你找好婆家呢。"

宋丽芳大吃一惊，没想到妈妈居然暗中帮她找婆家，这让她更加坚定以前的想法。"妈，我都是振华哥的人了，你就不要添乱。现在我想着要帮振华哥把稔子扶贫项目做好，让我们落山村脱贫。到时我们有钱了，一切都好办。”

李水莲道：“丽芳，我是女人家，不懂这些，可是村里的人说这个方案不好。”

“他们不懂，我刚才与振华哥说了，我们把这个稔子酒厂建好，以后肯定可以赚大钱。”宋丽芳劝着李水莲，“妈，你就让我们做吧，到时我们赚了钱，不也是你赚钱吗？以后我们还会养你呢。”

“丽芳，振华说的稔子扶贫真的可以赚钱？”李水莲问道。

宋丽芳道：“真的可以赚钱，况且我现在也没有退路，我一定要帮振华哥。”

“也是，你都是他的人了，怎么都得帮他。”李水莲白了宋丽芳一眼，“你当时怎么就那么糊涂，在他家喝什么酒！”

“我本来就想喝一点，没想到越喝越多，把我们家的那稔子酒都喝完了。”宋丽芳红着脸道，“妈，你不要再说刚才的事情，你再说我没脸见人了。”

“唉，真是造孽。好，妈不说了，不能让别人知道这件事情，要不然以后你没脸见人。”李水莲道，“振华那个孩子也是不错，就是穷了点而已。”

宋丽芳见妈妈松口，也放下心来。

她走过来轻搂着李水莲的肩膀：“妈，这件事情不能让别人看出什么来，也不能当面跟振华哥说什么，我们就当什么事情都没有发生过，这样我与振华哥合作办稔子酒厂的事情，也不会让别人说三道四了。”

“对，要不然村里的人会说振华以权谋私，还说你们办的夫妻酒厂呢。”李水莲的领悟能力非常强，不用宋丽芳说后面的话，她就能猜到宋丽芳要说什么。

“丽芳，你也不能在别人面前向振华表露什么，这样振华就可以利用村主任权力多帮助我们家。你爸就是个死脑筋，从来没为我们家走过一次后门，我都快被他气死了。”

宋丽芳笑道：“妈，爸为人正直，你不要说他，这样挺好的。夜深了，你也快去睡吧，明天我就去跟振华哥说，你答应让他用我们的家传秘方，我们很快就能办好酒厂，赚大钱。”

为了让母亲鼎力支持刘振华的工作，宋丽芳把刘振华所规划的稔子酒项目画成了一张大饼。

果然，李水莲一下子来了精神：“丽芳，到时振华就是董事长，你就是总经理了，下面还有一百几十个工人，那可威风了。”

“妈，以后肯定会是这样的。”宋丽芳打着哈哈，免得李水莲不肯答应，“这件事情可不要告诉爸，要不然依他的脾气，可能会出事。”

“这个我知道，你们的事情，就我们仨人知道，不会再让第四个人知道。”李水莲想着，女儿已经失身的事情，还是不要让宋民知道为好。

宋丽芳笑道：“妈，你真好。”

“那妈就回去睡了，你明天与振华好好商量一下，怎么赚大钱。如果你需要妈帮忙的，尽管说。”李水莲进入角色非常快，现在一心想着帮自己的未来女婿了。

宋丽芳点头道：“嗯，如果有什么需要，我会找妈帮忙的。”

待李水莲走后，宋丽芳软倒在床上。今天晚上发生的事情，她从来没有想过。还有他们两人同处一室……宋丽芳不敢想下去了。

早上，刘振华醒来时，发现自己没有脱衣服睡在床上，而他的头痛得要爆炸似的。

“我昨晚到底喝了多少酒？”刘振华挣扎着起来倒了一杯白开水喝了下去。

他只记得昨晚宋丽芳过来陪他喝酒，然后他自己一个人要回房间睡觉，再然后就记不清了。

刘振华想着今天去一趟省城找老枪，看能不能找到稔子酒的好方子。

只是用稔子果泡酒，谁都会做。

但要酿制出有更佳效果的药酒，那又不一般了。

刘振华刚拿出手机想给老枪打电话，外面就响起敲门声：“振华，你在吗？”

刘振华听那声音，有点奇怪地跑去开门：“咦，李婶，真的是你啊，你有事吗？”

刘振华想起昨天李水莲发飙的样子，心里还有点发毛。

“振华，你怎么不多睡一会儿呢？你也太累了。”李水莲这是丈母娘看女婿，越看越喜欢。

“这是我早上做的饺子，你吃吧。”李婶把保温瓶递给刘振华。

“啊？！”刘振华惊呆了。

昨晚李水莲一副要与他拼命的样子，今天一大早就给自己送吃的？

这饺子会不会有毒？刘振华害怕地退了几步。“李婶，谢谢你，我不饿。”

李水莲以为刘振华是害怕自己过来找他算账，便笑道：“振华，你们的事情，我已经知道了。我也不反对，只要你们好就行了。”

“我们的事情？”刘振华蒙了。

李水莲见刘振华故意装傻的样子，一下子醒悟了：自己怎么就忘记昨晚丽芳的交代呢？不要提昨晚的事情，要当什么事情都没有发生过，这样别人才不会说闲话，刘振华才会更好地关照他们宋家。

“嘻嘻，我是说不反对你与丽芳合作办稔子酒厂的事情。你要用我们家的秘方，那就用吧。”李水莲笑道。

既然刘振华装糊涂，那她也跟着装吧。

“李婶，真的吗？”刘振华吃惊地跳了起来。

这事情透着奇怪，昨晚李水莲都不同意，要与他拼命的样子，现在居然同意了？

不对啊，事出反常必有妖，这饺子一定有问题。

难道李婶见说不过宋叔和宋丽芳，一气之下要下毒弄死自己，这样就没有人敢打她家酿酒秘方的主意了？

我还是小心为上，刘振华在心里想着。

“当然是真的，一会丽芳会过来与你谈，如果你需要我和老宋帮忙，尽管说。”李水莲想着家里的猪要喂食，也不与刘振华多说，把装着饺子的保温桶放下就走了。

刘振华还没有吃早餐，看着保温桶里的饺子，饿得肚子咕咕叫。

可他不敢吃里面的饺子，怕会出事啊。

就算李水莲不敢毒死他，但让他拉上十天八天的肚子，估计是敢的。

“振华。”外面响起牛志锋的声音，接着他跑了进来，“听说丽芳回来了，你赶快借情书给我抄一下。”

“咦，这里面是什么？”突然，牛志锋发现桌上的保温桶。

牛志锋打开一看，里面是香喷喷的饺子。他可不客气了，立即拿起筷子夹了一个饺子放进嘴里吃了起来。

“哗，真好吃啊，里面还是肉馅的。”牛志锋还想再夹饺子时，刘振华抢过筷子，把保温瓶盖好。

“志锋，你刚才说要借什么？”刘振华故意问道。

牛志锋啊，这是你自己偷吃的，出什么事情可不要怪我。如果有事，我就送你去医院。

“情书啊，你房间柜子里有着一大堆情书呢，赶快借我抄一下，我今天一定要让丽芳喜欢上我。”牛志锋摩拳擦掌，一副志在必得的样子。

“这个啊，让我好好考虑一下。”刘振华故意拖延着时间，左说两句，右说两句，与牛志锋闲聊着。

过了好久，刘振华才问牛志锋：“志锋，你身体有什么不良反应吗？”

“不良反应？没有。”牛志锋摇着头。

“你就没有肚子疼什么的吗？一点事情都没有？”刘振华奇怪了。

饺子不是有毒吗？牛志锋怎么没事？

“我身体壮得就像一头猪，不，像一头牛，我能有什么事呢？”牛志锋站起来拼命地拍着自己的胸膛。

刘振华百思不得其解，外面响起了宋丽芳的声音：“振华哥。”

“啊，丽芳。”牛志锋听到宋丽芳的声音，身体兴奋得直发抖。

“牛志锋，你怎么在这里？”宋丽芳看到牛志锋，本来笑容满面的，立即板着脸了。

“我……我刚好路过。”牛志锋见宋丽芳生气，吓得大气都不敢喘一下。

宋丽芳冷哼一声：“你赶快走，我不想看到你。”

牛志锋知道宋丽芳还因为抄情书的事情而生气，吓得急忙走了。

宋丽芳见牛志锋走了，立即换回笑容：“振华哥，刚才听我妈说，她给你送饺子来了？”

“是啊，丽芳，这事太蹊跷了，昨晚你妈要与我拼命，今天早上居然给我送饺子，你说这饺子是不是有问题啊？我不敢吃，刚才让牛志锋吃了一个，也没有看到他要拉肚子。”刘振华丈二和尚摸不着头脑。

第13章 开始动工

“哈哈哈，振华哥，你太坏了，拿牛志锋试验啊。”宋丽芳哈哈大笑起来。

刘振华不好意思道：“是他嘴馋抢着吃，我让他吃一个看看嘛。”

“我的傻哥哥，饺子没有问题，我已经做通我妈妈的思想工作，她答应我们一起合作建稔子酒厂了。”宋丽芳痴痴地看着刘振华。

“太好了。”饿得快要发晕的刘振华急忙打开保温桶，把里面的饺子全吃掉。

刘振华舒服地摸着肚子问宋丽芳：“你妈怎么会同意了？”

“山人自有妙计，你就不要问这么多了，还是赶快想着怎么廾始动工吧。”宋丽芳红着脸不肯说出原因。

宋民接到刘振华的电话，也惊讶地赶到刘振华的家。

宋民腿脚行动越来越方便，今天居然不用拐杖了。

刘振华惊喜地看着宋民的脚：“宋叔，你的脚比昨天好了不少。”

“嗯，我天天喝稔子酒，它可以祛除我体内的风湿，活血通络，慢慢就会好了。”宋民大笑着，“所以你想搞稔子酒这个项目，我心里还是赞成的，稔子酒是好东西。不过我们全村都做这个，会不会像大王椰树那样，到时供大于求，我们的酒卖不出去啊？”

“宋叔，这就需要我们跑市场了。我现在定价出售的稔子酒每斤二十块，只要我们能卖出去一部分，就能赚了。”刘振华把自己的设想告诉宋民他们。

宋民的眼睛一下子亮了起来：“什么？一斤二十块？振华，真的有人花这个价钱买？”

他们的成本不高，一斤白酒的成本是两元，稔子的话，在落山村是不要钱的。

“当然会有，这是我们的最低价，刚开始是以一斤二十块销售，如果我们做起来，会卖到二十五甚至是三十块以上的价格。”刘振华信心十足地说着，“现在省城有很多老年人因为风湿病造成腿脚疼痛行走不方便，那是我们未来的客户。”

“这也是，不要说省城的老年人，就是我们乡镇这边，也有不少老年人因为风湿病腿脚不好，行动不方便。”宋民肯定了刘振华这样的想法。

宋丽芳担心道：“振华哥，我们不熟悉省城那边的销售，到时你要多跑省城。”

“我肯定会去省城那边联系业务，现在要紧的是把我们稔子酒厂的框架搭起来，还要建一个养猪场，酿酒后剩下的酒糟，也可以用来养猪。”刘振华说出下一步的计划。

“对，我们家酿完酒的酒糟都用来养猪。可以说我们家的猪吃的大部分就是酒糟，可以省下很多猪饲料。酒糟猪肉，也有很多人喜欢购买。”宋民越看刘振华越顺眼，这个想法非常不错。

这么好的小伙子，一定要让他成为自家的女婿。

宋民急忙对宋丽芳道：“丽芳，你赶快把我们的酿酒秘方告诉振华，免得你妈到时又变卦。”

“宋民，你这么看不起我？”外面响起李水莲的声音。

宋民吓了一大跳，急忙觍着脸道：“老伴，我不是看不起你，我是太看得起你，所以想着让他们年轻人去弄，我们就等着享清福。”

“是啊，以后我们就享清福。”李水莲笑了起来。

刚才她在屋外偷听了一会儿，听到刘振华说稔子酒可以卖到二十块一斤，还用酒糟养猪时，她心花怒放啊。

她家小规模酿酒的酒糟可以养一栏猪，刘振华他们酒厂的酒糟，起码可以养十几二十栏吧，那可以赚多少钱啊？

昨晚女儿与刘振华喝醉酒喝对了，这样的好女婿，就算她打一万个灯笼都找不到呢。

“丽芳，你现在就把秘方告诉振华，免得有人说我变卦。”李水莲白了宋民一眼。

宋丽芳哪会不趁热打铁呢，急忙把写好的秘方交给刘振华。

刘振华拿着秘方，心里踏实多了。

刘振华对宋民道：“宋叔，我家的地都荒着，要不在我家的地里建酒厂？”

“这个可以。大型养猪场的话，是不能在村边，要远一点，免得给村里造成污染。”宋民想了想，把自己的想法说了出来。

刘振华暗暗点头，姜还是老的辣，宋民想得非常周到。

李水莲感觉刘振华他们现在弄的就是自己家的产业，所以非常开心，时不时插上两句。

刘振华抬头道：“现在我们暂时分工一下，李婶负责酿酒的技术，宋叔负责养猪场的事情，丽芳负责酒厂，我负责稔子酒的销售。”

“嗯，我们现在就行动。”宋民笑着道，“振华，现在山里有不少稔子，正是采摘的好时期，我们一会儿就去采摘。”

可刘振华听了摇着头：“宋叔，我们没有这么多时间管这个，请乡亲们帮我们采摘吧，只要成熟的稔子，我们一块钱一斤收购。”

“一块钱一斤收购？那漫山遍野的稔子，我们要付多少钱啊？”李水莲心疼了。

如果村民们采一万斤稔子，他们岂不是要给一万块？

宋民瞪了李水莲一眼：“你这婆娘，一点都不开窍，一斤稔子可以酿制多少斤酒啊？如果一斤卖 20 块，我们赚得可多了。”

“是啊，李婶，现在我们就要开始建酒厂和养猪场，都忙不过来，哪有时间去山上采摘稔子呢。”刘振华的脸上露出窘态，“可现在需要资金，我一会儿去镇上的农村信用社问问，能不能贷三万块先解一下燃眉之急。”

宋民摸着下巴：“资金是个大问题，我也听说农村信用社有扶贫政策，你问问能不能贷款。”

“我们要问银行借钱？那要多少利息啊？”李水莲又心疼了。

听说银行贷款的利息非常高，到时刘振华还不了钱要坐牢的话，他们家丽芳怎么办呢？

刘振华笑道："李婶，一般这种涉农贷款利息不高，只要我们的酒厂和养猪场赚钱了，赶快把银行的钱还了就行。"

"稔子酒好不好卖，我不知道，可这猪肉，谁家不吃呢？养猪没坏事，能赚钱。"李水莲说出自己的见解。

一般人养猪，猪饲料成本高是个大难题。可用酒糟养猪，他们可以省下一大笔猪食钱。

宋民对刘振华道："你用村的名义为自己开一份介绍信，说你是村主任，请农村信用社贷款。"

宋民和李水莲去忙活了，刘振华的意思是为了省钱，先建简易的猪场，酒厂也要开始筹建。

他们先在宋家已有的酒灶那边酿制一批稔子酒，随后刘振华去省城推销稔子酒。

刘振华与宋丽芳来到村办公室，他打开广播在村里播报通知："乡亲们，我是刘振华，现在我和老村主任宋叔一起收购成熟的稔子果，一块钱一斤，请大家多多支持我们的工作。"

刘振华广播完不久，村办公室外面站着不少人了。

"振华，你们真的收购稔子果？一块钱一斤？"陈学才在人群中叫了起来。

刚才陈学才去找宋民，可发现宋民去了刘振华家的荒地那边，好像还找了一些泥水工要建酒厂和猪场。

李水莲在家里忙活着，说有什么事情就去找刘振华。

刘振华道："这是真的。本来想让大家搞这个稔子酒项目，但你们怕风险太大，那我们就先弄吧。"

"那好，我们现在就去山上采摘稔子果，到时记得说话算话就行。"陈学才欢呼着往自己家跑。

他要叫上全家人上山，估计一天下来，他们可以采摘一百多斤，就有一百多块钱了。

其他村民也急忙跑回家，叫上亲朋好友拿着麻袋上山了。

刘振华开好贷款的介绍信，对宋丽芳道："丽芳，你借自行车给我，我去镇里问下贷款的事情。"

"骑自行车去镇里很慢，我问下牛志锋，他家不是有新摩托车吗？"宋丽芳拿出手机给牛志锋打电话。

"志锋哥，你现在有空骑摩托车载人去镇里吗？"宋丽芳对着手机道。

“有空，有空，我非常有空。”那边的牛志锋以为宋丽芳要去镇里，哪会说没有空呢。

他完全不管旁边的父亲生气地瞪着他。“志锋，你不要打电话，赶快帮我称猪肉。”

宋丽芳高兴道：“我现在在村办公室这边，你赶快开摩托车过来。”

“好咧，我马上到。”牛志锋挂了电话就想溜走，被牛杀猪叫住。

“志锋，你又不帮我的忙，想去哪里？”牛杀猪气愤地骂着，“今天你哪里都不能去，要不然我打断你的腿。”

牛志锋耷拉着脑袋：“爸，丽芳想叫我去镇里。”

“丽芳也不行……”牛杀猪猛地愣住，“咦，你刚才说谁？”

“丽芳啊。”牛志锋想着如果宋丽芳坐在自己的身后去镇里，那是多么浪漫的事情。

“你个猪脑袋，还不赶快去啊。”牛杀猪气愤地骂着。

牛志锋见父亲同意，立即拔腿往家里跑。他的新摩托车在家里放着呢。

“你给我站住。”牛杀猪又叫了起来。

牛志锋站住脚，苦着脸：“爸，不是你叫我去的吗，怎么又叫我站住？”

“你在钱袋里拿两百块，中午请丽芳去好的饭店吃饭，一定要追到她。”牛杀猪为儿子加油。

宋丽芳的美貌不要说在落山村，就算在镇里都是数一数二的，不少小伙子都想娶她呢。

“好咧。”牛志锋不客气地在猪肉台上的钱袋里拿了两百块，然后如野猪般向着前面跑去。

牛志锋骑着红色男装摩托车赶到村办公室门口，为了炫耀一下自己的拉风，他拼命地扭着油门。

“呼呼呼——”摩托车的排气管发出巨大的咆哮声。

宋丽芳从里面走出来，牛志锋睁着小眼睛兴奋叫道：“丽芳，我在这儿，你赶快上车。”

宋丽芳今天真的是漂亮，一件洁白的 T 恤，下面是一条黑色紧身裤，性感妩媚。

“志锋哥，你也想去镇里吗？”宋丽芳笑着问道。

牛志锋看着宋丽芳如百合般的笑容，感觉自己已经如同喝了一斤白酒般晕头转向。

第14章 异想天开

牛志锋看到刘振华也从办公室里走出来，不好意思当面向宋丽芳表白。

他点头故作漫不经心道：“是啊，丽芳，我正想去镇里办点事情，如果你们也想去镇里的话，我正好载你们。振华，你去不去啊？”

“振华哥正想去。”宋丽芳笑着道。

“啊。”牛志锋真想狠狠抽自己的脸了。

好好的他多什么嘴呢？直接叫宋丽芳坐上他的车不就行了吗？现在他邀请刘振华，刘振华直接跨坐在他的摩托车上了。

“你们赶快去镇里吧。”宋丽芳说完，转身就要进办公室了。

“啊，丽芳，你不去？”牛志锋如被毒蛇咬到似的。

宋丽芳摇头道：“我们家与振华哥合办稔子酒厂，我现在非常忙，你陪振华哥去镇的农村信用社咨询一下贷款的事情，好不好？”

“好，我听你的。”牛志锋一听是宋丽芳交代他的事情，立即心花怒放。

宋丽芳的酒厂就是他的酒厂，他怎么也得尽心尽力去做。

如果宋丽芳成了大老板，以后嫁给他，那些钱就都是他的了。牛志锋越想越高兴，两条腿在兴奋地颤抖，居然控制不住摩托车，摩托车要倒下来了。

“志锋，你干什么？”刘振华急忙从车上跳了下来，摩托车倒下来把牛志锋压着了。

“救命啊！”牛志锋大叫着。

刘振华和宋丽芳急忙把摩托车扶起来，牛志锋一脸苦色。

刘振华担心地问道：“志锋，你行不行啊？要不我想别的办法去镇里吧。”

“我是个厉害的男人，怎么会不行呢？”牛志锋哪能在宋丽芳的面前认怂，急忙重新上了摩托车，载着刘振华往镇里赶。

由于路难走，牛志锋的车技又不怎么样，所以他们用了一个小时才到了镇里。

农村信用社在镇中心地带，外面有一块很大的空地，停着一些小车和摩托车。

牛志锋刚把车停好，便看到站在信用社门里身穿制服的女人。

那女人胸前扣着一个刻有“客户经理”字样的小牌子，二十多岁，白衬衫高腰黑长裤，娇美的脸蛋让牛志锋看得眼睛睁得老大。

“振华，美女啊。”牛志锋一边说着，一边流着口水，“你看，美女对我笑了。”

刘振华身高一米七八，长得清秀俊朗，那个女经理看到刘振华，感觉眼前一亮，所以暗中盯着刘振华看，可没想到让牛志锋误会了。

刘振华皱着眉头：“志锋，你都流口水了。”

“呵呵，我这不是口水，是汗啊。”牛志锋急忙把嘴边的口水抹掉。

刘振华他们进了信用社，刚才那个女经理打着招呼：“两位，不知道你们要办什么业务呢？”

“美女，他是我们村的村主任，想在你们这里贷款。”牛志锋见刘振华要说话，急忙抢先说了。

“这么年轻就是村主任了？”女经理吃惊地看着刘振华。

她老感觉刘振华气宇轩昂，不同凡响。

“是啊，振华刚大学毕业就回来我们落山村当村主任了。”牛志锋点着头。

“落山村！”女经理的脸色一下子变了。

这落山村在白洋镇里是出了名的穷村，谁家的姑娘都不会嫁给落山村的小伙子。

就算刘振华是村主任，也没有工资拿的，这在白洋镇已经不是什么秘密了。

牛志锋见女经理的脸色不好看，急忙解释道：“美女，你不要误会，振华家是贫困户，可我家不是啊，我叫牛志锋，我家里有的是钱呢。”

女经理没有刚才的热情，只是与他们敷衍几句就走开了。

刘振华见是这样，只得自己去贷款的柜台窗口询问。

里面是一个中年男人，当他听说刘振华要贷款时，抬起头扶了扶眼镜问道："你是哪里的？有什么抵押吗？"

"我已经开了证明过来。"刘振华把自己的介绍信递了过去。

当中年男人看到"落山村"的字样，不由吃惊道："你们落山村还想贷款？这怎么可能呢，谁不知道你们村穷，拿什么还？"

"同志，不是我们村贷款，是我想贷款。"刘振华解释着，"我们想建个酒厂和养猪场，大概需要二十万的资金。"

现在刘振华也不知道需要多少资金办稔子酒厂和养猪场，但他们初步算一下，起码要二十万的启动资金。

宋民说过，农村信用社最多只给农民贷款三万块。

虽然三万块离二十万还有很大的缺口，但现在他们要建酒厂和养猪场，还要买小猪仔等，都是需要钱的。

如果能先贷到三万块，就能把今天收稔子的钱付了，还有叫工人过来建酿酒炉灶、厂房的工钱。

另外酿酒的大米、工具等，这都需要钱。刘振华想到这里，感觉头都大了不少。

"二十万？你开什么玩笑。"中年男人白了刘振华一眼，"你们还是回去吧，你们不适合贷款。"

"为什么？"刘振华道，"听说农民可以在你们这里贷三万块的。"

"那是一般人，可你们落山村的，那就难了。"中年男人摇头道。

刘振华问道："怎么难了？"

"一般农民贷款，要三个人（有偿还贷款能力的）联名担保。如果一年后你还不了本金和利息，担保的人是要还的，你能找到这样的人吗？"中年男人问道。

"这，这个……"刘振华说不出话来。

落山村的那些村民，自己都没有钱，哪有能力担保这个？

中年男人见刘振华说不出话来了，继续说道："还有啊，你们还要有实物担保，你们有楼房吗？有什么值钱的实物抵押吗？"

“没有。”刘振华不好意思地摇着头。

“那就是了，不是我们不想帮助农民，只是你们也得拿出一些实力，好让我们贷款。”中年男人道，“如果把钱贷给你，一年后收不回来，我们就惨了。去年，我们信用社给你们农民贷了不少款，可是才收了一半钱款回来，剩下的钱都打水漂了，我们的主任被上级批得狗血淋头。如果今年还不能把以前贷出去的钱款收回来，可能我们也要被开除回家当农民了。”

刘振华听中年男人这样说，又看了镇农村信用社今年的贷款要求，心里暗暗叫苦。

现在农村信用社收紧贷款的口子，不会轻易贷款给农民。

除非有三个人联合担保或者是有实物抵押，一般情况下，哪会有人肯帮你做这样的担保人。

至于有等值的实物，更是难上加难，刘振华现在的身家就只有几百块而已。

家里住的还是破旧瓦房，一到下雨天还漏雨，哪值几个钱?

唉，看来只得回去找宋叔想办法了，刘振华在心里暗想着。

如果邱干部投二十万元给村里，开个稔子酒厂和养猪场，所得的收入归村里，那还是可行的。

但邱干部一直不肯答应这个扶贫方案，这有点麻烦了。

牛志锋没有跟刘振华一起去询问贷款的事情，而是跑到女经理的身边说着话。

“美女，你中午什么时候下班，我请你去饭店吃饭吧。”牛志锋觍着胖脸。

女经理摇头道：“不好意思，我没有空。”

“我有钱啊，我是卖肉的，有的是钱。”牛志锋一边说着，一边拿出裤袋里的两百块。

“你有钱是你的事情，与我无关。”女经理板着脸，“同志，你不要妨碍我工作，要不然我叫保安了。”

牛志锋听女经理这样说，只得灰溜溜转身要坐到后面的胶椅上。

可他太胖了，前面的那个胶椅被他一屁股坐下去，“啪”的一声，居然裂了。

“你……”女经理看到这情景，也不知道说什么好。

刘振华走到一边，拿出手机给邱干部打电话：“邱干部，现在我与宋叔商量过了，如果我们村建稔子酒厂和养猪场，应该可行的。”

“刘主任，我们觉得你们这个方案不可行。什么稔子酒厂，这种农村人喝的酒，哪能做大做强呢？”邱干部道，“如果你们还想不出什么好的法子，那干脆我向上面打报告，你们村今年暂时不扶贫了。”

“这怎么行呢？”刘振华大声叫了起来，引得旁人纷纷看向他这边。

那可是二十万的扶贫款啊，就这样收回去真是可惜了。

“要不，你们借我们二十万建酒厂和养猪场，一年后我们还给你们。”刘振华道。

“刘振华，你开什么玩笑？这可是公款，哪可能借给你们呢？”邱干部马上否决了，“如果你们需要钱，可以去银行贷款。”

刘振华叹着气道：“唉，我现在就在镇里的农村信用社，就是想贷三万块钱，他们都不肯贷给我。建稔子酒厂和养猪场大概需要二十万，我们都不知道如何是好。”

“刘主任，你太异想天开了。农村扶贫工作，就是要一步一步慢慢地走，你的步子迈得太快，不管投多少钱进去，都是扔进水里收不回来的。”邱干部劝着刘振华。

其实如果扶贫组觉得刘振华他们这个靠稔子脱贫的方案可行，是可以投二十万进去的。

但他们开会讨论的时候，大家一致认为这个扶贫方案是天方夜谭，从来没有看到哪个地方靠建稔子酒厂，用稔子脱贫的事例。

他们不敢想，更是不敢去做了。

第15章 招蜂引蝶

对于他们这些人来说，不求搞得轰轰烈烈，只求平平稳稳扶贫，不要出什么乱子就行了。

有时，没事就是本事啊。

因此，他们宁愿今年不在落山村搞扶贫工作，也不敢冒这么大的险。

到时这二十万扶贫款出问题，他们要背锅的。

刘振华听邱干部不答应他的方案，只得问道：“邱干部，你们是县里的领导，可不可以跟我们镇信用社说一下，看能不能先贷给我三万块，解解燃眉之急啊。今天我们让村民们上山去采摘稔子，今天就要给他们工钱了。”

“哼，刘主任，你不要以为我在县里，就不知道你们在落山村里干了什么。你也是一个大学毕业的人，哪能像小孩子玩泥巴呢？一斤稔子一块钱，如果今天你们村的人采摘一万斤的话，你们要出一万块钱啊。”邱干部冷笑着。

“你有钱吗？听说你还欠村里几万块钱呢。也不知道宋民被你灌了什么迷魂汤，居然任你胡来。刘主任，我老实跟你说，我是不会像你们那样异想天开地乱来的，我们还是要脚踏实地地工作，不要好高骛远。你把省城里的观念带回农村，那是不可行的。”

“你是不是在省城里看着人家这里有公司，那里有公司，自己也想当老板啊？

这里是农村，不是城市，如果你想折腾当老板，就去城市折腾吧。我不想退休之后，还背一辈子的骂名。”

他们上次养牛蛙失败，就算被别人骂，但最后还是得到了别人的原谅。

毕竟其他扶贫村也有人养牛蛙，他们不算别出心裁，不算异想天开。

上面的人最多说落山村的人烂泥扶不上墙，人家其他扶贫村可以养牛蛙，你们落山村的人不行，那可怪不了他们扶贫组，是你们没有用而已。

可现在如果他们用这个稔子扶贫方案的话，说好听点就是大胆创新，说不好听点就是异想天开。

他们也问过县里的其他人，人家一听说建稔子酒厂，都嗤之以鼻，说现在的扶贫组为了让农民脱贫，真是异想天开，什么都敢想，也不怕损害国家的利益，到时谁来负这个责任？

邱干部本来就是墨守成规之人，一听要负责任，哪敢用刘振华的稔子扶贫方案呢？

扶贫组那边也下了结论，不要想得太多，走别人曾经走过的路，那肯定不会错。

但如果自己去创新，可能会碰得头破血流，没有人敢担这个责任。

现在刘振华让他去镇农村信用社说情，他心里更是气愤。

“刘主任，你们自己怎么搞，那是你们的事情，我们管不了。但是你不要把我扯进去，我一把老骨头了，折腾不起。”邱干部向刘振华表了态。

刘振华继续问道：“那可以帮我们解决村道的问题吗？那黄泥路真的不好走，又窄，大车根本进不到村子来。”

“那更不行，现在的村道建设标准都是四米宽的水泥路，你们村有八公里的黄泥路，除去上头扶助，你们要拿一百多万元出来，我们的扶贫款帮不了那么多。”邱干部道，“像这种建公路，都是一步到位，不可能建一段就留着其他的不建。”

“另外以前老宋跟我说过，花点扶贫款修一下黄泥路，运点沙石填一下村道。可这样我们也没有办法跟扶贫办交代，你们还是不要打这个主意了。”说完，邱干部挂了电话。

刘振华见是这样，只得无奈地带着牛志锋离开农村信用社。

“振华，我载你来镇里，你中午不请我在镇里吃个饭吗？”牛志锋听说刘振华就要回去，一下子不依了。

这回去差不多要一个小时，肚子可是要饿坏了。

刘振华想想也是，牛志锋都开车送自己来镇里，不请他吃饭说不过去。

“好，我请你吃饭。”刘振华点点头。

牛志锋见刘振华答应了，急忙带刘振华去附近的一个饭店吃饭。

那是三层自家建的楼房，门口挂了一个“华强饭店”的招牌。现在是吃饭时间，一楼也有一些客人。

牛志锋对刘振华道：“振华，我们去二楼的空调房吃饭吧，一楼太热了。”

刘振华拼命地摇着头，在一楼吃饭，还可以点便宜点的菜。去二楼空调房，如果不点一些好菜，只会让服务员翻白眼。“志锋，我们去二楼包厢里吃饭，怎么看得到美女呢？”

“哈哈哈，振华，其实我一早就想到了，我是故意考考你而已。”牛志锋马上在门口餐桌的空位上坐下来，这个位置的视野非常好，进出的人都要经过他们这里。

牛志锋左看右看，并没有看到美女，沮丧道:“振华，美女可能不来这里吃饭吧？”

“这个说不准，不过一般情况也是会有的。”刘振华把女服务员叫了过来。

牛志锋急忙对服务员道：“小妹妹，哥可是有钱人，不是贫困户啊，你给我们上三个好菜，再来一个汤就行了。”

刘振华一听慌了：牛志锋点这么多菜，那要多少钱啊？

“志锋，刚才那个女经理说你长得胖，你要减肥才行，要不然她是不会喜欢你的。”

牛志锋的眼睛一亮，抓着刘振华的手臂问道：“振华，刚才那个美女真的这样说？你不会是骗我的吧？”

“当然是真的了，我骗谁也不会骗你啊。”刘振华偷笑着，“这菜还是让我来点吧，包你吃了不长胖。”

“那行，你点。”牛志锋继续看着门口，想守株待兔等到一个美女过来。

刘振华到饭店熟食区点菜，这里其实就相当于城里的大排档，有炒好的肉菜，客人一点就可以吃了。

炒好的菜便宜，刘振华点了一个肉菜和一个素菜，才二十块，大锅汤是不收钱的。

饭是按人头算，两个人就要收四块钱。

刘振华点完菜回到座位上时，牛志锋对刘振华道："振华，我这么辛苦地载你过来白洋镇，你要请我吃好的，千万不要像我那样只给你半斤五花肉。"

"什么？你不是说给我一斤五花肉吗，怎么只有半斤？"刘振华怒视着牛志锋。

牛志锋真想抽自己的嘴巴，自己真是嘴快，一下子就把以前的事情说了出来。"呵呵，振华，你不要生气，我是开玩笑的，我说给你一斤就是一斤，哪会半斤呢？"

不一会儿，女服务员端着两个碟子过来，一碟是五花肉，一碟是青菜。

"哎呀，刘振华，你点的什么菜啊？不是说要我减肥吗，怎么还点五花肉？"牛志锋看着碟子里肥肉占了三分之二的五花肉，气不打一处来了。

刘振华暗暗好笑，这五花肉便宜啊，如果点瘦肉的话，价钱起码贵二分之一。

他又不傻，怎么会点瘦肉呢？

现在哪里都要用到钱，能省就要省了。

"志锋，五花肉是点给我吃的，你吃青菜，肯定可以减肥。"刘振华让服务员打了两碗饭，自己再去盛了一碗汤，自个儿吃了起来。

为了省钱，刘振华已经多年没有吃早餐了，一天只是吃午餐和晚餐，这样可以省下不少钱。

所以一到中午的时候，刘振华就会赶快吃饭，要不然胃会不舒服。

"不行，我也要吃肉。"牛志锋哪会不吃肉呢？虽然说他天天吃猪肉都吃腻了，可现在也饿了，怎么也得吃点东西。

这时，一道倩丽的身影进到饭店，牛志锋正扒着饭，看到门口的情景，已经忘记要吃饭，手里的筷子掉在桌上。

"美，美女啊。振华，在这里坐着果然能看到美女。"牛志锋嘴里含着米饭，说得有点不清楚。

刚进来的女人正是农村信用社的女客户经理，可能由于天气比较热，她两腮透着微微的潮红，如抹了胭脂一般，显得非常好看。

牛志锋把饭碗放下，急忙站起来，差点把餐桌都碰翻了。

幸亏刘振华眼疾手快把餐桌扶着，要不然桌上的饭菜都打翻了。

"呵呵，经理，你过来看我啊。"牛志锋拼命地向女经理眨着眼睛。

这一招，牛志锋是从电视上看到的，美其名曰“放电”。

“你们也在这里吃饭？”女经理微微蹙眉。

刚才刘振华他们离开后，那个管贷款的同事还把刘振华要建什么稔子酒厂的事情说了出来，这让她有点好奇。

“是啊，同志，你还没有吃饭吧？要不我们一起吃吧，我请你。”刘振华心里一动，这个女经理是农村信用社的，如果与她拉好关系，可能会方便自己贷款呢。

牛志锋一听刘振华这样说，立即生气了。“振华，你说的是什么话啊？你这么穷，哪能请得起美女吃饭呢？还是让我请吧，今天我买单。”

牛志锋对刘振华是非常吝啬的，可是在美女面前，他为了讨得对方的芳心，怎么也得打肿脸充胖子啊。再说了，他本来就是胖子，本来就是有钱人，他的口袋里还有两百块钱呢。

如果让刘振华请美女吃饭，美女喜欢上刘振华的话，自己岂不是亏大了吗？

像自己这么帅的人，去哪里不招蜂引蝶的啊？

第16章 我长得帅

“你们请我吃饭？”美女经理犹豫着。

“同志，大家有缘相见，在一起吃个简单的工作餐，这应该是没有什么问题的吧？”刘振华向女经理笑着。

那阳光帅气的笑容，让女经理心软了：“好吧。”

牛志锋见女经理答应了，急忙招呼刚才那个女服务员过来：“服务员，你牛哥有钱啊，给我上三个，不，四个好菜，再加一个汤。”

刘振华看不过眼：“志锋，我们已经点了两个菜，不要再点四个吧？”

“没事，我有的是钱。”牛志锋不以为然地从口袋里掏出两百块拍在桌子上，“我们这一顿，就吃两百块，服务员，给我按照这个钱上菜啊。”

女服务员眼睛亮了，刚才她还鄙视刘振华的吝啬，两个人才吃二十来块钱。

可现在不一样啊，两百块在他们这种小镇上，可以吃到很好的菜了。

还没有等女服务员回过神，饭店老板就冲过来把那两百块钱拿到手里，然后对牛志锋笑道：“老板，你放心吧，我一定会给你弄点好菜啊。”

牛志锋睁大眼睛，他只不过是想着装一下阔气而已，在这种乡下饭店，三个人吃一顿饭，一百块足够了啊。

可现在两百块都被饭店老板拿走，他想反悔也来不及了。

美女经理饶有兴趣地坐在刘振华的身边问道："你是村主任吗？"

"是啊。"刘振华也想与美女经理谈谈自己的设想，看能不能让她帮自己在农村信用社那边周旋一下，贷一些钱出来解决建酒厂的一部分资金问题。

牛志锋见美女经理与刘振华坐得那么近，心里不舒服了。"美女，其实振华很傻的，你不要理他。来，我们坐在一起聊聊人生吧。"

"他很傻？为什么？"美女经理转过头奇怪地看着牛志锋。

牛志锋见美女经理第一次正视他，心里那个高兴简直无法用语言来形容。

牛志锋急忙用手拨了拨自己满是发胶的头发，然后用力甩甩头才道："振华是广苏大学的高才生，本来可以留在省城大单位里上班，一个月有一万多块工资的，但他傻乎乎地跑回来我们落山村当村主任，你说他傻不傻啊？"

"什么，广苏大学的高才生？"美女经理惊讶地看着刘振华，"村主任，他说的是真的吗？"

刘振华耸耸肩膀道："我是刚从广苏大学毕业，是不在省城单位上班回落山村当村主任，但我觉得我不傻，我要为落山村的脱贫努力。经理，你也知道我们落山村的情况吧？"

"知道啊，你们村是白洋镇最穷的了。"美女经理道，"那你想在村里自己建稔子酒厂和养猪场赚钱吗？"

刘振华摇摇头道："不是我赚钱，而是我想让全村人致富。可是他们不听我的扶贫方案，我只得自己先建稔子酒厂。如果我成功了，他们一定会相信我，与我一起合作的。"

刘振华把这次扶贫的事情跟美女经理说了，她的双眸慢慢有了异样的神采，好像看着刘振华的眼神都不一样了。

"呵呵呵，美女，你说振华是不是很傻啊？"牛志锋见刘振华说完，便急忙向美女经理大献殷勤，"好好在省城享清福不好，非要跑回到农村来受苦，他不傻谁傻啊？"

刘振华不理牛志锋，继续看着美女经理："经理，我希望你能帮我跟信用社的领导说一说，看能不能贷我一些款，就算我今年失败，我去省城打工，以后也可以还你们信用社的钱啊。"

美女经理被刘振华这样看着，脸上露出难得一见的娇羞。

她是客户经理，在上岗之前就受过专业的训练，善于与客户打交道，落落大方，与别人交往从来没有羞涩过呢。

美女经理不好意思地低下头看着餐桌：“刘主任，我叫郑小娟，你以后叫我的名字行了，不要叫什么同志啊经理的，叫得别扭。”

“这样好啊，小娟，我们都是自己人呢，是没有必要见外。”牛志锋心里大喜，看来还是自己放电有用啊，郑小娟都把自己的名字告诉他了呢。

牛志锋越看郑小娟越喜欢，弯弯的柳眉，一双明眸勾魂摄魄，乌黑的直发瀑布般地披在肩上，脸蛋微微透着淡红。虽然郑小娟比宋丽芳逊色一些，可她有着一种知性美，这是宋丽芳所没有的。

刘振华问郑小娟：“郑经理，你可以帮帮我吗？”

郑小娟为难道：“刘主任，按照现在我们信用社的贷款规定，是非常为难的。这样吧，等我下午上班，再去找领导问问。”

郑小娟被刘振华的这种满腔热情感动，心里也想着帮他一把。

“那行，我们留一个电话吧。”刘振华急忙问郑小娟要了手机号码。

郑小娟突然笑道:“刘主任，我们也加一个微信吧，现在大家都喜欢用微信聊天，可以省电话费呢。”

“好。”刘振华加了郑小娟的微信。

牛志锋哪会放过这个亲近美人的机会，他也加了郑小娟的微信。

因为大家一起加微信，虽然郑小娟对牛志锋不大感冒，可还是让牛志锋加了她。

“牛志锋，你刚才说自己有钱，你在我们农村信用社开银行账户了吗？”郑小娟三句不离本行了。

牛志锋为难地摇着头道：“我还没有农村信用社的银行账户。”

“你有带身份证过来吗？一会儿我帮你开一张银行卡吧，这样你可以用银行卡绑定微信发红包呢。”郑小娟对牛志锋笑道，“我这个月的开卡任务还没有完成，牛哥，你帮帮我，好不好？”

“好啊，好啊。”牛志锋听到郑小娟叫他“牛哥”，兴奋得身上的肥肉不断颤动着，“小娟，我们是自己人，我就算不吃饭不花钱，也得帮你完成任务。我现在没有带身份证过来，这样吧，下午，我叫村里的几个兄弟过来，一起去你们农村信用社办银行卡。”

郑小娟一听也高兴了：“好啊，牛哥，谢谢你了。如果你帮我完成任务，我请你吃饭。”

“小娟，我们自己人就不要客气了。”牛志锋兴奋地看着郑小娟。

唉，宋丽芳喜欢他，郑小娟也喜欢他，他长得帅就是麻烦啊，都不知道喜欢哪个了。

没有过多久，服务员端着鸡、鱼等菜上来了。

刘振华也不客气，招呼了郑小娟一声后，就拿起了两个鸡腿。

牛志锋急忙叫道：“振华，你怎么吃两个鸡腿啊，给我一个。”

“这是给小娟的，你怎么能吃呢？”刘振华白了牛志锋一眼，然后把一只大鸡腿给了郑小娟。

“谢谢振华主任。”郑小娟对刘振华的称呼越来越亲昵。

牛志锋见刘振华拿着另外一个鸡腿动了一下，以为对方想给他，急忙伸出胖手想接鸡腿了。

“志锋，你要减肥啊。”说完，刘振华津津有味地吃着鸡腿了。

“这是我请的客啊。”牛志锋气不打一处来了。

可刘振华吃得非常快，把大鸡腿吃完之后，又拿起了另外一只小鸡腿。

牛志锋担心了，急忙拿着最后一只小鸡腿吃了起来。

如果他再多说一会儿的话，可能什么都没得剩了。

郑小娟吃得非常优雅，一边吃着，一边小声地问着刘振华以前的事情，且时不时地发出笑声。

旁边的牛志锋气得快要吐血了：这是我请客泡妞啊，你刘振华在旁边添什么乱呢？

吃完饭后，刘振华要回去了。

牛志锋只得依依不舍地向郑小娟告别，说下午还要过来找她。

在路上的时候，牛志锋郑重其事地对刘振华道：“振华，一会儿回去后，你不要跟丽芳说小娟喜欢我啊。”

“郑小娟喜欢你？”刘振华奇怪了，他怎么没有感觉到呢，“她跟你说的吗？”

“这个还要说吗，你没有看到小娟含情脉脉地看着我吗？”牛志锋开始自作多情了，“她本来是不想与我们一起吃饭的，但看到我在饭店里，所以才勉为其难坐下来。我告诉你啊，刘振华，小娟喜欢我，你不能撬我的墙脚，横刀夺‘娟’啊。”

刘振华摇着头道：“你放心吧，我现在一心只想着让落山村的村民脱贫，什么儿女私情，暂时是不会想的了。”

“唉，我知道自己长得帅，但不知道自己长得那么帅，不管去到哪里，都有那么多的美女喜欢我啊。”牛志锋故意大声叹着气。

刘振华回到村子里，便去找宋民了。

宋民在指挥着推土机把他们选定的一块荒地推平，然后在上面建酒厂。

宋民听刘振华说农村信用社不肯贷款，也着急了。“振华，现在我们等钱用啊，不要说别的，前面起码要有几万块，才能开始动起来。工钱可以迟点给，但是材料钱省不了，要不然商家不肯运材料过来。”

宋民找的是村子里的青壮干活，大家乡里乡亲的，工钱拖上一个月也没有多大的问题，但是其他钱就不得不花了。

刘振华苦着脸道：“宋叔，我没有想到他们不肯贷款，邱干部也不肯帮我们。”

这时，宋丽芳听说刘振华贷不了款，也着急地与李水莲来到这里。

“爸，你要帮帮我们。”宋丽芳着急地对宋民说道。

第17章 西装领带

“是啊，老宋，这可是我们家的事情。”李水莲帮着腔，“我们已经把地整平了，还拉来了沙子和水泥，村民们也采摘了不少稔子呢。”

宋民道：“这些我都知道，我今天一直在想怎么把稔子酒厂办好。振华，看来我们只能走一步算一步了。我们家里还有三万块的存款，明天我们就去镇里取出来用。估计这三万块，可以打一些酿酒灶，收购一些稔子，能酿出几千斤白酒来了。”

宋丽芳道：“爸，我们也要订制泡酒的大缸才行。”

“是的，这些都需要钱，还有请别人过来帮忙的工钱，也拖不了多久，我的头又晕了。”宋民按着太阳穴痛苦道。

“老宋，你的血压是不是高了？”李水莲担心地问道。

宋民点点头，从口袋里拿出降压药，吃了一粒下去，这才对刘振华道：“振华，我们没有后退的路了。等这些稔子酒开始酿造的时候，你就要想办法去省城或者去其他地方拉订单了。稔子酒卖不出去，后面也没有办法做下去。”

刘振华为难道：“宋叔，这个我知道，我的那些同学也是刚毕业不久，没有什么钱。不过我一会儿就给他们打电话，看看谁有钱借我一点。”

“嗯，我们都想想办法吧。”宋民无奈地道。

他们家虽然也有点钱，但最多支持一下刘振华前面的工作。

如果刘振华不能把稔子酒卖出去，那后面的工作就没有办法开展了。

刘振华也拿出手机走到一边给老枪打电话，电话一响，手机里传来老枪关心的声音：“振华，你今天去银行贷款，贷到多少钱？”

刘振华叹气道：“唉，老枪，这次的事情麻烦，我们这的农村信用社不肯贷款给我。我们的老村主任也最多拿出三万块钱出来，我们也只能酿出第一批稔子酒，随后就要销售。如果卖不出去，我们就失败了。”

“驻你们村的扶贫干部怎么说啊？其实你的这个想法不错的，如果他们肯用二十万元给你们村办一个合作社，估计真的可以脱贫致富。”老枪道。

刘振华无奈道：“他们说我的这个扶贫方案是异想天开。”

“振华，这样吧，我这边先借你一万块钱。”老枪突然道。

“啊，老枪，真的吗？”刘振华吃惊地大叫起来。

老枪家也是农村的，他刚工作也没有什么钱。现在他一下子借给刘振华一万块，真让刘振华吃惊。

“当然是真的了，我还会骗你吗？我迟点给你转钱过去。”老枪道，“你拼命归拼命，也要注意自己的身体。”

“嗯，我知道了。老枪，谢谢你啊。”刘振华感激地道，“还要麻烦你帮我打听一下哪里需要这种稔子酒，迟点我们上省城推销。”

“行，我会帮你打听的。等你上省城，我们好好聊一聊，到时我请你吃饭。”老枪似乎在上班，也没有敢说太多，很快就挂了电话。

刘振华跑到宋民他们的身边高兴道：“宋叔，刚才我的同学答应借给我一万块了。”

“是男同学还是女同学？”宋丽芳突然问道。

刘振华愣了一下，思维一下子转不过来：“是老枪借给我的。”

“噢，是你那个大学的舍友啊。”宋丽芳的脸上露出笑容。

宋民高兴地说着：“振华，有了你这一万块，我们要买点小猪仔。要知道我们酿酒会有不少酒糟，如果倒掉的话，是非常可惜的。猪吃酒糟不比吃饲料，大概要六个月可以出栏。”

李水莲点着头赞同道：“是啊，振华，丽芳，只要你们熬过半年，等小猪长大出栏，你们就有钱了。”

如果刘振华他们养一两百头小猪的话，等它们长大后再卖出去，那他们就有一大笔回笼的资金了。

按照现在的市价，一头生猪可以卖到两千块左右，除去成本，他们肯定可以赚不少钱呢。

说真的，李水莲觉得刘振华这个想法非常不错，只要能卖出一些稔子酒，再用酒糟养猪，是非常可行的。

也不知道是因为吃了药，还是因为听到了好消息，宋民感觉自己的头不晕了。

“我们赶快去干活吧，养猪场那边的地面也要弄了，到时再让工人抓紧时间。”宋民让大家去忙活了。

大约一个小时后，刘振华收到了信息，他的银行卡里进账一万块钱。

刘振华给老枪打电话，说收到钱，下次去省城请他吃饭。

快到傍晚的时候，上山采摘稔子的村民纷纷回来了。

宋民在自己家门口放了一台平时称猪的台秤，村民们摘了不少稔子，一户人家少则几十斤，多的有一百来斤。

这些村民都是用洗干净的肥料袋装东西，一袋稔子也就三四十斤。

刘振华用台秤称出稔子的重量，宋民给村民开了一张收据，里面写了采摘的稔子一共多少斤多少钱。

“老村主任，你们收了我们的稔子不给钱吗？”有村民奇怪地问宋民。

宋民不好意思道：“现在太晚了，银行已经关门。明天我们去信用社取钱给你们，行吗？”

“老村主任发话了，哪能不行呢？”村民们见宋民承诺了，也就没有再说什么。

宋丽芳吃过晚饭，过来接刘振华的班，让他进去她家吃饭。

自从李水莲的态度改变之后，宋丽芳就叫刘振华过来她家吃饭。

现在刘振华忙得头晕眼花，顾不上自己在家里煮饭，在宋家吃饭的话，可以节省不少时间。

刘振华吃完饭走出来，刚好被牛志锋看到了。“振华，你在丽芳家干什么？”牛志锋问道。

现在的牛志锋穿着西装打着领带，不过让刘振华大跌眼镜的是，他下面居然穿着沙滩裤，脚上是人字拖。

天啊，这是什么操作啊？

为了能追到宋丽芳，牛志锋吃完晚饭，连澡都没有洗，便穿西装过来宋家找宋丽芳了。

现在宋家真热闹，前面排着不少拿稔子过秤的村民。

呵呵，自己的女人就是厉害啊，为了赚钱嫁给他，拼命地工作呢。

“我在里面吃饭呢。”刘振华回答着。

“什么，你在丽芳家吃饭？！”牛志锋气得两个鼻孔直冒粗气。

宋丽芳那么喜欢他，他都没有在她家吃过一顿饭，怎么刘振华就在这里吃饭了呢？

“是啊，我与丽芳一起成立农村合作社。这段时间比较忙，所以在他们家吃饭，我会给伙食费的。”刘振华解释着。

“还给伙食费啊，那可以。”牛志锋感觉刘振华没有占宋丽芳的便宜，于是放下心来。

不对啊，丽芳与刘振华成立合作社，自己怎么也得加入才行。想到这里，牛志锋去找宋丽芳说这件事情。

宋丽芳听牛志锋这样说，点头道：“志锋，这个可以，我们这个合作社大概需要二十万块。如果你也想加入的话，那先出三万块，到时我们商量给你家多少股份。”

“什么，要我们家出三万块？”牛志锋一听就打退堂鼓了。

刚才他还以为随便参加合作社就行了，没有想到还要出钱，如果要出钱他肯定不会参加。

牛志锋把刘振华拉到一边，刘振华看到牛志锋脸上的热汗，不由问道：“志锋，你就不热吗？这么热的天气，你还穿西装打领带，热死你啊。”

“呵呵，我不热。”牛志锋拼命地摇着脑袋。“振华，你感觉我现在像农村信用社那些上班的银行职工吗？他们上班的时候，也是穿着制服打着领带的。”

刘振华暗暗冒汗：“人家那里有空调，穿多一点衣服都不觉得热，可你现在在村里，至于穿得这样不伦不类吗？下面不穿长西裤和皮鞋，穿着沙滩裤和人字拖，太难看了。”

“这不是热吗，所以我只穿西装打领带就行了，下面就随便穿一下。”牛志锋笑着道，“振华，你有所不知，现在的人都只是看上面，不看下面的。刚才我问村里的几个小伙子，他们都说我非常帅呢。”

唉，人家是把你当猴子耍了啊。刘振华在心里暗暗想着。

“振华，你知道微信是怎么发红包的吗？我今天加了小娟的微信，想给她发一个 5.20 元的红包，可老是没有发出去。”牛志锋沮丧地拿出手机打开微信。

刘振华拿过牛志锋的手机一看，发现他还没有绑定银行卡，怎么能发得出红包呢？“志锋，这样，你打开这里，然后拿出你的银行卡，绑定手机微信就可以发红包了。”刘振华教着牛志锋。

牛志锋笨手笨脚地学着，过了好一会儿，他还是糊里糊涂的。

“振华，下午的时候，小娟也跟我说用手机绑定银行卡就行了，可我弄来弄去都没有成功。”牛志锋苦着脸，“我要向小娟表达爱意啊。”

“你不会用手机绑定银行卡？”刘振华发现问题出在哪里了。

“会，我怎么不会呢，我回去就绑定银行卡。”牛志锋见宋丽芳老往这边看，他当然又要打肿脸充胖子了。

在美女面前，就算自己不行，也要说行的呢。

第18章 绑定手机

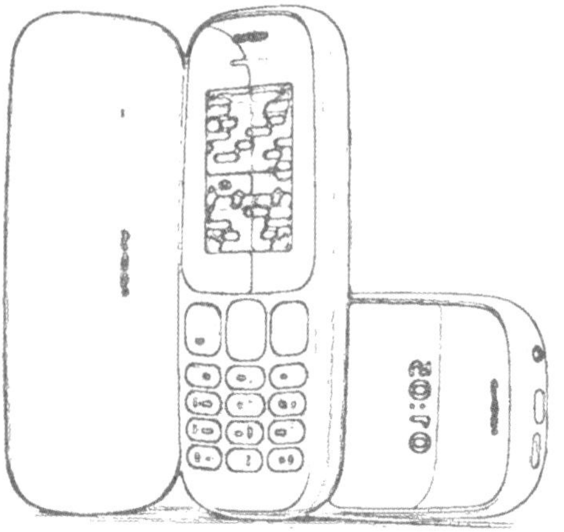

"好，我就过来。"刘振华跑到宋丽芳的身边，帮她一起称着那些稔子。

为了让宋丽芳能再多看看自己英俊的形象，牛志锋故意走到宋丽芳的面前晃来晃去，那小丑般的形象让众人捧腹大笑："志锋，你穿着西装真帅啊。"

"是吗？你们也这样觉得啊，看来我是没有感觉错了。"牛志锋听不出别人嘲笑的意思，还是笑得非常兴奋，"看来我是落山村第一帅了。"

这时，牛杀猪也过来了，他看到牛志锋那个傻样，火冒三丈。"牛志锋，你给我滚回去。"

说完，牛杀猪扯着牛志锋离开了。

在路上，牛杀猪生气骂道："我不是叫你请丽芳吃饭吗，你怎么请刘振华吃饭花了两百块？"

"爸，你不知道，我今天去镇里，认识了农村信用社的美女干部，她喜欢上我了。"牛志锋得意道。

"银行里的干部？"牛杀猪两眼发光，不过他还是半信半疑地问道，"不会你自己吹牛吧？"

"怎么会呢？那个女经理还自己加了我的微信，下午叫我去农村信用社陪她聊天呢。"牛志锋道。

牛杀猪一听来劲了：“志锋，信用社的经理肯定比宋丽芳好，人家是国家干部，哪是农村妇女所能比的，你要努力。”

“爸，你放心吧，她们都喜欢我的，我到时会决定娶谁的。”牛志锋道。

可牛杀猪听了，摇摇头道：“志锋，反正你现在还没有结婚，她们又不是在同一个地方的，你可以同时与她们处朋友。反正你是男孩子，吃不了亏。”

“呵呵，爸，我就是这样想的。”牛志锋兴奋地跑回家了。

刘振华他们终于把村民们采摘的稔子称完了，这一算，有一万来斤。

村民们还算是体谅刘振华他们，算钱的时候只收整十数，那几块钱的零头都不要了。

可饶是这样，刘振华他们还是要支付一万一千块。

刘振华与宋民商量了明天要办的事情，也打着手电筒回家了。

刚到家门口，一道人影闪了出来，刘振华警惕叫道：“是谁？”

“振华，是我啊。”来人走了出来，是牛杀猪。

“牛叔，这么晚了，你还没有睡？”刘振华问道。

牛杀猪干笑一声，问道：“振华，你以前借我的一千块，是不是应该还了啊？”

“牛叔，可以再迟一点吗？”刘振华为难了。

虽然他现在的银行账号上有一万块，可是要办稔子酒厂和养猪场，要花钱的地方多，还怕钱不够用呢。

牛杀猪冷冷地看着刘振华：“振华，当年你读大学没钱的时候，我借给你钱，这个恩情你要记得吧？你不想还钱了？”

“还，我怎么会不还呢？”刘振华急忙解释着，“就是现在我们要办稔子酒厂，需要花钱的地方多，过一段时间，我再还给你，行吗？”

“唉，振华，我是看着你长大的，这样吧，你帮我们家弄成贫困户吧，这样我们家申请建房子时，国家会有补助。”牛杀猪终于道出今晚过来找刘振华的目的。

他并不是急着要刘振华还那一千块，而是想着赶快把自己弄成贫困户。

这贫困户太有好处了，什么建房、读书、节日等，可能国家都会给一点补助。

不说别的，就是邱干部他们负责的二十万元扶贫款，每家贫困户都发钱的话，那他们家也可以拿一些呢。

这不，听说国家要重视扶贫济贫，到时他家成了贫困户，国家肯定会给他们家更多的好处。

其他的不要说，去年他家建起了三层高的小楼房，如果通过贫困户申请农村建房补助的话，是有三万块的。

可以前他找宋民申请时，宋民说他家不是贫困户，不能申请，气得他半死。

但现在刘振华当村主任，对方还欠了自己的钱，应该是会通融一下的。

刘振华听牛杀猪这样说，摇头道："牛叔，这样违反国家政策，我不能这样做。"

牛杀猪看了看四周，见没有其他人经过，小声地说道："振华，我知道你现在也穷，要不这样吧，以前我借给你的一千块，就不要你还了。你帮我申请贫困户，帮我申请农村建房补助，好不好？"

"不行。"刘振华还是摇着头，"我不能违背原则做事。"

牛杀猪见刘振华像宋民一样难缠，生气道："那好，刘振华，你不仁就不要怪我不义。当年我借你的一千块，你要在三天内还我，要不然我跟你没完。"

说完，牛杀猪气呼呼地走了。

第二天，刘振华洗漱完准备去村办公室与宋丽芳他们开会，没想到一开门，看到牛志锋站在那里。

"志锋，你爸叫你来的？"刘振华以为牛志锋是过来拿一千块的。

"不是啊。振华，你要教教我才行，我昨天听你说用银行卡绑定手机，就可以给小娟发红包了，但我不管前绑后绑，甚至是用上红绳、黑绳、胶布等，都不行啊。"牛志锋眼巴巴地把手机递给刘振华。

刘振华看着牛志锋手中的手机，不由得哈哈大笑起来。

原来牛志锋真的用绳子把银行卡绑着手机，那绳子都打了几个死结，牢固得都拉不出来了。

"牛志锋啊牛志锋，我知道你笨，但不知道你这么笨。我说的手机绑定银行卡，那是在手机微信的软件中绑定银行卡号，而不是像你这样，真的用绳子把银行卡与手机绑起来啊。"刘振华哈哈大笑起来。

"我……我以前会的，不过现在比较忙，所以不大会了，你帮一帮我吧。"牛志锋掩饰着自己的尴尬。

刘振华见牛志锋这样说，便解开绳子，把银行卡拿出来，然后打开手机微信，帮他绑定了银行卡。

“志锋，现在行了，你可以给我发个一百块的红包，看可不可以用。”刘振华笑着对牛志锋道。

“不行，我要给小娟发。”牛志锋拼命地摇着头。

刘振华道：“你要试一试，看能不能成功发红包，再给郑小娟发啊。要不然，她会认为你非常笨的，你说是不是？”

“你说得也有道理，那我给你发一分钱试一试。”牛志锋拿过手机，然后给刘振华发红包了。

过了一会儿，刘振华看到牛志锋给自己的微信发了红包。

刘振华点了红包，立即目瞪口呆。

“天啊，志锋，你真够朋友，居然给我发了一百块钱。”刘振华兴奋地叫着。

“不会吧，我明明要给你发一分钱的啊。”牛志锋着急地看着手机，“真的是一百块啊，我是想按 0.01 的，难道是按成 100 了？振华，刚才我发错了，你发回给我吧。”

刘振华笑道：“志锋，这可是你给我的媒人红包，怎么能发回给你呢？对了，你还是赶快给郑小娟发 520 块吧，这样能体现出你喜欢她。”

“啊，不行，太多了，我看还是发 0.52，天天发，一个月也不用多少钱。”牛志锋吝啬得要命，就算想追郑小娟，也不想花那么多钱。

刘振华道：“好吧，你想怎么发就怎么发，我还有事情，要去村办公室开会了。”

一时间，牛志锋也忘记要问刘振华拿回一百块钱，他只顾着用手机给郑小娟发红包表心意了。

刘振华来到村办公室，与宋民、宋丽芳制定了“希望合作社”的一些规定，宋丽芳是社长，刘振华是副社长，宋民和李水莲为社员。

他们一人出一万，现在凑到了四万块。

昨天宋民还去找其他村民，对方就算拿不出一万块，也可以出几千的，这样可以折算回股份。

只要加入希望合作社，以后赚钱的话，就可以大家分了。

但是没有村民响应，他们只好作罢。

宋民见合作社已经成立，站起来对刘振华道：“振华，我们一会儿就去镇里取钱吧？”

“行。”刘振华点着头。

宋民家也有一辆旧摩托车，不过因为他的腿不方便，所以一直没有用。

刘振华就骑着他们家的摩托车，载着宋民去镇里。

在农村信用社，刘振华见到郑小娟，他上前询问贷款的事情。“郑经理，现在你们的领导怎么说？”

“唉，领导说看看再说，估计是没戏。”郑小娟不好意思道。

当郑小娟看到刘振华他们拿了四万块现金时，不由睁大眼睛问道：“你们取这么多钱？”

“是啊，建稔子酒厂和养猪场需要不少钱，这些只是启动资金，我们还需要不少钱呢。”刘振华见郑小娟没有在贷款上帮上忙，只得招呼着宋民准备回村了。

村里有不少事情，还要等他们回去处理。

刘振华他们回到村里，宋民去酒厂和养猪场那边看工地的建设情况，而刘振华与宋丽芳负责把昨晚的稔子钱支付给村民们。

当广播响起给稔子钱的通知时，不少村民都赶到村办公室。

陈学才拿到一百二十块钱，高兴地对刘振华道：“村主任，你们还收稔子吗？现在山里还有不少呢。如果这段时间不收，再过一个月，就没有稔子可采摘了。”

听陈学才这样说，刘振华暗暗蹙眉。

陈学才说得没有错，现在他们的规模还不大，今年采摘山里野生的稔子，估计有几万斤，可能够今年用了。

第19章 振华下跪

如果这段时间不采摘稔子，等到稔子成熟自然落地，或者被村民采摘自己吃的话，那就浪费了。

刘振华点头道：“学才哥，你说得没有错，可是我们现在没有那么多钱支付了。”

“学才哥，要不这样吧，反正你们在家也是闲着，稔子吃多了会便秘，不如你们有空就采摘回来卖给我们，我们写欠条欠着，过一段时间再还你们钱，可以吗？”宋丽芳问道。

刘振华眼睛一亮：对啊，这是一个好办法。

反正现在是农闲时间，村民在家没事干，去摘稔子卖给他们也会有一笔不错的收入。

这钱欠着，村民们应该愿意吧？

果然，陈学才听宋丽芳这样说，沉思片刻，才抬起头道：“丽芳，不是学才哥不相信你们，但你们还是年轻了，如果有老村主任承诺，我们会再去山上摘稔子的。”

宋丽芳听陈学才这样说，立即给宋民打了电话，把这件事情说了。

宋民觉得这个方法可行，不过他还是赶过来跟陈学才他们说，一定要成熟的稔子，要不然是不收的。

陈学才他们见宋民保证了，也放下心来。

于是，又有村民们上山采摘稔子了。

宋丽芳回去与李水莲一起喂猪和做酒糟，只有刘振华一个人在村办公室里打着电话，他要请老枪帮忙找找销售渠道。

从昨天开始，他们就在宋民家酿造稔子酒。

二十多天后，新的稔子酒厂和养猪场建成，他就要去省城找门路了。

接着他们就能酿出一两千斤白酒，再调配成稔子酒，估计一个月后，就能出产品了。

宋民说了，他们家里还有几十斤稔子酒，刘振华可以先带去省城推销，看能不能打开门路。

还有稔子根叶，也要去省城的药厂询问一下，看他们需不需要这种东西。

刘振华刚与老枪打完电话，牛杀猪从外面走了进来。

“牛叔。”刘振华紧张地站起来。

牛杀猪昨晚已经把话说在前面了，让他三天内还一千块。

欠债还钱，这是天经地义之事，且当时能借钱给他，也是一种情义。

今天刘振华跟宋民聊了牛杀猪的事情，宋民说既然牛杀猪要他还钱，那就从那四万块钱里拿出一千块还给牛杀猪，免得牛杀猪用贫困户的事情来为难刘振华。要知道虚报贫困户，那是犯错误的事情，严重的话还要坐牢呢。

“刘主任，我就是想问你，昨晚我跟你说的事情，你考虑得怎么样？是还钱，还是答应我啊？”牛杀猪得意地看着刘振华。

这一千块不少了，只要刘振华点点头，在他的申请表上盖一个公章，他自然会去镇里想办法。

只要闭上眼睛盖公章，就能赚一千块，这种好事去哪里找啊？

刘振华从口袋里拿出一千块钱给牛杀猪：“牛叔，这是还你的钱，感谢你当时救济我。”

“啊？”牛杀猪没有想到刘振华真的还钱，不由生气地把钱拿了回来，“刘振华，你假正经，到时不要后悔啊。”

“牛叔，请你理解我，虚报贫困户是违反原则的事情，我不能做。”刘振华向牛杀猪解释着。

可牛杀猪不听刘振华的解释，冷森森地瞥了对方一眼，然后摔门而去。

没有过多久，就有村民过来找刘振华。“村主任，听说你要还钱给我了？”

“没有啊。”刘振华刚在喝水，听到这样的问话，吃惊地把水吐了出来。

他还欠着村民们三万多块，如果现在都还的话，他们这合作社没有办法搞下去了。

“没有？牛杀猪跟我说的，他说你都还了一千块给他了。”村民道。

越来越多以前借钱给刘振华的村民跑到村办公室，叫嚷着让刘振华还钱。

“振华，你不能这样啊，你都还牛杀猪的钱了，怎么不还我们的呢？”

“对啊，现在你当村主任了，是不是看不起我们啊？”

“牛杀猪说振华现在当村主任，有的是钱，只要我们找他要，他就能还钱了呢。”

刘振华听着这些村民的叫声，知道自己被牛杀猪给阴了。

这个牛杀猪真是小人啊，自己不答应他的要求，就到处说自己的坏话。

刘振华毕竟还是嫩了一点，面对着几十个村民的要求 ，他不知道如何是好。

这些村民都是当年借钱给他的，如果没有他们借钱，他也没有办法读完大学，这份恩情让他不知道怎么办。

最后，刘振华直接就跪了下去。

“振华。”村民们见刘振华向他们下跪，也是吓了一大跳。

“各位叔伯，我老实跟你们说，我昨天问省城的同学借了一万块，还有宋叔从家里拿了三万块，一共四万块组建成我们的希望合作社。这两天我们在村外建稔子酒厂和养猪场，还需要不少资金，这四万块远远不够开支。”刘振华大声地解释着。

“我知道当年如果没有你们的相助，我刘振华可能已经饿死，更不要说能读完大学。我欠你们的，这辈子都难以还清啊。”刘振华说着说着，眼泪情不自禁地掉了下来，“我这次回来，就是想着找出一条适合我们落山村发家致富的路子。”

“我们的合作社能不能赚钱，我现在也不敢打包票，只是想请大家给我一些时间，让我们去验证一下。如果我这次亏了，我会去省城打工，还你们的钱。宋叔，借我五千块，良叔借我两千块……”刘振华红着眼睛把当年借钱给自己的名单背了一遍。

宋民听说村民们找刘振华还钱，也赶了过来。

“你们这是干什么，想把振华逼死吗？！”宋民生气地跺着脚。

“老村主任，我们只是想问一下，为什么振华有钱还给牛杀猪，不还给我们呢？”有村民问道。

宋民道：“因为牛杀猪……”

在人群中的牛杀猪听到宋民要说出他的丑事，吓得脸色苍白。

可刘振华急忙打断了宋民的话：“宋叔，不要说了，是我对不起大家，请大家再给我一段时间，我会还大家的钱。”

虽然牛杀猪不仁，但刘振华想着牛杀猪当年借钱的恩情，还是不想说牛杀猪的坏话。

宋民只得对村民们道：“你们想想，振华是名牌大学毕业的高才生，他在省城工作的话，一个月有几千块，估计半年之后，他就可以还大家的钱了。但他为什么要回来当这个穷村主任呢？你们想过没有？”

“为什么？”有人还是弱弱地问道。

“是因为你们！”宋民见还是有不少村民不理解刘振华，气得大声叫道，“振华想着回来为我们落山村找一条致富的路，让我们不再贫困不再穷下去。这次我老宋家也豁出去了，与振华拼一把，看能不能在落山村走出一条致富之路。但你们逼得振华下跪，这样好吗？”

有村民过意不去，急忙走过去把刘振华扶起来。

宋民见村民们没有刚才那么气愤，继续劝说着：“你们想一想，今天早上，我们给你们发了一万多块的稔子钱，不要说我们能不能赚钱，就是一年几万斤的稔子，也是不少的钱，我们为什么要这样做啊？”

“那是因为你们想自己赚钱，自己谋利。”后面响起牛杀猪的嘲讽声。

刚才牛杀猪还害怕宋民把昨晚的事情说出来，可他一想，就算宋民说了，自己不承认就行了，反正当时又没有人在旁边，刘振华没有证据的。

“牛杀猪，你混账！”宋民火冒三丈地骂道，“如果我们想谋利，不要说稔子一块钱一斤，就算是五毛钱一斤，你们都愿意上山采摘吧？”

村民们纷纷点头称是，他们在家闲着也是闲着，如果上山随便摘一下稔子就有钱，大家都乐意去做的。

昨天，他们上山采摘稔子的人，多的能拿一百多块，少的可以拿几十块，这样的好事去哪里找啊？

宋民道：“本来我是想着给大家五毛一斤的，但是振华说不能让乡亲们受苦，所以提到一块钱一斤。现在我们已经没有钱了，才说今天开始欠着你们采摘稔子的钱，以后再还给你们。”

“这个以后就是未知数了，也不知道你们猴年马月才还呢。”牛杀猪不想让刘振华和宋民如意。

被村民们扶起来的刘振华急忙道：“请大家放心，如果这次我们的合作社失败，我会去省城打工，把所有欠你们的钱还掉。”

宋民道：“现在你们还有什么担心的，振华是个大学生，只要他肯去省城工作，一年就有十万八万的工资，完全可以还你们的钱呢。”

“老村主任，你给我们交一个底，这稔子酒厂，可以赚钱吗？”有村民问宋民。

宋民摇着头道：“你们也认识我几十年了，我从来没有骗过你们。这稔子酒厂，是我们尝试做的，我也不知道能不能赚钱，一切要等振华他们去省城推销产品。不过我要说的是，稔子酒真的是好东西，可以治风湿、补血，酿酒后的酒糟还可以养猪，也是一条发财的路。”

牛杀猪泼着冷水：“如果只是一百几十斤的话，还容易卖，但如果几千斤上万斤，那就不容易卖。到时酿酒剩下的酒糟，家里的几头猪又吃不完。如果多养猪，你们又没有资金支持。再说了，现在生猪的价格降了，养太多的猪，可能也是亏啊。”

第20章 振华受伤

宋民骂道："牛杀猪，今天我买你家的猪肉时，你还说现在的猪肉贵了，迟点要提价？"

牛杀猪老脸一红，支支吾吾道："我……我刚才说的是猪价时不时变呢，这段时间是贵了，但可能你们的猪要出栏时，价格要低呢？"

刘振华接上话道："所以，我们不敢保证一定赚钱，但我对这个项目有信心。过几天，我就去省城推销稔子酒。"

"好啊，振华，如果到时稔子酒可以赚钱，你们一定要带我们一起致富啊。"旁边的村民道。

刘振华郑重地点着头："你们放心吧，我毕业回来落山村，就是想让大家脱贫致富。"

宋民对牛杀猪道："牛杀猪，刚才你说我们自己赚钱，现在你也参与吧，你家有钱，要不投几万进来试试吧？"

"不行。"牛杀猪哪会听宋民的蛊惑，推说自己家有事，急忙离开了。

宋民对村民们道："乡亲们，我们拼命地想带大家致富，也请你们多担待一下，能让我们欠的工钱，先让我们欠着，几个月后，我们就能还你们的钱。"

田世明不好意思道："老村主任，我们都是被牛杀猪给骗了，你们一心想着带我们脱贫，我们反而逼你们，是我们不对。今天我把话搁在这里，只要你们希望合作社需要帮工，只要我有空，我可以免费帮你们。”

“对，我也可以。”有一些村民附和着。

可刘振华听了摇头道：“世明哥，这可不行，你们辛苦帮我们干活，我们以后是要给钱的。你们能让我们先欠着，我们都万分感激了。”

“世明，迟点我们会进一批小猪回来，半年后，再不济，我们也有猪出栏，能还你们的钱了，你们不用担心。”宋民笑着道。

田世明道：“老村主任，不是我胆子小，只是我家里穷，拿不出那么多钱与你们一起拼。”

“这个我知道，你们也不要急，先让我们试一试再说吧。”宋民道。

村民们纷纷离开了，刚才还有一些村民听说今天采摘的稔子不能给现金，要欠着，都不想去采摘了。

现在听了宋民所说，他们都拿着麻袋上山采摘稔子了。

宋民见村民们离开了，劝着刘振华：“振华，你不要气那些乡亲，他们大多数还是不错的，只是被牛杀猪那种人蛊惑而已。”

刘振华点头道：“宋叔，我知道。不过我心里也难过，恨不得马上带着稔子酒去推销了。”

“这事情也急不来，我们要从长计议。”宋民道。

这几天，酿酒的土灶建好了。因为缺钱，宋民只是让人在上面搭了铁皮架框，外面用一些竹木围起来。

等以后有钱了，再慢慢砌砖围起来。

猪栏也围了起来，离稔子酒厂不远。

落山村不少土地不能种植庄稼，所以都是种一些树木，没有多大的作用。

宋民与其他村民换地，全换到刘振华家的地附近，这样酒厂与养猪场连起来，非常宽敞，也方便管理和看守。

养猪场的沼气池也打好了，对于这个，宋民感到新鲜。

一般猪场排出来的粪尿都流到后面去，要么用来养鱼，要么用来当肥料，但从来没有听说用来做沼气池的。

那沼气池的施工队还是刘振华的同学老枪从省城那边找来的，听说有着什么政策扶持补助，但还要给几千块钱。

不过老枪认识对方，这几千块钱可以迟几个月给。

宋民之前觉得刘振华花这几千块钱有点冤枉，刘振华向宋民解释了沼气池的作用。

沼气池可以为他们的酿酒厂和养猪场提供燃料和照明；还可以改善和保护环境，到时养猪场就不会有什么臭味；沼液也可以用作肥料。可谓一举几得。

宋民惊喜地问道："振华，沼气可以用来酿酒吗？这样的话，我们不用收购柴木，可以节省一笔钱。"

刘振华笑着道："当然可以了，我就是想着这样，才改用沼气池呢。"

"这个好，到时我们方便不少了。"宋民高兴道。

宋民已经物色到其他地方的小猪仔，他一会儿就要与李水莲一起去买小猪仔。

宋民和李水莲养猪多年，猪生病时，他们也会为猪治疗。

有他们去掌眼，能保证买到健康的小猪仔。

因为人手不够，宋民准备请田世明和陈学才两人过来帮工。

他们两人忠厚老实，答应这几个月只收一半的工钱。

因为这次他们要买一百多头小猪仔，陈学才他们也跟着宋民一起出去，稔子酒厂里只有刘振华和宋丽芳两人。

宋丽芳在前面的屋里晾着酒糟，刘振华在旁边帮忙。

这几天，刘振华也学到怎么酿酒了。

虽然技术不怎么样，但还是知道酿酒的流程。

宋丽芳半蹲在席子前，用小铲铲着酒糟。

刘振华忍不住暗中多瞧了她几眼，她把乌黑的头发盘卷起来，这几天的工作非常辛苦，那俏丽的脸蛋上多了一丝小麦色，可这样反而让她增添了不少风采。

由于她不停地动着，那迷人的身材时不时地在他眼前晃动，丰满的弧线引人遐思……

刘振华这段时间经常与宋丽芳在一起，他发现她是一个非常不错的姑娘。

勤劳好学，一些不懂的事情会主动请教他，还非常体贴他，每晚都会给他倒一两稔子酒。

可能是喝稔子酒的原因，不管刘振华白天干活有多累，第二天醒来，他感觉自己又满血复活，浑身是劲。

这样的好姑娘，不知道哪个男人有福气娶到她，刘振华在心里暗想着。

宋丽芳突然回头，发现刘振华盯着她看，不由奇怪问道："振华哥，我脸上有酒糟吗？"

平时她翻动酒糟时，也会有酒糟落在脸上，有时还是她娘亲告诉她的呢。

"是，是啊。"刘振华讪讪地道。

刚才他偷偷看着她，肯定不能告诉她的。

"那你帮我弄掉。"宋丽芳看了刘振华一眼，接着闭上了眼睛，娇羞的脸蛋上多了一丝慌乱。

刘振华看着宋丽芳红艳的小嘴唇，感觉心里慌慌的。

可刘振华还是克制着自己，抬起手在宋丽芳的额头上轻轻地碰了一下，当是把她脸上的酒糟弄掉。

"振华哥，行了吗？"宋丽芳的声音有点慌乱，似乎又有点期待，她还没有睁开眼睛。

"行了。"刘振华道。

突然，从外面跑进来一个男人，他看到刘振华与宋丽芳亲密地在一起，气愤叫道："刘振华，你欺负我妹妹！"

宋丽芳听到叫声，急忙睁开眼睛，发现是她的二哥宋志峰。"二哥，你胡说什么？"

"我胡说？"宋志峰愤怒地瞪着刘振华。"现在村里人都说了，刘振华回来就专门骗我们家，让我们家出几万块钱给他做什么合作社。赚了钱是他刘振华的，如果亏了钱，那是我们宋家亏，与他无关。"

刘振华摇头道："志峰哥，不会的，如果亏了，以后我会还钱给宋叔的。"

"哼，我爸是老糊涂了，居然答应拿三万块出来。"宋志峰道，"刘振华，你要搞什么合作社是你的事情，不要骗我们家的钱，要不然我对你不客气。"

"二哥，振华哥没有骗我们的钱，我们成立合作社是签了合同的，各占着一定的股份呢。"宋丽芳向宋志峰解释道。

宋志峰冷笑道："宋丽芳，我看是你见刘振华长得不错，喜欢上他，所以被他骗了，然后你回去骗爸爸，是吗？”

“我……”宋丽芳听到宋志峰说她喜欢刘振华，羞得说不出话来。

这几天，宋丽芳一直与刘振华在一起，发现他不但帅气，且学识过人，在管理上非常有一套。

稔子酒厂和养猪场的工作在刘振华的安排下有条不紊地进行着，这让宋丽芳更加爱慕他。

宋志峰把这层纸捅破，宋丽芳并不想解释什么，她暗中观察着刘振华，想知道他对自己有没有好感。

可因为宋丽芳没有解释，宋志峰以为自己所说的是真的，气得挥拳对着刘振华打去。

“哎呀。”刘振华没有想到宋志峰会出手打他，来不及躲闪，被宋志峰打了两拳。

突然，刘振华捂着胸口吐出一口鲜血。

“二哥，你不能打振华哥！”宋丽芳见刘振华伤得这么重，吓得急忙跳过去拦在他们中间。

宋志峰见刘振华被自己打得吐血，也是吓了一大跳。

现在刘振华是村主任，如果他报警的话，警察会不会来抓他？

于是，宋志峰慌张往外面跑：“刘……刘振华，你还是赶快还我家的钱，要不然我跟你没完。”

刘振华感觉自己的胸口处非常痛，一下子坐在地上喘着气。

“振华哥，你没事吧？”宋丽芳急忙抱着刘振华哭道，“我二哥太冲动了，他怎么能打你呢？要不，我们现在去镇卫生院。”

刘振华慢慢地深吸了一口气，感觉胸口没有刚才那么痛了。

不过刚才那钻心般的痛，让刘振华害怕，他怕自己的身体真的出事了。

“丽芳，我应该没有什么事，你不要哭。”刘振华看着宋丽芳在掉眼泪，心中涌出怜惜。

“我现在就给爸打电话。”宋丽芳也不知道这件事情怎么处理，毕竟对方是她二哥，她也不想刘振华报警。

第21章 胃部异常

刘振华摇头道：“丽芳，你不要给宋叔打电话，他们要买小猪仔，肯定非常忙，等他们回来再说吧。”

“可你刚才吐血了。”宋丽芳抹掉脸上的眼泪，关心地看着刘振华。

宋志峰毕竟是宋丽芳的二哥，可能是他误会了，刘振华也不想在这件事情上做文章。“我没事，丽芳，你到时劝劝你二哥，我没有骗你们的钱。如果这次合作社亏本，以后我会还你们的钱。”

说到这里，刘振华觉得胸口还是非常痛。

宋丽芳含泪摇头道：“不，振华哥，我们与你一起合作，赚钱时，我们可以多分，凭什么亏钱就要你全部承担呢？”

“你妈说这三万块是你的嫁妆，我不能让你的嫁妆亏掉。”刘振华摇摇头道。

宋丽芳的脸蛋泛出羞红，这是她妈妈给刘振华的暗示，说这合作社其实就是给他们的，以后他们成家立业就靠它了。

如果以后穷了，他们就这样穷着结婚了。

但刘振华哪里听得出她们母女俩的暗示，只是想着不能让宋丽芳没了嫁妆。

宋丽芳去倒了一杯水给刘振华喝，喝了水后，刘振华觉得胸口没有那么疼了，就与她一起干活。

吃过中午饭，刘振华开着宋民的旧摩托车去了白洋镇。

宋志峰在镇里开了一间小批发部，生意不大好，当刘振华开车过来时，宋志峰在门口的小椅子上无聊地坐着。

看到刘振华过来，宋志峰警惕地站起来。“刘振华，你过来干什么？”

上午宋志峰把刘振华打得吐血，他心里还暗暗震惊着。

他没有想到自己出手这么重，只是打了两拳，就把刘振华打成那样。

“志峰哥，你不要误会，我没有骗你们家的钱，我们这样做，是为了落山村好。”刘振华解释着。

“哼，你不要说了，我不想见到你，你赶快走。”宋志峰怕刘振华过来问他要医药费，想着还是赶快把对方打发走算了。

刘振华见宋志峰这样，只得开着摩托车来到镇卫生院。

花了十块钱挂了一个内科号，看病的是一个年轻医生，他听刘振华说胸口痛，立即开了一个B超检查单，让刘振华去交钱。

B超检查要六十块，刘振华感觉自己的心疼比胸口痛还要厉害。

可都过来了，他也只得再交钱检查。

负责B超检查的是一个年轻的小姑娘，她检查了之后，让刘振华去医生那边等，半个小时内出检查结果。

刘振华在医生办公室等，没过多久检查单就出来了。

年轻医生看了检查单，表情凝重。“刘振华，看检查单，你的胃有点异常，我建议你去县人民医院做一个胃镜检查。我们只是镇卫生院，医疗水平不高，最好的就是这个黑白B超，做不了胃镜检查。”

刘振华感觉自己的心一下子跌到谷底。“医生，我这病严重吗？难道我被别人打了两拳就出事了？”

医生摇摇头：“你刚才说你从来没有吃过早餐，怕是因为这个，才把你的胃搞坏了。那两拳还不能把你的胃一下子打那么重。且人家打的是胸口，胃在胸口的旁边。”

“那去县人民医院做胃镜检查要多少钱？”刘振华最担心的是这个。

医生思索片刻道：“一般胃镜检查费要几百，还有治疗费什么的，不知道你要不要住院，最好带一万多块去吧。对了，你买了城乡医保吗？那个可以报销一部分住院费。”

刘振华摇摇头，他一直借别人钱读书和生活，哪有钱每年买城乡医保。

一万多块，太贵了，他没钱去大医院看病。

在刘振华的坚持下，医生给刘振华开了一些胃药，又花了五十六块。

刘振华不敢再在卫生院待着，急忙回到村里。

一回到村里，宋丽芳着急地过来找刘振华。“振华哥，医生怎么说？”

“没，没什么事。”刘振华看宋丽芳一脸紧张，哪能把实情告诉她呢。

现在他们正等着用钱，哪可能去县人民医院看病，一个什么胃镜检查就要几百块，他现在病不起。

“没事就好。”宋丽芳不疑有他，“我刚才跟我爸说了，我爸说家里还有一点田七，今晚杀了我家的一只母鸡，给你蒸田七去伤。”

田七蒸鸡去伤，在乡下一直流传。新伤要直接蒸，旧伤就要把田七炒一下再蒸鸡。

刘振华也怕自己的身体出问题影响后面的工作，便答应宋丽芳了。

晚上，宋民他们回来了，把新买的小猪仔放进刚做好的猪栏里，李水莲便给那些小猪仔打防疫针。

由于小猪仔在路上颠簸，有不少躺在猪栏里喘气。

刘振华看了这情景担心小猪仔会出事，这两百多头小猪仔，花了他们差不多一万块。

现在小猪还小，也不能全用酒糟喂，还要掺和其他猪食。

本来李水莲想着用一些猪饲料，可刘振华说最好用一些农家的猪食，现在城里人最想吃的就是农家生态猪肉。

把这里处理好，宋民把刘振华拉到一边。“振华，我也打电话过去骂了志峰那小子，他说是牛杀猪跟他说的。”

“是牛叔说的？”刘振华皱着眉头。

“是啊，牛杀猪这种人，我们上次都没有揭穿他，他还不知道好，还想着在背后阴我们，看来我们不能放过他。”宋民生气地说着。

“唉，宋叔，无风不起浪，估计别人也这样说，志峰哥才着了别人的道。”刘振华摆摆手，眼里透着坚定。

不管有多大的困扰，他都不会言弃的。

“你的身体真的没有事？丽芳说你都吐血了。”宋民担心地问道。

刘振华去看了医生，知道这吐血可能不是因为宋志峰打他，而是因为他的胃有问题。

看来，从明天开始，早上是要吃点东西才行。

今天医生还再三地叮嘱刘振华，早上就算吃不了早餐，也要喝点水。要不然胃一直在磨着，没有东西给胃磨，那胃就会出问题了。

刘振华在宋家吃了晚饭，然后与宋丽芳来到村办公室，他们把今天所有的支出都列出来抄在账本上，然后他们两人都签上字，这样账目就分明了。

宋丽芳看着这些天支出的钱，不由叹着气：“振华哥，这钱花得真像流水一般，我们合作社没有什么钱了。”

“是啊，现在我们缺的是钱，看来过两天，我要带三十斤稔子酒去省城了。”刘振华已经与宋丽芳商量了，他们在县里订了一斤装的玻璃瓶，再去印刷厂印了一些标签，贴上去后，就成了他们稔子酒厂的产品了。

现在合作社没有多少周转资金，只得赶快把稔子酒推销出去。

每天酿造出来几百斤白酒，再这样积累下去，他们再不卖一些稔子酒出去，仓库就会爆满。

老枪给了刘振华一些省城饭店的地址，刘振华要去推销稔子酒。

“振华在吗？”外面传来一道洪亮的女声。

刘振华他们正奇怪的时候，一个高大的女人走了进来。

朱玉秀！

朱玉秀家是养牛专业户，也是落山村那十几户非贫困户之一。据说朱家比牛家还有钱，不过他们家不像牛杀猪一般，整天在村里吹牛，大家也不大知道她家的底细。

反正就是一个词，有钱。

朱玉秀今年 25 岁，长得非常非常胖，胳膊好像比刘振华的大腿还要粗，脸上肥肉横飞，熊背牛腰，腿如柱子，走路如小山一般移动。

据说，朱玉秀的体重有 250 斤，也是因为这样，她一直找不到婆家。

“玉秀姐，你找我有事？”刘振华奇怪地问道。

朱玉秀进来之后，一直在盯着刘振华。

当她发现刘振华长得非常帅气，正如她心里白马王子的标准，也是放下心来。

“振华，我爸叫我过来跟你说，只要你娶我，我们家给你三万块的嫁妆，让你搞什么稔子酒厂。”朱玉秀的嗓门非常大，这一喊，让办公室的空间都嘭嘭作响。

“不行。”宋丽芳脱口而出。

朱玉秀皱着眉头道：“丽芳，我又不是嫁给你，你插什么话？”

刘振华道：“玉秀姐，多谢你的好意，我不同意这样的交易。如果你们家对合作社有兴趣的话，可以投入三万块。”

“那可不行，我爸说了，谁娶我，他才给三万块的。你不娶我，甭想要钱。”朱玉秀摇着头，“其实我与丽芳长得差不多好看，她能出三万块，我也出三万块了，怎么不行？”

天啊，怎么朱玉秀与牛志锋一个德性，都那么自大啊。

宋丽芳红着脸，没有反驳朱玉秀的话。

她也想让刘振华知道，合作社的三万块，可就是她宋丽芳的嫁妆。反正刘振华与女朋友分了手，他们也合适。

想到这里，宋丽芳暗中偷看着刘振华。

乌黑深邃的眼眸，高高的鼻梁，棱角分明的脸庞，要多帅有多帅。

难怪朱玉秀直接说要给钱当嫁妆，像这样的帅气男人，在白洋镇都非常少见。

宋丽芳的小脸蛋更加红了，小心肝扑通乱跳，她又想起那个醉酒的夜晚……

“如果三万不行，我们家出到六万。”朱玉秀挥着胖手，财大气粗地叫着。

第22章 自以为是

刘振华还是摇着头道：“玉秀姐，就算是你给我六十万，我还是不会答应。”

“为什么啊？宋丽芳只给三万块你就答应了，我给六十万还不行？”朱玉秀迷惑了。

像她家这么有钱，还不能找个长得好看的男人吗？

宋丽芳没好气地白了朱玉秀一眼：我与你能比吗？

刘振华不但拒绝朱玉秀，还说现在与宋丽芳有事情，让她先走。

朱玉秀生气地叫道：“刘振华，你不要自以为是，其实我一点都不看好你，你只是一个穷光蛋。”

宋丽芳见朱玉秀走了，抿嘴打趣着：“振华哥，你怎么不同意啊？朱玉秀可是答应拿六万块出来，到时我们合作社就有钱了。”

“丽芳，你当我是什么人，你再这样说，我打你了。”刘振华故意举起手，一副要打宋丽芳的样子。

“那你打啊。”宋丽芳红着脸，仰着头看着刘振华。

一直以来，刘振华对她都是彬彬有礼，从来没有说过一句调笑或者过分关心的话，他们之间就好像一般合作关系似的，这让宋丽芳有点失望。

难道他真的不喜欢自己吗？自己比不过那个杨思诗？

就在宋丽芳胡思乱想时，刘振华突然道出一句："我舍不得打你。"

"啊。"宋丽芳听到这貌似情话的话语，小心肝跳得更加快，小脸也更加红了。

"丽芳在吗？"外面传来了牛志锋的声音。

宋丽芳恨恨地盯着门外，这本来属于他们的二人世界，特别是刚才刘振华的那一句话，说到了她的心里去，可能后面还会发生一些让人期待的事情，没想到那个讨厌的牛志锋出现了。

"有什么事？"宋丽芳冷冷地说道。

"丽芳，你出来一下，我们在外面说话。"牛志锋小声道。

宋丽芳摇头道："不用，有什么事情就在这里说吧。"

"那好吧，我爹叫我过来说，如果你答应跟我好，我们家会入股一万块到你的合作社。"牛志锋得意道。

"什么，一万块？"宋丽芳生气了。

人家朱玉秀一下子拿出三万块，最后还说到六万块，凭什么她的价格这么低？

牛志锋笑着道："是啊，一万块啊，你是不是觉得有点多？不过这没有什么，谁叫我喜欢你呢，就算多一点也无所谓。"

"哼，牛志锋，你们家果然小气，人家都有拿出六万块的，你们这一万块算什么？"宋丽芳冷嘲着，"我不答应，你走吧。"

"什么？是谁拿六万块出来，我要与他拼命。"牛志锋生气地跳起来。

不过当他双脚落地时，一下子站不稳，整个人往旁边一歪，脑袋撞在门框上。

"哎呀，痛啊。"牛志锋捂着脑袋惨叫着。

"牛志锋，就算你出六十万，我都不愿意。我们正在忙，你不要打扰我们。"宋丽芳生气骂道。

牛志锋灰溜溜地走了，刘振华也是打趣着宋丽芳："丽芳，人家可是愿意出一万块钱呢。"

"哼，振华哥，你不要嘲笑我，朱玉秀出六万，牛志锋才一万，看来我与你相比，还是差了很多。"宋丽芳无奈地耸耸肩膀。

"唉，我们村还是有十几户家里挺有钱的，可惜他们不愿意加入合作社，扶贫组也不肯帮我们的忙。"刘振华叹着气。

如果扶贫组借他们合作社二十万元，后面的事情就容易办了。

他们有钱的话，可以在电视上打一些广告，那销售肯定会更好呢。

宋丽芳把账本收好，打着手电筒回到家。

到了家，李水莲已经做好消夜等着她。“丽芳，现在村里说了你们一些闲言闲语，你们要小心。”

“怕什么，振华哥与我一个未娶一个未嫁，我还巴不得他们说我们的闲话，这样我们以后就可以顺理成章地交往了。”宋丽芳的话里有点期待。

“这个也是，我们不怕别人说什么，反正现在我们自己拿钱出来做事，别人也管不了我们。”李水莲道，“振华什么时候上省城？”

“后天去。”宋丽芳道。

李水莲小声道：“丽芳，我建议你也跟着去，不要让振华一个人去。”

宋丽芳不解了，询问这是为什么。

李水莲警惕地道：“你要知道，振华的前女友就在省城，如果他去省城见了前女友，然后旧情复燃的话，你怎么办啊？你可是他的女人了，怎么也得看着他，不能让他移情别恋。”

宋丽芳听妈妈这样说，也是暗生警惕之心。

对啊，她怎么就没有想到呢？那天晚上，振华哥在梦里都叫着那个杨思诗的名字，他肯定非常喜欢她。

“妈，我跟着他去省城，这样会不会不好？”宋丽芳又担心了。

李水莲不以为然地白了宋丽芳一眼：“有什么不好，振华一个人拿着三十瓶稔子酒去省城非常不方便，你们两个人一起去，也可以有个照应啊。而且你还是正社长，他是副的，他还能不听你的话吗？”

“丽芳，我告诉你，女人有时就要强势一点，要不然会被男人欺负的。你看你爸，在关键的时候，还是要乖乖地听我的话。”李水莲指导宋丽芳怎么管住自己的男人。

宋丽芳刚才听了妈妈的话，也想着与刘振华一起去省城看看。“那好，明天我跟振华哥说一下。”

第二天，刘振华听宋丽芳说也想去省城，爽快地答应下来。

他这次去省城，有一个人跟着去帮忙，也是好事。

宋丽芳听刘振华这样说，立即给在县城的大哥宋志军打电话，让他帮忙订两张去省城的汽车票。

两个小时后，宋志军打电话回来，说汽车票已经订好了，是晚上十一点的车。

刘振华知道宋志军为了省钱，买了一天中最晚的班次。

白天的车票贵，要一百八十元，但十一点的班次，只要一百二十元。

这样也好，能省钱就省，他们没有那么多钱了。

本来牛志锋也想跟着去省城的，但听说要自己出钱买车票，到了省城的吃住也是要自己出钱，他立即肉疼得不敢再提了。

那三十瓶的稔子酒被刘振华他们装到两个箱子里，中间还用了一些稻草间隔，以免在路上碰破。

田世明和陈学才开车送刘振华他们到了镇上的车站，当刘振华和宋丽芳上了公交车离开后，陈学才转过头问田世明："世明哥，村里有不少人说振华傻，你说他傻不傻？"

"唉，刘振华是个重情义的人。"田世明叹着气，把摩托车头调了回来。"他如果想还我们的钱，完全可以在省城的单位上班，不到半年就可以把以前欠下的债还清，他用得着自己回来当村主任吗？学才，你平时还是挺聪明的，没有看到那一点吗？"

陈学才点点头，感觉自己的眼睛里像进了什么东西似的难受。"所以我才心塞啊，这些天，振华为了少出一些工钱，堂堂一个大学生，与我们一起搬砖头做泥水，人晒黑了一圈，他是真心想让我们落山村脱贫。"

"是啊，这些天我也在合作社里干活，如果振华真的能把那些稔子酒卖出去，我们以后完全可以脱贫。"田世明重重地吐了一口气。

现在他们这些人到镇里都不敢说自己是落山村的人，要不然会被别人看不起啊。

他们也不想穷啊，可是在落山村那种落后的地方，想要富起来，谈何容易呢？

陈学才看着远处的天空，天还是那么蓝，但他们的心一直蓝不了。"我们找个时间给邱干部打电话，求求情，看能不能把那二十万元扶贫款用到合作社上去。为什么以前可以用来养牛蛙，现在用来做稔子酒厂就不行呢？"

陈学才他们想不明白，这些天在稔子酒厂干活，他们真心感觉到刘振华和宋民新老两个村主任对落山村的一腔热情。

有时他们看在眼里，痛在心里，眼睛都湿润起来。

老村主任宋民一大把年纪，身体又不好，还跑上跑下地折腾。

以宋家的经济情况，他完全可以在家里享清福，用得着那么劳累吗？

还有刘振华就更不用说了，一个二十二岁的年轻人，放弃那个漂亮地开着越野车的省城女朋友，回到村里像农民一样任劳任怨，他到底图什么啊？

前段时间，牛杀猪还到处中伤刘振华，说刘振华回到村里想打那二十万元扶贫款的主意，如果刘振华拿到那笔钱，肯定会中饱私囊，然后借机回到省里。

牛杀猪还说，他已经与邱干部通过电话，那二十万元扶贫款不可能给刘振华的合作社用，要不然邱干部就有问题了。

牛杀猪在村里也有一点威望，他说得有板有眼，让陈学才和田世明都有点相信了。

所以他们才想着到稔子酒厂干活，看是不是那样。

经过这段时间的接触，陈学才他们心里除了感动还是感动。

狗屁的贪污，刘振华和宋民是真的自己出钱办了合作社。为此，宋志峰还把刘振华打吐血了，听说还是牛杀猪撺掇的，李水莲还去牛家大骂了一场呢。

唉，陈学才他们感觉到刘振华的真心，可他们也没有办法，他们也是穷人，只能出劳动力，尽可能地帮合作社干一些活。

希望振华这一次去省城，会有结果吧。陈学才在心里暗想着。

第23章 看什么看

田世明对陈学才道："学才，我们不要说了，赶快回去看着酒厂和养猪场，那可是老村主任他们的心血。"

虽然说宋民他们投了四万块左右进去，但是欠的工钱，已经有几万了。

本来还有一些村民想着要一点工钱，可都被陈学才和田世明给挡回去了。

虽然大家都穷，可是迟几个月再问工钱也死不了人，怎么就不能给振华他们一点时间呢。

刘振华并不知道有一些乡亲已经被他所感动，暗中帮着他。

他与宋丽芳坐最后一班车到了县城，本来宋丽芳想带着刘振华去大哥家吃晚饭，晚上十点多再去车站坐车。

可宋志军说今晚没有空，让他们自己在外面的快餐店吃晚饭。

宋丽芳一听，感觉有点不对劲。

以前她的这两个哥哥都非常疼她，不管是到镇里还是县里，他们会早早地接上她，为她安排好一切。

可现在全变了，到了镇里，宋志峰没有出现。

到了县里，宋志军也没有出现，还推说自己没有空。

他们现在到县城都七点多了，哪有这个时候上班的呢？

就算现在没有空，晚上九十点应该有空吧？那个时候可以送他们去车站的啊。

刘振华见宋丽芳一脸的纳闷，笑着道："你不用担心，我以前去省城时，也是来县里坐车，对这里也熟悉，我们先去吃饭，然后去车站等车吧。"

余溪县有两个车站，一个是汽车站，另外一个是长途车站。

现在刘振华他们就在县城汽车站，这里的公交车通往全县二十个镇，平时车来车往的，非常热闹。

可现在已经是晚上，车站外面只有一些搭客的摩托车，车站里显得空荡不少。

刘振华提起两箱稔子酒想出去时，宋丽芳叫住他。"振华哥，要不我们坐摩托车吧。"

"我还没有坐过摩托车，我问问什么价格。"刘振华不好意思道。

长途车站那边也有快餐店，以前刘振华在那里吃过，一碗饭一块钱，青菜两块钱一份。

刘振华一询问，得知去长途车站要六块钱，不由暗暗吃惊。

这些搭客仔见天已经黑了，以为刘振华他们不知道长途站在哪里，不停地说着："两位，你们不知道啊，长途站很远的。"

刘振华舍不得花这个钱，干脆自己提着箱子往外面走。

宋丽芳背着背囊跟在后面："振华哥，要不给我提一个箱子吧。"

"没事，我的力气比你大。"刘振华暗暗吸着气。

幸亏当时李水莲帮他们包装好了，用手提着包装绳就行。

但每只手提着十五斤重的箱子，走了一段路后，刘振华感觉胳膊有点累了。

"振华哥，我平时在家里也干活，你让我也提一会儿吧。"宋丽芳心疼地看着满头大汗的刘振华。

刘振华摇头道："我不累，再走两公里多就到了。"

在半路的时候，宋丽芳见路边有个快餐店，便要求在那里吃完饭再过去。

反正现在才七点多，他们是十一点的车呢。

刘振华想想也对，车站附近的东西都贵，还不如在半路上吃呢。

到快餐店里，刘振华为宋丽芳点了一个瘦肉一个青菜，他自己只点了一个青菜。

当菜端上来的时候，刘振华还去打菜的地方舀了一些扣肉汁。

宋丽芳见刘振华暗中盯着前面的扣肉，心疼地又去点了一块扣肉，多给了三块钱。

“丽芳，其实我不喜欢吃肉，你不要帮我点扣肉。”刘振华心疼道。

宋丽芳白了刘振华一眼：“振华哥，这些天你一直在我们家吃饭，你吃不吃肉我还不知道吗？虽然我们现在缺钱，但也要吃点肉啊，你自己不是说我们以后会好起来的吗？”

“对，我们一定会好起来的。”刘振华用力地点着头。

很快，刘振华把一碗饭吃完了，宋丽芳又帮他叫了一碗饭。

盯着刘振华吃饱了，她才去结账。

吃饱了，刘振华也有了力气，提着稔子酒到了长途车站。

因为他们来得比较早，所以找了一张长椅坐下来，他们就这样坐在那里，时不时地聊着天。

宋丽芳很喜欢两人靠近坐着聊天的感觉，她真想一辈子都这样，只有他们两人在一起，那该多好。

可时间过得也快，十点四十五分的时候，去省城的长途汽车过来了。

刘振华他们上车找到自己的位置，两人坐下来时，宋丽芳发现他们坐得更加近了。

“振华哥，我第一次去省城，那里是怎么样的？”宋丽芳好奇地问着刘振华。

刘振华笑道：“那是一个经济非常发达的城市，有很多高楼大厦，还有地铁。”

“你的学校漂亮吗？”宋丽芳的问题非常多，问了一个又一个。

就这样，他们不停地聊着，汽车也开动了。

宋丽芳的声音有点大，后面一个男人叫道：“喂，你们小两口可以小声一点吗？这个点，大家都睡觉了呢。”

宋丽芳听到“小两口”这个词，小脸立即红了。

她娇嗔地吐吐舌头，小声地与刘振华说着话。

虽然车厢里已经关了灯，可外面的车灯光时不时地闪进来，让刘振华可以清楚地看到宋丽芳的脸蛋。

她是一个非常漂亮的女孩，长长的睫毛，娇艳欲滴的嘴唇，让他情不自禁地看着。

这些天，他一直拼命地干活，已经从失恋的悲痛中走出来。

现在与这么漂亮的一个女孩子坐在一起，而且对方还那么优秀，说心里没有什么异样，那是骗人的。

“振华哥，你看什么看啊！”宋丽芳见刘振华看着她，娇羞地低下头。

“你没有看我，怎么知道我看你呢？”刘振华也是年轻人，懂得怎么调侃。

“贫嘴，人家不理你了。”宋丽芳的小脸红扑扑的，她感觉自己的心跳得非常快，仿佛要跳出来似的。

突然，汽车一下急刹，乘客们习惯性地往前面倒。

“啊！”宋丽芳没有遇过这样的情况，以为怎么了，吓得叫了起来。同时，她的身体也往前面倒去。

说时迟，那时快，刘振华两手一伸，把宋丽芳搂到怀里。

宋丽芳吓得紧紧揪住刘振华的手臂，怕自己再往前倒。

“司机，你怎么开车的？！”有乘客生气地骂着。

前面的乘务员道：“有辆小车窜道跑过来，司机才紧急刹车。各位，现在在高速公路上，你们还是都系好安全带吧。”

因为系着安全带有点紧，不少乘客不想被绑着。

汽车又平稳地开动了，刘振华没有再抱着宋丽芳，让她坐好。

可宋丽芳似乎还有点害怕，左手还揪着刘振华手臂上的衣服。“振华哥，我有点怕。”

“那我帮你系安全带。”刘振华道。

“我不习惯系那东西，我可以拉着你吗？”宋丽芳的眼里似乎闪着异彩。

“可以，你休息一下吧。”刘振华小声道。

宋丽芳高兴地躺下来，可手还是拉着刘振华的衣袖。

由于他们白天都在干活，也是累了，所以躺着没有多久，纷纷睡着了。

两个小时后，汽车进服务区休息十五分钟，刘振华发现宋丽芳的脑袋已经靠在他的肩膀上。

“丽芳，我们下去透口气。”刘振华轻唤着宋丽芳。

宋丽芳睁开眼睛，发现自己的脑袋靠在刘振华的肩膀上，小脸一红，点点头与他下车了。

本来余溪县去省城要六个小时，但因为凌晨行车，车流量小，没有塞车，所以凌晨四点的时候，他们就到了省汽车站。

这个时候的省汽车站有一些早到的乘客在候车室里坐着。

刘振华提着两箱稔子酒与宋丽芳下了车，然后去了洗手间一趟。

出来后，刘振华带着宋丽芳去候车室休息。

他们还要在这里待两个小时才行，省城是六点后才有公交车和地铁，他们现在出去也不知道去哪里。

候车室里有不少人，有人在走动，有人在抽烟，有人在休息。

刘振华找了两个空位，与宋丽芳坐下来。

“丽芳，估计你还困，你闭上眼睛休息一下，我看着就行了。”刘振华对宋丽芳道。

虽然车站外面有保安，但现在这个点，保安也在打盹，没有人会过来巡逻。

以前刘振华也听说在车站会有小偷趁着乘客打盹时，暗中偷乘客的财物。“振华哥，我不困，我看着，你睡一会儿。”宋丽芳摇头道。

“你听话。”刘振华轻轻拍了宋丽芳的肩膀。

宋丽芳没有坐过这样的长途车，一下子不习惯，也是困了，点点头答应了。

为了让宋丽芳好睡一点，刘振华把自己的背囊放在大腿上，然后让宋丽芳靠在上面休息。

宋丽芳暗生羞涩，她没有想到会以这样的方式休息，急忙趴在刘振华的背囊上，至于能不能睡着，那只有她才知道了。

刘振华在车上也没有睡好，不过他不敢睡觉。

他们这次带了 2000 块钱过来，除了吃住的费用，还包括了回去的车费呢。

如果钱被小偷偷了，他们这次就白来了。

合作社的稔子酒越来越多，如果不把稔子酒卖掉变成现金，合作社也没有办法办下去了。

第24章 快捷酒店

大约过了半个小时，宋丽芳抬起头对刘振华说，她已经醒了不想睡了，让他也休息一下。

宋丽芳也有样学样，把刘振华的背囊放在自己的大腿上。“振华，你也睡一会儿吧。”

“这样睡？”刘振华犹豫了一下。

虽然宋丽芳穿着长裤，但还是掩盖不了她那修长的腿，就在上面躺着，这让他感觉有点怪怪的。

“怎么了，我刚才都这样休息，换你不行了吗？”宋丽芳抬起头瞥着刘振华。

“行，怎么不行呢。”刘振华急忙趴在背囊上。

片刻，非常累的刘振华睡着了。

宋丽芳这才大胆地看着熟睡中的刘振华，他真的很帅气，虽然只是一个侧面，但能打动不少姑娘的芳心。

特别是他工作专注，还有知识渊博，都让她暗暗敬佩着。

就在宋丽芳痴痴地看着刘振华时，后面一个鬼鬼祟祟的男人走到她的背后。

男人看了一下四周，见没有人注意到这里，才悄然坐下，把手伸进宋丽芳的口袋里。

宋丽芳感觉自己的口袋被人动了一下，她不敢起来，怕惊醒刘振华，急忙低头一看，并没有发现什么。

当她回过头看后面时，发现有个身穿黑衬衫的青年男人闭着眼睛靠在椅子上，好像在休息。

宋丽芳回过头，大约三分钟后，她猛地回过头一看，发现那个男人正伸手想摸过来。

男人没有想到宋丽芳这么精明，讪讪道："妹妹，你们要去哪里啊？"

"我要去亲戚家。"宋丽芳冷静地说着。

在出门前，宋民夫妇已经交代过她，省城的坏人多，让她多长一个心眼。没想到他们还没有出站，就遇到小偷了。

刘振华并没有睡得很沉，当宋丽芳转身时，他已经醒了过来。

"丽芳，怎么了？"刘振华抬起头问道。

"后面那个人有问题。"宋丽芳用家乡话小声说着。

刘振华回过头一看，那个男人已经站起来往外面走去。

"他刚才想摸我的口袋。"宋丽芳继续道。

刘振华一听不敢睡了，急忙坐直身子。"丽芳，我们还是要小心一点。"

说完，刘振华把宋丽芳大腿上的背囊拿下来，在伸手过去拿的时候，他的手不小心碰到了她的大腿。

宋丽芳似乎若无其事，可心里如有小鹿乱跳。

刘振华他们在这里坐到差不多六点时，已经有人提着行李往外面走了。

刘振华招呼宋丽芳一起出去，因为他们的东西比较多，出去的人也多，所以他们在最后才出去。

当他们快要出去时，刚才那个穿黑衬衫的青年带着两个男人过来了。

他们拦在门口恶狠狠地盯着刘振华："小子，刚才你把我撞伤了，你要么赔钱，要么送我去医院看病吧。"

"我哪里有撞到你？"刘振华虽然刚出社会，但也知道对方是在讹他。

"不给他一点教训，他还以为自己了不起，打他。"黑衬衫男人一边向刘振华冲过来，一边对旁边的同伴叫着。

刘振华两只手提着箱子，根本没有办法阻挡，直接被他们打了几拳。

“救命啊，救命啊！”宋丽芳吓坏了，正好这时有两个保安走过来，她向保安大叫着。

那三个人见保安来了，也没有再向刘振华动手，转头跑掉了。

“振华哥，你没事吧？”宋丽芳害怕地问着刘振华。

刘振华摇摇头道：“丽芳，我们赶快离开这里，跟着大家去地铁站，这样他们就不敢乱来了。”

刘振华知道地铁站里的保安更多，那三个混混不敢乱来。

刘振华提着箱子到了地铁下面，这才松了一口气。

这时，他觉得胸口和胃部的地方又痛了。

宋丽芳见刘振华额头上有汗，犹豫一下，然后拿出手帕为他擦汗。

手帕带着的特有的幽香进入刘振华的鼻中，让他感觉好像没有那么痛了。

“丽芳，谢谢你。”刘振华看着宋丽芳。

被刘振华这样看着，宋丽芳有点羞涩，不过她还是咬咬牙，勇敢看着刘振华。“这是我应该做的。”

你应该做的？刘振华愣住了。

宋丽芳的脸蛋红了，慌张地去提箱子：“这箱子太重了，你让我提一箱吧。”

“不，让我来。”刘振华急忙去提箱子，他们抢来抢去，一个不注意，刘振华的身体一倾，向着宋丽芳那边凑过去。

刘振华的嘴唇亲到宋丽芳的脸上，宋丽芳惊呆了，她没有想到刘振华会亲她。

刘振华也知道自己错了，急忙解释着：“丽芳，你不要误会，我刚才是站不稳往你这边靠，我并不是想亲你的。”

宋丽芳红着脸当作没有听到，把箱子交给了刘振华。“振华哥，你来提吧。”

被刘振华不经意地亲了一下，她感觉浑身发软，根本没有力气提箱子了。

刘振华他们上了地铁，根据老枪以前所提供的地址，来到了龙华路站。

老枪今天早上还要上班，所以昨天帮他在龙华路站旁边的快捷酒店订了房间，刘振华只要拿着身份证就可以入住了。

这个好朋友这么细心地帮他着想，这让刘振华心里除了感激还是感激。

刘振华来到快捷酒店的前台，把身份证拿给服务员。

服务员查了酒店的系统，抬起头道："刘先生，你订的是一间房，请那位女士也出示身份证吧。"

"一间房？"刘振华愣住了。

对啊，当时他忘记跟老枪说了，宋丽芳也要来的。

"对啊，你只是订了一间房，订三天。"服务员点着头，"不过你们小两口怎么订双床房，不订大床房，这样睡舒服一点，你们出来玩，也不要省这个钱嘛。"

什么小两口啊，我们不是啊。刘振华在心里暗叫着。

刘振华问道："服务员，你们这里一间房要多少钱？"

"最便宜的是 188 块。"服务员道。

刘振华一听要 188 块，心疼得要命。

可是让他与宋丽芳一起住的话，她怎么会肯呢，人家还是黄花闺女呢。

刘振华咬咬牙，正要说再开一间房的时候，宋丽芳把他拉到一边。"振华哥，你想再开一间房吗？"

"是啊，我们两人怎么能住在一间房里呢？"刘振华点点头道。

宋丽芳道："可住三天差不多要 600 块，我们的钱不够了。反正就是双人房，我们一人睡一张床吧。"

"这，这行吗？"刘振华犹豫了。

他是男人，不怕什么，但宋丽芳不一样啊。

"你回去不要说，别人也不会知道，我相信你不会乱来的。"宋丽芳的眼眸中多了一丝狡黠，"如果我们不住一间房，那要多花几百块呢。"

刘振华想了想，觉得宋丽芳说的也有道理，他肯定不会乱来的。

刘振华拿了房卡，然后与宋丽芳到房间里面。

他们也是困了，把东西放下来，各自躺在床上休息。

开始刘振华还是有点尴尬，可他太累了，很快就睡着了。

到中午的时候，门铃响了，吓得刘振华他们都跳了起来。

"振华哥，是不是警察查房？"宋丽芳害怕了。

刘振华道："我也不知道。丽芳，如果是警察的话，你就说我们处对象，反正大家都认识，警察应该不会拿我们当那种人处理的。”

“唔。”宋丽芳红着脸应道。

刘振华打开门，没有想到一个人扑了过来，紧紧地搂着他。“振华，好久不见你了。”

“老枪，是你啊，吓死我了。”刘振华看到来人是老枪，心里的石头落地了。

这时，老枪发现房间里有一个漂亮的女孩子，不由吃惊了：“振华，这是怎么回事？”

“她叫宋丽芳，是我们希望合作社的社长，她爸就是我们的老村主任，以前我跟你说过的。”刘振华介绍着，“宋丽芳，这就是老枪了。”

老枪一进来，宋丽芳就在打量着老枪了。

三七分的发型，一件白色衬衫，暗红色的领带，下面是黑西裤，擦得油光发亮的皮鞋，一看就是白领。

老枪一看到宋丽芳，眼睛发亮了。

宋丽芳穿着一件白色暗格的T恤，下面是黑色高腰弹力牛仔裤，让她的身材更加窈窕。

“振华，真是没有想到，你们落山村的姑娘这么漂亮。”老枪兴奋地叫着。

突然，老枪皱着眉头问道：“我不知道丽芳要过来，只订了一间房，你们两个人睡一间房？”

宋丽芳听了小脸一红，不过她还是落落大方道：“老枪哥，我们现在节省开支，反正是双人床，我与振华哥一人睡一张就行了。我们从小一起长大，没什么的。”

“青梅竹马。”老枪突然蹦出了这一句。

不过宋丽芳听起来觉得非常舒服，刚才她在刘振华旁边休息时，感觉到从来没有的舒服和安稳。

如果不是老枪在外面敲门，她还一直在睡呢。

“行了，你不要胡说。”刘振华白了老枪一眼。

“好，我不说了。我现在是下班时间，请你们到楼下的饭店吃饭，然后你们就可以去找我亲戚的同学，他在酒店当后勤，如果看上你们的稔子酒，是可以订购不少的。”老枪道。

第25章 阴谋诡计

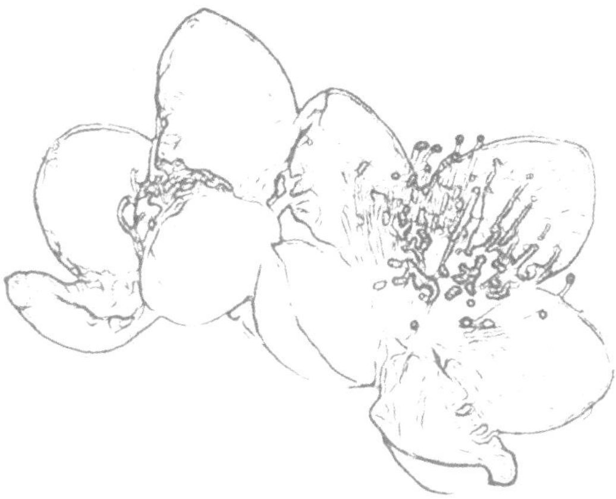

刘振华从箱子里拿出一瓶稔子酒道："老枪，这是我们送给你的稔子酒，这东西也不是很值钱，不过拿上来有点沉，我们只是带了三十瓶上来而已。你先拿一瓶回去喝，以后再给你寄。"

"好啊，我试一下你们的稔子酒怎么样。"老枪笑着拿过稔子酒，看了看，摇头道，"刘振华，你们这包装好像一般啊，走平民路线吗？"

"是的，我们没有钱弄高级包装，且这种酒也不贵，我们批发价是二十元一斤，也就是这一瓶。"刘振华道。

老枪突然想到了什么，拿出手机走到洗手间打了一个电话，接着才走出来道："走吧，我们去吃饭。"

在附近的小饭店里，老枪点了一些菜，与他们吃了起来。

刘振华他们连早餐都没有吃，也是饿了，狼吞虎咽地吃着。

而老枪坐在那里似乎有点尴尬，且时不时看着饭店门外，好像在等什么人。

吃饱饭后，老枪让刘振华他们下午去辉达酒店找一个叫叶华超的经理。

按照一般推销产品的方法，最好就是在酒桌上谈。

可老枪帮刘振华想过了，他们现在没有什么资金请客吃饭，还是先走最简单的推销方法，拿着产品去人家经理的办公室谈。

如果对方有意向，答应签合同了，刘振华他们再请人家吃饭，或者给人家折扣。

要不然，你先请人家吃饭，人家吃了你的饭不帮你办事，那岂不是竹篮打水一场空了吗？

因此，老枪才帮刘振华想了下午上班时间去找叶华超经理，那个点也不用请吃饭的。

刘振华他们回到酒店房间，休息了一个小时，然后又坐公交车去辉达酒店。

到了酒店门口，宋丽芳看到富丽堂皇的大厅，典雅的装饰，眼睛睁得老大。“振华哥，你说在这里吃一顿饭要多少钱？”

“很贵啊。”刘振华叹着气道，“我在网上查过，这里住一晚要六七百块，估计吃一顿饭也要一千多块吧。”

“难怪老枪哥叫我们这个时间过来，如果来晚了，人家要吃饭，我们请不起啊。”宋丽芳小声道。

刘振华拿出手机给叶华超打电话，说自己已经到了酒店一楼。

“你们过来三楼的经理办公室吧，我等你们。”手机里传来一个男人的声音。

刘振华他们来到经理办公室，看到一个中年男人坐在电脑前玩着游戏。

“你们先坐一下吧，我很快就好了。”中年男人头也没有抬，只是说了这一句话。

当中年男人打完游戏，抬起头看到宋丽芳时，眼睛一亮。“咦，刘振华是吧，这位是……”

刘振华见中年男人色眯眯地看着宋丽芳，心里暗叫不妙。

这次让宋丽芳跟着过来，不一定是好事啊。

“叶经理，这是我们酒厂的宋丽芳厂长。”刘振华介绍着宋丽芳。

“宋厂长，不错啊，年轻有为，你有名片吗？给我一张，我们交个朋友。”叶华超伸出手与宋丽芳握了手之后，并没有松开。

宋丽芳见叶华超一直握着她的手不放，也不好生气，只得用力把手拉出来。“谢谢叶经理，我没有名片。”

“也是，你们是农村企业，没有这个也不奇怪。”叶华超从办公桌上拿出自己的名片递给宋丽芳。

本来刘振华以为叶华超也会给自己一张名片，但没想到叶华超给宋丽芳之后，并没有再给他了。

不过刘振华没有生气，他们是过来推销自己的产品的，只能低声下气。

刘振华拿出带过来的三瓶稔子酒，放在叶华超的办公桌上。“叶经理，这是我们酒厂生产的稔子酒，对风湿、贫血等有很好的疗效，你可以拿回去尝尝。”

叶华超白了刘振华一眼道：“虽然说你是介绍人，但还是由宋厂长向我介绍吧。”

宋丽芳听叶华超这样说，急忙向对方介绍起稔子酒的好处：“叶经理，你可以试一试，如果有效果的话，再跟我们订货嘛。”

宋丽芳把自己的手机号码写给叶华超，她有点后悔，应该印名片的。

“好，丽芳，我这个人最喜欢交朋友，只要我高兴了，我们酒店可以订你们的酒。”叶华超道，“对了，你们是先把酒寄存在我们这里卖，三个月后，再来收款的吧？”

刘振华一听脸色就变了，他们最怕的就是这种交易。

如果酒店让他们寄几百斤稔子酒过来，几个月后，酒店说没有人要，让他们把酒运回去，这就是他们的损失了。

所以，刘振华他们合计过了，概不赊账。如果对方要他们的稔子酒，签合同付订金，然后他们在指定的时间内把稔子酒送到，当场就要付最后的余款，要不然他们宁愿不做这种生意了。

他们是小本生意，伤不起。

像这种稔子酒，他们从生产到包装再到送货上门，一斤二十块，并不算贵了。

当叶华超听宋丽芳说出这样的要求时，脸色马上黑了。

本来叶华超打着自己的小算盘，让宋丽芳他们送五百斤过来，大家签上合同。

如果酒店能把稔子酒卖出去，三个月后结账。如果卖不出去，就让厂家自己把货拿走。

到时这些稔子酒从乡下送到酒店里，宋丽芳还不是由自己拿捏吗？

刚才叶华超暗中打量着宋丽芳，发现她不但非常漂亮，身材又好，让他看了流口水。

像这种农村女人，要拿捏是很容易的。

只要他控制着这五百斤的稔子酒，宋丽芳还不乖乖地听他的话吗？

但没想到宋丽芳他们也精明，直接就有这样的要求，让他拿捏不了对方。

叶华超冷着脸道："宋厂长，我们酒店的做法是要你们先给货，能卖多少就给你们多少钱。如果卖不了，那我们也不能给钱的，你们说是不是？"

"唉，我们是小本生意，没有办法了。"宋丽芳无奈地摇着头，"叶经理，那三瓶稔子酒送给你喝，如果你觉得可以，想要买的话，可以找我们，不过是要先付钱后发货的。"

宋丽芳知道这样不行，但这种民营酒店，他们不敢赊账。

叶华超故意道："那好吧，你们不想做我们的生意就算了。"

刘振华见叶华超老是贪婪地看着宋丽芳，也不想在这里待下去，便站起来道："叶经理，既然是这样，那我们先走了。"

虽然说叶华超是老枪亲戚的同学，可是人家根本不给他们面子，他也不想在这里待了。

宋丽芳听刘振华这样说，也站了起来。

叶华超见宋丽芳要走，急忙叫道："宋厂长，现在快天黑了，你们吃了晚饭再走吧。"

宋丽芳见对方都没有诚意谈，哪会留下来吃饭呢，到时还要他们买单呢。"不了，我们还有事。"

"这样吧，今晚我请你们吃饭，如果你们让我高兴了，我是可以先付钱，买你们一些稔子酒的。"叶华超的眼睛又往宋丽芳的胸前看着。

宋丽芳有点害怕地缩了回去，她不想与这种人吃饭。

可刘振华咬咬牙道："好吧，叶经理，我们就留下来，不知道怎么才能让你高兴呢？"

"喝酒吧，一杯酒一百斤稔子酒，看你们能喝多少。你能喝十杯，我就进你们一千斤酒。"叶华超笑着道。

"那好。"宋丽芳心里暗喜。

以前她在家的时候，也陪父亲喝稔子酒。虽然说酒量不是非常好，但也能喝几两。

像酒场上喝的酒杯，估计两三杯才有一两啊。如果她能喝上十杯，那就能卖一千斤了。

叶华超见宋丽芳答应，高兴地拿起内线电话订房间。

本来叶华超是碍于同学的面子，所以才让刘振华过来推销什么稔子酒。

当时叶华超准备让刘振华说几句话，然后就把刘振华打发走的。

可没有想到还来了一个美女，叶华超来精神了，让宋丽芳在这里介绍了差不多一个小时稔子酒的好处。

叶华超越看宋丽芳越喜欢，准备今晚要弄上手。

这种乡下过来的人，在省城一点人脉都没有，只要他把宋丽芳灌醉了，那他就可以为所欲为了。

没有过多久，叶华超带着刘振华他们来到一个小包间。

叶华超把服务员叫来，让对方拿了三瓶白酒过来。

刚才叶华超看了稔子酒的说明书，才二十几度，怎么可能灌得醉宋丽芳呢？

宋丽芳见状，急忙道："叶经理，我们就喝稔子酒吧，没有必要再让你破费了。"

稔子酒主治中老年人的风湿，所以度数不高，方便老年人饮用呢。

如果喝稔子酒的话，宋丽芳还是敢喝上十杯呢。

"这可不行，要用白酒。"叶华超又不傻。

他故意不点菜，只是先点酒，就是想着让宋丽芳他们空腹喝酒，这样才容易醉啊。

宋丽芳见叶华超这样说，只好作罢。

白酒就白酒，一杯酒一百斤也是可以。自己喝不了多，喝一杯总可以吧？只要这次能卖出一百斤，也算是暂时打开省城的一点市场了。

片刻，服务员拿着三瓶白酒过来了。

刘振华一看是五十二度的白酒，吓了一大跳。"叶经理，这酒的度数也太高了吧？"

第26章 说话算话

叶华超奸笑着：“嘿嘿嘿，如果度数不高一点，怎么能看出你们的诚意呢？刘振华，你要知道，我们酒店这边的习惯做法是先赊货，后面再结账的。你们要想先付钱再送货，就要拿出自己高度数的热情出来。”

宋丽芳咬了咬玉牙，点头道：“振华哥，五十二度就五十二度，我喝十杯。”

“丽芳果然是女中豪杰。”叶华超拍着手。

宋丽芳他们喝醉，他就在这里玩宋丽芳。

到时他会给保安打电话，让保安在门口把守着，没有他的命令，不能让任何一个人进来。

等他玩完了宋丽芳，自己也喝一点酒，再在身上洒一些。

到时宋丽芳醒来，从了自己就最好，如果不从的话，那就说自己当时也喝醉了，发生什么事情也不知道，宋丽芳还能拿自己怎么样呢？

一个农村过来的女孩子，没有见过什么世面，吃亏就吃亏了。

而且他也让酒店买一千斤稔子酒，也就是两万块，这没有什么。但能玩这么漂亮的女孩子，非常值啊。

叶华超打开白酒，往大玻璃杯里倒着。

刘振华吃惊地问道：“叶经理，这种玻璃杯不是喝茶的吗，怎么用来倒酒？”

这种玻璃杯倒满的话，可能有半斤啊。

“呵呵，我说的就是这种玻璃杯。”叶华超把玻璃杯倒满，脸上露出狡诈的神色。

刘振华摇头道：“不行，这是半斤五十二度的白酒，会喝醉的。”

嘿嘿，我就是要你们醉呢。叶华超在心里奸笑着。“丽芳，你喝不喝啊？一杯一百斤稔子酒，我说话算话。”

宋丽芳看了刘振华一眼，这些天，他为了稔子酒厂的事情，忙里忙外，瘦了不少，也黑了不少。

还有父亲为了落山村多年的脱贫，也是快跑断腿了。父亲说过，这次是最后的机会了，如果还不能成功，他也没有能力和精力去搞。

这次他们家投了三万块进去，两个哥哥对他们有着很大的意见，连见都不想见他们了。

豁出去了，反正振华哥在这里，就算喝醉也不怕。想到这里，宋丽芳拿起了那杯约半斤的白酒。

万事开头难，只要他们能让人订上一些稔子酒，只要有人喝，就能感觉到稔子酒的好，后面就会有越来越多的人接受这种酒了。

唉，也是振华哥才能想到用稔子酒来做文章，为什么其他人就没有想到呢？像去年，白白浪费掉了二十万元的扶贫款。

今年的扶贫工作还没有在落山村落实，父亲也多次给邱干部打电话，想让他们把二十万元投到希望合作社去，大不了让希望合作社成为落山村的企业，走出一条让村民致富的路子。

可是邱干部说这种方法不可行，还说有落山村的村民打电话到上头告状，说他们办这个希望合作社就是想骗钱，邱干部更是不敢支持他们了。

只要他们做出成绩来，一切都好办。

如果能在辉达酒店卖出一两百斤稔子酒，那村里的人可能会对他们另眼相看，到时可能会有人加入他们的合作社。

唉，如果村民相信他们，加入他们的合作社，大家一起努力宣传稔子酒的话，肯定可以推销一些稔子酒的。

因为人手紧缺，他们这两个正副社长要出来跑业务，可见多么尴尬。

“丽芳。”刘振华见宋丽芳拿着酒杯要喝酒，担心地叫了一声。

宋丽芳转过头，深情地看了刘振华一眼。顿时，她感觉自己浑身充满了力气，不要说一杯白酒，就算是十杯百杯白酒，她好像都能喝得下去。

宋丽芳对刘振华微微一笑，然后张嘴把那杯白酒喝了下去。

一股辛辣的酒味呛到了宋丽芳的喉咙，让她不断地咳嗽着。

这酒非常烈，只是一会儿，她就能感觉到自己的脑袋晕晕的。

“不错啊，丽芳，你果然好酒量。”叶华超拍手笑着，“来，第二杯。”

刘振华看着叶华超再倒酒，他急忙道：“叶经理，我帮丽芳喝吧。”

“呵呵，你不说我差点忘记了，你也要喝一杯啊。”叶华超另外再拿了一个玻璃杯过来，打开另外一瓶白酒，再倒满。

一瓶只是倒了两杯，果然是一杯就有半斤。

刘振华咬咬牙问道：“叶经理，是不是我喝一杯，你再加一百斤稔子酒啊？”

“错了，是你们一人喝一杯白酒，我才能买你们一百斤稔子酒呢。”叶华超笑道。

宋丽芳瞪着叶华超：“叶经理，你骗我们，不是一杯一百斤稔子酒吗？”

“是啊，你们一人一杯就一百斤稔子酒，没有问题啊。”叶华超见宋丽芳两颊潮红，那样子非常诱人，他恨不得现在就抱着她，狠狠地亲上几口。

刘振华见宋丽芳还要与叶华超争辩，摆摆手制止了她。

叶华超一直对他们不怀好意，特别是一直盯着宋丽芳看，让他心里非常不舒服。

“叶经理，我喝，希望你说话算话。”刘振华拿起酒杯，一下子往嘴里灌去。

明知道自己喝不了那么多，就要喝得快才行。

酒一喝下去，刘振华就急忙拿起旁边的热毛巾捂嘴，然后咳嗽着。

“振华哥，你没事吧？”宋丽芳担心地问道。

“我……我头晕要醉了。”刘振华用力地晃着脑袋。

叶华超对宋丽芳道：“丽芳，你继续喝吧，再喝一杯，我买你们两百斤稔子酒。”

叶华超也看出宋丽芳快要醉了，像这种五十二度的白酒，喝了一斤，肯定得趴下了。

宋丽芳摇头道：“叶经理，我不能再喝了，要不然会醉的。”

如果刘振华没有喝酒的话，宋丽芳还不怕自己喝醉。

但刘振华喝了半斤白酒，已经是超量了。

宋丽芳知道刘振华的酒量不好，最多喝二两，还没有她的酒量好呢。估计一会儿，她还要扶刘振华回去。

叶华超笑道："丽芳，你不用怕，我们酒店里有房间，如果你喝醉了，我开好房，让女服务员送你上去。要不这样，我陪你喝这一杯吧。"

叶华超也有一斤的酒量，只要他再灌宋丽芳一杯下去，他就可以为所欲为了。

"我不喝了，我不想醉。"宋丽芳还是摇着头。

叶华超叫道："丽芳，我们省城的人喝酒，如果不让客人喝醉，那就是没有招待好客人呢。这样吧，如果你真的喝醉了，我们买你一千斤稔子酒，怎么样？"

"一千斤？"宋丽芳的眼睛亮了。

如果他们能有这个订单，估计回去能缓一口气。

宋丽芳犹豫了一下，毅然拿起酒杯就要喝下去。

"丽芳，你不要喝了。"刘振华捂着胸口拉住宋丽芳的手，"叶经理买我们一百斤稔子酒，也是不错了，千万不要把身体喝出病来。"

叶华超见刘振华阻拦宋丽芳，生气道："刘振华，要不你先喝第二杯吧。"

"不了，我醉了，我不能再喝了。"刘振华道，"叶经理，你说话算话，把订金给我们，我们明天就让人发货到省城。"

叶华超立即变脸了："给什么给，让你们喝酒又不喝，有什么好给的？"

"叶经理，刚才你说的，我们一人喝一杯，就买我们一百斤酒，难道你说话不算话？"刘振华冷冷地看着叶华超。

"刚才我还没有把话说完，你们起码要喝十杯，凑够一千斤，我才买啊。如果只是一百斤，这么少的量，我才不会买呢。"叶华超奸笑道，"怎么样，你们还是赶快喝吧，喝完十杯，或者是你们都喝醉，我肯定会买你们一千斤稔子酒。"

这时，宋丽芳也知道叶华超是在耍他们了。"振华哥，我们走吧。"宋丽芳发现刚才自己天真了，这些城里人真会玩。

"走？"叶华超冷笑着，"难道你们不想推销稔子酒了？"

刘振华摇摇头道："叶经理，你不是真诚想与我们交易的，我们还是去找其他酒店吧。"

“哈哈哈，刘振华，不是我吹牛，我叶华超在酒店业混了这么多年，认识不少朋友。如果你们不继续陪我喝酒，明天我就会传出消息，没有哪个酒店愿意进你的货。”叶华超冷笑着，“我还有一个亲戚在工商局，那些酒店会给我面子的。”

“就算不行，我们也不会如你的意。”刘振华哪里不知道叶华超想打什么主意，他不会让宋丽芳吃亏的。

于是，刘振华拉着宋丽芳往外面走去。

“好，你们给我等着，我现在就给其他酒店打电话，说你们的稔子酒是假酒。”叶华超气愤地拿出手机。

出了酒店，宋丽芳被风一吹，感觉头更晕了。

刘振华见宋丽芳这样，急忙拉着她。“丽芳，你还行吗？”

“我还可以，振华哥，你平时的酒量都没有我好，怎么好像没有事？”宋丽芳奇怪了。

刘振华笑了笑道：“刚才我发现叶华超想对你不轨，所以在喝酒时，我故意拿着毛巾放在嘴边，然后借咳嗽之机把酒吐在毛巾里了。”

“啊，还可以这样啊？”宋丽芳后悔地甩甩漂亮的马尾，“早知道是这样，刚才我也用毛巾吐酒了。”

“没有用的，叶华超就是想着把我们灌醉，然后占你的便宜。”刘振华是个孤儿，要靠自己生活，所以在很多事情上，比别人多了一个心眼。

第27章 诸事不利

刘振华道："就算我们的酒量好，可以喝十杯，那他就会说十杯不行，要喝到二十杯。"

"振华哥，我们以后怎么办？"宋丽芳担心地看着刘振华。

按照他们以前制订的方案，喝酒就是在吃饭的地方，那就是酒店了。他们这次过来省城，就是想着去酒店推销稔子酒的。

可刚才叶华超发了狠话，估计他们在省城酒店这边推销不了了。

宋民也提出要不去县城或者市里推销稔子酒，但被刘振华否定了。

省城这边可能很多人不知道稔子，但在县里或者市里，是有不少人知道的。

就是县城，都有人自己用稔子泡酒喝，你要卖二十块一斤的话，那是卖不动的。

那五十二度的白酒可不是开玩笑的，当刘振华扶着宋丽芳出去坐公交车时，风一吹，宋丽芳感觉自己的头更加晕了。

因为他们舍不得花钱打车，所以都是刘振华一直扶着宋丽芳。

上了公交车，软弱无力的宋丽芳几乎是倒在刘振华的怀里。

刘振华犹豫了一下，还是紧紧搂着她柔软的身体，怕她摔在地上。

也不知道是宋丽芳喝酒太多脸红还是怎么的，她一直缩在刘振华的怀里。

到了快捷酒店门口，宋丽芳已经醉了，刘振华只得用力地挽着她回到房间。

轻轻地把宋丽芳放倒在床上，刘振华去拿热毛巾敷在她的脸上。

本来刘振华还想倒水给宋丽芳喝的，但她已醉得不省人事。

“唉，丽芳，辛苦你了。”刘振华暗暗叹着气。

突然，宋丽芳呢喃道：“振华哥，我喜欢你，你不要太辛苦了，我看了很心疼。”

刘振华震惊地看着宋丽芳，当他发现这是宋丽芳的醉话，这才放下心来。

经过这段时间的接触，刘振华也对这个漂亮肯干的女孩有了很大的好感，也特别喜欢与她在一起。

经历过恋爱的刘振华，知道那可能就是男女间的喜欢了。

刘振华听到这个消息，有点惊慌失措，又有点欢喜。犹豫了一下，他从背囊里拿过自己的衣服，到洗澡间里洗澡清醒一下。

当洗澡间里传来哗哗的水声时，刚才还在醉酒的宋丽芳突然睁开了眼。

第二天早上，刘振华接到了老枪的电话。“振华，昨晚是怎么回事，你得罪那个叶华超经理了？”

“是他不想帮我们推销稔子酒。”刘振华也不方便说叶华超的坏话，毕竟是老枪介绍的。

“现在叶华超在酒店圈子里说你们的坏话，我还被亲戚说了一通。”老枪道。

刘振华见是这样，只得把昨晚的事情跟老枪说了。

“他不是人！”老枪是一个脾气暴躁的人，马上骂了起来。

刘振华劝道：“老枪，我想着今天再去拜访一些酒店，不管行不行，我都想去试一试。”

“那好，如果有什么事情，你给我打电话吧。”老枪突然问道，“你不见一见杨思诗吗？”

刘振华一愣，久久说不出话来。

过了半晌，刘振华才摇头道：“我们已经分手，没有什么好见的了。当时她来过落山村，已经跟我说得很清楚。”

“唉，我真是不知道怎么说你们。”老枪叹着气。

今天宋丽芳醒来后，并没有醉酒的后患症，收拾一番，与刘振华在外面吃了早餐，又去找其他酒店推销稔子酒。

这些酒店是老枪一早帮刘振华找好的，可他们给对方的经理打电话，那些经理一听是推销稔子酒的，立即说没有空或者直接说不要这种酒。

有一些酒店答应让他们过去，可是提出来的条件跟叶华超差不多，只是寄卖，卖了酒三个月内结算酒款，这根本没有办法谈下去。

下午，老枪给刘振华打电话，询问事情进展得如何。

当老枪听到刘振华说没有一点进展时，无奈道："刘振华，那你们就去药厂和一些老干部疗养院看看吧，看那里怎么样。"

这次刘振华他们上来，还带来了稔子的叶、枝、根等，就是想看药厂需不需要用它做成止泻的药。

白云峰制药厂在省城是非常出名的，刘振华首先来到这间药厂。

门口的保安听说要来推销药材，立即把他们拦住了。"你们两个有跟我们领导打电话约过了吗？"

要电话约？宋丽芳愣住了，他们不知道有这种事情啊。

但刘振华立即道："我们有打电话与厂长约过了。"

"那好，你们登记一下。"保安拿出登记本让刘振华登记下来，指着右边的大楼，让他们上去六楼找厂长。

这时，一辆小车开了进来，小车停到楼下后，从里面下来一个拿着公文包的中年男人。

中年男人见刘振华他们手里提着一些枝叶的袋子，奇怪地看了一眼，然后抬脚往前面走去。

刘振华也想往前面走时，保安对着他叫道："小伙子，那个就是我们的厂长啊。厂长，那个叫刘振华的人，说一早打电话与你约好了，这不，你也刚好回来。"

厂长听保安这样说，停下脚步看着刘振华："我什么时候与你约好了？"

"啊，难道他骗人？"保安听到厂长这样说，急忙从腰间抽出警棍向这边跑过来，"你们是什么人？给我老实一点，要不然我对你们不客气了。"

在厂长面前，保安当然要尽职尽责了。

刘振华听说这个中年男人就是白云峰制药厂的厂长，暗叫糟糕了。

他本来想着蒙一下，骗过保安进去找厂长或者副厂长什么的，再介绍一下稔子的枝、叶、根的用途，看这边的药厂收不收购。

就算便宜收购，那漫山遍野的稔子树，都可以卖上一些钱啊。

而且稔子树就算剪掉枝叶，来年还会再生长，并不影响第二年的开花结果。

这正是刘振华所看中的，他想着一定要把这稔子做强做大，落山村就会富裕了。

厂长皱眉问刘振华："你们为什么要骗人，到底想干什么？"

如果刘振华带着一个彪形大汉过来，厂长肯定会怀疑刘振华意图不轨，可旁边跟着的是漂亮的宋丽芳，厂长才会询问刘振华过来的目的。

"厂长，您好，我是余溪县落山村的村主任，我们村里有一种治腹泻非常好的药材，叫稔子树，想着你们有没有兴趣开发成新药品，我们可以负责提供这些稔子树。"刘振华一边说着，一边从包里拿出自己的身份证明。

现在的社会，如果你拿身份证说自己是村主任，别人可能不相信。

但是你拿着介绍信的话，人家可能就会相信了。

厂长冷冷地看了刘振华一眼，然后道："我知道了，你们把东西放在这里吧。"

一个一开始就想骗他们的人，可见不真诚，他不想与这样的人合作。

刘振华急忙解释道："厂长，我刚才不是想骗您的。我们刚从农村过来，想推销稔子酒，但没有人要。我们村穷，只想着能把自己村里的东西卖出去，可以脱贫啊。这是科研机构对稔子树的鉴定和证明，请您有空看看。"

刘振华请老枪帮他复印了科研机构的证明书，他向厂长介绍稔子树的一些疗效。

厂长冷然道："你不要说了，我忙，你们把东西放在这里就行了。"

"那好吧。"刘振华见厂长对他们的态度不好，只得无奈地把一些稔子枝叶和根放在这里。

反正他们也不是只找一家药厂，准备广撒网，看哪个药厂能看中这种稔子树。

刘振华他们离开了，保安拿着那些稔子枝叶问厂长："厂长，我现在把这些东西送到您的办公室吗？"

"不用，扔到垃圾桶里就行了。"厂长道。

"扔掉？"保安吃惊了。

厂长点点头："我不会与心术不正的人谈合作。"说完，厂长回到楼上去了。

这两天，刘振华去找了一些药厂和养老机构，可是都被别人拒绝了。

虽然他拿着一些机构的证明过去，可现在的社会太多这些东西了。

那些养老机构的负责人，一看就是老油条。

刘振华他们一过来，这些人就问刘振华今晚去哪里吃饭，晚上还去不去KTV玩。这样的态度吓坏刘振华他们了，他们身上哪有什么钱？而且看这些人的态度，只是想着白吃白喝白玩，至于生意谈不谈得成，以后再说。估计晚上去吃饭，没几千块是不行的，还有唱歌的钱，这让刘振华望而却步。与其陪他们大吃大喝，还不如让他们寄卖稔子酒呢。可他们的资金不足，哪里能让对方拖上几个月呢？

老枪时不时地打电话过来询问刘振华现在的情况，也向刘振华支了一些招，可还是行不通，他们根本推销不出这些稔子酒和枝叶。

“唉，丽芳，看来我们还是回县城再做打算吧。”刘振华想了想道。

“回县城？”宋丽芳奇怪了，“这有什么用吗？”

刘振华道：“我想把这些资料当面拿给扶贫组的领导看，再与他们详细聊聊。”

宋丽芳摇摇头道：“振华哥，没有用的。听我爸说，一切都是牛杀猪在后面搞的鬼，他现在在县里告我们的状，抹黑我们，估计那些领导现在也不肯见我们。”

第28章 没安好心

刘振华暗暗皱着眉头，牛杀猪好毒的心啊。

只是因为自己不满足他个人的贪念，他就不断地打击他们的合作社。

刘振华想了想道：“不管怎么样，我都想找那些扶贫领导汇报一下。”

刘振华虽然这样说，可心里还是非常担心。

扶贫组的人有自己的想法，他只是一个小小的村主任，很难改变他们的想法。

“丁零零——”刘振华的手机响了。

刘振华拿出手机一看，是宋民打过来的。“宋叔。”

“振华，你们在省城怎么样了？”宋民问道。

“宋叔，那些人一直排斥我们的稔子酒。只要我们找到一个突破口就行了。”刘振华道，“可是我们找不到，他们还要我们先寄卖，我们不敢啊。这里的消费又高，估计明天或者后天，我们就要回去了。”

“唉，如果不行，你们回来再想办法吧。”宋民道，“合作社的钱也花得七七八八了，坚持不了多少天。”

刘振华听到宋民这样说，心里难过了。“宋叔，是不是我的这个方法不行？”

“振华，不是不行，而是我们的启动资金太少，扶贫组和村民们又不理解我们的做法，我怕我们熬不了多长时间。”宋民点出现在最困难的事情。

用酒糟养猪，这本来就是一本万利的赚钱方法。

只要他们酿造出来的酒可以卖掉，不要堆积成山，那问题也不是很大。

本来宋民与刘振华想着只要扶贫组给他们一点支持，或者是农村信用社能贷他们一些款，那问题就解决了。

但没有想到牛杀猪见自己得不到好处，从中作梗，把事情搞黄了。

现在的信用社又收紧贷款的口子，村民要联名担保和实物抵押，落山村这种地方，哪会有村民帮你担保呢？

刘振华叹着气道：“宋叔，明天晚上我们就回去。车到山前必有路，我就不信想不到方法。”

晚上的车票便宜，刘振华想着还是晚上回去。

“好，我们等你回来，你也不要着急。今天学才他们跟我商量了，我们是不是在镇里和附近的村也推销一下。”宋民问道。

刘振华的眼睛一亮，对啊，虽然说省城这边是大客户，但是在镇村那边，也可以卖一些稔子酒的。

“学才哥他们的这个方法不错，我们回去就弄。”刘振华高兴地挂了电话。

刘振华想了想，给邱干部打电话。“邱干部好。”

“噢，是振华啊，你吃晚饭了吗？”手机里传来邱干部的声音。

“还没有呢，我们现在在省城。”刘振华摇着头。

那边的邱干部听到刘振华在省城，脸色不好看起来了。

那天牛杀猪给他打电话告密，说刘振华带着宋民的女儿去了省城。表面说是推销稔子酒，但其实是去风流快活了。

“如果没有什么事情的话，那就这样了。”邱干部不想与刘振华多说。

刘振华急忙问道：“邱干部，上次你在宋叔家拿的稔子酒，喝了感觉怎么样？”

“刘主任，你放心吧，那些稔子酒钱，我到时会给宋民的。”邱干部冷冷道，“不过，你们的稔子酒也太贵了，二十块一斤，也是你们才敢卖啊。”

邱干部想着当时他好像在宋民家里拿了三斤稔子酒，那就要给六十块，他的心有点疼了。

听纪检组那边反映，有人举报他在落山村拿了一些群众的东西，这让他生气啊。

他在落山村扶贫这么久，都没有拿过别人的东西。

就是上次刘振华听说他的腿有点风湿痛，劝他去宋民家拿了三斤稔子酒。

这件事情，就宋民家和刘振华知道，当时都没有外人在呢，估计这告密的人，不是刘振华就是宋家的人。

这些人真是卑鄙，见他秉公办事，不支持他们的稔子酒厂，就暗中使坏举报他了。

因此，邱干部现在对刘振华他们没有什么好感。

如果不是今年的扶贫人员和任务都分配下来，他都不想管落山村的事情。

六十块就六十块，当是买个教训吧。

在县城的一些地方也有稔子酒卖，好像也不要这么贵。

刘振华愣了一下，急忙道："邱干部，你误会了，我们不是问你要钱啊。只是想问你，你喝了稔子酒后，风湿疼痛好点了吗？要不要我们再给你送一些过去？"

哼，黄鼠狼给鸡拜年没安好心，你们想着贿赂我，好打那些扶贫款的主意嘛。我告诉你们，根本没门。邱干部在心里暗想着。

"刘主任，不用了，我老邱从来不拿群众的一针一线。等我去落山村的时候，会把六十块钱给宋民的。"邱干部冷冷地说着，"就这样了，我还有事情。"

被邱干部挂了电话，刘振华站在那里微微蹙眉。

他又不傻，从刚才的对话中，能感觉得到邱干部心里的怒气。

宋丽芳也看到刘振华的脸色不好，关心地问道："振华哥，怎么了？"

"丽芳，我感觉到邱干部不想帮我们。"刘振华道，"我们回去县城找扶贫组，也没有多大的作用。"

"现在我们缺钱，听我爸说最多能支持一个月。一个月后，我们的合作社就要停产了。"宋丽芳担心道。

刘振华知道宋丽芳下面的话是什么意思，现在养猪场那边有着二百多头小猪，如果一个月后没有酒糟吃，那些小猪就会出问题。

如果买饲料的话，一头猪一天可能要吃十块钱左右的饲料，二百多头猪一天就要两千多块钱，他们哪里支撑得起呢？

为了方便干活，刘振华让宋家把他们家的两栏猪也赶到养猪场的猪栏里。

现在宋家把所有的希望都绑在合作社上面，合作社一完，刘振华与宋家可能就没有翻身的机会了。

刘振华想了想道：“我再给老枪打电话，看能不能想办法借点钱，就算是贷款也可以，我们给利息。”

“嗯，看看老枪哥那边能不能帮得上忙。”宋丽芳点着头道。

刘振华给老枪打电话，老枪听说刘振华这边资金紧缺，也是愁眉苦脸，不过他最后还是说再想想办法，看能不能再借到钱。

刘振华也知道为难老枪了，老枪已经借给他一万块，他才工作不久，哪里还有什么钱呢。

刘振华与宋丽芳吃了晚饭，本来他想带她去街上逛逛，看看省城的风景。

可宋丽芳也没有心思看，说回去酒店想办法。

他们刚回到酒店，宋丽芳的手机响了，是牛志锋打过来的。

“牛志锋，你给我打电话干什么？”宋丽芳板着脸问道。

“丽芳，我没有得罪你啊，你怎么这么生气？”牛志锋问道。

宋丽芳冷哼一声：“你爸到处说我们希望合作社的坏话，你给我打电话，是不是想从我们这里打探情报？”

“不是啊，丽芳，我不是那样的人。不管我爸做了什么对不起你的事情，我的心可是向着你的。不是有一句成语叫‘人在汉，心在曹’吗？”牛志锋急忙向宋丽芳解释着，也不知道自己这样说对不对。

“那好吧，我们现在正缺钱，你借点钱给我吧。”宋丽芳心里一动，急忙说道。

“借钱，那可不行。”牛志锋立即拒绝了，“我只借钱给我的女朋友，如果你答应嫁给我，我可以给你三万元礼金。”

宋丽芳摇着头：“不。”

“六万元，怎么样？这钱可不少了，在农村里，相当于两个新娘的彩礼。”牛志锋说，“丽芳，你是不是非常心动啊？如果是的话，你马上回来，我们立即结婚，立即生孩子……”

宋丽芳气得没有等牛志锋再说就把电话挂断了。

刘振华笑着对宋丽芳道：“你也不要生牛志锋那种人的气，他这种癞蛤蟆就是想吃天鹅肉。”

“振华哥，我只是一个农村姑娘，哪是什么天鹅。”宋丽芳摇摇头，眼睛偷偷地看着刘振华。

刘振华把背囊放在桌子上：“不是啊，在我的眼里，你就是天鹅。”

“真的吗？振华哥，我真的那么好？”宋丽芳大胆火热地看着刘振华。

刘振华刚抬起头，便看到宋丽芳一直看着他。

他心里一颤，想到那晚宋丽芳喝醉后的话。

不过，刘振华不敢看宋丽芳，急忙垂下头。

“振华哥，我是不是很丑？连你都不想看我了。”宋丽芳的声音带着幽怨，让刘振华的心扉如旱地遇到雨水，一下子软了。

“不是，丽芳，你很美，真的很美。”刘振华猛地抬起头，凝视着面前这个漂亮能干的女孩子。

这些天，她跟着他吃了不少苦，可她毫无怨言。

刘振华也感觉到宋丽芳对他的好感，特别是那晚宋丽芳的醉话，更是让他已经关闭的心又缓缓打开了。

“唉，你说的不是真心话。算了，既然没有人喜欢我，那我就嫁给牛志锋，能为合作社换回六万块，应该可以再坚持一个月，可能到时会有转机了。”宋丽芳认真地说着。

“不要，你不能嫁给牛志锋。”刘振华生气地大叫着，“除非你喜欢他，要不然不能因为钱而嫁给他。”

第29章 昏倒事件

宋丽芳道："振华哥，现在没办法了，我们的合作社不能垮，只要我们想办法熬过六个月，那就是我们的翻身仗了。"

那两百多头猪到时出栏，他们就会有一大笔钱了。

"但是没有办法啊，现在我们哪里都要钱支出。本来我爸想着把框架搭出来，扶贫组那边也会照顾我们一二，没有想到有小人作梗，害得扶贫组那边没有帮我们。而我们这次过来省城推销，也是失败的。看来要把稔子酒推销出去也非常难，难怪没有人敢搞稔子酒这个项目。"宋丽芳越说越伤心。

刘振华劝道："丽芳，你不要担心，我们会有办法解决的。"

宋丽芳的眼里露出幽怨："唉，振华哥，你可能还不知道，我爸去农村信用社问过了，想用我家的房子抵押贷款十万块。可是我的两个哥哥不答应，他们说如果我爸敢这样做，他们就不当我爸的儿子，还说以后都不回家了。"

"啊，还有这样的事情？"刘振华大吃一惊，"丽芳，你和宋叔为了我们的合作社，付出太多了，我刘振华一定会铭记在心，一定不会让你们受委屈。"

说到这里，刘振华也不再有什么顾忌。

人家宋民和宋丽芳这样对他，如果他还畏畏缩缩的话，怎么对得起这个深情的姑娘呢？

刘振华大胆地对宋丽芳道："丽芳，你千万不要做傻事，我不想你嫁给牛志锋，我会好好地对你，你明白我的意思吗？"

"振华哥——"宋丽芳等的就是这一句话，她猛地扑到刘振华的怀里。

"振华哥，我只是一个乡下妹子，我配不上你。"过了好久，宋丽芳才冒出这一句话。

刘振华笑了笑道："我现在也是农民啊，你不要想多了。不过，我们现在不谈其他，先想办法把合作社做强做大。"

宋丽芳调皮地说道："其实用我换六万块也是可以的，我心甘情愿。"

"可我舍不得。"刘振华郑重地摇着头。

"振华哥。"宋丽芳娇羞地叫了一声。

这段时间，她跟着刘振华忙上忙下的，非常累。可所有的累，在刘振华那一句"我舍不得"中全部消散了。

宋丽芳轻轻地推开刘振华："振华哥，我去洗澡，你先看电视啊。"

"好，今天我们在外面跑了一天也累了，早点休息，明天我们去找老枪，请他吃一顿饭，然后晚上坐车回去。"刘振华想着老枪对他那么照顾，自己要掏钱请对方吃饭才行。

第二天，刘振华他们睡到早上十点才起来，洗漱完，收拾了东西，他们便去楼下退房了。

这次他们带来的三十瓶稔子酒，送出去不少，只剩下八瓶。

昨晚刘振华跟老枪商量过，让他把这些稔子酒送给一些有需要的朋友或者同事。

如果对方觉得这稔子酒有效果，可以找他们订，还是二十块一瓶，量少的话，快递费要对方出。

老枪觉得这也是一个办法，毕竟产品到市场，需要一段时间才能成熟。只是刘振华他们太急了，产品一出来，就跑到省城推销。

本来当时老枪拍着胸膛说他有关系的，没有想到刘振华带着宋丽芳过来，叶华超见宋丽芳长得漂亮，打起歪主意来了。

且刘振华也发现一个非常关键的问题，不少酒店、商店或者疗养院，都实行寄卖的方式。

因为稔子酒是新产品，他们不了解这种东西，哪会自己先垫钱买稔子酒呢。

如果现在不给钱，刘振华他们的希望合作社撑不到六个月啊。

看来还是资金的问题，回去看能不能想办法把这个短板给解决掉。

如果他们有资金支持，可以先放五十斤酒在酒店卖。

就算量少，他们寄过来的物流费也要不少，但做生意开始推销产品，哪能赚得了大钱呢？能保持不亏本就算不错了。

因此，刘振华昨晚与宋丽芳聊到很晚，重点聊了定位的问题。

现在他们不求这几批的稔子酒赚钱，只要求保本，能让养猪场继续运转下去，六个月之后，他们的底气会强不少了。

刘振华想着回去先解决资金问题，然后再托老枪找找其他的酒店或者商店，一个地方寄存几十斤在那里卖，看能不能打开一些市场。

一回生两回熟，他们下次过来推销稔子酒，肯定是不一样的了。

为了省钱，刘振华他们没有去吃早餐。

他们把房卡交到总台，服务员上去检查房间，十分钟后，他们往外面走去。

那间饭店就离这里不远，几百米，步行十来分钟就可以到了。

老枪的单位就在附近，他已经打电话订好房间，他们过去就行了。

刘振华他们刚过马路，就看到前面一个身穿唐装、年约六十岁的老者缓缓地倒在地上。

老者身边也有行人，他们看到老者倒地，马上避嫌往旁边退去。

片刻，老者摔倒的那个地方空了出来，而距离老者三米外的地方，站着不少路人，他们站在那里指指点点。

“那个老头是怎么回事？”一个穿格子衬衫的男人问道。

“谁知道啊，刚才他明明走得好好的，一下子就倒下来，好像要碰瓷。幸亏刚才我见情况不对，马上退出几米远，要不然他已经抱着我的大腿说我撞到他，要我赔钱了。”一个大妈炫耀着自己的精明。

“我告诉你们，就算那个老头真的有病，不是碰瓷，你们也千万不要碰他。前天就是有一个中学生在街上看到一个老头躺在地上，他过去一扶，事情就出来了。那个老头讹说中学生撞倒他，让他赔钱。”一个戴眼镜的白领提醒着大家。

“唉，现在的世道就是这样，学雷锋做好事，要擦亮自己的眼睛，要不然会为自己惹上祸事，有可能被别人敲诈十万八万块呢。”

一个大叔冷笑着：“笑话，一个几十岁的老头，身上全是病，你花十万八万能治好他吗？起码要一百多万啊。”

刘振华也在旁边看着唐装老者，那老者闭着眼睛，脸上露出痛苦的表情，两手微微颤抖，好像身体有病。

刚才老者摔下去的时候，脑袋碰到地面，也不知道脑袋会不会有事。

“振华哥，那个大爷应该不是碰瓷吧？”宋丽芳问刘振华，“他躺在地上，没有人管很可怜。”

旁边刚才说话的那个大妈笑道：“姑娘，你不用担心，已经有人打电话报警了。不过现在是下班时间，路上可能塞车，警察要过来也没有那么快。”

“看那个大爷好像病了，振华哥，要不我们送他去医院吧？现在太阳这么晒，大爷在地上躺得太久，可能会出事的。”宋丽芳同情地看着地上的老者。

“姑娘，你要小心啊，谁知道对方是不是碰瓷，如果到时家属过来找你们算账，你们就惨了。”大妈好心地劝着宋丽芳。

刘振华对宋丽芳道：“丽芳，你说得对，我们送他去医院。”

救人如救火，刘振华也顾不得给老枪打电话。

他冲上去抱起老者，宋丽芳去马路上叫车。

“哇，这对男女真的不怕麻烦啊，到时真的被别人赖上，他们会后悔的。”路人见刘振华他们真的要救老者，在旁边说三道四几句之后，也纷纷离去了。

如果是平时，刘振华他们肯定舍不得打出租车，但为了救昏迷的老者，他们也顾不上那么多了。

第30章 好心救援

刘振华他们上了出租车，跟司机说要去最近的医院。

出租车司机见刘振华抱着一个病人，也急忙开车赶路。

十几分钟后，他们来到了医院的门口，出租车计费器显示要二十块车钱。

“丽芳，你先给钱，我送大爷去急诊室。”刘振华顾不上心疼那二十块车钱，抱着老者往医院里面跑去。

省城的医院一般都是三甲医院，里面设备好。

当刘振华抱着老者进了医院，就有导医快速询问情况，然后把他们带到了急诊室。

急诊医生开始为老者诊治，一个穿着粉红色护士服的姑娘走到刘振华的身边：“先生，我已经为你开好单子，你去收款处交钱就行。对了，如果老人家有医保的话，也要告诉收款人员。”

刘振华一看单子上写着要交五百元，整个人愣住了。“那……那个护士，我是路过看到大爷昏倒在地上，然后送他过来的，我不是他的亲人。”

“什么，那个大爷不是你的亲人？”护士惊呆了，急忙跑到急诊室里询问里面的医生。

很快护士跑出来道：“我们在大爷的口袋里发现一部手机，正在联系他的家人。

不过我们医院有规定，如果不交钱的话，药品拿不出来。要不，你先交钱吧，要不然大爷会出事的。”

说到这里，护士警惕地看着刘振华，似乎是怕他跑掉。

现在哪有什么人那么好心地救人啊，还拼命地送老人过来医治，这里面可能有问题。

这时，宋丽芳也找到这里，一听要交五百块钱才能治病，心里也纠结了。

本来他们这次过来就没有带多少钱，一会儿想着请老枪吃饭，三个人大概吃一百多块，还有两个人回去的车费两百多块，他们身上剩下的五百块，应该可以让他们回到落山村了。

可没有想到摊上这样的事情，麻烦了。

刘振华哀求着护士：“护士，你跟医院那边说一说，先救人吧，要不然大爷会出事的。”

“我们是在救人了，可是有一些药品因为你们没有交钱，是拿不出来的。要不，你先垫付吧，到时病人家属过来了，你们再与他们商量，怎么样？”护士见刘振华一副要溜走的样子，更证实了自己心里所想。

这个人肯定有问题，有可能是他撞倒了老人，要不然也不会这么积极把人送到医院。

送到医院后，他就想走？哪有这么便宜的事情呢。

“我们医院有规定的，没有交钱，我们就用不了药，如果你们不先交钱，到时出了什么问题，你们就要负责。”护士咄咄逼人，根本不想让刘振华逃走。

那个老人家真可怜，出个门不容易啊，居然被别人撞了，然后撞他的人，还不想负责，这让小护士怎么不生气呢。

“振华哥，要不我们先交钱吧，要不然大爷可能会出事。”宋丽芳暗中拉了一下刘振华的衣袖。

她是从乡下过来的，不懂什么碰瓷，不懂什么叫讹赖，只知道如果老大爷不赶快得到救治，可能会出事。

刘振华点点头道：“好，我们先交钱吧。”

“哼，算你们识相。还有，你们交了钱，也不要离开，等家属来了再走。”护士急忙让人找了一个医院保安过来。

保安过来后，听护士说了事情的经过，立即警惕地盯着刘振华，好像怕他逃走似的。

刘振华也管不了那么多，赶快到收款处，拿出身上剩下的五百块钱，帮老大爷交了钱。

收款人员在单子上盖了收款印章，然后道："先生，如果有医保的话，在三天内过来这里登记，逾期不候啊。"

刘振华点点头，拿着单子回到急诊室。

急诊室的那个护士拿过单子，确认无误后，向那边的保安使了一个眼色，然后跑进急诊室里。

其实急诊室的医生已经在急救了，可是因为医院的规定，有一些药品是拿不出来的。

现在刘振华交了钱，一些药品很快被送到急诊室。

宋丽芳问刘振华："振华哥，现在我们怎么办？"

"在这里等等吧，我们现在身上也没有钱，也去不了哪里了。"刘振华无奈地摇着头。

旁边的保安听刘振华说没有钱，不由冷笑着道："小子，你把人撞了，没有钱怎么行呢？你还是赶快给家里人打电话，让家人送钱过来吧。"

刘振华解释道："我真的没有撞老大爷，我们过去的时候，他已经晕倒在地上了。"

可保安不听刘振华的解释，只是在旁边盯着他。

刘振华这才想起与老枪约中午饭的事情，急忙拿出手机给老枪打电话："老枪。"

"振华，我刚到饭店的楼下，很快就上楼了，你们先点菜吧。"手机里传来老枪的笑声，"你们现在等钱用，这一顿还是让我来请吧。"

"不是啊，老枪，我们这边有点事情，暂时过不去了。"刘振华把刚才的事情告诉老枪。

"什么？你扶起了晕倒的老人？"那边的老枪跳了起来，"振华，你有拍下当时的视频吗？还有找到人证了吗？"

刘振华摇头道:“当时情况紧急,我哪里顾得上拍什么视频,还有找什么人证啊。”

“惨了,这下惨了。”老枪担心地说着,“振华,现在社会上有一些老人故意碰瓷的,不知道你那个是不是。就算不是,人家的家属过来,问老人是怎么摔倒的,你能解释得清楚吗?到时让你赔钱的话,那就不是五百块的事情了,你可能要出十万八万,甚至更多呢。”

刘振华呆住了,现在他们的希望合作社正拼命地筹钱,哪有什么十万八万啊。

“老枪,这个社会应该还有诚信和公道吧?”刘振华问道。

“你是见义勇为了,但人家呢?难说啊。”老枪沉思一会道,“这样吧,那五百块钱,你就不要了,当是做善事吧,赶快走。”

刘振华苦着脸,看了看那边虎视眈眈的保安道:“我们身上没有钱了,另外医院的保安在那边盯着我们,可能我们走不了。”

“你们在哪个医院?我现在过去。”老枪见这样,只得把手机挂断,要赶过来医院增援刘振华。

没有过多久,一个穿黑色西装的中年男人气喘吁吁地跑到急诊室。“医生,护士,我爸在哪里?”

而在中年男人的后面,跟着一个拿公文包戴眼镜的青年,他也在喘着气。

小护士从急诊室里出来,看了中年男人一眼,问道:“你是周红星?”

“是,我就是。刚才那个电话号码,就是我父亲的,他现在怎么样?”叫周红星的中年男人着急问道。

这样的天气,他穿着西装从外面跑到这里,热汗不断地从他脸上流下来,可他并没有管,只是一脸焦急地看着小护士。

周红星已经看到小护士胸前的员工牌卡:冯小红。

“我们医生说了,可能问题不大,不过他摔下来的时候,碰到脑袋,不知道大脑有没有事。”冯小红说着。

“我爸是怎么昏倒的?”周红星问道。

冯小红看了那边的刘振华一眼:“是那个男人把你爸送到医院的,具体是怎么昏倒的,我们不在现场,也不知道。”

“是他?”周红星往刘振华那边走过去,他看到刘振华和宋丽芳一脸紧张的样子，感觉事情不对劲。“你可以跟我说一下，我爸爸是怎么摔倒的吗？”

“老板，可能是他把你爸爸碰倒的。”保安见周红星西装革履，后面还跟了一个秘书模样的人，一看就不是普通人，所以他想讨好周红星。

“什么？！”周红星怒了。

刘振华摇着头道：“不是的，刚才我们要去吃饭，看到你爸晕倒，所以送他过来医院，我们还帮他交了五百块押金。”

保安冷笑着：“如果不是你碰倒老大爷，你会这么好心把老大爷送到医院？”

刘振华一听有点火了，瞪着保安大声道：“为什么就不能好心？难道这个社会就不能多点人情味了？别人出事，我们只能冷眼旁观，不能伸出救援之手？”

周红星对刘振华道：“小伙子，因为事情还没有下定论，我也不知道你是好心还是坏心。这样吧，我们先报警，让警察来查清真实情况。”

说完，周红星向后面的眼镜青年使了一个眼色，青年急忙拿出手机要打电话了。

刘振华着急道：“我们晚上就要回乡下了，白天还有事情要办呢。”

“对啊，我们不是坏人，我们是好心帮老大爷的。”宋丽芳也着急了。

宋丽芳终于明白那个大妈的好心劝告了，现在社会有一些人真的不理解别人的好心相助，还以为他们是肇事者。

早知道是这样，他们刚才就不应该帮老大爷，这样他们也不会被困在这里。

那五百块就不要说了，可能警察过来还要取证什么的，一系列事情过后，可能他们明天都不能回家，更不要说今晚了。

保安继续嘲讽着：“是不是好人，不是你说了算，是警察说了算。还是老板说得对啊，报警叫警察过来调查，什么真相都出来了。”

第31章 误会消除

这时，身穿白大褂的医生走了出来，他问道：“谁是病人家属？经过初步检查，病人没有大碍，不过脑袋有没有事情我们还不知道，需要做脑部ＣＴ检查，还要再交一千块钱，你们谁去交一下？”

医生把已经写好的交钱单子递了过去，可是没有人接。

医生愣了一下，疑惑地看着这些人。

冯小红道：“医生，现在也不知道谁是肇事者，刚才是那个男人交了五百块钱。”

“这个我就不知道了，如果你们不交钱的话，我们这个检查就没有办法做，也不知道病人的大脑有没有问题。”医生无奈地摇着头。

周红星急忙道：“医生，这个检查肯定得做。这样吧，我先交钱，至于肇事者是谁，等警察过来调查清楚了，我们再做打算。”

他的秘书已经打电话报警了，估计警察很快就会过来。

老枪也赶过来了，当他听说病人家属已经报警，气不打一处出了。

可他又能说什么呢？人家家属说得也有道理，毕竟不知道事情真相，谁知道刘振华是不是肇事者呢？

老枪见不能说周红星什么，只得埋怨刘振华：“振华，我不是说你啊，平时你在学校里很聪明的，怎么会摊上这样的事情？现在的人不是不能救，但要小心谨慎啊。你们晚上还要坐长途车回农村的，因这事情一耽误，你们还怎么回去？”

刘振华无奈道：“老枪，你不要说了，事情已经这样，只得等警察过来再说了。”

“现在你知道后悔了吧？以后长个记性吧，不要乱救人。”老枪又在埋怨着刘振华。

刘振华摇摇头道：“我不后悔。误会就误会，只要人没有事就行了。当时那个情况，如果我不赶紧送老大爷过来医院，他真的会出大事。”

刘振华就站在那里，因为他的个子比较高，又长得帅，如鹤立鸡群般，成为一道特别的风景。

外面传来“嘀嘀嘀”的警车喇叭响，接着有两个警察往这边走过来。

当时秘书报警时就说了在医院的急诊室这里，警察能轻易找到。

警察询问了刘振华他们一些情况，听到这样的事情也是暗暗摇头。

现在这样的情况，只得去现场找证人或者看附近有没有监控。

但听刘振华说，那是马路上，附近没有商铺，可能找不到监控摄像头。

事情已经过去这么久了，估计那些路人已经走了，他们要找证人的话，会非常麻烦。

不过不管如何，人家都报了警，警察怎么也得调查落实清楚事情真相的。

就在警察要带刘振华离开医院时，急诊室的门开了，冯小红急匆匆地跑了出来，那俏丽的脸庞上有一抹晕红。“周老先生醒过来了。”

“我爸醒过来了？正好，问问他是怎么回事。”周红星高兴地往里面跑去，其他人也跟着进去了。

急诊室里的护士正在帮老大爷量血压，医生拿着记录本写着东西。

刚才他们正想推老大爷去做脑部 CT 检查，发现他醒过来，所以才通知外面的人。

周红星看到父亲醒过来，急忙问道：“爸，你是怎么晕倒的？”

“我今天早上就觉得有点头晕，本来想着出来买点东西，没有想到走到路上就晕了过去，这是在哪里啊？”老人家叫周兴华，正奇怪地看着四周。

冯小红故意地瞥了刘振华一眼，问道：“周老先生，是不是有人把你碰倒的？”

“不是，我记得非常清楚，当时我倒下去后，旁边的路人还拼命地退开，不敢靠近我，他们还说着不敢救我呢。后来我晕过去，就不知道怎么样了。”周兴华问道，“我是怎么来医院的？”

冯小红急忙把刘振华所说的情况一五一十地说了出来，然后指着刘振华道：“当时就是他抱着你来到急诊室，然后说他在路上看到你晕倒，把你送过来的。”

后面的警察听了周兴华的诉说，知道这件事情已经清楚了，刘振华真的是见义勇为。

“红星，刘先生不但救了我，还帮我交了五百块，你赶快把钱还给他，还要感谢他。”周兴华感激地看着刘振华。

周兴华的腿脚风湿疼痛走路不大方便，平时都有人照顾他。

可他今天想出来买点东西，又不想麻烦别人，所以就自己一个人出来。

没想到这一出来，就出事了。如果不是刘振华及时把他送到医院，他可能会有大麻烦。

医生又询问了周兴华以前的病情和今天的情况，笑着道：“我们已经做出了初步的诊断，可能是周老先生的腿脚本来就不舒服，有风湿病，且他今天的血压有点高，再加上中午的时候还跑到外面暴晒，先是摔倒，再加上中暑和血压高，就昏迷了。”

“幸亏刘先生及时送周老先生过来，要不然在那样的大太阳底下，再晒上十来分钟，可能周老先生的身体会出大问题。不过为了确诊，周老先生还要留在医院观察。”医生说道。

周兴华不好意思道：“当时是我的脚有点软，使不上力，所以才摔下去的，不是刘先生碰倒我的。”

警察见这里没有他们什么事情，与周红星等人聊了几句，最后道：“刘振华先生是好样的，我们社会上就需要这样的好心人。周先生，你们不要误会他了。”

“不会的，不会的，是我们错了。”周红星不好意思地向刘振华道歉。

“没事，误会消除就好，我们还有事情呢。”刘振华想离开这里了，他还欠老枪一顿饭。

因为刚才出事，老枪还没有吃饭就赶到这里。现在快下午两点钟了，老枪就要去上班了。

周红星急忙从秘书那里拿过自己的公文包，从里面拿出一千五百块钱。“刘先生，五百块钱是还给你的，另外一千块钱，是你们的辛苦费。今天真是不好意思，我错把好人当坏人，请你原谅我。”

刘振华只是拿过五百块钱，并没有拿另外一千块钱。“我不要什么辛苦费，如果没有什么事情的话，我们是不是可以走了？”

“刘先生，你是不是嫌一千块太少？”周红星又从公文包里拿出一万块钱，“这是一万块，当是你救我爸的感谢费。我没有其他意思，只是想表示我们家的感谢而已。刚才医生也说了，如果我爸继续在太阳底下晒着，不及时来到医院救治，真的会出大事。”

老枪的眼睛一亮，现在正是刘振华需要钱的时候。

昨晚刘振华还给他打电话，问他能不能再借一点钱呢。

如果现在刘振华有这一万块，虽然不是很多，也可以解决一些小事情，让他不用那么被动了。

但是刘振华还是拒绝了周红星的好意：“周先生，当时周老先生有困难，我伸出援助之手，并不是贪图你们的钱财。你还是把钱收起来吧，我不会要这种感谢钱。”

老枪听刘振华这么傻，居然说出不要感谢的话，气得直跺脚。

就靠刘振华这种死脑筋，落山村的什么合作社发展不起来啊。

无商不奸，刘振华不但不奸，还无偿帮助别人，你说这种人怎么能做好生意，怎么可以赚钱呢？

周红星见刘振华不要自己的一万块感谢费，惊异地看着他。

宋丽芳突然道：“振华哥，周老先生的腿脚有风湿病，我们可以免费送几瓶稔子酒给他喝，看不能缓解他的风湿病。”

对啊，我怎么就没有想到呢。刘振华懊悔地拍着自己的大腿。

刘振华急忙走到旁边，打开那个小箱子，从里面拿出两瓶稔子酒来到周兴华的身边。

“周老先生，这是我们落山村合作社自己酿制的稔子酒，对缓解腿脚风湿疼痛等有很大的效果。这是说明书，我给你一张。”刘振华为了方便推销，印了一些说明书，每一瓶稔子酒配一张，这样方便别人了解稔子酒的作用。

周红星看着稔子酒的包装，笑着道：“刘先生，你们这稔子酒的包装很简单啊。”

“不瞒周先生，我们落山村是贫困村，我是那里的村主任，因为资金不足，还没有做稔子酒的包装盒。等以后我们有钱了，再考虑这一步。”刘振华讪讪地解释着。

“噢，你还是村主任啊？不错。”周红星没有想到刘振华这么年轻，就当上村主任了。

旁边的老枪调侃着：“周先生，你不知道啊，落山村是我们广东省非常穷的贫困村，当村主任还拿不到工资呢。也只有刘振华这个傻瓜，堂堂广苏大学工商管理学院的高才生，好好的省城单位不要，辞职回去当什么穷村主任了。”

“什么？刘主任是广苏大学的高才生？”周红星更是吃惊了。

因为刘振华和宋丽芳两人虽然长得帅气漂亮，但是从他们穿着的衣服来看，像乡下过来的人。

可现在听老枪说刘振华还是名牌大学的高才生，让周红星不由刮目相看了。

要考入广苏大学是不容易的，当年他的成绩非常不错，但在高考时还是考不上广苏大学呢。

第32章 特色服装

老枪笑道：“是啊，周先生，所以我才说振华傻呢。”

“红星，你们的集团公司不是正要招人吗，要不你让小刘去你们集团上班吧。”躺在病床上的周兴华突然冒出了这一句话。

周红星的身体微微一晃，抬头看了看刘振华。

刘振华的人品是没有问题的，在当时那种无人救助父亲的情况下，他不顾别人的劝告，硬是把父亲送到医院急救。

当时老枪赶过来，质问刘振华后不后悔时，刘振华说不后悔，先救人，再说其他事情。

刚才周红星忧心忡忡，还没有什么感觉。但是现在回想起来，周红星才发现刘振华这个人的品质非常好，就算这次他被别人讹上，以后还是要救别人。难得啊，在现在这个社会里，还有人坚守着这份信念，非常不容易。而且刘振华还是广苏大学工商管理学院的高才生，就算是差也差不到哪里去。找手下，先找德再找才，而像刘振华这种德才兼备的人，更是难找。父亲果然厉害，一眼就看出刘振华是个人才，想让自己招揽他。

周红星对周兴华笑了笑，然后点头道：“爸，你放心吧，振华是我们的恩人，我怎么也得让他到我们集团上班。振华，你觉得怎么样？”

“周先生，我现在在落山村负责合作社的一些项目，实在走不开，不好意思，多谢您的好意。”刘振华不好意思地向周红星道歉。

周红星怕刘振华不知道他给出的待遇，继续笑道：“振华，我们公司的产品是以电子产品为主的，你过来之后，我会让人事部给你找个合适的职位，暂时每个月给你一万块的工资，怎么样？”

“一万块一个月？”老枪的嘴巴张得老大，快要流出口水来了，“振华，你赶快答应吧，你以前在省城的单位也是五六千块一个月，这一万块工资对于我们刚工作的人来说，非常高了。”

“对啊，刘先生，我们集团是广苏省知名企业，你到那里后，升迁机会非常大，肯定可以让你一展拳脚，到时你的待遇可能是这个的十倍呢。”旁边的秘书羡慕地看着刘振华。

刘振华一去集团一个月就有一万块的工资，又得到周红星董事长的赏识，以后肯定是某个子公司总经理的人选。到时工资就不是一个月一万块，可能是十万块了。

可刘振华听了还是摇头道：“谢谢周先生的好意，我不能扔下落山村不管。等落山村真正地脱贫，我再考虑自己个人的事情。对了，周老先生，那稔子酒对风湿病非常有效果的，我们的老村主任就是丽芳的父亲，也是风湿病，走路不方便，喝了这稔子酒后，现在都可以自如走路了。”

宋丽芳也在旁边补充着：“这是我家的家传秘方酿造的，与别家的稔子酒不一样，在缓解风湿病疼痛上有显著的效果。”

“真有这么好？”周红星眼睛睁得老大。

父亲的腿脚风湿病是老毛病了，一直困扰着他，有时走路都不方便。

刘振华笑着把稔子酒交给周红星的秘书：“当然了，要不然我们也不会搞这个稔子酒的项目。这两瓶酒是送给周老先生的，不要钱。如果周老先生喝了觉得可以，可以再找我们买。一瓶二十块钱，说明书下面有我们的联系电话，手机号码与微信同步。”

周红星担心地问医生：“医生，我爸有高血压，可以喝酒吗？”

医生看了看说明书，点头道：“只要周老先生的血压正常，就可以喝一点。

因为这酒的度数不高，只是二十八度，一天喝一两，应该是可以的。”

周兴华高兴道：“这样就好，以前我经常喝酒，现在老了，不能喝酒，感觉人生都没有什么意义了。”

周红星对周兴华道：“爸，大家担心你的身体啊。如果你能控制住一天只喝一两，在你血压正常的情况下，是可以喝一点。”

周兴华向周红星使了一个眼色，周红星立即领会了。

刚才他们误会刘振华了，想给钱感谢刘振华，他又不要钱。

现在刘振华还送他们稔子酒，当然不能让他破费。“振华，你箱子里还有多少瓶稔子酒，我们全买了，包括刚才那两瓶酒。”

“这怎么行呢？那两瓶酒是送给周老先生的。”刘振华摇着头。

秘书走到箱子旁边清点了一下，立即跑过来告诉周红星，加上刚才的两瓶，一共是八瓶。

周红星道：“好了，振华，你不要多说，你们也不容易，我们也不缺这个钱，大家就不要因为这四十块钱争执吧，我爸还要去做脑部 CT 检查呢。”

刘振华想想也行，反正就是四十块钱，看周红星的派头是有钱人。

于是，刘振华收下了周红星的一百六十块钱，然后和宋丽芳告辞离去了。

本来刘振华想请老枪吃饭的，但老枪要回去单位上班，只好作罢。

刘振华与宋丽芳在街边吃了快餐，便坐公交车到长途站。

他们回到余溪县城的时候，是凌晨四点钟。

上次在省城车站遇到混混，这次刘振华他们不敢贪睡，都打起精神在车站里面坐着。

天一亮，他们就坐车回了白洋镇。

公交车刚停在白洋镇的车站，刘振华就在车上看到穿着西装打着领带的牛志锋在下面等着，旁边还有陈学才。

牛志锋看到宋丽芳下车，急忙跑过去帮她提行李。“丽芳，你辛苦了。其实我也想加入你们的合作社，可我爸不答应，说如果我加入，就要跟我脱离父子关系呢。唉，我先载你回家吧。”

可是还没有等宋丽芳回答，刘振华就把他们的行李都绑在牛志锋的车后，然后对陈学才道："学才哥，让我开车，你去坐志锋的车吧。"

"好。"陈学才知道刘振华的意思，笑着把车钥匙给了刘振华。

因为刘振华他们不在家，陈学才和田世明的工作量大了很多。

今天一早，牛志锋自告奋勇说要过来接刘振华他们，宋民就让田世明在家干活了。

牛志锋见陈学才坐在他的摩托车上面，不由生气道："学才哥，你过去那辆摩托车，丽芳，你过来我这里坐。"

"行了，志锋，你赶快开车吧，振华已经开车走了。"陈学才笑着对牛志锋道。

牛志锋还是穿着他的特色衣服，上身西装领带，下面沙滩裤、人字拖，要多搞笑有多搞笑。

不过不管牛杀猪怎么骂牛志锋的衣着，他还是我行我素地穿着这套"小丑"装。

在牛志锋的眼里，我穿得这么拉风，你们就是见不得我帅气，所以才故意打击、奚落我。因此，牛志锋才不会听别人怎么说呢。

特别还有一些人就喜欢看牛志锋出洋相，故意在他面前说他有多么帅、多么拉风，更让牛志锋自以为是了。

宋丽芳坐在车后，两手轻轻地拉住刘振华的衣服。

虽然他们自己已经默认是一对，可她还是害羞，不敢搂他的腰。

但到了落山村那段颠簸的路，宋丽芳不得不搂着刘振华，要不然她会摔下去。

刘振华心底不由一片荡漾，虽然他狼狈地回到农村，但如果收获到属于自己的爱情，再把稔子酒做强做大，那就完美了。

在后面的牛志锋看到宋丽芳搂着刘振华，气得头发都快要竖起来。

如果不是陈学才硬要坐他的摩托车，凭宋丽芳那么喜欢他，肯定会坐他的车。

这种路颠簸得厉害，宋丽芳肯定会紧紧地搂着他。天啊，那是多么美好的事啊。

想到这里，牛志锋气愤地扭着油门，往前面冲去。

牛志锋的车技本来就不行，这一加速，那摩托车就像蛤蟆一般在黄泥路上跳跃着。

陈学才坐在后面快要吓坏了："志锋，你慢点开，不要开那么快啊。啊，前面有坑，你不要冲过去！”

“哐”的一声，陈学才差点从摩托车上摔下来。

陈学才也顾不上什么“男男授受不亲”了，急忙紧抱着牛志锋的腰，要不然他要摔下来啊。

“陈学才，你不要抱着我，我要丽芳抱我！”牛志锋气愤地叫道。

可是陈学才哪会管他呢，这车就像贪吃蛇似的在乱舞，一会儿扭向这边，一会儿扭向那边。如果不抱紧一点牛志锋，自己是要掉下去的。

“哐哐哐。”牛志锋的摩托车又在撞坑了。

回到落山村，摩托车刚停下来，陈学才急忙从车上跳下来，一屁股坐在地上。“牛志锋，你会不会开车啊？！”

陈学才发誓，以后再也不坐牛志锋开的摩托车，那简直是要人命啊。

幸亏他的运气好，这次回来没有出事。

刘振华和宋丽芳回到合作社，与李水莲他们一起把上午的活全干完了，大家便坐下来聊事情。

刘振华把这几天所发生的事情一五一十地说了出来，包括昨天送周兴华去医院的事情。

陈学才听了可惜地摇着头：“振华，真是可惜啊，如果那个周红星老板是开酒店的，就可以代理我们一千几百斤稔子酒了。”

“是啊，但听他的秘书说这个公司是做电子产品的，与我们的产品没有关系。”刘振华点点头，“不过周老先生有风湿病，希望他喝了稔子酒后，觉得有效果，可以帮我们向亲戚朋友推荐一下，他自己要喝的话，一年下来，也可以买几十斤的。”

宋民拿着水烟筒“咕噜咕噜”地抽了几口，头一仰，嘴里吐出烟雾。“这种稔子酒，快则要十天，慢则要一个月，才能感觉到效果。不知道我们能不能撑到那个时候啊。”

第33章 信心十足

刘振华把手里的小石头扔在地上，又捡了起来。“是啊，现在最缺的就是资金，我们要撑过六个月，那些生猪可以出栏了，我们的日子就会好过一点了。”

陈学才与田世明互望一眼，刚才他们从刘振华的嘴里听到周红星给他开了一个月一万块的工资，他都不愿意抛弃落山村，这让他们的心里除了震撼还是震撼。

这几天他们一直在商量资金的问题，现在已经下定决心了。

田世明向陈学才点点头道：“学才，你来说吧。”

“咦，学才哥，你们有事？”刘振华奇怪地看着陈学才和田世明。

陈学才看了看面色憔悴的刘振华，点点头道：“是的，这件事情我与世明哥商量了几天，现在我们决定了，我们要入股希望合作社。”

“为什么？”刘振华并没有高兴，而是看着他们，想知道是怎么回事。

“我们也在合作社待了一段时间，看到你们是真正用心在做。老村主任把自己养老的钱都投了进来，而你不要省城丰厚的工资回到落山村，一切都为着落山村脱贫，难道我们看着能无动于衷吗？”陈学才越说越激动。

可以说，他们当初就是想看看希望合作社是怎么回事，是不是如牛杀猪所说，刘振华是为了今年那二十万元的扶贫款。

可经过这些天的接触，陈学才他们真是被刘振华他们感动了。

以前他们还不大相信刘振华真的在省城找到好单位，牛杀猪还猜测刘振华是在省城混不下去了，才跑回落山村当村主任的。

但是这次宋丽芳跟着刘振华过去省城，亲眼所见那个周红星老板的邀请，这可是一点都不假了。

一个月一万块的工资啊，这一年下来，就有十二万，那么多的钱，刘振华还会冒险贪污二十万扶贫款？

那可是要坐牢的事情，且有邱干部盯着扶贫款，不是刘振华想贪污就能贪污的。

他们商量了几天，现在信了，拿定主意跟刘振华一起拼一把。

只要他们熬过六个月，应该就能好一点了。

两百多头的生猪，很容易卖钱了。

而且他们这些农村人，大家以前都养过猪，也会为猪治病和打针。

现在李水莲和陈学才他们都要去镇兽医站学技术，大型的养猪场与家庭养猪场不一样，要注意防疫和卫生，免得发生大规模的猪病。

至于猪发烧、拉肚子等，他们还是可以处理的。

刘振华还根据国家政策，向镇兽医站申请了养殖扶持。

虽然不多，但也能帮补一点。现在他们也养了几头母猪，准备自己培育小猪仔。

这一系列的做法，让陈学才他们看到了希望。

现在主要是资金问题，他们加入合作社，与刘振华他们一起渡过难关，再想办法推销稔子酒，应该有希望赚钱。

宋民兴奋地叫道："学才，你们两人藏得可真深啊，现在才告诉我们。不过这样也好，欢迎你们也加入。对了，你们可以投入多少钱？"

"我们现在家里也没有钱，不过我与世明哥去镇农村信用社问过了，我们家有房屋和宅基地可以抵押，一人能贷款三万块。"陈学才道。

"啊，你们要去银行贷款？"宋民吃惊了。

其实陈学才和田世明家都穷，这去银行贷款，那就有很大的风险，每年的利息也是不少的。

"对，我们去银行贷款，我就不信不能把希望合作社搞起来。"陈学才咬咬牙，眼神坚定。

他们穷了一辈子，不想再穷下去了。

既然刘振华给了他们希望，难道他们就不敢伸手去抓吗？

刘振华点点头，兴奋地站起来挥着拳头："对，只要有资金，我们一定可以让合作社赚钱。"

"对啊，这次是因为我们没有资金，不能把稔子酒放在省城寄卖。如果我们有资金了，可以一个地方放五十斤寄卖，也损失不了多少钱。"宋丽芳道。

在回来的路上，宋丽芳就与刘振华商量过了。

等稔子酒多的时候，他们就会托运一千斤稔子酒到省城，这样就可以找二十个点卖稔子酒了。

对于他们来说，只要有资金支持，还是可以迟几个月再收酒钱的。如果他们在省城把稔子酒推销出一些，以点带面，相信会越来越好的。

可这一切都得有钱，现在他们合作社已经没有什么资金运转下去，可把他们愁坏了。

陈学才微微颔首，通过这段时间在合作社工作，他知道其实用稔子酿造出来的酒，成本并不高。

就算他们运一千斤到省城，也不要很多钱。如果他们手里有资金，是可以拼这个销售渠道的。"行，我明天就和世明哥去镇农村信用社贷款。"陈学才叫道。

刘振华笑着道："我也去，虽然我家的房屋不值多少钱，但我有宅基地抵押。如果我们三个人联合担保的话，可以贷到九万元了。"

"那加上我的话，我们就有十二万元。"宋民也插上了一句。他家有楼房抵押，容易贷款。

旁边的李水莲听到宋民这样说，脸上露出愁容。她欲言又止，暗叹一口气坐了下来。

陈学才对宋民摇着头道："老村主任，你不能再去贷款了。那个牛杀猪跟你的两个儿子说了不少坏话，估计你再投钱到合作社里，他们会回来大闹。"

李水莲急忙道："是啊，老宋，不能再投钱了。我昨天给志军打电话，他只是跟我聊了两句就说没有空，我问他什么时候回家看看，他没有说话，直接就挂了我的电话。"

宋民拿起旁边的水烟筒，慢慢地在上面装着烟。“唉，这次联合贷款是好机会啊，这种国家的涉农贷款利息不高，如果能再多贷三万块，估计我们能多支撑一个月啊。”

宋丽芳灵机一动，对宋民道：“爸，要不以我的名义贷款吧。”

“你？”宋民愣了一下，“行吗？”

“我怎么不行啊？我都二十岁了，完全可以独立了。估计用我的名义贷款，大哥和二哥也不会说什么吧？亏了，以后我自己还银行的钱，他们不用担心。”宋丽芳暗中深情地瞥了刘振华一眼。

为了这个男人和落山村，她上刀山下火海也在所不辞。

而且昨天在医院里的那一幕，让她更加喜欢刘振华了。

如刚才妈妈跟她说，刘振华这么有能耐，可以一个月拿一万块的工资。就算合作社惨败，大不了让刘振华带着她去省城打工，不用两年，他们就可以风光地回到落山村了。

宋民想想也对，那两个儿子生气的是自己拿三万块出来，但是丽芳自己去贷款的话，以后由她还银行的钱，他们也没有什么话好说了。

“虽然我们合作社的酒厂和养猪场也算是实物抵押，不过，你们再帮我担保会更好。”宋丽芳想过了，有父亲和陈学才他们一起帮她担保，应该符合贷款条件。

“丽芳说得也对，就这样吧，明天我们带齐证件和证明什么的去农村信用社，赶快把钱贷回来，我们现在真的是非常需要钱啊。”宋民苦着脸看着前面的稔子酒。

日子一天一天地过去，稔子酒也越来越多。

以前他们搭了一个房子，可一早就装满，现在的稔子酒都放在外面。

他们要赶快建大仓库装稔子酒，还要把稔子酒打好包装封存，这些都需要不少钱。

合作社因为没有资金了，本来说好要建的房子都停了下来。

明天能贷到款的话，要赶快建仓库和厂房，工人住的房子也要建了。

晚上陈学才和田世明在这里守夜，都是搭了两张木板床，上面拉了帆布遮挡阳光雨露，显得非常简陋。

“好，我们赶快回去准备，明天就去白洋镇。”刘振华高兴地握着拳头。

突然，刘振华感觉自己的胃一揪，又疼了起来。

宋丽芳看见刘振华皱着眉头，不由担心问道：“振华哥，你怎么了？”

“没……没什么。今天的会就开到这里，等我们有了钱，也要在这里建办公室什么的，没有必要什么事情都跑去村办公室那边，这样可以节省我们不少时间。”刘振华深吸一口气，感觉胃好了一些。

看来等贷到钱，他要找个时间去县人民医院做胃镜检查，看看自己的胃出什么问题了。

老是这样疼下去，也不是办法。

就在刘振华他们信心十足的时候，陈学才家里闹了起来。

原因是陈学才的媳妇莫华珍听到陈学才要去银行贷三万块钱投入刘振华他们的合作社，在家里大吵大闹，说家里都没有钱，怎么还去银行贷款，以后的日子还要不要过。银行利息非常可怕，他们家一年不吃不喝，都没有办法还清贷款。

可陈学才主意已定，一心要加入合作社，莫华珍更气了，在没有办法的情况下，用上之前李水莲的那一招，扬言再这样下去，她就要与陈学才离婚。

晚上，在宋家一楼的客厅，刘振华与宋民他们围着一张圆桌吃着饭。

为了省钱，李水莲只是炒了一个五花肉和一个青菜，量不少，足够他们四个人吃了。

“唉，看来陈学才明天不会去银行贷款了。”李水莲叹着气。

“这个难说，陈学才是聪明人，应该能劝得住莫华珍，不像我。”宋民摇着头道。

“喂，宋民，你这话是什么意思？你是在奚落我吗？！”李水莲生气地把筷子放在桌面上，抬头怒瞪着宋民。

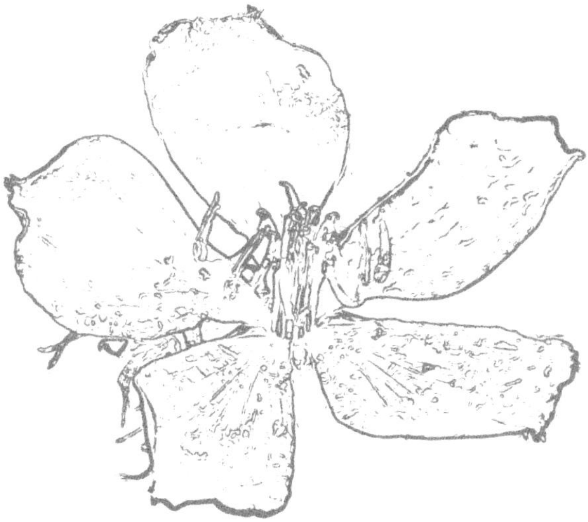

第34章 哪壶不开

宋民见李水莲生气，马上觍脸笑道："水莲，你生什么气啊？孩子们都在这里呢。我是说，学才在家里是一家之主，不像我，我们家你是一家之主啊。"

李水莲被宋民拍着马屁，脸色好看一点了。"我就怕明天去银行贷款的事情会黄。"

"多一个人担保，这样容易审批一点。像世明和振华、丽芳一起联名贷款的话，估计有点麻烦。"宋民沉思一会儿，也把筷子放在桌面上。

本来说好的事情，一下变卦，这让大家的心里都不舒服了。

宋丽芳担心问道："世明叔那里会不会有问题？"

宋民摇摇头道："我反而不担心世明那边，他老婆一向听世明的，世明怎么说，她就怎么做。不过世明家孩子多，以前因为计划生育被罚了不少钱，现在都还没有缓过气来。振华，我们要努力，不能让合作社的项目失败，要不然世明一家真的是无路可走了。"

刘振华的眼里露出坚毅："宋叔，你放心吧，我们一起努力。如果项目真的失败，我就去省城打工还你们的钱。"

李水莲心疼道："这是他们愿意投的钱，凭什么要你还啊？如果合作社成功了，他们就可以拿分成了呢。"

按照中午大家商量的，如果那十二万能贷回来，刘振华就投了四万，宋民他们四人各投三万，按照投的钱进行股权分成。

如果项目失败，刘振华要还陈学才和田世明的钱，那刘振华岂不是亏了？李水莲可不愿意呢。

她宁愿陈学才和田世明借钱给他们，到时他们还就行了。

可像刘振华那样说，她可接受不了。

赚钱了，就是陈学才他们自己的，但亏了，就要刘振华还钱，这怎么行呢？

宋民白了李水莲一眼道："行了，振华心里有数。在我们最艰难的时候，人家肯贷款过来帮我们，这份人情不一样啊。锦上添花和雪中送炭是不一样的，你懂吗？"

宋丽芳也在旁边劝着李水莲："妈，这个问题以后再说了，我们现在等钱用呢。"

"也是，反正振华聪明一点，不要跟人家签什么还钱的协议。这钱又不是借给他的，只是当入股投入合作社，不应该让振华还钱。"李水莲还是担心着。

刘振华轻轻叹了一口气道："唉，水莲婶，他们也不容易，以后再说吧。"

陈学才和田世明都借过钱给他读大学，这份恩情，不管怎么样，都要还给他们的。

正如李水莲所说，项目失败了，他再去省城打工还钱给大家吧。

早上，刘振华起床去养猪场那边帮忙。

本来商量好今天大家一起去养猪场那边帮忙，喂了猪后，他们就一起去农村信用社贷款的。

昨天陈学才那边出了问题，刘振华他们也不好意思询问陈学才，只得等今天早上看到他再问了。

刘振华到了养猪场，看到陈学才蹲在养猪场门口抽着水烟筒。

一阵烟雾吐出来，陈学才重重叹了一口气，然后无奈地站起来。

"学才哥，要不你就不参与入股了。"刘振华不好意思地走上前对陈学才说道。

陈学才一扫刚才脸上的颓废，笑着对刘振华道："振华，你不要小看学才哥啊。"

"啊，华珍嫂同意了？"刘振华高兴地抬起头。

陈学才摇摇头道："她就是头发长见识短，根本不懂什么。等我们一会儿喂完猪，就去农村信用社贷款。"

"可是华珍嫂不同意，这会不会出问题？"刘振华担心地问道。

昨晚他听牛志锋说，莫华珍要与陈学才离婚的。

“不管她，没事的。”陈学才强装笑脸，与刘振华一起走进养猪场。

大家见陈学才说一会儿就去镇农村信用社贷款，全都高兴地笑了起来。

两个小时后，刘振华他们开着摩托车来到白洋镇。

宋丽芳非常留恋坐在刘振华后面的感觉，虽然路非常颠簸，可她一点都不怕。

昨天下午，刘振华已经跟郑小娟联系过，郑小娟问过信用社的相关领导，领导说了，如果大家联合担保，又有房屋、宅地、酒厂、养猪场等实物抵押，还是可以申请贷款的。

因此，郑小娟看到刘振华开着摩托车过来时，笑着迎了出来。

看到刘振华后面的宋丽芳，郑小娟微微一愣，不过她还是笑着过来道：“刘主任，你们五个人一起联合担保吗？”

“是的，我们都带相关证件过来了。”刘振华点着头道。

还是那个中年男人负责接待他们，因为他们五人都没有违法和信用等问题，在郑小娟的帮助下，资料审核也非常快，信用社的主任也同意签字了。

因为宋民他们有实物抵押，还有五个人联合担保，事情就好办多了。

刘振华感激地对郑小娟道：“郑经理，这次非常麻烦你，不知道你晚上有空不，请你吃晚饭？”

郑小娟看了旁边的宋丽芳一眼，摇着头道：“刘主任，这位是你的女朋友吗？”

还没有等刘振华回答，宋丽芳笑着道：“是啊，郑经理，我们晚上请你在镇上的饭店吃饭吧？”

郑小娟微微一笑，摇头道：“不用了，我晚上还要回县城的家呢。你们的申请还要到县联社签字同意，实地考察无误之后，才能放款。我明天再帮你们催一催，看能不能在这几天内完成吧。”

刘振华高兴道：“郑经理，我们现在非常等钱用，麻烦你了。”

“不麻烦，这是我们应该做的。”郑小娟面如桃花地望着刘振华，让宋丽芳看得心里有点不舒服。

不过今天下午郑小娟帮了他们不少忙，宋丽芳也不好说什么。

他们到信用社外面，陈学才对田世明笑道：“本来我们还以为要很长的时间，没有想到振华认识郑经理，她教我们填写申请表，就快了很多。”

“是啊，郑经理为人不错，人又长得漂亮，家又在县城的，也不知道哪个男人的运气好，可以娶得到她。”田世明点头附和着。

宋丽芳板着脸道：“世明叔，我看郑经理对振华哥很好的，可能她看上振华哥了。”

“对啊，丽芳这一说，我就感觉到了。刚才郑经理对振华非常好，可能有那个意思了。”田世明拍着大腿叫道。

“咳咳咳。”陈学才见田世明哪壶不开提哪壶，急忙拼命地假咳嗽提醒着田世明。

田世明一下子醒悟过来，对啊，我怎么就忘记了呢，村里有人说刘振华与宋丽芳是一对啊，我在她面前说郑小娟的事情，岂不是刺激她吗？

想到这里，田世明急忙解释道：“丽芳，你不要误会啊，虽然郑经理对振华有好感，但郑经理哪比得上你啊，你比她年轻漂亮呢。”

宋丽芳瞄了刘振华一眼，幽幽道：“世明叔，人家郑经理是国家干部，家又在县城，人又漂亮，我可比不上啊。”

刘振华急忙圆场：“我觉得啊，还是丽芳比郑经理好。”

“真的吗，振华哥？”宋丽芳最想听的就是刘振华这句话了。

刘振华笑道：“当然了，我骗谁也不能骗你啊。丽芳，你不会妒忌郑经理吧？”

“没，没有，我怎么会妒忌她呢。”宋丽芳心虚地说着。

说真的，宋丽芳刚才发现自己真的比不上郑小娟，就凭着人家的单位和家在县城，就不是她所能比得上的。

刘振华他们回到落山村的合作社，李水莲焦急地跑过来。“学才，不好了，你家媳妇带着孩子回娘家了。”

刘振华他们四人面面相觑，难怪刚才在信用社的时候，陈学才时不时地出去打电话呢，原来是给莫华珍打的啊。

宋民担忧地劝着陈学才：“学才，你赶快去华珍娘家劝她回来吧，不能因为合作社的事情，而让你们家庭不和。”

陈学才摇头，眼里露出无奈：“老村主任，我现在劝不了她的。她当时给我打电话，说我敢签名贷款，就要与我离婚。后来我再给她打电话劝她，她都不接我的电话呢。现在我都签了字，你说我还能劝得了她吗？”

“这，这怎么办啊？”宋民慌了。他可不想因为合作社的事情让陈学才与莫华珍离婚。

陈学才叹了一口气道："唉，像以前的穷日子，我不想再过了，这次拼一把，看能不能找到一条致富之路。"

李水莲对陈学才道："学才，可华珍要与你离婚啊，你也不想孩子以后没爹或没娘地生活吧？"

陈学才狡黠一笑，小声道："你们不要担心，她想离婚，我不肯啊。就算她告到法院，这一来二去的调解什么的，起码要拖一年半载的。不要说一年了，就是半年，我们合作社可不可以弄得下去，就应该有个数了。如果我们赚钱了，她还会与我离婚吗？"

"哈哈哈，学才，还是你鬼精啊。"宋民后悔地拍着大腿，"看来还是我笨，怎么就不懂你这一招呢？那天我家婆娘就是用离婚这一招威逼我，如果我当时用你这一招，不管她，先把稔子酒方子给了振华，再拖着不与她离婚，她也拿我没有办法啊。"

第35章 每人一千

李水莲一听生气了，怒视着宋民："宋民，你这话是什么意思？你这个老不死的，是不是嫌弃我，想与我离婚了？！"

"没，没有呢，我只是开开玩笑。"宋民急忙解释着。

"哈哈哈。"刘振华他们哈哈大笑起来。陈学才也被这些笑声感染了，一扫刚才的阴霾，与大家笑了起来。

第三天，郑小娟给刘振华打电话，说他们镇农村信用社的几个同事过来希望合作社调研考察，如果情况属实的话，就可以给他们放款了。

刘振华一听高兴了，急忙召集大家都回来合作社里。

现在合作社里堆积了不少稔子酒，自从刘振华他们签了贷款申请书之后，宋民也请泥水工过来开始打地基。

反正人工可以先欠着钱，等贷款的钱一下来，他们就买材料把酒厂的仓库建起来。

有时宋民看着那一罐罐的稔子酒，心里有点塞。

这些天，除了刘振华在省城卖给周红星那八瓶稔子酒之外，他们再也没有卖出过一瓶稔子酒了。

每天一罐罐地产出，宋民他们都不敢灌装到玻璃瓶里打包装了。

唉，等钱贷回来了，就要让刘振华与宋丽芳去跑跑业务，要不然只是酿酒，不能卖掉，估计不用三个月，他们就算把仓库建好，也装不下那么多的稔子酒。

没有过多久，一辆国产的陆风越野车停在合作社的门前。

一个身穿白色 T 恤，下身穿牛仔裤，大约三十岁的男人下了车。“这落山村的路真是难走，幸亏我一早提醒你们，不开越野车过来是不行的。”

这男人叫伍大忠，是白洋镇农村信用社的干部。

郑小娟也跟着过来了，还有信用社的司机小李，以及上次帮刘振华他们办贷款的信用社干部林文装。

刘振华他们见信用社的干部来了，急忙出来迎接。“各位信用社的领导，落山村的路不好走，辛苦你们了。”

“是很辛苦啊。”伍大忠扫了刘振华一眼，他看到后面的宋丽芳，不由眼睛一亮。

不过伍大忠还是把注意力放在郑小娟的身上，郑小娟与宋丽芳一样漂亮，但宋丽芳是农村姑娘，农村户口，不像郑小娟是县城人，还是信用社的干部，所以他看中了郑小娟，这不，正展开激烈的追求呢。

本来这次考察希望合作社是不用郑小娟过来的，但伍大忠为了与她在一起，便把她叫上了。

本来伍大忠以为郑小娟不会过来，没想到她一听是去落山村的希望合作社，立即答应跟着过来了。

这让伍大忠非常高兴，看来郑小娟对他还是有好感的，已经慢慢接受他的追求了。

郑小娟下了车，为刘振华他们介绍伍大忠他们，刘振华也介绍了自己这边的人员。

“各位领导，你们进去喝点水吧，我们已经买了饮料。”刘振华满脸笑容地说道。

刚才宋民说了，这些人过来考察，千万不要得罪，要不然他们的贷款会有问题。

至于要不要给红包什么的，陈学才和田世明觉得有这个必要，就算不多，一人给一百块，当是他们的心意。

本来刘振华是想说不要给的，可想想这人情世故的，怎么也得表示一下，只得咬咬牙准备好四个信封，分别装了一百块进去。

刚才刘振华已经通过微信询问过郑小娟，知道他们这次四个人过来。

郑小娟对刘振华道：“刘主任，我们这次过来主要是看你们合作社的实物，你们就不要客气了。”

“好，你们跟我来吧。”刘振华心里一动。

刚才他正发愁这红包怎么送出去，他不认识伍大忠等人，又怕对方想却不好意思拿，看来还是通过郑小娟的关系送红包好一点。

林文装笑了笑，指着堆放在地上的稔子酒道：“稔子酒就不要说了，那些全是。这里还没有建仓库，看来他们真的等钱用啊。”

“是啊，文装哥，他们合作社的项目不是虚的，稔子酒是存在的。”郑小娟也跟着笑道。

对于刘振华，郑小娟有好感，也想帮助他们把希望合作社办好。

按照他们农村信用社的要求，有村民联名担保，还有抵押，就没有问题了。这次过来考察合作社，是伍大忠先提出来的，说不管别人怎么申请贷款，他们不能光听别人嘴上说，也要去现场看看实体项目。

稔子酒假不了，酿酒灶在那里，稔子酒厂也在那里，只是这合作社有点简陋，还需要继续投入资金建设呢。

刘振华带着郑小娟他们来到养猪场。

两百多头小猪在猪栏里假不了，这是实打实的农村项目，符合扶贫贷款条件。

伍大忠看了看四周，发现空地上有十几只鸭子和几只小鹅，可惜道：“这些鸭子和鹅太小了，要不然我带一些回去，晚上与文装哥他们打边炉了。”

刘振华听着伍大忠的话，心里一跳，感觉有点不对头。

宋民是老江湖，立即接上伍大忠的话：“伍领导，等我们的鸭子长大了，到时我送去给你们打边炉啊。”

伍大忠见宋民挺懂事，赞许地点着头：“你不错，看来你们这个合作社还是有前途的。只要我们回去好好地向上级汇报一下，你们的钱，可能明天就会拨下来了。”

“这样好啊。”宋民眼睛一亮，他们等钱都要等疯了。

如果那十二万块下来，基本能让他们坚持几个月了。

这两个项目都看过了，郑小娟他们为了了解更多的实情，继续询问合作社的一些事情。

伍大忠抽了一个空，把刘振华叫到一边。“刘主任，你们的项目是可以的。”

“是啊，我们对合作社抱着很大的希望。”刘振华向伍大忠大说着合作社以后要走的路子。

可伍大忠并不想听刘振华说这个，他再转过头看了看四周，发现没有有其他人时，才小声道：“刘主任，这次我们为你们说不少好话，你们要好好感激我们啊。”

“这个肯定的，我们一定要好好感激你们。”刘振华不由在心里叹了一口气。

宋民他们说对了，这个伍大忠眼神闪烁，似乎有其他话要说，看来是想要一点红包了。

给就给吧，一人一百块。

伍大忠继续小声道：“我们有四个人，你就意思意思地感谢一下就行了，不要多，一人一千啊……哈哈哈，你们这里的风景不错啊。”

伍大忠点到即止，说出需要打点的钱后，就左顾右盼地说着无关紧要的事情。

刘振华心里一惊，以为自己听错了。“你们四个人就要四千？”

“呵呵呵。”伍大忠没有正面回答，只是一边笑着，一边向刘振华点头，表示没有错。

刘振华暗骂伍大忠狡猾，不断地暗示自己所要的回扣，然后没有明说。就算刘振华想要告他，也没有证据。

过了好一会儿，伍大忠见刘振华还没有答应给他的回扣，脸色变了。“刘振华，我刚才又看了一下，发现你们合作社太简陋了，你们根本没有投入资金，是不是想着等我们的贷款才开始开展合作社的工作？你们太不像话了，以为贷款是小孩子过家家吗？”

“伍领导，我们合作社的项目已经开始了，刚才你也看到了，稔子酒厂和养猪场都开始了，我们现在有几千斤稔子酒了。”刘振华急忙解释着。

刘振华不是不知道伍大忠在借题发挥，如果四百块的话，他还能咬着牙答应。

但是要四千块的话，太多了，他们给不起，也不想给啊。

“哼，你们好自为之吧，不要到时贷不到款啊。这可是十二万块的贷款，你以为是你们想贷就能贷到的吗？”伍大忠生气地转身去找郑小娟说话了。

刘振华匆忙找到宋民和陈学才，把刚才伍大忠所说的话复述了一遍。

陈学才生气道：“那个伍大忠也太贪了，居然要四千块钱！”

宋民无奈地摇着头道：“唉，我也暗中问过别人，听说有一些贷款是要请客吃饭的，这里的水有点深。”

刘振华的脸上露出坚决：“宋叔，如果要这么多的回扣，那我们不贷款了。”

陈学才突然道：“振华，你与郑小娟的关系还可以，你跟她说说，可不可以少一点。如果一共给一千块的话，我觉得还可以接受。”

“对，振华，你去找郑小娟说说，看这件事情能不能通融一下，我们现在合作社资金紧缺，真的没有闲钱啊。”宋民看了看那边的伍大忠，他正在与郑小娟有说有笑，心里涌上无奈。

为什么有时想认真地做一件事情，就那么难呢？

不是说涉农贷款吗？他们联合担保，陈学才和田世明都拿自己家的房屋抵押了，都符合贷款的要求了，为什么对方还要卡着他们，要拿四千块的回扣呢？

刘振华点点头道：“好，我现在去找郑小娟。”

陈学才跟着刘振华过去，到了那里，陈学才故意与伍大忠说着话，刘振华把郑小娟叫到一边了。

“刘主任，你把我叫到这里私下说话，就不怕你女朋友吃醋吗？”郑小娟调侃着刘振华。

第36章 倒打一耙

今天的郑小娟没有穿信用社的工作服，而是穿了一件米白色连衣裙，勾勒出她那窈窕的身材。脚上穿一双黑色的小皮鞋，小巧玲珑，透着一种让人心慌的诱惑力。

如果说以前郑小娟的形象是职场白领的话，现在就是小家碧玉，一样引人注目。

刘振华自我解嘲地道：“八字还没有一撇呢，郑经理就不要拿我开玩笑了。”

郑小娟听刘振华一说，似乎眼睛更亮，笑容更深了。

“刘主任，你叫我过来有事吗？”郑小娟的脸上露出娇嗔，小女人的媚态让人看了怦然心动。

刘振华顿了顿，小声道：“郑经理，是这样的，我们现在正是创业期间，没有什么钱，我给你们一人两百块的红包，可以吗？”

刘振华有点心虚，本来是说给他们四人一千块的，但想着现在合作社穷得响当当，又暗中扣掉两百块。

“什么？刘主任，你这话是什么意思？”郑小娟脸色一变，严肃地看着刘振华。

刘振华以为郑小娟嫌钱少，故意说这话反驳他，只得无奈道：“好吧，我给你们四人一千块吧。我们现在真的不容易，学才哥为了入股合作社，他妻子正在跟他闹离婚呢。”

“刘主任，我们是国家干部，怎么可能要你们的好处呢？”郑小娟严肃地看着刘振华，“你知道吗，你这样不是在感谢我们，而是害了我们。如果让上级知道我们过来考察合作社时，拿了你们的钱，我们是要坐牢的。”

“啊！”刘振华半信半疑地看着郑小娟，也不知道她说这话是真还是假。

郑小娟生气道：“你还说是从广苏大学毕业回来的，怎么带着这样的坏风气？”

刘振华不好意思地低下头，黄泥上的小草显得那么无奈。“郑经理，其实我也不想给回扣的，但是伍大忠刚才暗示过我，要我给你们每人一千，也就是四千，到时暗中把钱交到他的手上。”

“什么，伍大忠跟你这样说？你没有说谎？”郑小娟吃惊地转头看向那边的伍大忠。

在信用社里，伍大忠一直在追求着她。

她虽然不喜欢伍大忠，可觉得他为人还是不错，在单位里与同事们打成一片，平时又经常为别人出主意什么的，她也不好意思直接拒绝他，大家当朋友一般相处。

可现在听了刘振华这样说，她心里对伍大忠的好感全没了。

伍大忠这是玩火，贷款十二万块，居然敢要四千块的回扣。如果东窗事发，他是要去坐牢的。

刘振华为难地耸耸肩膀：“我可以用自己的党性作担保，但是刚才我没有录音，也没有什么证据。”

本来人家过来考察合作社的项目，他如果把这种事情爆出去，可能信用社不会再把钱贷给他了。所以，就算刘振华手上有证据，也不会拿出来。

郑小娟郑重地对刘振华道：“刘主任，我不管这件事情是不是真的，但请你不要给什么回扣，一分钱都不要给。你这样会害了我们，我可不想去坐牢。”

“我……我一分钱都不给？”刘振华蒙了。

这样行吗？宋民不是说有行规，怎么也得意思意思一下吗？

郑小娟郑重地看着刘振华，眼里没有一点杂质。“对，就按正常程序走，你不要给什么好处。你明白我的意思吗？”

“好，郑经理，谢谢你。”刘振华感激地向郑小娟鞠了一个躬。有郑小娟这一句话，他们可以省下一些钱。

郑小娟转身往后面走去，很快与伍大忠等人站在一起，他们小声地聊着合作社项目的可行性。

伍大忠抬手看了看手表，发现过了半个小时，刘振华还是没有给他暗示什么。

见是这样，他干脆过来找刘振华。“刘主任，刚才与你说的事情，你不准备做吗？如果不做的话，你到时不要后悔啊。你们这个项目有很多问题，不一定可以拿到贷款啊。”

刘振华气愤地看着伍大忠，刚才伍大忠还对大家说，他们这个项目不错，有想法呢。

现在见自己没有给他好处，就翻脸说他们合作社的坏话吗？

刘振华故意大声道：“伍领导，我们合作社的项目还是不错的，只要贷款的资金到位，我们肯定会把项目做得更好。”

伍大忠听到刘振华说得那么大声，别人都听到了，知道这是刘振华故意的，他不想给好处费了。

伍大忠也怒了：“哼，你看看那边的稔子酒，已经堆积成山了。你们都是农村人，懂得什么推销呢？再说了，你们的稔子酒有没有治风湿病的效果，还不知道呢。我看啊，你们就算生产再多的稔子酒，也卖不出去的，你们这是胡闹。”

说到这里，伍大忠转过头看着那边的林文装说道：“文装哥，我看这个项目有问题，我们回去要跟上面汇报，说要慎重啊。”

林文装听着伍大忠的话，不由暗暗蹙眉。

说真的，这次刘振华他们的贷款符合条件，完全可以放款了。

不过要下到贷款项目考察，这是例行工作，他们不得不来。

刚才林文装也看了这两个项目，非常不错。

不说别的，用酿酒剩下的酒糟喂猪可以节省猪饲料，就这个想法都非常不错。

自家猪一般要半年以后出栏，估计半年之后，希望合作社就能渡过难关。

不过也如伍大忠所说，合作社现在最主要的难关就是推销稔子酒。

只要他们能把稔子酒卖出去，这个希望合作社前途无量，落山村这边的脱贫也是指日可待了。

综合评价，这个贷款还是可行的。特别是刘振华是名牌大学高才生，有想法有冲劲，他们农村信用社就是想扶持这样的人才。

但伍大忠是他的同事，提前说了这个项目不可行，他也不好马上反驳，免得同事之间闹矛盾呢。

伍大忠又在继续数落着合作社的不足：什么房子没有建起来，工人还少，且服装不统一，卫生也没有搞好；落山村外面的黄泥路太差，没有人愿意过来落山村，这样肯定搞不好经济的。

刘振华他们听了火冒三丈，这个伍大忠简直是鸡蛋里挑骨头，连公路的事情都要责怪他们的合作社，有这样考察的吗？

郑小娟看不下去了，小皮鞋用力地踏了一下地面。“大忠哥，你说的公路什么的，与合作社有什么关系，你扯得也太远了。合作社现在简陋，那是因为他们刚起步，所以才要贷款建仓库和房子。我个人认为希望合作社是不错的，可以放款。”

林文装暗暗点头，郑小娟说出了他的心里话，伍大忠刚才有点无理取闹了。

“你……”伍大忠气得快要说不出话来。

平时他对郑小娟不错的，没想到她会在这些农民面前落他的面子。

伍大忠恶毒地瞥了郑小娟一眼，冷冷道：“郑小娟，你这是怎么回事，怎么要为他们说好话？”

郑小娟也是怒了，伍大忠这话有点恶毒了，说她为刘振华他们说好话，岂不是暗示她收了刘振华他们的好处？

看来刘振华所说的不假，这个伍大忠敢向贷款人要好处。

“我是实话实说，这次我身为考察组人员之一，会把我的意见向上面反映。”郑小娟不想与伍大忠吵架。

伍大忠冷笑一声，奸险地说道：“我也会跟上面反映，现在合作社的稔子酒卖不出去，在这里堆积成山。如果我们再放十二万元的款，可能还会有更多的稔子酒堆积在这里啊。”

刘振华他们的脸色变了，这个伍大忠也不是傻子，一眼就看出他们现在的问题所在。

是啊，他们的合作社现在最主要的问题，就是要把稔子酒推销出去，这也是他们贷款最大的风险了。

如果稔子酒卖不出去，他们辛苦半年，就算生猪全卖出去，也是亏本的。

刘振华无奈道：“我们已经去省城推销了，可能很快就有结果。迟点，我们还会去县市推销我们的稔子酒，肯定可以把稔子酒卖出去的。”

“得了，你们就不要吹牛了。一瓶稔子酒卖二十块，你们准备去抢吗？要知道我们白洋镇到处都可以见到稔子，把稔子扔在酒里泡着就可以喝，谁不知道这样的成本就是两三块钱。就算你弄个玻璃瓶加个贴纸，也没有超过三块五，你说你们卖二十块钱，会有人要吗？”伍大忠嘲笑着刘振华他们。

既然这些农民不懂做人，那他就不会给这些人留什么情面，狠狠地蹂躏，然后向上头打小报告。

刘振华反驳道：“我们这是用家传秘方酿制出来的稔子酒，与市面上卖的不一样。我们这种稔子酒对风湿病有显著的疗效。”

“是吗，有医院临床证明吗？拿出来看一看啊，不要只是吹牛皮，有用吗？”伍大忠嘲笑着刘振华，“你们就算吹得再厉害，人家顾客的眼睛是雪亮的，哪会买你这种既贵又没有效果的假酒呢？所以我说啊，这种没有销路的稔子酒，是合作社的一个败笔，我们要谨慎放款，一定要跟上头说清楚，要不然到时会连累我们的。”

“丁零零。”刘振华的手机响了。

第37章 雪中送炭

刘振华拿出手机一看，发现是一个陌生号码。“喂，你好。”

伍大忠见别人都被他说得无话可说，得意地对林文装道：“文装哥，我觉得还是不要把款贷给希望合作社了，我们要为自己和信用社负责啊。”

“你是振华吗？”手机里传来一道男中音，刘振华听着觉得有点熟悉。

刘振华点头道：“我是，你是哪位？”

“我是周红星啊，怎么，你忘记我了？”手机里传来周红星的笑声。

刘振华急忙道：“没有，没有，周董，周老先生的身体怎么样了？”

“我爸的脑袋没事，一切正常。”周红星感激地道。医生后来说了，如果不是刘振华及时送他爸去医院，可能事情就大了。

一个年纪大的老人，昏迷在马路上暴晒，随时都会有生命危险。

刘振华不好意思问道：“周董，你有什么事情吗？”

如果是平时，刘振华会与周红星聊一会儿。可他发现伍大忠还在对着他们合作社胡说八道，他要反驳对方才行，所以想着与周红星的通话还是长话短说。

“周董？是谁啊？”李水莲小声地问着旁边的宋丽芳。

宋丽芳想了想，回答道：“应该是那天我们在省城遇到的周红星董事长。”

“什么？就是那个什么集团公司的，给振华一个月一万块工资的大老板？”李水莲的眼睛亮了。

说她农村人意识也好，或者是头发长见识短也好，在她的心里，还是想着刘振华不要管合作社的事情，直接带着宋丽芳去省城找周红星。

刘振华一万块一个月，宋丽芳有三千也行了，他们在省城打工结婚，到时她再去省城帮他们带孩子。

那可是省城啊，她这辈子都没有去过呢。想着这些她心里就乐开了花。

至于什么落山村脱贫，她才不想管了，别人想怎么样就怎么样。

不是说李水莲没有人情味，而是不但扶贫组的邱干部不管，而且牛杀猪他们还在落井下石，大部分村民觉得他们是在胡闹，所以李水莲根本提不起什么帮助别人的兴趣来。

自己好，才是真的好啊。

“应该就是他。”宋丽芳道，“振华哥算是周家的救命恩人。”

“丽芳，你晚上就跟振华说，不要在这里折腾了，别人都不看好他，还不如去省城打工赚大钱算了。”李水莲兴奋地说道，“那可是一万块一个月啊。”

郑小娟离李水莲她们不远，听着李水莲母女的说话，不由奇怪地问道：“什么周董，什么一万块一个月啊？”

“振华可厉害了。”在外人面前，李水莲当然想炫耀自己未来女婿的厉害了。

于是，李水莲简单扼要地把那天刘振华他们在省城救人，人家感激要给他一万块钱一个月工资的事情说了出来。

“振华，是这样的，我爸是住在省军区老干部疗养院里的，我们拿了那些稔子酒回去，他给那些老朋友喝了，觉得不错，所以他们都想买一些。”周红星笑着道。

刘振华惊喜地大叫着：“真的吗？太好了，周董，你们要多少斤，我们今天就可以发货。”

就算周红星他们要一百几十斤，他们都可以托运过去。

现在刘振华看着厂里的那些稔子酒，心塞得要命啊。

而且周兴华把他的稔子酒推销给别人，估计一传十，十传百，会有更多的人想买他们的稔子酒。

“我们要五百斤，你明天发货也可以，不急的。钱就打入说明书上的那个订购银行账户，是吗？”周红星问道。

刘振华大喜，五百斤，那是大生意来的了。他们的合作社已经陷入困境，这订单简直就是雪中送炭。“是的，先交一成的订金，当你收到货后，再付我们剩下九成的钱款。”

“呵呵呵，别人我可能信不过，但你还信不过吗？我现在就让秘书给你转一万块过去，祝你生意兴隆啊。”周红星大笑着。

刘振华感激道：“谢谢周董。”

“不客气，我还有事情，就这样了。以后你来省城，记得打我这个私人电话，我爸说还想再见见你呢。”周红星与刘振华聊了两句，然后挂了电话。

刘振华拿着手机简直不敢相信自己的耳朵，五百斤的稔子酒，最后可以拿到一万块钱，这下他们终于成功地走出一步了。

右边的伍大忠还在故意打击着合作社，只顾着说话，所以没有听到刘振华与周红星打电话的内容。“不是我小看这个合作社，如果这个月，他们能卖出一百斤稔子酒，我不姓伍。还有落山村的村民除非是脑袋进水了，要不然也不会加入这种合作社。他们各贷了三万元，我怕一年后，他们会哭到没有眼泪的。”

陈学才他们听到伍大忠说他们脑袋进水，气得瞪着对方。

刘振华拿着手机问伍大忠：“伍领导，如果我这个月能卖一百斤稔子酒，你们就会放款给我们吗？”

“这个可以，我们来打个赌，这个月你们卖一百斤稔子酒，我们就答应你们的放款。如果不行，那这款就不知道什么时候放了。”伍大忠得意地笑着。

这个刘振华还是头脑简单啊，被自己一激，就要与自己打赌了。

一百斤稔子酒，哪是那么容易卖的啊？到时他可以用打赌这个借口来卡着刘振华他们的放款，只要再拖几个月，希望合作社就要完蛋了。

“刘主任。”郑小娟刚听完李水莲说的刘振华的事，就听到刘振华与伍大忠的打赌，不由着急了。

万事开头难，刚一开始，不一定就能卖出一百斤稔子酒呢。

刚才她也摸清了希望合作社的情况，如果这个星期还没有资金注入，他们没有钱买米酿酒，那两百多头小猪就要断粮。

这十二万元的贷款，真的是希望合作社的救命钱呢。

现在刘振华与伍大忠一打赌，伍大忠就有借口卡他们这笔放款了。

唉，这下麻烦了。

宋民他们听到刘振华与伍大忠打赌，也是慌了。

平时看刘振华说话做事都非常靠谱的，怎么这次中了伍大忠的激将法呢？

“振华。”宋民和陈学才异口同声地制止着。

伍大忠得意地扫了宋民他们一眼，然后转头看着林文装他们道：“文装哥，我们先回去吧，等刘振华他们什么时候卖了一百斤稔子酒，我们再给他们放款吧。”

刘振华笑着道：“伍领导，你们不要急着走啊，我已经卖了五百斤，你们还是赶快放款吧。”

“什么？你胡扯。”伍大忠冷笑道，“刘振华，你见我们打赌了，然后说谎骗我们说你已经卖了五百斤，我们会相信吗？你要拿出证据来啊。”

刘振华道：“刚才是周红星董事长给我打的电话，他说周老先生的战友们喜欢喝我的稔子酒，还说不错，所以他们一下子订了我们五百斤稔子酒。”

陈学才暗暗佩服刘振华，还是刘振华的脑瓜子好使。与伍大忠打赌，马上就扯了一个故事出来，这让伍大忠他们不得不放款了。

“是啊，伍领导，那个周老板与振华很熟悉的，上次他给振华一万块的感谢费，振华都不要呢。”陈学才在旁边帮腔。

伍大忠摇头道：“我不相信你们说的话，你们要拿出证据出来才行。”

这时，刘振华的手机有了银行入账信息，他一看，发现周红星真的给他打了一万块钱过来。

“你们看吧，这是你们农村信用社的银行卡，刚才周红星董事长真的给我打了一万块钱。”刘振华递过手机给大家看。

陈学才见刘振华还用手机信息来说明，不由暗暗叫苦。

振华啊振华，你用这一招肯定骗不了伍大忠他们的，他们可是信用社的人，一看就知道是不是真的信息了。

你以为叫其他人改了一下信息，用手机发过来就行了吗？人家会看到是手机号发过来的信息，而不是银行系统发过来的啊。

伍大忠急忙抢过手机一看，一下子目瞪口呆了。

郑小娟也拿过手机看，接着又给了林文装看。

林文装点头道："这信息是信用社的，看来人家直接给了五百斤的稔子酒钱。"

"是的，周董说那些老人家等着我的稔子酒，他也相信我，干脆给我发全款，让我赶快把稔子酒寄过去呢。"刘振华高兴地笑道。

这下，陈学才他们震惊了，急忙拿过手机看着。

"哈哈哈，振华，还是你这个名牌大学的高才生厉害啊，一下子就搞定了五百斤稔子酒的订单。看来，我们合作社是有希望了。"陈学才高兴地大叫着。

这两天他是非常苦的，老婆带着孩子回娘家一直没有回来，打电话也不听，他一个人待在合作社里拼命地干活，就是想着让合作社出点成绩，好让老婆看看，他的这个选择是对的，好让老婆快点回来。

可他也知道合作社才刚起步，卖稔子酒这种事情，肯定得慢慢来，急不得，这个月能打破零销售就算是不错了。

但没有想到刘振华一下子就卖了五百斤稔子酒，那可是一万块钱啊，真是厉害了。

"这，这怎么可能呢？"伍大忠的脸一会儿青一会儿红，简直是无地自容了。

第38章 原来如此

本来伍大忠说只要卖一百斤，他们就立即放款了。

现在人家刘振华卖出五百斤稔子酒，这也太打他的脸了，让他还怎么好意思在这里呢？

如果只是他一个信用社干部在这里，还可以说不知道那个信息是真还是假。

但还有郑小娟和林文装在，他们一眼就看出那笔汇款是真的，是他们农村信用社的系统发出来的通知。

刘振华不理伍大忠，而是看着林文装道："林领导，现在我们一下子卖出五百斤稔子酒，不知道你们还有没有什么问题？"

"没有了，我回去就跟上面说一下，我们争取今天就给你们放款。"林文装郑重地说道。

刘振华他们真有能耐，一下子就卖出一万块的稔子酒，看来这希望合作社前途非常光明。

"啊，这么快啊？"伍大忠眼睛一转，正想着用什么办法为难刘振华。

郑小娟清清喉咙，右手轻捋了一下后面的秀发，一举一动透着说不出的迷人。"是啊，不快不行，人家希望合作社都这么有能耐，如果我们不如实向上面汇报，我怕刘振华主任会对我们有意见，会去上面投诉我们呢。"

说到这里，郑小娟给刘振华使了一下眼色。

刘振华哪能听不出郑小娟这话呢，故意生气地叫道：“对啊，我们打赌也打赢了，现在又有着业务来往，你们凭什么不放款给我们？如果今天不给我一个说法，我明天就去县联社告状。”

伍大忠一听有点慌了，他最怕的就是告状啊。如果把他的一些丑事给掀出来，那他会完蛋的。

这下，伍大忠不敢说什么了。

林文装见是这样，也带着众人往那边的越野车走去，他们要回镇里去了。

刘振华急忙走过去道：“林领导，郑经理，中午我请你们在镇里的华强饭店吃饭吧？”

郑小娟一听，急忙摇头道：“刘主任，你可不能这样啊。我们要考察你，你中午请我们吃饭的话，那可能相当于贿赂，那会害了我们的。”

林文装一听，也点着头道：“是啊，小娟说得对，刘主任，你们好好干吧，以后赚钱了，赶快把欠我们信用社的钱和利息还了就行。”

这时，牛志锋开着自己那辆崭新的摩托车过来了。

“小娟，你来看我了，哈哈哈！”牛志锋刚把车停下，还没有踩下支撑架，就对着郑小娟拼命地眨着眼睛。

这段时间他天天在家对着镜子练放电式眨眼，可厉害了。

郑小娟怕别人误会，看了刘振华一眼后，拼命地摇着头道：“不是啊，我过来考察刘主任他们的合作社。”

“这个我知道，你不用解释了，大家都是自己人，你是因公顾私嘛，过来看我就看我，这个没有什么的，我会勉为其难地高兴一下。”牛志锋兴奋地从摩托车上下来了，也忘记自己还没有踩下支撑架呢。

摩托车往后面倒，后面站着的是伍大忠。

伍大忠没有想到牛志锋那么不靠谱，居然没有把摩托车停好，所以当摩托车往他这边倒的时候，他才觉察，吓得他拼命地往后面跳。

“嘭！”摩托车砸在伍大忠刚才站着的地方，而伍大忠也因为刚才拼命地往后面跳，摔在了地上。

“哎呀，我的新车啊！”牛志锋看到自己赖以泡妞的新车倒在地上，心疼得要命。

伍大忠正想责骂牛志锋是怎么停车的，把他吓了一大跳，可牛志锋已经先发制人了：“你是怎么回事？把我的摩托车弄倒了，你要赔我钱。”

“我……我弄倒你的摩托车？”伍大忠气得快要晕过去。

自己差点被摩托车砸到，现在车主居然倒打一耙了。

“对啊，你现在承认了就好，你赔偿我一千块钱吧。”牛志锋心疼地看着自己的爱车，油箱的地方已经摔花了，他恨不得把自己五十斤的肥肉给割下来啊。

“你敢敲诈我，我打电话报警。”伍大忠从地上爬起来。刚才他摔在地上后，那黄泥都染在他白色的T恤上，白T恤成了黄T恤，要多滑稽有多滑稽。

“哼，报警好啊，你叫警察过来啊，如果你今天不赔我钱，我跟你没完。”牛志锋怕伍大忠逃走，急忙冲过去紧紧地抱着伍大忠。

本来伍大忠已经拿出手机来了，可是被牛志锋这一熊抱，手机都掉在地上。

牛志锋可是有两百多斤，不说别的，就是凭着身上的肥肉，都让伍大忠动弹不了。

“救……救命啊！”伍大忠害怕地叫着。

郑小娟见这样，急忙劝道：“牛志锋，你赶快放开他，你的车是自己倒的，不是他推的。”

宋民也在旁边大叫：“牛志锋，放人，要不然我饶不了你。”

宋民这老村主任的威严还在，吓得牛志锋急忙放开手。

可没有想到伍大忠的脚都没有站稳，被牛志锋一下子放开手，“啪”的一声，他又摔在地上了。

“你们这些农村人，我不会放过你们的。”伍大忠知道自己打不过这些人，急忙又从地上爬起来，往越野车那边跑。

现在的伍大忠全身是黄泥，狼狈得要命。

牛志锋还想追过去，被宋民骂了两句，不敢追了。

林文裝对郑小娟道：“小娟，我们回去吧。”

牛志锋见郑小娟要走，觍着脸道：“小娟，你这么远的过来，还是去我家坐坐吧。我家有三层高的楼房啊，家里还有猪，你去看了，就知道我家里有钱，你就会更加喜欢我的。”

郑小娟有点无语了，急忙跟着林文装上车。

很快，越野车开走了，牛志锋只得去把自己的摩托车扶起来。

牛志锋见陈学才拿着手机要打电话，急忙大叫道："学才哥，那个就是郑小娟，一直给我写情书的那个，怎么样啊，漂亮吗？"

"郑小娟经理给你写情书？"陈学才嗤之以鼻。

刚才刘振华也把郑小娟所说的话暗中告诉他们，他们非常敬佩郑小娟的人品，觉得她是一个好人。

"是啊，是啊，她是想给我写情书的，不过我说我这个人一向比较低调，还是不要写了，因为我会害羞的嘛。所以，她就天天给我发微信，还给我发红包呢。"牛志锋大吹特吹。

可陈学才不理睬牛志锋，而是给莫华珍打电话。

但是他打电话过去，对方直接挂断，不想听他的电话。

陈学才没办法了，只得发信息过去。

不一会儿，陈学才的电话响了，田世明一看，不由吃惊道："咦，学才，有本事啊，你媳妇给你打电话过来了。"

"那当然了，她跟了我这么多年，我还不知道她的性格吗？估计今天她是要回落山村了。"陈学才得意地接通电话。

"陈学才，刚才你所说的是真的？你们的合作社今天卖了五百斤稔子酒，还拿到了一万块？"手机里传来莫华珍急促的声音。

陈学才笑着道："当然是真的了，老村主任就在我旁边，他一向都不骗人的。"

旁边的宋民也想陈学才的家庭和睦，急忙大声说道："华珍，我是宋民，学才说的是真的，刚才农村信用社的领导就在这里，他们也可以作证。"

陈学才笑了笑，拿着手机走到一边了。

有人作证了，剩下的就是哄着自己的媳妇了。

"老婆，我没有骗你吧，我的眼光一向独到，这个合作社真的很有前途，不用几个月，我们就要发财了。"陈学才说。

"你们一天赚一万块，一个月不就是赚三十万吗？你们一共有五份股，到时分下来就是一份股六万块，这样一算，我们一年就有几十万啊。"说到这里，莫华珍的声音都颤抖了。

他们家里穷，不要说几十万，就算是几万块，他们家都没有，只是刚好维持生活，以后孩子长大读书都不知道怎么办呢。

陈学才得意地笑着："是啊，老婆，你还想不想与我离婚啊？如果真的想，我也没有办法，我以后再找个年轻漂亮的得了。"

"哼，陈学才，你想得美。"莫华珍一听就来气了，"我什么时候说过要跟你离婚啊，我只是这么久没有回娘家看看我妈，我一会儿就带着孩子回落山村。"

陈学才得意地挂上电话，估计下午莫华珍就会回来了。

牛志锋听说刘振华他们刚才已经卖了五百斤稔子酒，吓得不轻，急忙骑着摩托车回家了。

宋民他们也不敢偷懒，急忙把稔子酒打好包装，然后雇了一辆三轮车，由刘振华与田世明跟着去县城的物流公司寄货。

只要他们定好一个寄货点，以后叫司机帮忙拉过去就行，反正大家都认识，也不会出什么问题。

希望合作社今天就卖了五百斤稔子酒的消息很快在落山村里传开了，村民们开始还不相信，直接来问宋民，还看到三轮车运货去县城，这才相信是事实。

而下午的时候，信用社也放款了，刘振华他们几个的银行账户上都入账了三万块。

有了钱就不一样了，宋民马上叫人运沙石，他们要建仓库了。

第39章 暗中使坏

这个消息无疑在落山村里造成很大的影响，不少村民跑过来询问宋民入股合作社的事情，这让宋民高兴极了，跟他们说了起来。

按照刘振华的设想，现在他们建设的希望合作社总部不能让别人再投资了。

因为这片空间就这么大，如果再多上十个人，根本承受不了那么多的稔子酒和生猪。

刘振华设想的是建分社，以一户为一个小分社。

例如A家要加入希望合作社，那就在自己的家里打一个酿酒灶，养一到两栏的生猪。至于养一栏还是两栏，就要根据A家的财力和劳动力来决定。

不要说别的，就一栏猪十头左右，几个月就能出栏，一年就可以出两栏多。

一头生猪两千块钱，一栏大概就有两万块了，一年合计就有四五万。

光是这养猪赚的钱，也可以让村民脱贫了。

还有酿造稔子酒，赚的钱更是不少啊。像刘振华他们，一天就卖了一万块钱，这能赚多少钱啊。

于是，村民们眼红了，纷纷跑过来找宋民和刘振华，叫嚷着要入股。

“老村主任，你们发财了，不要忘记带我们致富啊。”

“振华主任，还是你厉害，以后我们听你的，你叫我们怎么做，我们就怎么做。

不过，你现在可以让我们入股希望合作社吗？我们也不想穷下去了。”

“振华，我们跟你干了……”

…………

他们现在是没有钱，但他们可以一起去农村信用社贷款啊。人家陈学才都可以贷得到，他们怎么贷不到呢？

可他们听到宋民说，希望合作社以前的设定，就是要化整为零，以一户为一份小股，这样才能更好地开展工作。

毕竟全村人弄一个大养殖场，根本是不现实的，他们没有这么大的一块地啊。

而且村民在家建合作分社的话，是能节省不少钱。

打个酿酒灶加器材，估计就是两三千块钱，再买一窝小猪回来，也只需要几千块钱。

这样一算，大概不用一万块钱，就能把自己家的合作分社建起来了。

而在总社那边，一投入就是三万块钱，还要天天在那里干活，也有着很大的风险。

所以，村民们听宋民和刘振华一解释，都说回去好好合计一下再答复了。

下午，牛杀猪开着摩托车来找宋民。“老村主任，你在吗？”

宋民正在里面翻着酒糟，听到有人叫他，便走了出来。

宋民一看是牛杀猪，生气地转身要走回去。

像这种小人，他不会与对方多说一句。

牛杀猪见宋民不理他，也没有回去，而是停好摩托车，自己走进稔子酒厂里。

下午就有司机运了材料进来，一些泥水工在砌着房子，场面真是如火如荼。

牛杀猪看着那场景，眼里露出贪婪。

一天就是一万块钱，这真是如抢钱啊。

省城的人不知道他们这稔子酒的成本，但是他们当地人知道啊。

所以，当牛杀猪听牛志锋那样说，又询问了一些村里人，确认这个信息不是宋民说谎，他就找了过来。

牛杀猪蹲到宋民的身边道：“老村主任，你不要生气，我平时没有得罪你啊。”

“牛杀猪，你还敢说没有得罪我们？你在邱干部他们面前说我们的坏话，你以为我们不知道吗？”宋民冷眼看着牛杀猪，“人在做，天在看，坏人会有报应的。”

牛杀猪愣了一下，接着谄笑道："我向你发誓，如果真是我做的，天打雷劈啊。"

"哼，我现在忙，如果没有什么事情，请你离开，不要妨碍我干活。"宋民把前面的热饭翻了过来，电风扇呼呼地吹着，散发着不少热气。

牛杀猪笑道："我就是有事情来找你啊。"

"什么事？"宋民问道。

"是这样的，我想入股你们合作社。"牛杀猪道。

宋民点点头："这个可以，你先去振华那里报名，经过我们的审查后，会指导你们怎么在自己家里建分社。"

按照刘振华的意思，就算是建酿酒灶，也要按照宋民和李水莲他们的要求来，因为他们要确定分社所生产的稔子酒与总社的一样，不要到时出问题，人家就不会要分社的稔子酒了。

"老村主任，你误会我的意思，我是想入总社。"牛杀猪笑道，"我与那些穷鬼不一样啊，我们家有的是钱，只要你们愿意，我马上给你们钱。"

宋民摇头道："这个不行了，我们已经跟大家说过，总社是不能再入了，免得太多人，到时根本没有办法操作。"

"呵呵，就只是我一个人入股，怎么会很多人呢？"牛杀猪看了看四周，确定没有其他人时，小声道，"老村主任，你让我暗中入这个股吧，我私下给你两千块钱，怎么样？"

牛杀猪暗恨自己的眼光不够，如果早像陈学才他们那样，一下子投入三万块，现在他就是希望合作社的社员，一天有一万块的收入，一个月就有三十万啊。

现在陈学才的老婆天天在村里吹啊吹啊，让他眼红得不得了。

宋民暗暗觉得好笑，这个牛杀猪早知如此，何必当初呢。

当时他们在村里宣传，就是想着看有谁想入股合作社。

但没有其他人入股，因此刘振华和宋民才设计这个场地作为合作社的用地。

现在地方已经规划出来，也在建了，哪能一下子修改，再换其他地方容纳更多的人呢？

如果是那样，也是不科学的。

看来刘振华说得也对，要一视同仁，不能再让大家一窝蜂加进来，免得人满为患。

“牛杀猪，我们商量过了，现在不能加入总社，你给我钱也没有用。”宋民道。

“我给你三千。”牛杀猪咬咬牙道。

宋民发火了，拿起墙边的扫帚骂道：“牛杀猪，你除了会这些旁门左道，还会什么？如果不是你天天说我们的坏话，我们合作社会那么苦吗？现在刚有一点起色，你又想着打我们的主意。你给我滚！”

牛杀猪见宋民发火，只得怏怏不乐地走了出去。“我呸，宋民，你们给我走着瞧。”

没有过多久，牛杀猪就在村里散播谣言，说刘振华和宋民这两个新老村主任只顾自己赚钱，不管村里其他的人。

以前说得好听，大家一起共同致富。现在希望合作社有起色，他们就不管村民们了。

还有大家第二天采摘的稔子，全都没有给钱。合作社有钱了，应该付钱给大家。

另外分社是村民自己的，总社才是刘振华他们的，到时刘振华肯定只管自己总社的产品，不会管分社的。

希望大家不要被刘振华他们骗了，要入就入总社，千万不要自己弄分社了。

村民们刚开始觉得没有什么，在自己家弄分社就分社吧。但被牛杀猪这样一说，觉得也对啊。

生猪还容易处理，他们可以找到下家卖。

但稔子酒不行啊，他们不知道放在哪里卖。

如果像前几天合作社那样，里面堆积着很多的稔子酒，他们就要完蛋了。

不行啊，他们不敢自己建分社，正如牛杀猪所说的那样，刘振华几人不管他们，他们到哪里哭去？

于是，落山村一下子沸腾起来。整个晚上，村民们都议论纷纷，也不回家看电视了，都在三个一伙、五个一群地商量合作社的事情。

第二天，刘振华他们在养猪场里喂着猪，一百多个村民过来了。

牛杀猪就在人群里面煽风点火：“我们一定要他们跟我们说清楚，让我们一起入股，他们是村主任，不能扔下我们不管。还有那些欠下工钱的兄弟，一定要让他们付钱，你们也穷也不容易啊。”

“对，先让他们付钱。”村民们举起手叫道。

牛杀猪在心里暗暗高兴着，昨晚他暗中算了一下。

那些稔子钱和建合作社的人工费，加起来起码有几万块了。

刘振华他们不是一共贷了十二万块钱吗？扣去这几万，我看你还剩下多少。牛杀猪越想越高兴了。

哼，你们不让我入股，那我也不会让你们好过。

刘振华正在喂猪，见是这个样子，只得跑出来拦着众人。“你们不能进去养猪场，要不然会带细菌进去的。”

“振华，我们不进去也行，你们先把欠我们的钱还了吧。”一个村民对刘振华道。

“还有你以前借我读书的钱。”另外一个村民说道。

“为什么我们不能入股总社？”后面又有人叫了起来。

刘振华听着这些村民的叫声，感觉头都疼了。

不过，刘振华还是耐心地向大家解释着：“你们先不要吵，听我说。那些稔子，等迟点你们要办分社时，是要从我们这里借过去的，一样暂时是免费的，到时把钱还过来，然后我再还给卖稔子给我们的村民。”

“噢，你们可以先借我们稔子啊。”有村民放下心来了。

牛杀猪跟大家说，现在山里没有成熟的稔子，全在希望合作社那里，大家想要酿造稔子酒，也是没有稔子呢。

可现在听刘振华说，他们心里没有刚才那么激动了。

“刘振华，那你和合作社欠大家的钱呢？”后面的牛杀猪见大家没有刚才那么冲动，不由急了，慌忙跳了出来叫嚷着。

这时，宋民从屋里面气冲冲地走了出来。

第40章 火冒三丈

宋民冷冷地瞪着牛杀猪："牛杀猪，每次都有你在后面使坏，你小心会得到报应。我们没有欠你的钱，你在这里鬼叫什么？"

牛杀猪有点怕宋民，害怕地退了两步。"我……我是为大家讨个公道。现在你们有钱了，也应该还他们钱啊。"

宋民不理牛杀猪，而是转过头看着村民们："各位，我宋民是什么性格，你们不是不知道。这么多年，我有骗过你们吗？"

"老村主任，我们知道你们没有骗我们，不过我们也不想再穷下去了。"有村民讪讪地说着。

宋民扫了那村民一眼，脸上带着气愤："现在我们不想你们有钱吗？我们一开始就想着让你们入股，可你们不答应。现在我们有点起色，你们就过来为难我们。如果把我们逼急了，你们一样致不了富。"

"致不了富就致不了富，你们都不想我们富起来，只是顾着你们。"牛杀猪又插上话了。

宋民愤怒了，对着牛杀猪吼道："其实最不想我们致富的就是牛杀猪，昨天他说给我三千块好处费，让我偷偷给他入股总社，我不答应，他就在暗中使坏了。还有上次他找振华办贫困户，说给振华一千块的好处费，振华不肯，他不但要振华还他以前借的一千块，还到处中伤我们。”

“各位，你们想想，这段时间，牛杀猪在你们的面前说了我们多少坏话？还有，他还去扶贫组那边告我们的状，说我们想贪污扶贫款。”宋民越说越生气了，“如果不是因为牛杀猪这个混蛋，人家扶贫组一早就帮助我们想办法把希望合作社办起来，到时就是村企业了。”

“因为牛杀猪使坏，我们落山村白白错失了这样的好机会，需要我们自己出钱集资筹建起来。为了这个贷款，你知道我们有多苦吗？我两个儿子现在都没有回家，也不跟我们两个老家伙说话。田世明和陈学才拿家里的房子抵押了，莫华珍气得要与陈学才闹离婚，难道你们不知道吗？”

众人面面相觑，宋民说得没有错啊。

这段时间，牛杀猪一直在说着希望合作社的坏话。

如果不是因为牛杀猪一早给他们灌输不好的思想，他们可能也跟着入股希望合作社了。

以前宋民跟大家说过，可以入一股，也可以入半股，或者几个人联合起来为一股，这都没有问题，只要大家想一起把希望合作社办起来，那就可以了。

但当时大家听信牛杀猪的谗言，认为刘振华他们的项目都是开玩笑的，根本不会成功，所以大家都没有参与。

只有后来陈学才和田世明长了心眼，答应先去合作社那里打工，先让合作社欠着工钱。

不要说别的，就是那天陈学才他们每人贷三万块钱，还要拿家里的房子作抵押，牛杀猪还在嘲笑呢。

这一切，都是牛杀猪搞的鬼。

这时，众人看着牛杀猪的目光不一样了。

“牛杀猪，是你故意想害我们，骗我们一直穷下去。”有人喊道。

“我……我不是的，你们不要听宋民胡说。”牛杀猪心虚地说着。

刘振华道：“大家一定还在为分社的事情疑惑，那我就跟你们解释一下吧。当我们在这里建合作社的时候，已经注定我们不能再扩大太多的生产了。我也与宋叔商量过，如果你们有兴趣的话，可以在家里成为我们的分社，你们过来学我们的酿酒技术，然后按照我们的要求酿造稔子酒出来，到时再并到我们的酒厂一起出售。”

“不过我们要签合同的，你们提供的稔子酒质量一定要过关，另外卖掉的稔子酒，我们要收一成的宣传推销费。可能你们觉得要从这里扣费非常不合理，但你们想一想，我们要出外推销，这里面要花费不少钱呢。另外，这酿造稔子酒的技术，还是宋家拿出来的，他们自己也亏呢。”

牛杀猪听刘振华这样说，冷笑着道：“那为什么不能让我们入总社啊？你们不是还允许可以入几个股的吗？”

牛杀猪又在动着歪心思，如果用几个名额来引起村民们的大动乱，也是非常不错的。

宋民听了火冒三丈，想要找扫帚打牛杀猪了。

这个牛杀猪真的不是一般的小人，他会让牛杀猪后悔的。

“宋叔，你不要冲动。”刘振华急忙拉着宋民。

然后，刘振华对牛杀猪道：“我刚才想了想，觉得有人要入总社的股，不是不可以的。”

村民们听刘振华这样说，眼睛都亮了。

在总社入股，肯定是比分社好一点了。

刘振华扫了众人一眼，然后慢悠悠道：“你们也知道，我们前面的股东已经辛苦了这么多天，前面的风险非常大，我们都扛下来了。如果你们现在要入股，肯定不能再按三万块算的了。”

“那要按多少算？”牛杀猪紧张地看着刘振华，那瘦弱的身体好像要被风吹走似的。

“我觉得现在入股的话，是一股六万块吧。当然了，我也没有问过其他股东，不知道他们的意思怎么样。”刘振华不好意思地回过头看着里面，现在陈学才和田世明都在喂着猪。

不过陈学才他们一直留意着这边的情况，听到刘振华这样说，也跑过来道：“我们同意。之前，我们那么辛苦地把合作社做起来，现在能赚钱了，这股份也应该赚了。”

“这六万块，是不是太多了？”牛杀猪又插上话了。

“多？那你们也可以自己做合作社啊，也可以自己酿造稔子酒和建养猪场，自己赚钱，为什么要参与到我们这里来？”陈学才还是很聪明，一下子抓到了问题所在。

当然了，刘振华不是没有想到这个问题，但他是村主任，有一些话不方便说而已。

“我们自己可以做吗？”有村民自言自语。

“不可能了。”牛杀猪摇头道，“酿造稔子酒的技术，最好的就是宋家。而且关键不是酿酒，而是推销稔子酒。振华在省城读书，肯定认识不少人。这次他去省城几天，回来就能卖掉五百斤，人家是直接付钱的。如果是我们推销，肯定摸不着门路呢。”

牛杀猪这话说到大家心里头了，其实用酒糟喂猪，大家都想到过。可问题的关键是你怎么把酒卖掉。

以前宋民的关系网那么好，也只敢养两栏猪，不像刘振华现在这样，直接养两百多头猪呢。

估计他们这样生产下去，还要继续养猪呢。

有村民点着头道：“学才说得也有道理，他们以前投入三万块，现在做起来了，我们想再出三万加入，人家肯定不同意。我们没有技术没有门路，还是跟着老村主任和振华他们干吧。在自己家建个分社也是可以的，我同意。”

因为在自己家建的话，不需要那么多钱，一万块左右就能解决。

牛杀猪见是这样，咬咬牙道：“老村主任，我愿意入你们的股，到时你们要平均分给我所赚的钱。”

刘振华道：“你要入股可以，不过我们首先说清楚，你们要派一个人与我们一起干活。如果没有人过来合作社帮忙，那每个月要另外给三千块。且我们的合作社还是有风险的，现在赚钱，不一定以后赚钱，你也要考虑清楚。”

对于牛杀猪再投入六万块过来合作社，刘振华暗地里还是欢迎的。

说真的，虽然他们贷了十二万，可还是缺资金。

养猪场那边要建母猪房，还要建产房，这都是要钱的。

以前因为没有钱，很多东西没有搞。等有钱了，他们要慢慢地建起来了。

“什么？刘振华，你这是针对我，为什么每个月还要交三千块给你们？！”牛杀猪生气地跳了起来，双手在空中用力地挥晃。

他们家哪有多余的劳动力，牛志锋除了帮他卖点猪肉，平时就是游手好闲，他的老婆也不会过来干这种农活。

宋民冷哼一声，冷冷地看着牛杀猪：“牛杀猪，你看看我们刚才在干什么？我们在喂猪啊。我们一样投了钱进合作社，可每天都要来合作社干活，你凭什么不过来干活？不想干活就要给钱，哪有这种好事情。”

李水莲也生气地从屋里面跑出来：“你们这些人还有没有良心啊，我把家传的秘方拿出来给你们用，我都没有问你们要钱，现在你们还嫌三弃四的，你们的良心在哪里了？有本事你们自己去弄合作社，你牛杀猪不是有钱吗，可以自己弄啊，跑过来这里干什么？”

李水莲的话说得村民们都低下头来，其实刘振华所说的那些都不过分。

说句不好听的，刘振华他们非常吃亏了。

人家现在贷到钱了，也在赚钱了，凭什么要让他们发财啊？

现在刘振华他们答应免费教他们酿造稔子酒和养猪，到时大家捆绑在一起销售，这样的好事去哪里找啊？

“老村主任，是我们不对，我们也没有什么钱，按你所说的，我们还是在家里建个分社，这样风险相对少了很多。”村民们这才明白刘振华他们的苦心。

第41章 眉飞色舞

“对啊，老村主任，振华，我们以后再也不听牛杀猪的话，他是个坏人，不想我们有好日子过。”有村民怒视着牛杀猪。

还有一些脾气暴躁的村民扬言要教训牛杀猪，不要放过他。

牛杀猪见势不妙，一边急忙往外面跑，一边诅咒着：“哼，什么希望合作社，我祝你们养的猪全部发瘟，酿造的酒全部变酸，你们就等着完蛋吧。”

宋民怒了，农村人最忌别人诅咒这些事情。俗话说“好的不灵，丑的灵”。

如果让牛杀猪说中，以后他们这合作社真的要完了。

这次，宋民气得去拿扫帚要打牛杀猪了。

不过牛杀猪跑得快，很快就跑没影了。

陈学才冷冷地看着牛杀猪消失的身影：“牛杀猪，你不要以为你在村里卖猪肉就很了不起，你给我走着瞧。”

“对，我们怎么也得整一下牛杀猪，不要让他老是害我们。”李水莲对陈学才道，“学才，你平时脑袋灵活，你好好想个法子。”

“水莲婶，你们放心吧，我不会让他得逞。”陈学才一边说着，一边走到人群里去了。

“兄弟们啊，牛杀猪是想我们这辈子都是穷人啊，刚才诅咒我们合作社，你们以后也要加入合作社啊，你们说怎么办啊？”陈学才故意问着村民们。

有些村民也是恨牛杀猪了，如果不是牛杀猪故意捣乱，当时邱干部可能就会把二十万元拿来给刘振华他们建合作社，那这合作社就是大家的。

他们想着刘振华一下子就卖了一万块的稔子酒出去，个个心里都热烘烘的，那都是钱啊。

“学才哥，牛杀猪太坏了，我们听你的。”村民们道。

陈学才的眼里露出狡黠之色，在他的劝说下，大家纷纷离去了。

家里有一点钱的，准备明天就与合作社签合同，然后叫人过来打酿酒灶。

现在正是稔子成熟的季节，如果他们不加油干，又要等明年了。

刘振华的想法，就是让大家赶快行动起来，把那几万斤的稔子酿造成酒。

到时估计会有十几万斤的稔子酒了，然后他们再派人去其他村采摘或者收购稔子。

这稔子本来就是野生的东西，值不了几个钱。

全村人出动的话，肯定可以弄到更多的稔子。

过了这一个月就没有稔子了，他们把那些稔子保鲜放好，大概也只能酿造几个月。

然后，就是他们推销稔子酒的时候。

不过刘振华他们是有信心的，因为省城那边一下子订了五百斤，说明是有市场的。

估计再过两三个月，那些人喝完稔子酒后，觉得有效果了，还会再找他们订货的。

而且刘振华也准备等分社建起来后，拿着一些稔子酒去铺货，先让一些饭店、酒店寄卖。

可能不用一年，他们就能打开省城的市场，到时落山村就能脱贫，大家就能过上好日子了。

下午，在喂猪的时候，大家有说有笑，眼里全是对未来的憧憬。

刘振华最高兴的不是他赚了多少钱，而是村民们终于相信他，肯跟着他干了。

很快，他们落山村的稔子酒就会出名了。

想到这里，刘振华抬起头看了看正蹲在墙边抽着水烟筒的宋民。

一股烟雾喷出，宋民脸上的皱纹如开了的花。

让落山村所有的村民发家致富，是他这辈子的梦想，眼看梦想再过几个月就成真，他哪能不高兴呢？

下午的阳光非常猛烈，全晒在了宋民的身上，可他似乎一点都不觉得热，反而心里一阵舒爽。

刘振华对宋民道：“宋叔，太阳晒到你了，你过来猪栏这边抽烟吧？”

“这可不行，当初我们是有规定的，猪栏这边要注意卫生，我在猪栏抽烟不好。我还是在这里抽，抽完就过去。这点太阳算得了什么呢？”宋民笑着道。

李水莲白了宋民一眼，然后对刘振华道：“振华，你不要管他了，这几天他都笑疯了，让太阳把他晒清醒也好。”

“呵呵，我能不笑吗？现在村民们都听我们的了，个个央求我要入社，他们还怕我们不把全部酿酒的技术告诉他们啊。”宋民得意地笑着，“我宋民是那样的人吗？我一心为民啊。”

刘振华提醒着宋民：“宋叔，我觉得我们要跟马委员汇报一下现在合作社的情况，毕竟他负责蹲我们村的点呢。”

“对，是要跟马委员汇报一下。”宋民也顾不上抽烟，急忙从口袋里拿出手机就要打电话了。

突然，宋民的手停在空中，不好意思道：“振华，你现在是村主任，还是由你打吧。”

“你是我们合作社的顾问，也是我们的老村主任，你打也是一样的。”刘振华见宋民一副非常迫切要打电话的样子，当然不会打了。

如果是村里的公务，刘振华是要与马委员说的。可这相当于一个私人企业，让宋民说也可以。

宋民听刘振华这样说，马上给马委员打电话了。

片刻，手机打通了，宋民兴奋地叫道：“马委员，我跟你汇报一件事情啊，就是我们的那个希望合作社……啊，你没有时间？我不是跟你要资金扶持，你不要担心……我告诉你啊，那天省城那边一下子订了我们一万块的稔子酒……咦，你现在又有时间了？行，我给你好好说说我们希望合作社的情况啊……”

宋民一脸的兴奋，眉飞色舞地说着，口水都喷了出来。

火辣辣的太阳还是晒在宋民的身上，可他一点都不觉得热。

李水莲看着心疼，走过去叫他过来猪栏这边打电话，可被他狠狠瞪了一眼。

李水莲讪讪地走回来对宋丽芳道："你看你爸，就是爱面子，好像这合作社是他的功劳，要知道如果不是振华，他根本没有这个本事呢。"

说到这里，李水莲欣赏地看着刘振华。

不知道为什么，她越看越觉得刘振华配得上宋丽芳了，他们真是天生一对、地造一双啊。

"妈，爸为落山村的脱贫的事情都折腾了这么多年，现在有了希望，你就让他高兴高兴吧。"宋丽芳劝着李水莲。

大约过了半个小时，宋民对着手机大叫道："喂，喂，奇怪了，怎么没有声音了？难道是我的手机坏了？"

"宋叔，你拿过来让我看看。"刘振华笑着道。

宋民有点生气道："我正跟马委员说得来劲呢，怎么就打不了了。刚才马委员在手机里夸奖我们做得不错，完全按照他的指导路线去做呢。"

陈学才听了暗暗冒汗，什么指导路线啊？那个马委员虽然说蹲点他们村，可就是上次选举刘振华当村主任的时候出现过，到现在都没有来过了。

刘振华拿过宋民的手机一看，发现有一条手机欠费的信息发过来了。"宋叔，不是你的手机坏了，而是你的手机欠费了。"

刘振华把手机还回给宋民，然后用自己的手机为宋民的手机充了五十块话费。

李水莲骂着宋民："你啊你，打电话不要钱吗？一打就是半个小时，照你这样打下去，金山银山都给你打穷了。"

"我……我不是说着说着，一下子忘记看时间了吗？"宋民不好意思道。

如果不是手机欠费，他还想跟马委员大说特说呢。难得有一件威风的事情，他怎么也得在镇领导面前表现一下嘛。

以前去镇里开会的时候，马委员老是用恨铁不成钢的目光看着他，老说他们村怎么还没有脱贫。

"丁零零。"宋民的手机响了。

宋民一看是马委员打过来的，高兴地接通了："马委员，这下没事了，这是你打过来的电话，我接听不用钱，我们再好好说说希望合作社的事情吧。"

"……"马委员最后道："宋民，我明天就去你们落山村看看，不错啊，当时我就说刘振华是个大学生，来当村主任就是没有问题。他用稔子为落山村脱贫，我也是支持的。"

本来宋民还想多说几句的，可马委员挂了电话，他只得作罢。

"振华，明天我们要好好收拾一下这里，马委员可能明天上午会过来我们合作社。"宋民兴奋地对刘振华笑着。

可刘振华想了想，摇着头道："宋叔，我觉得没有必要搞特殊，我们以前怎么样，明天就怎么样。我们合作社才刚起步，后面还有很多工作要做。该有的功劳，我们可以说，但该有的苦，我们也要诉啊。"

"对，振华说得对，我们没有必要因为镇领导来了，就弄虚作假，我们是怎么样就怎么样吧，反正他们也不会给我们什么扶持。"陈学才赞同刘振华的说法。

如果是村办企业的话，还好说一点。

但现在他们是私人企业，国家哪会再给他们扶持呢？

"好，我听你们的。"宋民也点头道。

"汪汪汪。"门口的土狗对着外面大声叫着。

为了合作社这边的安全起见，陈学才他们买回来了几条土狗，只要有陌生人靠近，它们就会示警。

"丽芳在吗？"外面传来男人的叫声。

宋丽芳疑惑地蹙了一下秀眉，然后往前面走去。

宋丽芳靠近门边，看到外面的人时，不由愣了一下。

第42章 志军回来

“大哥，你怎么来了？”宋丽芳奇怪地看着外面的宋志军。

宋志军是开着摩托车过来的，头上还戴着头盔，一副风尘仆仆的样子。

宋志军见宋丽芳过来了，摘下头盔道：“丽芳，上段时间我一直忙，你们来县城坐车去省城，我都没有空去送你，也没有请你和振华吃饭，真是不好意思啊。”

“哥，这没有什么的，你的工作重要啊，我们自己去坐车也没有什么的。”宋丽芳笑着招呼宋志军，“大哥，要不你进来吧？”

“好啊，我也正想看看你们的合作社。不过，你把那些狗拴好了没有？”宋志军看着那些伸出长舌头、凶神恶煞的狗就害怕了。

宋丽芳道：“没事的，我看着它们。”

“丽芳，是谁啊？”后面传来宋民的声音。

“爸，大哥回来看我们了，我正要开门让他进来呢。”宋丽芳转过头高兴地叫着。

因为当时宋民拿出三万块钱出来办希望合作社，宋志军和宋志峰非常有意见，当时宋志峰还打了刘振华。

从此以后，他们都没有回过家，也没有再主动打过一次电话，这让李水莲暗中偷偷落泪，说顾得了女儿，就丢了儿子。

对于这个，宋丽芳也非常为难。

现在宋志军主动回家，怎会不让宋丽芳高兴呢？

宋民见宋丽芳要开门，急忙大叫道：“等等，不要让他进来。难道你忘记养猪场是有规定的吗？没有经过消毒，是不能进来的。”

陈学才他们去镇兽医站学了一整套管理养猪场的方法回来，他们有着两百多头猪，可不是开玩笑的。

如果染上什么病，他们会损失不少钱。

这时，李水莲听说大儿子回来了，高兴地跑了过来。

李水莲对着门外叫道：“志军，要不你先回家，一会儿我们喂完猪了，我就回家去。”

宋志军急忙道：“妈，没事的，消毒就消毒，我听你们的，我也想看看我们家的合作社，毕竟我也算有一份嘛。”

你也有一份？宋民看着宋志军，心里暗暗琢磨着。

田世明听说要消毒，马上拿出药水和喷枪，走到外面对着宋志军就是一阵狂喷。

“咳咳咳。”宋志军没有想到田世明喷得这么快，被呛得捂着嘴咳嗽着。

李水莲心疼道：“世明，够了吗？意思意思就行了吧？”

可田世明板着脸道：“水莲嫂，你们让我当这个检验员，我就要负起这个责任。现在我们合作社已经投入了二十万左右的资金，我们要对自己负责，不能出什么问题。”

“对，志军，你要进来看的话，就要消毒。”宋民点头赞同田世明的话。

消完毒了，宋志军跟着大家走进去，发现这里真的非常大，还有一些工人在干活。

“爸，你们辛苦了。”宋志军看着宋民，“如果不是我还要上班，真想回来帮你们的忙。”

“你就不要过来了，好好上自己的班不行吗？”宋民皱着眉头道：“这里有我们就行了。”

这段时间，宋民喝了稔子酒后，腿脚好了不少。

本来他们家以前只是酿造白酒，没有怎么酿稔子酒。后来李水莲见他的腿脚不舒服，有风湿病，才开始酿稔子酒了。

宋志军点头道：“也行，如果你们需要我帮忙的话，就尽管说。”

宋志军转过头又看着刘振华道："振华，我们有几年没有见了，没有想到你一下子就长这么大了。不错，你是一个人才，我妹妹跟着你，我也放心了。"

"大哥。"宋丽芳没有想到宋志军会说这样的话，小脸一红，羞得跑去帮陈学才喂猪了。

刘振华也不好说什么，他见宋志军过来合作社后，就让他们带着他左看右看，估计是有事。

果然，宋志军看完合作社后，拉着李水莲走到一边。"妈，这合作社，我们出了多少钱？有多少股？"

"我们一共出了六万块，不过有三万块是丽芳用自己的名义贷款的，你爸只是拿了三万块出来入股。"李水莲怕宋志军生气，急忙向他解释着。

那三万块是宋丽芳自己贷款，有什么损失，是由宋丽芳自己负责，与他们没有关系的。

"唉，当时你跟我说就好了，我也去筹三万块入一股啊。"宋志军一早就听到村里的小道消息，知道希望合作社股权分配的事情。

"你？"李水莲吃惊地看着宋志军。

当时他不是在电话里说得非常生气吗？说家里拿了三万块出来，没有跟他商量就给宋丽芳投入合作社去，到时要让宋丽芳还那三万块。

宋志军笑着道："是啊，现在我们家算是有两份股了，要不，我再入一股，怎么样？"

李水莲犹豫了一下，摇头道："志军，这个我不清楚，你跟老头子说吧。"

李水莲把宋民叫过来，把宋志军刚才所说的话复述了一遍。

宋民听了向宋志军抛了一个白眼："志军，你不要想得太多，我们家只有一股，而另外三万块是丽芳自己贷款，大家都签了合同的，丽芳自己有一股份。"

"唉，我当时不了解情况，要不然我们与振华一起搞这个希望合作社就好了。我们用家里的房子抵押，估计也能贷十二万块出来呢。"宋志军恨恨地拍着自己的大腿。

一天就卖一万块的稔子酒，给谁听了，都会眼红心动的。

李水莲也叹着气道："志军，现在说什么都迟了，我们都签过合同的，你爸就占一份股。”

宋民摇着头道：“其实啊，我觉得让学才和世明他们入股也是不错的，水莲，我们的年纪大了，有一些活是做不了的。而振华要推销稔子酒，丽芳要协助他，还要管合作社的账目，也是一堆事情呢。”

“这个没有问题的，我和小英也可以过来管的。爸，要不你跟陈学才和田世明他们说一下，让他们退股，两份股，我给他们六万块。”宋志军兴奋地说着。

如果真的让他入了两股，以后真的是可以吃香的喝辣的了。

宋民的脸上露出怒气：“志军，你认为人家会同意吗？我们定的规矩在这里，谁要进来，一份股六万块，另外还要派一个劳动力跟着我们干活，要不然每个月出三千块钱。”

宋志军一听要这么多钱，一下子住嘴了。

李水莲不忍看着儿子吃瘪，小声问宋民道：“志军是我们的儿子，暗中入股也不行吗？”

“不行的，这是振华说过的，就算我们自己再入股，也是不行的了。”宋民摇着头道，“要大家商量一致同意，不能这样做的，不然我们的脸往哪里搁啊，我们还要讲诚信吗？”

李水莲也没有话说了。

宋志军见是这样，只得道：“爸，这样吧，丽芳都有一股了，你的那份股就给我吧。”

“傻孩子，我们的股，以后肯定是给你们了。”李水莲笑道。

“我们？”宋志军愣住了。“妈，丽芳都有股权了，肯定不能再给她。毕竟以后她还要嫁给刘振华的，不能让刘振华占太多的便宜。再说了，我们家还拿着家传秘方出来呢，还有妈你不是多一个劳动力吗？他们也应该多给你钱的。”

李水莲点着头道：“这个以前振华也说过了，等合作社真的赚钱了，会给我一些奖励。要说劳动力的话，我们干的活没有陈学才和田世明多呢。我和你爸的年纪大，丽芳是个女孩子，振华以前都没有干过活，还不如丽芳呢。”

宋志军见是这样，只得要求宋民以后把那个股权分的钱给他。

宋民火了：“宋志军，我还没有死，你就想着要我的钱？！”

“爸，我是怕你们的钱被别人骗了。”宋志军急忙道。

李水莲见这对父子要吵起来，急忙劝道："志军，你不要多想了，我和你爸在家里辛苦，就是想着多攒点钱给你们呢。"

"妈，我就知道你最疼我了。"宋志军高兴地道，"等到星期六，我叫小英带家俊回来看你们。"

"好啊，好啊，家俊今年也上小学一年级了吧，成绩怎么样啊？"李水莲一听宋志军说起这个长孙，心里就掩饰不住的欢喜。

长子长孙，在农村人的心里还是非常重要的。

宋志军心里一动，只要他打好这张感情牌，家里的那一股就是他的了。"妈，家俊的成绩不错，语文数学都是一百分。他经常说要回来看爷爷和奶奶呢。"

"不错不错。"李水莲立即眉开眼笑了。

宋民听宋志军说到大孙子有出息，心里也是高兴。"志军，振华有头脑，这合作社刚起步，后面还有很多路要走。不过按照现在的情形来看，我们应该很快就能赚大钱，到时我们的这些家当，都是要交给你们的。你不要再被别人蒙骗了。"

"我知道了，我再也不听牛杀猪的话了。"宋志军点头道。

李水莲见猪也差不多喂完了，抬头看着宋志军问道："志军，你明天再上去县城吧？"

"嗯，我今天就留在家里，与振华好好聊聊。"宋志军瞄了一眼在那边干活的刘振华。

本来他是看不起刘振华的，以为他是在省城混不下去，才回到农村。

没有想到刘振华这么有能耐，人家出一万块一个月的工资，他都不愿意干，真是牛人啊。

第43章 负『柴』请罪

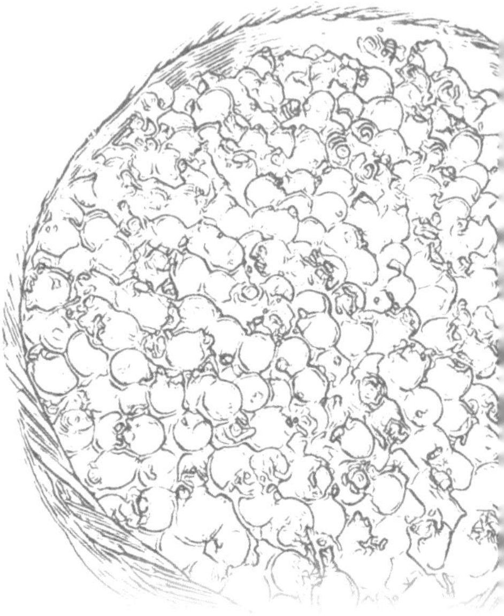

李水莲高兴道:“那我们现在就回家，我多炒几个菜，晚上你们一起喝酒聊天。”

李水莲坐着宋志军的摩托车回去了，陈学才他们也把养猪场的活给干完了。

“振华，你在吗？”外面传来一道男人的声音。

刘振华他们奇怪地互望一眼，今天这是怎么了？

刘振华并没有开门，而是透过大门的瞭望洞往外面看。

外面是宋志峰，他身穿蓝色运动服，头发凌乱，脸有点黑，一副憔悴的样子。

让人觉得奇怪的是，宋志峰用一条绳子绑着自己的胸膛，后面还挂着一根木柴，也不知道他想要干什么。

“志峰哥，你怎么了？”刘振华奇怪地开了铁门，走到外面。

宋志峰听到刘振华的声音，脸上露出激动的神情：“振华，上次是我糊涂了。我听信牛杀猪的谗言，不但误会你，还打了你，我现在向你负荆请罪来了。”

刘振华暗暗冒着汗，这是负柴请罪好不好？且那根柴只是在后面挂着，就好像是饰物一般，哪是“负”啊？

不过宋志峰是宋民的二儿子，刘振华也不好说什么。“志峰哥，事情都过去了，你就不要说了。”

“振华,你原谅我了吗？”宋志峰眼巴巴地看着刘振华,“要不,你也打我两拳吧？”

说到这里，宋志峰想到自己把刘振华打得吐血，如果刘振华也是这样打自己的话，那自己岂不是要去医院躺一个星期？

刘振华摇头道：“不用了，以前的事情是误会，你能明白就行。你爸他们也非常想你，你要经常回家看看。”

“是啊，是啊，我现在就回家看看呢。以前是我错了，我对不起你们。”宋志峰见刘振华没有打自己，暗暗松了一口气。

看来自己这负荆请罪还是不错的，有古人风范。

这时，宋民也从里面走出来，他瞪了宋志峰一眼：“以后不要那么冲动，也是振华脾气好点，换了其他人，已经报警抓你了。”

“爸，我错了。”说完，宋志峰踮着脚看着里面的合作社，眼神闪烁地道：“我想进里面看看你们的项目，如果需要我帮忙的，你们尽管说。”

于是，田世明又拿着喷枪出来了，对着宋志峰就是一阵狂喷，连他后面的那根柴也没有放过。

宋志峰一阵咳嗽之后，跟着大家进里面看稔子酒厂和养猪场。

现在已经是傍晚，陈学才和田世明都回去吃饭了。

晚上守夜由陈学才和田世明轮流过来，如果他们有什么事情，刘振华或者宋民也会过来顶替一下。

经过这段时间的建设，合作社已经全部被围了起来，两米五高的围墙，围墙上面还插了玻璃片，一般人不敢翻过来。

里面还有几条凶狠的狗，谁来谁遭殃。

宋志峰看着里面的一切，两眼不断发着光。

他也像宋志军那样想要入股，后来见入股无望之后，又在打宋民手上那股权的主意。

“走，我们回家吧。”宋民招呼宋志峰出去，刘振华也不想那么快跟过去，便留在合作社里等田世明过来换班。

这几天，刘振华与老枪聊了不少，老枪也帮他留意了其他酒店和疗养院。

刘振华想着等合作社这边的建筑弄好了，他就再上省城一趟，然后与一些酒店签寄卖合同。

不过因上次叶华超从中作梗，不知道有多少酒店愿意寄卖他们的稔子酒。

刘振华刚回到宋民家，便听到里面传来宋志军和宋志峰的争吵声。

“志峰，我是家里的长子，爸在合作社的股权应该归我所有。”宋志军的声音非常大。

“哼，长子又如何，你平时都在县城，很少回来，反而是我经常回家照顾爸妈，我看爸的股权由我接管，分成什么的，还是给我就行了，我到时要照顾爸妈呢。”宋志峰也不示弱地反驳着。

“要不我拿七，你拿三……”

“不行，我拿六，你拿四……”

…………

他们越说越大声，后来争吵好像激烈得不得了。

“你们不要打架！”里面传来李水莲着急的声音。

刘振华听后急忙往里面跑，进了屋里，看到宋志军与宋志峰正“亲密”用力地搂在一起，似乎要把对方弄倒。

李水莲和宋丽芳焦急地在一边劝说着，可无济于事。

宋民气愤地坐在椅子上，指着这两兄弟大骂，可是他们根本不理宋民。

刘振华急忙大声道：“志军哥，志峰哥，你们都停下来，先听我一句好不好？”

“好。”宋志军和宋志峰见刘振华来了，也没有再打起来，松开对方。

宋志军对刘振华笑道：“振华，你有空就去县城玩玩，到时我陪你逛逛，请你吃饭啊。”

“振华，如果你在镇里要办什么事情，尽管找我。我在镇里做生意，认识的人多。”宋志峰也讨好着刘振华。

现在刘振华在落山村已经是英雄人物，化腐朽为神奇，直接把大家看不起的稔子做成项目，还一天卖了一万块，真是让人震惊。

宋丽芳见两位哥哥对刘振华的态度都非常好，心里也是高兴。

刘振华清清喉咙道：“我觉得宋叔手里的股权啊，丽芳也要有份。毕竟你们三人都是宋叔的孩子，不能只给儿子不给女儿啊。”

“什么？”宋志军的眼睛睁得老大，“丽芳是女孩子，怎么能跟我们抢家里的东西？”

宋志峰没想到刘振华会说这样的话，也着急地跳了起来：“我告诉你们，我爸的股权只属于我们两兄弟，要分就是我们两人平分。”

“对，只能我们两人平分。”宋志军拼命地颔首。

刘振华笑了笑道：“那好吧，你们都说宋叔的股权由你们两人平分，那就这样定下来吧，宋叔，你有意见吗？”

宋民见是这样的结果，也只能接受：“只要丽芳没有意见，我的股权以后分成，就给他们俩兄弟吧。如果亏了，我自己出。”

宋志军和宋志峰互望一眼，异口同声道：“我们没有意见，我们两人平分爸的股权。”

如果没有刘振华刚才的那一句话，他们两人还会再争一下，能多拿一些利益肯定是最好的。

但刚才刘振华把宋丽芳扯了进来，吓得他们赶快要求两个人平分了。

两人平分，怎么都比三个人平分要好。

宋丽芳接上话：“我已经有了一份股权，就让大哥二哥平分吧。”

宋民赞赏地向刘振华点点头，还是他的脑瓜子好使。三言两语就把宋志军两兄弟的同室操戈给化解掉。

看来，宋丽芳跟着刘振华，以后是不愁吃穿了。

他们农村人也没有多大的梦想，只要不穷，有吃有穿就行了。

可现在的落山村，真的是穷当当，很多家庭连每人年均四千块都达不到，怎么吃得好穿得好呢？

李水莲见事情解决了，急忙笑道：“好了，饭菜也快凉了，我们赶快坐下来吃饭吧。”

为了庆祝两个儿子回家，李水莲今晚杀了一只鸡，桌上摆了满满一桌的菜。

宋志军瞥了刘振华一眼，问道：“振华，你和丽芳的年龄也不小了，什么时候把婚事给办了？”

“大哥。”宋丽芳红着脸娇嗔道。

自从那次他们从省城回来，虽然他们的关系密切不少，双方眼里都有一丝的情意，可还是没有把那层纸捅穿。

现在合作社正是起步期，大家都非常忙，有一天刘振华也暗示过宋丽芳，他们的事情以后再说呢。

因此，宋丽芳心里感觉到非常甜蜜。

能与从小就喜欢的大哥哥在一起，是她这辈子的梦想，很快美梦就成真，她哪能不高兴呢？

现在他们基本是同出同入，平时还在一起吃饭。

村里的人都在暗中说他们在谈恋爱了，现在就像一对小夫妻一般。

李水莲听到宋志军这样说，眼睛也是一亮。

自己家的闺女被刘振华占了便宜，虽然他们现在也非常好，就像一对小夫妻一般，但毕竟是有实无名啊。

刘振华搞的希望合作社出名了，村里的其他女孩子都在暗中讨论着他呢。

看来，是该让他们赶快把结婚证给领了，至于什么时候摆酒，那是以后的事情了。

“对啊，振华，你们什么时候结婚？”李水莲问道。

宋民没有说话，只是停下筷子看着刘振华。

刘振华是一个人才，人又好，当他的女婿再合适不过了。

不过他从小看着刘振华长大，让他跟刘振华说这件事情，似乎不大好。现在大儿子他们说了，正合适呢。

刘振华见李水莲他们都在看着他，只是讪讪道：“水莲婶，志军哥，现在我们的合作社刚起步，这件事情以后再说吧。”

“那好，现在我们都在这里，今晚就把你们的事情给定下来。”宋民大声道，“等合作社真正走上正轨，你们就结婚。”

宋丽芳羞答答地低着头，好像没有听到宋民的话。

刘振华见宋丽芳这样，俊脸一红，也显得尴尬了。“宋叔，我看还是以后再说吧。”

说到这里，刘振华觉得自己的心里有点不舒服。

“怎么了，振华，你觉得丽芳配不上你吗？”李水莲不由生气了。

自己的闺女都被你刘振华给占了便宜，难道你又想喜新厌旧追其他的女人？

第44章 都不省心

突然，李水莲想起那个农村合作社的郑小娟经理，那也是美女，好像家庭情况不错，比他们这农村背景好多了呢。

从那天的情况来看，郑小娟好像对刘振华有好感呢。

宋丽芳突然勇敢地抬起头说话了："我……我听你们的。"

"那我也听你们的。"刘振华被宋志军他们虎视眈眈地盯着，感觉自己就像一只小绵羊，而宋志军他们就像饥饿的狼。

宋丽芳听刘振华当着家人的面答应他们的事情，心里就如小鹿般乱跳。不过她非常高兴，她终于可以与他在一起了。

"哈哈哈，振华，以后你就是我的妹夫了，有什么好处，一定要先给我打电话啊。"宋志军高兴地大笑起来。"对了，如果以后股权变动，你也要告诉我。虽然我的钱不多，但入一股还是可以的。"

宋志峰也不甘示弱，急忙拿起稔子酒往刘振华的杯里倒着。"振华，如果你以后去省城打工，也带上我啊。我的要求也不高，你一万块一个月的话，我就要八千块一个月就行了。"

"就你那水平，也想要八千块一个月？"宋民打击宋志峰，"你初中都没有毕业。"

宋志峰笑了笑，没有再说什么。他又往自己的杯里倒酒。刘振华是一个能人，自己是要讨好他，以后好处多着呢。

李水莲他们都喝酒，所以大家都给自己的杯里倒了一些。碰杯，喝完，宋志峰暗暗点着头。

这稔子酒不错，不烈不冲，喝着还有一点甜味。

这并不是在酒里放了糖，而是稔子本来就带着甜味，泡进酒里，能让甜味与酒味融合在一起，喝起来感觉不错。

宋志峰心里一动，抬起头对李水莲道："妈，我喜欢喝稔子酒，你们给我一百斤吧。"

一斤能卖二十块，这一百斤就是两千块，放在他的批发店里正好。

宋志峰不能从股权那里占便宜，只得打这些稔子酒的主意了。

人家省城那边都一下子要五百斤，这就是活广告。

待他卖了这一百斤后，再回家拿一百斤，这每个月的生活费就有了。

刘振华听宋志峰这样说，微微蹙眉，不过他也不好意思说拒绝的话。

宋民生气地把杯子放在桌上："志峰，这些稔子酒不是我们自家的，是合作社的。我们合作社有着自己的规章制度，不能把稔子酒送给别人，除非你出钱买，才可以从合作社那里拿稔子酒。"

刘振华想了想道："志峰哥，其实你们的店也可以卖稔子酒的，我们给你批发价十五块钱一瓶，你卖出去二十块，怎么样？"

"什么，你们还要问我要钱啊？"宋志峰吃惊了。

宋志军道："怎么不问你要钱？这是公家的财产，不能让你一个人占便宜。"

宋丽芳心里一动，看着宋志峰道："二哥，你们是开批发店的，可以进一些稔子酒回去卖。我们一个月结一次账，怎么样？"

"对噢，志峰，这稔子酒不错的，你拿五十斤回去卖。如果卖了钱，就与我们结账。"李水莲怂恿着。

刘振华非常赞同宋丽芳这个想法，反正宋志峰是开批发店的，可以推销一下稔子酒。"志峰哥，我们放五十斤在你们的店里卖，如果卖不出去，你再退回给我们，不要你自己出钱，这种生意还是不错的。"

"一瓶能赚五块钱，我一天卖十瓶的话，能赚五十块，也可以。"宋志峰不愧是做生意的，思索一番后，答应放稔子酒在他的批发店里寄卖。

不过，宋志峰和宋志军还是各拿了十瓶稔子酒，说自己的身体有点虚，需要补一下。

这些钱，当然是由宋民自己掏腰包了。

吃过饭后，宋丽芳与李水莲收拾碗筷回到厨房里洗着，刘振华与宋志军他们坐在客厅的沙发上聊着天。

刘振华时不时地问宋志峰白洋镇一些饭店和商店的情况，这一问把宋志峰给问蒙了。

虽然宋志峰在镇里住了几年，可是对那些饭店和商店的客流量并不清楚。

用宋志峰的话来说，白洋镇的经济不是很好。就是他的批发店，辛辛苦苦地干活，一个月下来，只能小赚一点，有时生意不好，还亏本呢。

刘振华暗暗担忧着，本来他想在白洋镇里推销稔子酒，看来有点困难。

这个价钱是他们定下来的，是不能降多少。

而且稔子酒酿造出来到可以饮用的时间，也差不多要一个月。表面看稔子酒有点贵，但是花费时间很长，不像白酒，酿造出来直接就可以卖掉了。这里面的人工、仓库保鲜等，都需要不少钱呢。

看来，他们主要的销售阵地还是要放在省城了。

宋志军高兴地道："爸，听说现在不少村民都要加入你们，成立分社了？"

"是的，现在报名的都有几十户，这足够了。"宋民高兴地笑道："当我们把这些资源都整合起来，我们的队伍就非常强大了。有一些村民家里穷，就两家合成一个分社，这也可以。等前面的村民先富起来，再带动后面的村民富裕，我们落山村以后将会变成一个富裕的村子。"

宋志军在心里打着小算盘，如果以后希望合作社真的做到了，他也回去合作社干活，不在县城打工了。

现在打工非常累不说，还受别人的气，工钱也不高了。

在厨房里，李水莲看了一眼客厅外面，然后小声对宋丽芳道："丽芳，自从那天开始，你没有再和振华那个了吧？"

"妈，你说什么呢。"宋丽芳把洗干净的瓷碗放在篮子里，脸上泛红。

“你知道我说的事情，你是女孩子家，你们还没有拿到结婚证之前，就不要再睡在一起，要不然你会吃亏的。”李水莲提醒着女儿。

宋丽芳点点头道：“嗯，我知道了。”

妈，我们到现在还没有睡在一起呢，我还是清白之身。

不过宋丽芳是不会告诉她妈妈的，那个晚上的事情，就当是她这辈子美好的回忆吧。

“男人就是那个德行，越是得不到的东西，越是珍惜。所以，你还是要自爱一点。”李水莲也把筷子洗干净，把手洗干净，与宋丽芳一起出去与大家聊天。

李水莲看到两个儿子都回来，心里非常高兴，以前脸上的阴霾一扫而空。

晚上十点，刘振华见时间不早，站起来告辞要回去。

宋志军和宋志峰今晚高兴，喝了不少酒，他们见刘振华要回去，也摇摇晃晃地往自己的房间走去。

宋丽芳送刘振华到门口，刘振华道：“丽芳，行了，你不要送了，回去吧。”

“我想送送你，与你聊几句。”宋丽芳道。

刘振华见是这样，也与宋丽芳一起往家里走去。

“振华哥，今晚的事情让你为难吗？”宋丽芳问刘振华。

“没有啊，能让你二哥帮我们推销稔子酒，我觉得不错。”刘振华笑道。

宋丽芳见刘振华答非所问，着急地跺脚：“我不是问这个。”

“那你是问哪个？”刘振华停住脚步，调侃宋丽芳。

宋丽芳羞得真想挖个地洞钻进去，他怎么这样问呢？害得她都快要羞死了。

突然，宋丽芳看到刘振华的笑容，一下子明白过来了。

“坏哥哥，你就会欺负我。”宋丽芳红着脸嗔道。

“我可能会一辈子欺负你，你害怕吗？”刘振华继续调侃着，“如果你害怕的话，现在后悔还来得及。”

宋丽芳猛地抬头，眼里露出坚定。“不，我这辈子都不会后悔。”

刘振华看着宋丽芳眼里的情意，心底最柔软的地方被触动了。

她一直默默地帮助他、关心他，为了能多筹一点资金，义无反顾地去银行贷了三万块。

这样的女孩子，他怎么能让她从自己的手里溜走呢？

“嗖。”突然，宋丽芳的右脚边上有什么东西窜过，吓得她往刘振华这边跳过来。

刘振华怕宋丽芳有事，急忙拉着她的手臂，把她带到自己的身后。“那是什么？”刘振华用电筒照着，发现是一只路过的老鼠。

“吓坏我了。”宋丽芳害怕地说。

“我们走吧。”刘振华并没有放开宋丽芳，而是拉着她柔软的小手往前面走去。

宋丽芳微微一颤，不过并没有挣扎，而是任由他拉着，心里一阵欢喜。

宋丽芳的脑袋一片昏沉，也不知道自己要往哪里走。如果不是刘振华拉着她的话，她都不知道自己要走到哪里去了。

“我到家了，你进来坐一下吗？”刘振华站在门边，还是没有放开宋丽芳的小手。

宋丽芳听刘振华这样说，定睛一看，才发现真的来到刘振华的家了。

时间过得真快啊，如果他们再走一万年，那该多好啊。

她非常喜欢刚才浪漫的感觉，似乎全世界只有他们两个手拉着手，可以一直到海枯石烂。

“太晚了，我……我不进去坐了。”宋丽芳感觉自己的耳根都热了起来，至于脸有多红，她不敢想象。

母亲的话又在她耳边响起，他们还没有结婚，她要自爱一点。

第45章 短斤少两

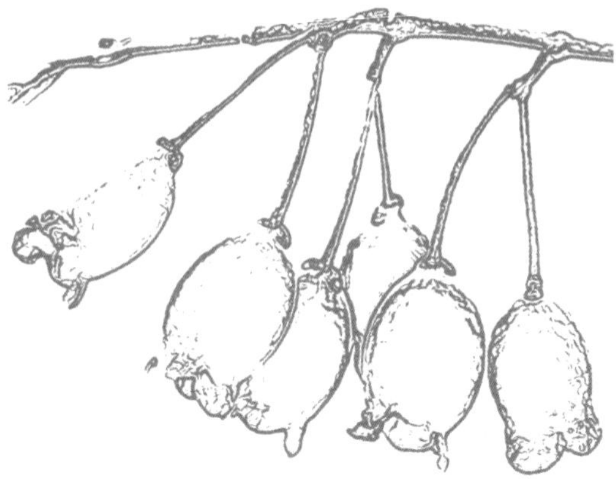

宋丽芳穿着一件白色收腰女式衬衫，一条黑色高腰牛仔裤，让她显得窈窕多姿。

刘振华看着宋丽芳羞答答的模样，心里一荡，情不自禁地把她拉到自己的身边，在她的脸上亲了一口。

“啊！”宋丽芳大吃一惊，吓得用力推开刘振华。

刘振华哪里想到宋丽芳会用力推他，他一个站不稳，往后面摔去。

“啪。”刘振华坐在地上，哭笑不得地看着宋丽芳。

从来没有经历过这种事情的宋丽芳不知所措，干脆转身往家里跑了。

“丽芳生气了？或许她根本不喜欢我，只是听从家里的安排与我在一起而已？”刘振华的眼眸暗淡下来了。

清晨，雾气弥漫着落山村这个贫穷的村庄。

一日之计在于晨，农村人起得早，不到六点时已经起床。

婆娘在厨房里烧火煮饭，男人穿好鞋子披上外衣，往村中央的广场走去。

每天早上五点半的时候，牛杀猪就会开着摩托车，运着猪肉过来村广场售卖。

虽然说落山村是贫困村，并不是每一户每天都要买猪肉，但村里有着三百多户人家，就算一天有一百户买一斤猪肉，也能让牛杀猪赚不少。

如果在这里卖不完，牛杀猪会骑摩托车去其他村继续卖。

陈学才在六点的时候，出现在牛杀猪的摩托车旁。

“牛杀猪，给我来一斤瘦肉，再来一斤左右的排骨。”陈学才的嗓子有点干，可能起床后还没有喝水。

牛杀猪抬头瞥了陈学才一眼，想着昨天他攻击自己，眼里露出愠意。

不过牛杀猪并没有在脸上显露出来，而是故意笑着道：“学才，看来你们合作社不错啊，分了不少钱吧？以前你每次过来都是买半斤五花肉的，今天居然买排骨和瘦肉？”

“那当然了，学才哥可是合作社的股东，现在肯定有钱了。”旁边的村民羡慕地说着。

陈学才道：“牛杀猪，你不要说那么多的风凉话，赶快卖我猪肉，我吃完早饭还要去合作社干活呢。对了，你可不能骗我的秤啊。”

“你放心吧，我牛杀猪在村里卖了近二十年的猪肉，什么时候骗过乡亲的秤呢？”牛杀猪一边说着，一边麻利地割好瘦肉和排骨，然后在陈学才的面前称了起来。

“你看看啊，已经够秤了，二斤三两，不要到时说我骗你的秤。”牛杀猪的脸上露出隐约笑意。刚才陈学才要两斤左右的猪肉和排骨，一般割猪肉的时候，会多点或少点。

陈学才拿过猪肉付了钱，转身往家里走去。

牛杀猪看着陈学才的背影，眼里全是嘲讽。

只是过去十几分钟，陈学才拿着猪肉风风火火地跑了回来：“牛杀猪，你敢骗我的秤？”

本来就有一些村民站在旁边要买猪肉的，听陈学才这样说，纷纷吃惊地看着牛杀猪。

他们本来就没有多少钱，买一点猪肉不容易啊。

牛杀猪的猪肉比镇上的要贵上一两块钱一斤，因为去白洋镇要挺长时间，大家也只好认了。

可本来就贵的猪肉还要骗秤，那大家就不依了。

“陈学才，你不要胡说，我什么时候骗过你们的秤？”牛杀猪放下左手的猪肉，右手拿着切肉刀指着陈学才骂道，“昨天你与我吵架，是不是你暗中割了几两猪肉？”

陈学才拿出刚才装猪肉的塑料袋道："就是这些猪肉，我没有动过，你称一下。"

牛杀猪二话不说，拿过来用秤称了一下。"各位乡亲，看看啊，这是多少，一共二斤三两，没有错。"

一些村民也凑过脑袋，用手电筒照着秤。"学才，没有错啊，这是二斤三两。"

陈学才冷笑着道："昨天我家婆娘刚好在镇里买了一个吊秤，我用来一秤，发现只有二斤。"

"陈学才，那是你家的秤有问题，你不要赖我。"牛杀猪冷眼瞪着陈学才。

他卖猪肉也有十几年了，什么风浪没有见过呢？陈学才就是一个穷鬼，还敢跟自己叫嚷？

"我开始也认为是我家的秤有问题，所以我又去借了其他家的秤，发现也是只有二斤。牛杀猪，你真的没良心了，大家乡里乡亲的，你骗我三两猪肉，可是骗我几块钱啊。"陈学才大声地叫着，让附近的村民都听到了。

"什么，牛杀猪骗秤？他不是人啊，这种事情都敢做出来。"村民们纷纷赶过来看热闹。

牛杀猪听到陈学才说用了其他人的秤称过，有点慌了。"陈学才，你如果不想买我的猪肉，那就退回给我，我还你钱。"

陈学才哪会同意呢，他退后两步，往后面叫了一声："你们拿秤过来。"

只见田世明和两个村民走了过来，他们的手里都有一把秤。

陈学才大声对旁边的村民说道："乡亲们，刚才牛杀猪说我的秤有问题，那我就让其他人拿秤过来，看看是我的秤有问题，还是牛杀猪的秤有问题啊。"

"好了，陈学才，你不要闹了，你把猪肉给我，我给你钱。"牛杀猪见情况不妙，想冲过来抢陈学才手里的猪肉。

这是牛杀猪多年的卖猪肉伎俩，早上五六点钟的时候，天还没有亮，随便卖点猪肉，再骗点秤，别人也没有怎么看出来。

牛杀猪的秤已经改装过，正常称东西的话，一斤大概只有八两半。

不过他平时都会给多一点猪肉，就是一斤给九两左右，那一斤猪肉还能骗上一两。

如果一斤瘦肉十八块钱的话，牛杀猪就能骗上差不多两块钱了。

一天有一百人买他的猪肉，他就能骗上两百块钱。至于其他卖猪肉赚的，还不在此列。

这也是牛杀猪这些年只靠自己一个人卖猪肉就能养活全家，还攒了那么多钱的主要原因了。

牛杀猪恨陈学才昨天攻击他，所以刚才在称肉时，故意按他特制的秤来称，足足骗了陈学才三两。

没想到陈学才现在拿着猪肉来说他骗秤，还说他的秤有问题，这怎么不让他心惊胆战呢？

如果被陈学才抓到他在村里卖猪肉骗秤，以后他就要完蛋了。

可当牛杀猪要冲过来的时候，前面的两个村民一早就有准备，马上把牛杀猪给拦住了。

牛杀猪想挣脱，发现自己的手臂被那两个村民牢牢扭住了。

陈学才冷笑一声，然后拿过田世明他们的秤，大声叫道："乡亲们，你们现在帮我作证啊，看这些猪肉是多重。"

几把秤都称过了，全是两斤重。

"学才，你说这是怎么回事啊？"有村民奇怪地问道。

"哈哈哈，难道你们还没有看出来吗？"陈学才冷冷地看着那边被扭住的牛杀猪。

牛杀猪怒叫道："你们放开我，要不然，我跟你们没完。"

"牛杀猪，你还敢说这样的话？"陈学才大声叫道，"看来我们是要报警，或者打镇工商所的电话，叫他们帮我们讨回公道了。"

牛杀猪打了一个激灵，不敢再多说了。

陈学才走到卖猪台那里，拿过牛杀猪的秤再称了自己的那些猪肉。"你们过来看看吧，牛杀猪的秤称出来的是二斤三两啊。刚才在牛杀猪这里买过猪肉的，还是拿过来称一下，不要被他骗了。"

这消息一传出来，不少刚买猪肉回去，还没有放到锅里的村民就赶了过来。

他们把手里的猪肉一称，纷纷跳起来骂牛杀猪。

村民们一看今天所有的猪肉都被骗秤，那可想他们以前买的猪肉都被骗了，大家一下子就如点着了炮仗般。

“打死牛杀猪……”

“难怪我们这么穷，原来被牛杀猪吃穷了……”

“我们要让他还我们的钱……”

大家议论纷纷，越来越多的人围了过来看热闹。

现在天已经亮了，有一些气愤的村民已经把牛杀猪打了。

牛志锋和牛妈听说牛杀猪被打，立即跑了过来。“你们不要打我老公，要不然我报警了。”牛妈生气地叫着。

村民们哈哈大笑起来：“报警啊，我们正想报警叫警察把牛杀猪抓走呢。他骗了我们十几年的买猪肉钱，你们都要赔给我。”

牛杀猪吓坏了，虽然他被打得鼻青脸肿，可还是不敢报警：“不要报警，是我不对，求你们放过我。”

在证据面前，牛杀猪哪里还敢抵赖，要不然他真的会被村民们抓去派出所。

警察抓不抓他不知道，工商所肯定是要罚他的钱。

他私下卖猪肉，本来就是违法的事情，又骗钱，这是错上加错，没有人能救得了他呢。

牛志锋见情况不对，急忙给刘振华打电话。“振华，我爸出事了，你过来救救他吧。”

刘振华和宋民闻讯都赶了过来，他们了解了情况之后，不由怒视着牛杀猪。

牛杀猪真的不是东西，落山村的村民都穷成这个样子，他还好意思这样骗村民们的钱。

一斤骗一两半，这是非常严重的事情了。

陈学才得意地对刘振华笑着：“振华，这个牛杀猪不是东西啊，不但想黑我们的希望合作社，原来还黑我们全村的村民。你看是不是打电话给工商所，让他们派人过来处理一下？”

第46章 处理方法

陈学才他们以前就知道牛杀猪卖猪肉时会缺斤短两，不过他们是穷人，人家牛杀猪是有钱人，还在镇里和县里都认识一些人，所以才敢怒不敢言。

但刘振华当了村主任，成立了希望合作社，又一天能卖一万块钱的稔子，让陈学才这个股东胆气壮了。

昨天牛杀猪那样诅咒他们的合作社，不但惹火了陈学才和田世明，也惹火了一些开始建分社的其他村民。

陈学才与一些村民合计了一下，便用上这个计策。

如果牛杀猪不骗他们的秤还好，但骗秤的话，那就会让牛杀猪吃不了兜着走。

村民们本来就恨牛杀猪以前暗中挑拨大家不参加合作社，还害得邱干部不投二十万给大家建村办合作社，现在牛杀猪又弄出骗秤的事情，当然惹了众怒。

幸亏陈学才还有理智，劝大家不要再打牛杀猪，要不然牛杀猪一早被愤怒的村民们打死了。

刘振华对着前面的村民们道：“你们放开牛叔吧。”

“啊，振华，我们不把他送去工商所吗？”陈学才吃惊地问着刘振华。

像牛杀猪这种坏人，一定不能放过他。

牛杀猪哭着对刘振华道：“振华，我错了，求你们放过我吧，我以后再也不敢了。

我以前还借过钱给你读书的，你帮帮我啊。”

刘振华轻轻叹了一口气道：“这样吧，我说一下我的处理方法，看大家觉得怎么样。今天买猪肉的乡亲，牛叔就把钱退给他们，当是赔偿吧。至于以前的事情，因为没有证据，谁也说不准，我看还是算了。”

“好，我接受。”牛杀猪高兴地说道。

今天买猪肉的人不多，他只是赔一些钱，还不用担心。

陈学才他们看了刘振华一眼，无奈地摇摇头，然后不说话了。

现在刘振华是落山村的希望，他们不得不听他的。

而且刘振华这样说也有道理，像他陈学才今天就赚了几十块钱，也可以了。

“啊，我家的猪肉呢，怎么没有了？”牛妈走到卖猪台，发现那一堆猪肉不见了，连切肉刀也不在那里，只有一把秤在那里。“不行，要让他们把猪肉还回来，要不然我们报警。”

宋民冷冷道：“这次的事情就到此为止吧，你们想想，以前你们骗了乡亲们那么多的秤，人家还没有找你们算账呢。”

虽然刘振华说以前的骗秤没有证据，但告到工商所那边，牛杀猪还是吃不了兜着走。

牛杀猪明白这个道理，虽然心疼那些猪肉，但还是选择息事宁人，咬咬牙把今天的猪肉钱退掉，然后灰溜溜地回去了。

这时，太阳已经出来了，阳光照在刘振华的身上，有种暖洋洋的感觉。

刘振华知道这次的事情是陈学才一手策划的，不过及早揭穿也好。

一斤骗一两多的秤，乡亲们亏太大了，难怪陈学才他们那么生气。

宋民招呼着刘振华：“振华，我们赶快回去吃早饭，上午马委员要过来视察我们的希望合作社，一定不能马虎大意。”

“宋叔，你放心吧。”刘振华点着头。

“哇，老村主任，合作社现在出名了，连镇领导都过来视察了啊！”村民陈志源羡慕地看着宋民。

他是陈学才的本家，知道现在希望合作社的前景非常好，只要入股进去，肯定可以赚大钱。

因此，陈志源一早就报名建分社，今天上午，就会有泥水工过来他们家，帮他打酿酒灶。

酿酒灶非常讲究，所以他不敢自己砌砖。至于猪栏，只要砌到一米左右高就行，他自己可以砌。

“是啊，还是老村主任和刘振华厉害啊。”其他村民拍着宋民他们的马屁。

宋民就吃这一套，被村民们恭维得飘飘欲仙，也忘记要回去吃早饭，与大家站在那里聊着合作社的远景，还拍着胸膛向大家表态，只要大家跟着他们走，以后肯定会有好日子。

如果是以前，村民们哪会听宋民的。

可现在事实摆在眼前，大家当然兴高采烈地围在宋民身边，恭维着，就是想到时宋民去他们家指导酿酒的时候，能尽心一点，让他们酿造出合格的稔子酒。

刘振华见宋民对着大家不断地吹牛，不少口水都喷在陈志源他们的脸上。

可陈志源他们完全不顾，还是炯炯有神地看着宋民，恨不得把他所有的话都刻在自己脑子里。

刘振华突然觉得自己的眼眶有点湿了，乡亲们等了这么多年，终于看到曙光，那种情景非常感人。

你们放心吧，我不会让你们失望的。刘振华在心里暗暗下了决心。

刘振华抹了抹眼睛，对着那边的宋民叫道：“宋叔，你刚才不是叫我回去吃早饭吗，你怎么还在那里说啊？”

宋民已经说了快半个小时。

“好，我们回去吃早饭。”宋民依依不舍地与村民们告别。

“老村主任，你慢走啊。”

“老村主任，辛苦你了。”

“老村主任，感谢你啊。”

宋民听着村民们的话语，一下子抬头挺胸往前走。

他当村主任这么多年，从来没有走得像现在这么自在。

刘振华在后面跟着宋民，看到他这个样子不由笑道：“宋叔，你怎么这样走路啊？”

“振华，你不知道啊，我当村主任这么多年，一直不敢昂首走路，我对不起乡亲们。现在不一样了，我终于敢抬头了。”宋民感叹着，“你和丽芳再想想办法，继续推销稔子酒啊。”

“不过也没有那么快，人家省城那边才刚买五百斤稔子酒，也要那些人喝了，感觉不错，他们再购买再推广，这样才会遍地开花。”宋民越说越兴奋。

下次省城那边买稔子酒，可能不是五百斤那么少了，有可能是一千斤。

刘振华与宋民刚吃完早饭，宋民的手机便响了。

宋民一看来电显示，兴奋地叫道：“是马委员。”

宋民拿着手机走到门口：“马委员，你好啊，你们什么时候过来我们落山村指导工作？”

“我已经到你们落山村的村口了，你和振华现在在哪里？”马委员问道。

“什么，你已经来到村口了？我们现在就过去迎接你。”宋民急忙挂了电话，一把拉着刘振华就往外面走。

李水莲正在外面的水井边打水，看到宋民这样子，不由问道：“老宋，你这是干什么？”

“快，马委员已经到了我们村，我们赶快过去合作社。”宋民紧张地叫着。

李水莲听说镇领导这么早就过来，也是慌了，急忙擦擦手，赶快跟在后面。

这段时间马委员一直在忙，也没有顾得上落山村这边。

不过他负责蹲点落山村，那村的扶贫工作让他头疼，他也被上头批了不少回。

可没有想到昨天宋民打电话给他，说落山村的希望合作社做得不错，一天可以卖出一万块的稔子酒，这让他大吃一惊。

刘振华要搞稔子酒厂，他也是知道的。当时他还认为是胡闹，哪有拿遍山都是的稔子发财致富的，那些从省城读书回来的大学生，真是好高骛远，根本不接地气，纸上谈兵。

本来马委员以为刘振华搞一段时间，觉得不可行，就会偃旗息鼓。

可没有想到宋民的一个电话把他吓呆了，一天就卖出一万块的稔子酒，这是什么概念啊，那说明落山村的希望合作社是要发财致富了。

落山村没有别的，就是稔子多，如果能把那些不值钱的东西卖出去，听说稔子酒还二十块钱一斤，落山村的人怎么会不脱贫啊！

于是，马委员详细问了宋民一些事情，决定今天上午过来落山村看一看。

昨晚马委员没有睡好，一直在想着落山村的事情。

这不，天还没有亮，马委员就叫老伴起床做早餐。

他吃完早餐，叫上司机和办公室负责宣传的何子豪赶来落山村。

落山村的路真是难走，马委员坐在车里被颠簸得都快把早餐给吐出来。

因为马委员不知道希望合作社建在哪里，来到村口就给宋民打电话了。

宋民他们赶到村口，看到马委员等人都在那里，不由兴高采烈地跑过去。“马委员，各位领导，你们吃早饭了没有？要不去我们家吃一点吧？”

马委员摆摆手道：“我们都吃过了，宋民，你过来一下。”

马委员把宋民拉到一边，接着小声道：“以前你跟我说过的合作社，我可是同意让你们尝试一下的，你说是不是啊？”

“这，这……是……”宋民犹豫了一下，只得点头称是。

当时宋民可是被马委员骂得狗血淋头，还说他们异想天开呢。

可现在不管怎么样，镇领导能过来支持他们的工作，就是一个重大的突破。

马委员见宋民如此会做，高兴地拍着对方的肩膀道：“那你过去暗中跟刘振华说一下，不要到时跟何子豪说错了话，那就不好了。”

可马委员话音刚落，他就看到刘振华与何子豪在说着话了。

第47章 别样推广

马委员着急地叫道："快，我们赶快过去，不要让刘振华说错话了。"

宋民也是急，如果刘振华不懂这些规则，不把马委员这个镇领导放在首位，那是会犯错误的。

马委员他们焦急地走过去时，便听到刘振华笑着对何子豪道："马委员对我们非常关心，特别是我们希望合作社的成立，他给了我们很大的支持……"

马委员听后心上的石头落地了，他对旁边的宋民道："振华不错，觉悟高，以后肯定有出息。"

"那是啊，我宋民还会看错人吗？当时我可是跑到镇里拍着胸膛保证他比我当村主任好呢。"宋民笑得见牙不见眼。

刘振华是他叫回来的，还是他未来女婿，他能不高兴吗？

马委员站在旁边，静静地听着刘振华说希望合作社的事情。

刘振华果然是一个讲大局的人，时不时地把自己也扯进去，让他的述说更加圆满。

待刘振华说完，马委员满意地对何子豪道："子豪，刚才振华说的你都记下来了吧？"

"我记下来了，委员。"何子豪急忙点头道。

“那好，我们一会儿就去合作社那里实地参观一下，到时你要写好这个通讯稿，发去县里，还要在我们镇里推广一下落山村的脱贫新做法。”马委员对刘振华赞许地点着头。

何子豪把手上的笔记本合上：“是，这是一个很好的材料，肯定能让上面发稿的。”

马委员趁别人不注意，小声地对刘振华道：“振华，以前是我的工作做得不到位，对你们的关心还不大够。以后你有什么困难，直接给我打电话，我也想办法帮你们解决。”

“谢谢马委员。”刘振华等的就是这一句话。

虽然刘振华刚从大学出来不久，但他初中时就是孤儿，所以比较早熟，为人处事也比同龄人好上不少。

等马委员参观完合作社，我会向他说说我们现在的困难。刘振华心中暗想。

马委员招呼大家上了小车，然后在宋民的指引下，来到合作社的门口。

听说镇领导要过来，一些村民已经提前赶了过来。

不过因为合作社不能让外人进去，村民们都在门口候着。

“哇，真的是马委员过来了。”有村民兴奋地看着这边。

“我们一会儿看马委员怎么说，如果他都肯定合作社的项目，那我们就没有后顾之忧，大家一起跟着振华和老村主任干了。”陈志源小声地向旁边的同伴说。

“对。”

在农民的眼里，有领导发话，那就错不了。

当马委员和何子豪要进去时，田世明拿着消毒枪走了出来。“两位领导，我们合作社有规定的，里面有养猪场，如果外人进来，是要消毒才可以进去的。”

“要消毒？”马委员愣了一下，他不知道有这样的程序。

刘振华不好意思道：“马委员，是这样的，因为我们的养猪场有两百多头猪，如果卫生搞得不好，可能会出问题呢。”

“你们养了这么多头猪？”马委员吃惊了。他见那么多村民看着这边，一边微笑一边点头。“那好，按照你们的规定来办。”

宋民担心地对田世明道：“世明，你就意思意思行了，这是镇领导啊。”

“老村主任，你们让我把好消毒关，现在又让我随意，我可做不了，要不以后你来负责消毒这一关吧。”田世明一听可不干了。“里面有着两百多头猪，如果出栏的话值几十万元，能随意吗？”

田世明他们可是把身家都砸在合作社上，谁敢让合作社不好，他们就要跟对方拼命了。

陈学才之所以今天早上揭穿牛杀猪，就是因为牛杀猪诅咒他们的养猪场。

马委员板着脸对宋民道：“宋民，你是老党员了，原则性要强。该怎么做就怎么做，不要到时因为消毒不好而让你们的养猪场出事，我可负不了这个责任。”

宋民想想也对，这个合作社是他们这些人的命根子，全村的希望也在这里，他们不能大意。

田世明拿着消毒枪对着马委员和何子豪喷着，虽然没有喷他们的脸，可是那种消毒水味让他们一下子适应不了，不由咳嗽起来了。

刘振华暗暗蹙眉，看来以后要把养猪场给隔开。

别人要过来看他们的合作社，参观稔子酒厂就行了，养猪场那边再弄一个门，一般人不用进去。

要不然谁过来看合作社，都要把人家喷得狼狈不堪，那也不好。

“行了。”田世明潇洒地拿着消毒枪往里面走。

宋民急忙拉着马委员他们往合作社里面走，刘振华在后面把门给关上了。

“马委员，你看了合作社后，觉得怎么样，出来跟我们说说啊。”陈志源在外面大声地叫着。

“咳咳咳。”马委员想回答一下，可是又咳嗽起来了。

宋民不好意思道：“马委员，因为我们的合作社刚起步，所以要小心一点，你不要介意啊。”

“不会的，宋民，我不是那样的人。”马委员一本正经地道。

马委员看到合作社里面已经初具雏形，不由震惊了。

宋民得意地在前面带路，一边走着，一边介绍着合作社的稔子酒厂和养猪场。

半个小时后，马委员不断点着头道：“宋民，你们很大手笔啊，花了多少钱？”

“马委员，现在我们都砸了十几万元进去了。”宋民得意地笑着，“迟一点，等村里的其他分社都建起来，我们的重点就放在推销稔子酒上了。”

“听说你们已经打开省城的市场了？”马委员问道。

宋民一下子哑炮了，他只懂得介绍一下合作社里面的建筑，至于后面的规划，他是没有刘振华和宋丽芳那么熟悉了。

宋民拉了拉刘振华，示意他来说。

刘振华笑了笑道：“有一位周老先生在省军区干部疗养院，开始他只是买了我们几瓶稔子酒。后来他的老战友喝过之后，觉得不错，一下子买了我们五百斤。”

“哇，那不错啊，那些老同志年纪大了，很多都有风湿病或者腿脚不舒服，如果你们的稔子酒真的可这个，那一定可以打开省城的市场。”马委员夸奖着。“对了，你们的稔子酒真的有这个效果？我的腿脚也有点不舒服，上次医生说我年龄大了，有点风湿病。”

宋民急忙走上前插话道：“那当然了，这可是我们家的家传秘方，我的腿脚现在不是好多了吗？马委员，等会儿我送你一些稔子酒。”

说完，宋民往后面退几步，瞥了刘振华一眼：“振华，又到你说了。”

马委员不好意思道：“我怎么能白要你们的东西？到时你们算一下要多少钱，我给你们钱啊。”

刘振华笑道：“马委员，我们这可不是白送你的，你如果喝了觉得风湿病好点了，是要帮我们宣传的。”

“那好，我到时试一下。如果真有效果，我肯定会帮你们宣传。”马委员看了何子豪一眼。

刘振华马上会意道：“何领导和司机大哥都有一份试用品，希望你们帮我们推广一下。”

对于这个，刘振华已经想好了。

不管是哪个人，过来他们合作社参观的话，可以送上两瓶稔子酒。

他们听说有这样的疗效，估计会给亲朋好友试一下。

如果有效果了，肯定会过来购买了。表面上是给别人好处，但他们合作社占更多的好处呢。

何子豪听说连省军区老干部都认为有效果，不由道：“我爸爸也有风湿病，正好让他试一试。如果有效果，到时我来这里购买。”

“我二儿子宋志峰在镇上开一个批发店，他那里也卖我们的稔子酒。”宋民也是一个人精，急忙介绍起自己儿子的生意。

马委员郑重地点点头道：“振华，你们这个点子不错。现在不少年纪大一点的人，都有风湿病，或者是腿脚不方便。如果你们的稔子酒真的可以治疗风湿病和活血补血，这个市场非常大啊。

刚才刘振华已经给他们一人发了一张稔子酒的说明书，让他们对稔子酒有一定了解。

特别是里面还有省城某机构的证明复印件，更让他们心里觉得靠谱。

不过这二十块钱一斤的稔子酒，在他们当地人的眼里，还是挺贵的。

宋民不好意思地摸着脑袋道：“我连小学都没有毕业，哪能比得过振华这个名牌大学的高才生呢？”

“什么？宋民，你当时追我的时候，不是说自己已经初中毕业了吗？”后面的李水莲一直在后面听着不敢说话，可现在知道当年宋民居然骗她，气得顾不上那么多了。

宋民觍着脸笑道：“呵呵，当年如果我不说自己是初中毕业的‘高才生’，你哪会看上我这个穷小子啊？”

当年如果他读完初中，在当地算是知识分子，可以当小学的老师了呢。

“哈哈哈。”马委员他们听了哈哈大笑起来。

第48章 脱贫有望

马委员已经看完了合作社的项目，对这里有了不少认识。“振华，我回去会跟书记和镇长汇报你们现在的情况，你们要加油啊，到时落山村真的脱贫了，我为你们请功。”

刘振华的眼里透出坚毅：“马委员，这是我从省城回来的愿望，我会努力实现。”

“对了，邱干部知道你们合作社现在的情况吗？”马委员问道。

宋民无奈地叹着气：“唉，现在邱干部不大相信我们的话，那天我给他打电话，他听了几句就挂了。好像我们说什么，都是在吹牛，都是在骗他呢。”

“那我现在给他打电话吧。”马委员拿出手机给邱干部打电话。

很快，马委员就打通了电话，与邱干部聊了起来。

马委员挂了电话没有过多久，宋民的手机响了起来。

宋民拿出手机一看，笑着道：“是邱干部打过来的。”

宋民按了接听键，手机里传来邱干部的声音：“老宋，马委员所说的话属实？”

“当然属实，我上次都打电话跟你说了，可你就是不听。你不信的话，可以去农村合作社问一下，他们那天来了几个人呢。”宋民笑着道，“邱干部，这次我们落山村脱贫有望啊。”

“老宋，今天我们单位还有事情，我明天上午去你们落山村。”邱干部大声地说着。

“邱干部，我们等着你啊。”宋民笑着挂了电话。

这几天真是扬眉吐气啊，他活了这么多年，都没有这几天那么舒畅。

马委员关心地看着刘振华：“振华，现在合作社有什么困难吗？跟我说说，我尽量帮你们解决。对了，资金方面还有问题吗？还需要贷款吗？”

刘振华摇着头道：“现在我们的资金暂时不缺，主要是落山村去镇里的公路的问题，还有推广稔子酒的问题。”

办酒厂相关的程序，他们都办了，都合法合规，那些办事的工作人员并没有刁难他们，还说他们农村办个企业不容易，祝他们早日脱贫呢。

马委员听刘振华说到公路的事情，眉头皱了起来：“修这条公路是一个老大难问题，现在要靠你们村出一部分钱的话，那是不可能的。这样吧，我回去再跟书记和镇长汇报一下，看能不能想办法解决一下。”

“马委员，那就麻烦你们了。”刘振华感激地道。

“这是我们应该做的，什么麻烦不麻烦啊。”马委员摆着手道，“至于你所说的推广稔子酒，你们有没有什么方案？”

刘振华苦着脸耸了耸肩膀，不好意思道：“我们合作社刚起步，没有什么资金，所以没有钱在电台或者电视台那里做广告。不过想着请领导们在镇里宣传一下，如果有需要，可以去志峰哥那里买。还有何领导到时写通讯报道的时候，可不可以介绍一下我们家传稔子酒的功效和作用？”

何子豪笑着道：“刘主任，这个你放心，我会写上去的。你说得对，这也算是一种推广了，不愧是广苏大学的高才生，连这个都想得到。”

何子豪只是大专毕业，所以听说刘振华是广苏大学的本科生，心里也是佩服的。

刘振华不好意思地摸着脑袋：“这个没办法啊，人穷志短，我们现在只能用这种方法来变相宣传了。还有电视台那边，可以帮我们报道吗？如果有一个专访的话，那就更好了。”

何子豪尴尬地把笔记本收了起来：“刘主任，如果让我发通讯报道到县政府网的话，我还可以想办法。但是县电视台，我是没有办法了。”

马委员笑着道：“振华，邱干部的女儿就在县电视台，明天他过来的话，你找他谈谈，他可能帮会你想办法的。”

刘振华眼睛一亮，如果是这样就太好了。这是没有钱的推广，能打出一点名气是一点名气了。

以后越来越多的社员酿造稔子酒，他们要多方面推广稔子酒才行。

宋民笑着道：“估计这事情有戏。”

马委员问刘振华：“现在有多少村民加入你们合作社？”

“大概有一百户报名参加了，其他的还在观望。只要我们继续做下去，后面有更大的成绩，他们都会加进来的。就算不进来，也可以为我们的合作社打工。”刘振华解释着自己现在的工作思路。

以后不管是采摘稔子还是培育稔子树，都要人手去做。

当他们的稔子酒真正形成一定规模，可能落山村就成为稔子果园了。

到时，他们就要分工合作，种植、采摘、酿酒、养殖、推广、销售、售后等工作，都要分好工，安排好人手。而不是大家看到事情，就一窝蜂般冲上去，这样根本没有效率，也不能把事情做好的。

马委员听了不由点着头，这刘振华的脑瓜真的很好使，不愧是学工商管理的，所有的事情都考虑周到。看来这个希望合作社不成功都难啊。

特别是刘振华已经在省城打响了漂亮的第一炮，估计不用多久，人家又会订购一批稔子酒。

过几个月，两百多头生猪卖出去的话，这都是钱啊，希望合作社就有充足的资金周转。

那些村民也跟着合作社工作，不说别的，就算他们只把那些猪给养出来，节省那些猪饲料的钱，就是赚了一大笔。

马委员越想越激动，他也想自己蹲点的落山村脱贫，也想百姓过上好日子啊。

“那你以后准备让村民们都围绕着合作社相关的事情去做了？”马委员又问着刘振华。

刘振华摇摇头，笑着道：“也不是，我们不是还有一些地嘛。现在我们还用不着全村都种植稔子果树，能种水稻的，还是要种水稻。不能种植的山坡或者土地，就全用来种稔子树。”

“另外，我还想让村民们尽可能地养殖一些鸡鸭，尽可能地在屋前屋后种一些可以生长的果树。”刘振华为村民们规划着。

这些规划，刘振华还没有跟村民说。

他想着等村民们入了合作社，完全听他的话了，他再召开村民大会说一下。

马委员听刘振华这样说，奇怪了：“振华，你所说的那些养鸡鸭和种果树也赚不了几个钱啊。”

刘振华摇摇头，并不赞同马委员的说法：“虽然说酿稔子酒和养猪现在是我们落山村的主业，可我们不能用一只脚走路。虽然说鸡鸭和果树赚不了多少钱，但一年下来，一户养的鸡鸭可能值一两千块钱，还有成熟的果子，可以拿去镇里买，也能换个一千几百块钱。”

“如果发现哪个村民擅长养殖鸡鸭的话，可以再让他搞个养殖场，可以让我们村的经济互补一下。没有人敢保证稔子酒一定赚钱，也不敢保证永远都赚钱，还是为村民们多留一点其他的路子。”

马委员的眼睛一下子亮了起来，他紧紧地盯着刘振华：“振华，你是一个人才，要不你先进我们镇里当个合同制干部，到时你再参加考试成为公务员，凭着你的能耐，以后肯定比我还要厉害。”

不说别的，就这个让村民们用多条腿走路的思路，就不是一般人所能想得出来的。

这样的人才不去他们镇里的农业办工作，那真是太屈才了。

“当干部？”宋民和李水莲的眼睛又跟着亮了起来。

领导干部可是铁饭碗啊，马委员还说以后刘振华会比他厉害，那岂不是镇长以上级别的领导了吗？

这个好啊，以后他们的丽芳就是官太太了。

还没有等宋民说话，李水莲已经抢先说了：“振华，你就听马委员的，马上去镇里当个干部，以后再当个镇长书记，比马委员更威风啊。”

马委员听了李水莲的话，嘴角似乎抽了几下。

宋民急忙骂着李水莲：“你这个头发长见识短的婆娘，男人说话，女人插什么嘴呢，你这样说话还能好好地聊天吗？不过，振华，马委员说得对，你先去镇里上班吧，反正合作社有我们，你也可以经常回来看一下。如果有什么事情，我们第一时间告诉你，你回来再处理啊。”

可刘振华不为所动，他摇摇头道：“感谢马委员的好意，我现在只想着把合作社的事情做好，不考虑其他的事情。”

“那行，你先带着落山村的乡亲们发家致富，等大家脱贫了，你再考虑过来镇里工作。”马委员想想也对。

落山村的工作不容易做，只有刘振华这种有想法有能力的人，才能做好。

“对，这个也不急。几个月后，等我们的生猪卖掉，合作社就算是有钱了，我们也不怕了，到时振华再去镇里上班。”宋民拍着大腿笑道。

马委员见时间也差不多，便向刘振华他们告辞。

宋丽芳拿着几瓶稔子酒过来，放在他们的小车里面。

马委员到外面，村民们纷纷问马委员感觉希望合作社怎么样。

马委员立即表扬了刘振华他们一番，让村民们要听刘振华的安排，一起努力，一起致富，一起过上好日子。

第49章 只是报恩

马委员他们走了，村民们心里的石头也落了地，纷纷回家准备加入合作社的事情。

宋民和李水莲也去入社的村民家中，指导他们建酿酒灶。

也有村民们建猪栏，去其他地方物色小猪崽。一时间，落山村热闹起来，大家的笑声也多了起来。

省军区老干部疗养院，周红星带着秘书来到18号小别墅。

这小别墅是周兴华疗养的地方，里面有工作人员。

不过周兴华不喜欢这个，说这是浪费国家资源，他自己能做的事情，不要别人代办。

因此，那天周兴华自己出去买东西，然后就晕倒在马路上，幸亏遇到刘振华他们，要不然都不知道会出什么事情。

这下周红星紧张了，叮嘱工作人员要盯着老爹，只要出去，一定要暗中跟随，免得出什么事情。

疗养院的空气非常好，里面花草树木繁多，还有休闲运动器械，让人进来就有一种非常舒服的感觉。

周红星进了院里，看到周兴华在打太极拳，工作人员拿着毛巾在旁边站着。

周红星没有说话，也在旁边站着。

周兴华打完太极拳，工作人员拿着毛巾过来。

周兴华拿过毛巾一边擦汗，一边问道："红星，振华那边的事情怎么样了？"

"爸，已经付款了，我也收到了那五百瓶稔子酒，正想问你怎么处理那些稔子酒呢。"周红星走上前，扶着周兴华要往屋里走。

周兴华推开周红星的手，眼神一扫，撇嘴道："我还没有老得自己走不了路呢。"

进到里屋，周兴华摇摇头道："那个振华表面看似彬彬有礼，但性子也倔，他不想要我们的感谢费，那我们就用这个方法来感谢他吧。五百瓶稔子酒，正好一万块钱。"

原来周兴华见刘振华不要他们所给的一万块感谢费，思来想去，便让周红星用这个方法来感谢刘振华。

假装说疗养院的老干部喜欢稔子酒，然后买下五百斤也就是五百瓶，正好是感谢刘振华了。

"好，他的稔子酒包装太差了，上不了档次，我都没有办法向我的朋友们推销，看来只得放在我们公司的仓库里了。"周红星耸耸肩膀道。

"就这样吧，把那些稔子酒放在你们公司仓库里。"周兴华赞成周红星的做法。"如果振华下次过来省城，让他有空过来疗养院坐坐。"

"好的，爸。"周红星虽然这样答应着周兴华，可心里不以为然。

当时周红星与刘振华那样说，只是看在老爸的面子上而已。

刘振华不识抬举，就算下次他过来省城想入他的集团公司，他都不会同意的。

一个乡下的村主任，没有什么了不起。这一次的五百瓶稔子酒，就算是还了刘振华的人情，以后他们不会有什么交集了。

就算刘振华来到省城给他打电话，他也会推说自己在外面出差，大不了让秘书或者手下过去请刘振华吃一顿饭而已。

至于过来看自己的父亲，那就没有必要了。

父亲在疗养院里休养，他不想让别人过来扰了父亲的清净。

刘振华他们并不知道周红星购买的那五百斤稔子酒是报恩所为，他们以为这是一次推广稔子酒的成功，所以他们都鼓足劲扩大生产，包括那些分社也纷纷建了起来。

早上，脸上还带着青肿的牛杀猪和牛婶推着猪肉来到村广场，牛杀猪耷拉着脑袋，不敢吆喝，反而是牛婶张嘴大叫着：“卖猪肉了，卖猪肉！。”

旁边有一些村民经过，不过没有人看他们这边，好像并没有听到牛婶的叫声似的。

半个小时过去了，没有一个村民过来买他们的猪肉。

牛杀猪暗暗担心着：“他娘，这次麻烦了。”

按照以前，牛杀猪一开始卖猪肉，就会有村民过来买了。或多或少，都有人买的。但现在没有一个人过来买，怎么不让牛杀猪担心？

牛婶道：“你不用担心，落山村就是我们家卖猪肉，除非他们去镇里买猪肉，或者不吃猪肉，要不然他们还是要买的，他们斗气斗不了多久。”

这时，陈志源从前面经过，牛婶急忙叫道：“志源，今天的是本地猪肉，你来点吧，我们给你优惠点。”

陈志源冷笑着道：“我可不敢买你们的猪肉，什么优惠都是假的，动不动就骗秤，我们又不傻，还买你们家的猪肉？”

“哼，不买就不买，有什么了不起。”牛婶白了陈志源一眼。反正这里只有一家卖猪肉，他们还能飞上天吗？

村民们不可能天天早上跑去镇里买猪肉，且他们现在的猪肉价与镇里的一样，也不骗秤了，他们还想怎么样呢？

又过了半个小时，还是没有人过来买他们的猪肉，牛杀猪有点慌了。

这时，从前面开过来一辆摩托车，后面有一块长板。

牛杀猪看到来人，眼里露出慌乱。“那是隔壁村卖猪肉的卜秋，他过来干什么？”

当卜秋把摩托车停在广场那边，放开板子的时候，牛杀猪的眼睛睁得老大：“他，他敢过来我们村卖猪肉？”

按照他们不成文的规矩，他们卖猪肉的是哪条村，就在哪条村卖，不能捞过界。

而且自己不是那条村的，去人家的村，别村的人也不会买你的账，可能还会惹出事情来呢。

因此，牛杀猪一般都在自己的村卖，不敢去别的村。

而卜秋也是不敢过来落山村卖猪肉的。

可今天卜秋就运着猪肉过来他们落山村卖，怎么不让牛杀猪气愤。“卜秋，你要干什么？！”牛杀猪跳了出来，指着卜秋大骂。

“卖猪肉了，卖猪肉了！”卜秋大声地叫着。

牛婶不以为意道：“你不用担心，卜秋不是我们村的，谁会买他的猪肉呢？”

可是牛婶的话音刚落，刚才走过去的陈志源就走过来了，往卜秋那边走去。

“卜秋，你的这猪肉多少钱一斤，不要像别人那么贵，也不要骗我们的秤啊，要不然，我们可饶不了你，还要举报你。”陈志源笑着对卜秋道。

卜秋与陈志源是小学同学，大家平时还聊得来呢。

“志源，我的猪肉跟镇里的价格是一样的，如果你们不相信，可以去镇里打听打听。另外如果你们不相信我的秤，可以自己拿着秤过来称一下，对照一下，骗一罚百啊。”卜秋大声地叫着。

“那好，给我来一斤五花肉。”陈志源一边说着，一边拿出一把电子秤。

卜秋割了一斤五花肉，称好后，再让陈志源用电子秤称。

旁边的村民们都在看着，纷纷点头。卜秋这把秤没有问题，不像某个人，连自己村的都骗。

陈学才和田世明也过来了，直接买了一斤瘦肉，自己带来秤检验过，也没有问题。

而且卜秋为了讨好落山村的村民，还给多了一些，你买一斤，他给了差不多一斤一两，这让村民们高兴不已。

“卜秋，你给我来半斤瘦肉……”

“我要八两……”

“一斤……”

随着村民们的叫喊，卜秋忙了起来。

落山村的人口多，虽然比较穷，但大家有时还是要买点肉吃，一会儿，卜秋这边的猪肉就卖了不少。

牛杀猪见状，气得对着卜秋骂道：“卜秋，这是我的地盘，你不能在这里卖猪肉，你滚出落山村！”

卜秋对着牛杀猪笑了笑道：“牛杀猪，什么叫是你的地盘啊？我是受了你们村大部分村民的邀请，才过来卖猪肉的。你没有看到吗，我故意迟了一个小时才过来，如果别人买你的猪肉也可以啊，我过来卖我的，与你不相干。”

牛婶对村民们叫道:“你们不要买卜秋的猪肉，他是其他村的，你们怎么这样呢？不能帮外村的人！”

陈学才抬起头，眼眸透着冷意：“牛婶，你说得倒好听，但是你们一家什么时候当我们是一个村的呢？见我们要做个合作社的项目，百般阻挠我们，还想着骗我们村的贫困户名额。我们以前见大家是同村的，买你家的猪肉，可是你们骗我们的秤，一斤就要骗我们一两半，有这样做人的吗？你们还要脸吗？”

“我……我……”牛婶支支吾吾，说不出话来了。

牛杀猪急忙赔礼道：“学才，是我错了，你们就饶了我吧，买我家的猪肉吧。”

陈学才摇头道：“我不知道其他人，反正我是不敢买你们家的猪肉。而且你不要再说霸道的话，落山村不是你的地盘，而是全村人的。你在这里卖猪肉不是不可以，没有人拦着你。卜秋过来这里卖猪肉也可以，没有人可以拦着他。就算还有其他人过来这里卖东西，只要他们诚信经营，不骗我们，我们都欢迎。”

陈学才没有说后面的话，不过话里的意思非常明显。你牛杀猪骗我们，我们不欢迎你卖东西。

你牛杀猪是落山村的人，大家也不赶你，不买你的东西总可以吧？

一个小时过去了，卜秋车后的猪肉也卖得七七八八。

第50章 此生无憾

卜秋见没有村民再过来买猪肉，开着摩托车走了。

牛杀猪看着自己家板台上，那些还没有卖过一两的猪肉，不由瘫坐在地上了。

牛婶担心地问牛杀猪：“老牛，我们现在怎么办？”

“还……还能怎么办，我们一直在这里卖，看能不能卖出一点，要不然我们怎么吃得了这一百多斤的猪肉啊。”牛杀猪的声音颤抖着。

昨天因为骗秤，他们家损失了差不多两千块钱。

不过还算是好的，牛杀猪算过了，如果村民把他抓到镇工商所那边一告，他可能要被罚款十几二十万元。

他可是骗了十几年的秤，这种事情可大可小。

如果今天的猪肉卖不出去，他起码要亏一千来块，天天这样亏的话，他哪里亏得起？

牛杀猪迷茫了，这样下去，他还敢在这里卖猪肉吗？如果他不卖猪肉，还能干什么呢？

刘振华也听说今天早上卜秋过来落山村卖猪肉的事情，到宋家吃早饭时，宋民也跟刘振华说过这件事情。

不过刘振华表示现在是市场经济，没有谁规定不准别人过来卖东西的。这是你情我愿的事情，牛杀猪又能怎么样？

牛杀猪干骗秤的事情，那是自砸招牌，怨不得谁。而且牛杀猪现在的名声在落山村非常臭，也没有人愿意买他家的猪肉。

刘振华刚坐在椅子上，宋丽芳便给他盛了一碗饭。

农村人早上要出去干活，一般都先吃饭，这样到晌午时，也不会饿得太厉害。

刘振华有点惊喜地抬头看了宋丽芳一眼，自从那晚他亲了她一下，然后被她推倒后，他就没有与她怎么聊过天。

现在她主动为自己盛饭，好像又在表明什么。

宋丽芳见刘振华傻愣愣地看着她，不由娇羞地低下头嗔道："你赶快吃饭吧，邱干部早上要过来的。"

"你也赶快吃吧，大家都要忙呢。"刘振华笑着道。

这几天，大家都是非常忙的，主要是帮助村民们建合作分社。

再过十天八天，稔子酒厂里的仓库又会装满稔子酒，他要去省城想办法推销稔子酒了。

刘振华并不知道周红星他们报恩的事情，还想着继续找周红星，看他们还要不要订购一批稔子酒。

另外他们也要在省城寄卖一批稔子酒，逐渐地打开销路。

刘振华是不担心的，以为有老干部疗养院那些人兜底，他们的稔子酒就算不畅销，也可以卖出去一些，肯定可以坚持半年。

还有村民们加入合作社后，也要让他们向亲戚朋友宣传稔子酒，不管有没有用，不管能卖多少，他们都要遍地开花，能卖出一瓶是一瓶。

"我刚才吃过了，你赶快吃吧，我去合作社干活了。"宋丽芳羞涩地瞥了刘振华一眼，这才心满意足地往外面走去。

宋民见女儿这样，不由对刘振华笑道："振华，丽芳听说你以前经常不吃早饭，所以要看你吃了，她才放心去干活呢。唉，女儿心向外啊，她就从来不管我有没有吃早饭呢。"

"宋叔，你不要说了，赶快吃早饭吧，不要一会儿邱干部来得早，我们还没有吃完早饭呢。"刘振华急忙错开话题。

宋民一听邱干部的事情，不再说话，急忙吃着早饭。

邱干部真的来得非常早，不过邱干部以前经常过来落山村，当他问清希望合作社在哪里后，直接让司机开着皮卡车来到了合作社的门口。

刘振华从合作社里出来问道：“邱干部，我们现在把稔子酒厂与养猪场分开了，如果你不进养猪场的话，是不用消毒的。”

“那可不行，我要把你们所有的项目都看过，才能确认你们这次的工作成果如何。”邱干部摇着头不答应了。

刘振华没有二话可说，对着里面大叫一声，田世明又拿着消毒枪冲了出来……

邱干部看完了合作社所有的项目，回到稔子酒厂这边时，不由震惊了：“咳咳咳……振华，宋民，你们这次可是大手笔啊。你们没有骗我，看这里的工程和设施，我看是要二十万。咳咳。”

没等刘振华回答，宋民又抢话了：“那当然了，邱干部，是我……我们领导得好，这合作社是我们的心血，我们还欠银行十二万，我连老本都拿了出来，水莲还说要与我离婚呢。”

“呵呵，老宋，这不正好嘛，你办这个合作社有钱了，以后再娶一个年轻漂亮的。”邱干部调侃着。

“去你的，都这么老了，没个正经。”宋民笑骂道。

邱干部对刘振华道：“振华，你把手机银行信息给我看看？”

刘振华拿出手机打开给邱干部看，然后道：“我们还有出货单呢，你要不要看啊？”

“不看了，我也打电话到你们白洋镇的农村信用社询问过，你们确实是收到周红星的转款，你们四个人也贷了十二万的款。”邱干部扫了刘振华他们这些人一眼，点着头，“你们的胆子真是肥，拿着房子抵押办希望合作社，不过勇气可嘉啊。”

刘振华对邱干部道：“领导，我们再去村里看看其他村民建的分社吧，虽然简陋，但大家都动了起来。”

“好，我去看一看。”虽然昨天邱干部已与宋民通过电话，然后又给落山村的一些村民打电话，询问了一些情况。

但眼见为实，邱干部还是想去看一看再说。

在村里走了一圈，邱干部累得回到合作社，坐在椅子上喘气了。“不错啊，我感觉到你们落山村里有一种欣欣向荣的气氛，村民们都动了起来。只要你们的稔子酒卖得出去，不要说脱贫，你们肯定能致富了。”

落山村就是以山多稔子多出名，现在变废为宝，能不赚大钱吗？

宋民正准备拍邱干部的马屁时，刘振华先说话了：“呵呵，这都是邱干部指导有方啊。”

宋民不敢相信自己的耳朵，睁大眼睛看着刘振华。

他本来想着自己不要脸，原来刘振华比他更不要脸。

邱干部手上有资源有扶贫金，只要能打动他，那二十万就有希望了，不要脸算得了什么呢？脸又值几个钱啊，大家脱贫致富才是正道。

难怪马委员说刘振华是一个人才，说他党性强觉悟高，不走仕途可惜了呢。

估计邱干部被刘振华这马屁一拍，高兴得什么扶贫款都拨给他们落山村了。

可是邱干部听了刘振华这样说，没好气地白了刘振华一眼道：“行了，刘振华，我以前可是泼你们的冷水，还说你们异想天开呢，你就不要打我的老脸，不要拍我的马屁了。”

刘振华只是讪讪地干笑着，不好意思说什么了。

“唉，这都是我的错。我被牛杀猪那个混蛋骗了，一直戴着有色眼镜看你们。这段时间，就算你们村有人给我反映一些情况，我也觉得是虚的，不可靠。如果不是我今天过来看到真实情况，我会一直被蒙在鼓里。”邱干部不好意思地向刘振华他们道歉。

刘振华见邱干部的态度那么诚恳，急忙摆手说没事了。

邱干部继续道：“可能你们不知道这个省城的周红星，可是我让女儿在网上查过了，这个周红星不简单啊，他是一个集团公司的董事长，听说很有来头呢。连他都购买你们的稔子酒，还买了那么多，可见你们的稔子酒不错。不管以后是你们自己推销，还是周红星帮你们，你们都容易出成绩。落山村，终于可以脱贫了。”

邱干部说着说着，好像有点哽咽说不下去了。“我能在退休之前看到落山村脱贫，此生无憾了。”

宋民的眼睛也红了：“邱干部，如果落山村真的脱贫，我也死而无憾。”

“好了，不说这些酸话。振华，我昨天向扶贫组说了你们的事情，我们的领导也给马委员打电话询问过。昨天晚上，我们领导向我交了一个底，只要落山村希望合作社的情况属实，我们这二十万就拨给你们村。我们只有一个要求，就是希望看到明年落山村有三分之一以上的人脱贫。”邱干部的话铿锵有力，把陈学才他们的心都点燃了。

那可是二十万啊，直接由村里支配，扶贫组不再干涉村里要搞什么项目，这无疑是给他们打了剂强心针，个个脸色潮红，兴奋得不得了。

陈学才小心翼翼地问道：“邱干部，把这二十万投到合作社里，可以吗？”

邱干部点点头道：“刚才我也想过这个事情，如果你们觉得贷款十二万的压力大，我们可以考虑把二十万投到合作社里面去，把你们的股份都买下来。以后这希望合作社是村办企业，是由我们扶贫组赞助的，以后赚到的钱，也是由村里支配，不再属于某人或者某个小团体了。”

第51章 修建公路

陈学才和田世明一听眼睛都亮了，这样好啊。说真的，他们从银行里贷了三万块出来，那心里老觉得不踏实，怕以后合作社赚不了钱，或者如牛杀猪诅咒的那样，那些猪一下子发瘟，他们就什么都没有了。

到时老婆找自己离婚，自己也会破产啊。三万块贷款，不是他们这种穷人想还就还得了。

陈学才犹豫了一下，看着刘振华道：“振华，我觉得这个可行，让我们合作社成为村办企业，我们的心也踏实了的。”

宋民暗暗点头，觉得邱干部这个做法也是可以的，似乎可行。

但刘振华想了想，摇头道：“邱干部，学才哥，我觉得这样不大可行啊。”

“啊，为什么？”陈学才吃惊了。

刘振华这是干什么？难道昨晚没有睡好？

要知道他们现在最大的压力就是那十二万贷款，如果扶贫组那边买回他们的股份，估计他们干了这么久的活，还能多补偿一些钱呢。

一句话，那入股的二十万就由他们五个人分了。至于分多少，到时就由刘振华和宋丽芳来算。

可现在刘振华直接拒绝了，怎么不让他们吃惊呢？

刘振华想了想道："现在我们最缺的不是资金了，而是要把稔子酒推销出去。"

"这个我们也知道，但我们可以把扶贫资金融入合作社，然后再想办法推销稔子酒，这样的话，我们的压力就不大了。"陈学才劝着刘振华。

宋丽芳也奇怪刘振华怎么会这样想，但她相信刘振华，知道他能说出这样的话，肯定有自己的想法。

果然，刘振华摇着头道："学才哥，你错了，如果刚开始就有扶贫资金注入，那我们可能会主动不少。但现在是建立分社带动村民们的时候，再突然把合作社转为村办企业，我怕有不少人要打退堂鼓。"

宋民把手里的水烟筒放到一边，点着头赞同刘振华的话："振华说得对，我非常了解乡亲们的想法。现在让他们加入合作分社，他们心里也是有压力的，怕到时亏本。"

"如果我们的希望合作社成为村办企业，村民们肯定要从里面分股，到时分社也办不成了。"

刘振华叹着气道："是啊，如果一早就有资金，我们找个大的空地建合作社，再让乡亲们入股，那不一样。现在我们的合作总社就是这样的规模，投入二十万进来，可能会另起事端，其他人不肯建分社了。"

邱干部也听明白刘振华的话了，刚才他在村里走了一圈，发现村民们都积极起来了。

落山村的脱贫工作，不是仅靠一个人，而是大家一起行动，齐心合力才行的。

这也是邱干部心里苦恼的地方，前两年，不少落山村的村民都在旁边看热闹。

你说他不参与吗？他就在旁边看着。可是说参与吗？根本没有做什么事情。

可刘振华这个扶贫工作好啊，参与的每家每户，你想脱贫致富，那就要努力干活啊。

村民们自己花钱建了酿酒灶和猪栏，想要自己不亏本，就得努力干活了。

对于这个，邱干部非常欣赏。

到时合作社会收购村民们的稔子酒，至于用什么价钱，那是他们合作社里面的商业秘密，不能泄露出去。

不过邱干部觉得刘振华这样做是可行的，能调动大家的积极性。授人以鱼不如授人以渔，只有这样，村民们才会真正脱贫。

邱干部问道："振华，这么说，你们不要那二十万扶贫款了？"

"要，怎么不要啊。"刘振华笑着道。

"我可告诉你，你们要怎么用，得打个报告过来，让上面审核同意。如果你们想着大家拿了二十万分掉，那是不可能的。"邱干部道。

刘振华听了摇摇头道："邱干部，我有个想法，想着拿二十万的扶贫款出来，修建一下我们村到白洋镇的公路。"

邱干部一听，脑袋晃得如拨浪鼓一般。"振华，我知道你的想法是好的，要致富先修路，但是你想过没有，八公里的水泥路，那要多少钱啊。不管你多节省，最少要修两车道的路，起码要两百多万，上头负责出一半的话，还有一百来万，谁出呢？"

刘振华沉思一会儿道："那天，我已经跟马委员商量过了，他说会跟书记和镇长汇报，看能不能再从其他方面想办法。因此，我想着如果我们能拿二十万的扶贫款出来修路，先做好公路平整和扩建，那马委员等镇领导再帮我们想办法，可能会容易一些了。"

宋民接着道："对啊，我们落山村的闲人多，其他的不说，劳动力有不少的。如果说要干活，我们应该可以免费出一些劳动力。这样的话，折算出来，也算一些工钱了。"

邱干部的眼睛亮了起来，刘振华这个办法不错。

落山村有几百个青壮劳动力，如果他们可以过来当修建公路的工人，一天也能折算不少钱了。

现在的工钱是一天一百块，几百人就有几万块了。就算他们一天出一百个劳动力，一天就可以顶一万块的工钱。这样算下来，这公路是可以修建的。

"不过那些村民愿意吗？"邱干部担心地问道。

宋民笑着道："以前不好说，但现在他们都加入合作社了，怎么都得听我们的话吧？如果不修好公路，以后的运猪车运费都要贵不少呢，这也是为他们好啊。"

因为落山村的路非常难走，不管是叫车进来，还是运货，司机都要提高两三成的价钱，这让落山村的村民非常生气。

可又有什么办法呢，人家司机说得也有道理，只是十公里的路，如果路好走，人家十分钟就到了。但落山村要走二三十分钟，人家的车不要耗汽油吗？不多收你们一半的车费，已经算是不错的了。

而且路又颠簸，乡亲们都深知不便。

所以一般情况下，没有什么事情，大家都不想去镇里。

就是这样，他们与外面隔绝得久，那就更落后了。修路，也是乡亲们非常迫切的愿望啊。

邱干部也是性急的人，马上拿出手机给马委员打电话，说了落山村的村民可以免费出劳动力修公路的事情，马委员一下子兴奋了。

“邱干部，你的这个想法好。如果你们扶贫组出二十万，落山村再出一些劳动力，应该可以折算一些钱，我们镇里再帮他们想一些办法，这一百来万就够了。我现在就去找镇长汇报，看有哪个工程队答应与落山村合作，到时我们就把落山村这条公路修起来。”马委员也跟着兴奋地叫了起来。

邱干部不好意思地挠着头发：“呵呵，这个是振华想出来的。本来我想着把二十万扶贫款投入到他们的合作社去，他说投到修建公路这里来，他们想把公路修建好。”

“振华这个孩子，真是个人才啊。”马委员赞叹道，“他们合作社要做强做大，出去的公路就是他们的瓶颈，如果不修建出两车道的水泥路，他们也没有办法发展起来了。昨天我回来跟镇长汇报，他们也谈到了这个问题。”

邱干部叫道：“那好，我一会儿就回去扶贫办落实这个情况，到时你们镇里也赶快落实工程队。能快不慢，我们不能再慢下去了。”

“行，我现在就去找镇长。”马委员挂了电话。

邱干部把手机放回口袋之后，刘振华苦着脸对邱干部道：“邱干部，这二十万扶贫款的事情，你千万不要跟村民说，之前是要投到合作社去啊，你直接说拿来修建公路。”

“怎么了，你怕村民对你有意见啊？”邱干部打趣道。

“当然了，那可是二十万啊，村民们不是个个都通情达理，我怕他们饶不了我。”刘振华解释。

宋民也对邱干部道："老邱，振华说得对啊，村民们都没有读过多少书，跟他们讲大道理是没有用的。还是你那边直接说就好，免得又出什么意外。"

邱干部笑道："行，这个恶人让我来当吧。对了，现在你们合作社也有一点成绩了，要不要找县电视台的记者报道一下？"

刘振华一听就乐了，他准备下面就说这件事情，没有想到邱干部比他还要急呢。

"好啊，邱干部，在你的正确领导下，我们落山村的扶贫工作蒸蒸日上，正需要好好宣传一下。到时，我还准备在后面介绍一下我们的稔子酒，让大家知道是怎么回事。"刘振华觍着脸恭维着邱干部。

邱干部摆摆手，一脸正色道："振华，还是实事求是吧，我开始没有给你们正确指导，惭愧啊。到时我找记者对你访谈一下，你做好准备啊。"

可刘振华摇头拒绝了："丽芳是我们的社长，又长得漂亮，让她做访谈对象，这样应该可以吸引不少观众。我已经想好了，给丽芳取个'桃金娘子'的绰号，以后的包装还要把丽芳的艺术照放进标签里面，方便记者宣传我们的稔子酒。"

刘振华觉得稔子酒的包装是简单了一些，现在有点钱了，要把包装弄好一点，这样会更便于推广。

"咦？振华，这个方案不错，稔子的学名就叫桃金娘，让丽芳作为形象代言人，可以。"邱干部向刘振华竖起了大拇指。

第52章 形象代言

“什么，让电视台采访我，还要我做形象代言人？”宋丽芳吓坏了，急忙向刘振华摆着手，“振华哥，我不行的。”

“你相信我吗？”刘振华看着宋丽芳。

在刘振华炽热的目光下，宋丽芳红着脸低下头，不敢看他。“我相信。”

“那就行了，听我的，我怎么说，你就怎么做。”刘振华自信道，“这是我在大学里学的一种推广方式，对我们稔子酒的销售有用。”

“那，那我听你的。”宋丽芳微微抬起头，看到刘振华还在看着她，又羞得低下头去了。

“哈哈哈。”邱干部他们看到这对小儿女的样子，不由开怀大笑起来了。

宋丽芳羞得不敢再在这里站着，扭头就往里面跑，那倩丽的身影，让刘振华看得心头一热。

“老宋，你挑了一个好女婿啊。”邱干部跟宋民打趣。

“那是，你也不看看我是什么眼光。”宋民自卖自夸起来了。

邱干部拿出手机打着电话，片刻，他放下手机笑道：“这采访报道的事情没问题了，现在电视台也正想着报道这方面的内容。”

于是，邱干部交代刘振华他们要准备的事情，说大概后天电视台的记者就要过来。

宋民笑道："邱干部，到时你也露露脸，怎么也得上镜头啊。"宋民知道邱干部就喜欢参与这种事情。

邱干部摇摇头道："我不喜欢上镜头。"

宋民见是这样，只得作罢了。

刘振华他们也忙，见没有什么事情，便想着回去干活了。

可刘振华刚走两步，邱干部就叫住他："振华，一些有关扶贫的事情，你们还是不知道。这样吧，到时我来介绍一下我们扶贫组的情况，不过你也不要想多了，我不是想上镜头，只是介绍情况啊。"

邱干部说完，拿着两瓶稔子酒扭头走了。

这稔子酒是不错，他感觉自己的风湿病好了一些。

刘振华看着离开的邱干部不由愣住了：他不是说不上镜头吗，怎么要谈扶贫情况，那可要大说特说了。

宋民见邱干部走了，担心地走到刘振华的身边："振华，让村里免费出工的话，可能有人不答应。"

刘振华点点头，看了一眼前面的稔子树。稔子树在他们落山村真多，遍地都是。

"我想过了，还是用村委的名义来欠他们的工钱吧。"刘振华道。现在村里就只有刘振华一个村主任，他的决定，也就是村里的决定了。

"用村委的名义欠他们的工钱？"宋民惊讶了。

刘振华的眼里露出自信："是的，其实大家都想把路修好的，但让他们免费出工，可能大家心里会有想法。但让村里先欠着他们的工钱，以后有钱了，再支付他们的工钱，一百块一天，他们应该会答应。"

现在希望合作社做起来了，村民们也想着这路好走，可以让他们多赚钱。

合作社有成绩，以后村里也会有收入。到时村里再把欠下的钱支付给村民，应该问题不大。

刘振华的预算是三十万的工钱，那他们村就相当于出了五十万，镇里应该可以帮他们解决几十万吧？

宋民拿起水烟筒按了一些烟丝入烟嘴，用打火机点着，"呼呼呼"地抽了一筒烟。

一阵烟雾过后，宋民不紧不慢道："振华，你这个方法应该可行。你先把修路的好处跟大家说一下，然后那些青壮年乡亲轮流帮忙，估计一个人出几天工就可以了，他们怎么会不答应呢？"

"是啊，修路对他们有好处的，他们迟点又可以拿到工钱，应该没有问题。只要我们的合作社做起来，村里就会有钱了。"刘振华笑着到里面干活了。

中午时，刘振华给在县城的邱干部打电话，麻烦他帮忙去订一些东西，后天他们来落山村时，帮忙捎过来。

打完电话，刘振华发现手机的微信有信息，打开一看，是郑小娟发过来的。

郑小娟非常关心他们现在的情况，时不时询问一些合作社和村里的信息。

刘振华没有想那么多，都是非常官方地回答她。

刚才，郑小娟给他发了一条信息，问他什么时候过来镇里，她请他吃饭呢。

刘振华笑了笑，回了一个信息：应该是我请你吃饭。

郑小娟：那好啊，你什么时候过来请我吃饭?

刘振华正要回信息，看见宋丽芳拿着一个袋子走了过来。

宋丽芳也看到刘振华在打字，伸头一看，发现里面有"郑小娟"那三个字，不由脸色变了。

"振华哥，你与谁在聊天啊？"宋丽芳问道。

"是郑经理，她问我合作社的情况，估计是要多了解我们的生产情况，不想让那些贷款出事吧。"刘振华笑着把手机放进口袋里。

可宋丽芳已经看到里面的内容，虽然刚才脸色微微一变，不过她还是恢复了原来的笑容。"你就不怕她喜欢上你啊？"

"她怎么会喜欢上我呢，她是国家干部，我是小农民呢。"刘振华摇摇头，"再说了，我也不会喜欢上她，我已经有……"

说到这里，刘振华看着宋丽芳没有说话了。

宋丽芳小脸一红，羞答答地低下头不敢看刘振华，想着等他把后面的话说完。

可是刘振华并没有再说什么了，只是看着她。

宋丽芳等了好一会儿，见刘振华没有再说，只得抬起头期待地问道："振华哥，你说你已经有什么啊？"

“母猪啊。”刘振华大笑着。

“什么？你说我是母猪，我打你。”宋丽芳羞得挥起粉拳向着刘振华打去。

刘振华一边躲闪，一边笑道：“我是说合作社的母猪啊，丽芳，你怎么说是自己呢？哈哈哈。”

宋丽芳被刘振华打趣，更是羞得不得了。

在他们快回到宋家时，宋丽芳叫住他。“振华哥，你现在穿的衣服，都已经穿了几年了，这是我给你买的，你看看合适不？”

说到这里，宋丽芳有点心疼。

自从她懂事之后，就在一直关注着他。

他现在穿的衣服，好像是大一的时候就穿的。

几年了，他一直没有换新的。她知道他不是不想换，而是没有钱换。

“给我的衣服？”刘振华心里一喜，情不自禁地问道：“丽芳，那天晚上你推我……”

“振华哥讨厌——”宋丽芳把手里的袋子塞进刘振华的怀里，转身跑进屋里了。

刘振华看到宋丽芳的表现，哪里不知道她心里有他呢？他的心也是甜滋滋的。

刘振华进到屋里，李水莲看到他手里拿着东西，以为他带了礼物过来。“振华，大家是自己人，你过来吃饭就行了，还带什么东西过来呢？”

听李水莲这样说，刘振华脸红了。对啊，他好像在宋家吃了这么久的饭，还没有捎什么东西过来呢。“水莲婶，不好意思，这是……是别人送给我的东西。”

本来刘振华想说是宋丽芳送的，可看她向他打着眼色，又急忙说“别人”了。

李水莲一听是别人送的，满脸笑容。“那些村民终于开窍了，你是村主任，合作社又是你建立的，他们怎么也得走走你的后门，拉拢一下关系，到时你再给他们一点好处啊。”

说完，李水莲一把拿过刘振华手里的袋子，打开一看，脸色变了。

“刘振华，这是谁送你的衣服，是女的送给你的吗？”李水莲怒视着刘振华。

村民就算送东西，也不会送衣服。只有那种亲近的女人，才会想到送衣服呢。

李水莲哪能不怒呢？自己的女儿都被你占便宜了，你还想着与其他女人勾搭？

“是，是的。”刘振华又瞥了宋丽芳一眼，发现她有点慌乱，小脸红扑扑的非常可爱。

“好你个陈世美，我们家丽芳哪里不好，你居然又与其他女人勾搭，你对得起丽芳，对得起我们吗？！”李水莲大声地对刘振华怒吼着。

“水莲婶，你不要误会。”刘振华急忙要解释，可是李水莲没有给他机会。

李水莲气得就要把那件漂亮的格子衬衫撕掉，宋丽芳急忙扑上来叫道：“妈，你不要撕我买的衣服。”

“不管是谁的，我都要撕。”李水莲突然愣住了，扭头看着宋丽芳，“是你买给振华的？”

“嗯。”宋丽芳红着脸低着头，羞答答的。

李水莲高兴地笑了起来：“哈哈哈，你怎么不早说呢？刚才误会了，振华，这衣服还给你啊。”

“妈，这事情能怎么说呢。”宋丽芳轻轻地跺了一下脚，跑进自己的房间去了。

宋民白了李水莲一眼：“都怪你这个急性子，事情没有问清楚，就在这里叫嚷，也不嫌丢人。”

李水莲现在的脸如盛开的向日葵般：“振华，我是急了一点，你不要生气啊。快坐下，我给你盛汤。”

刘振华正想说自己来，突然感觉胃部一揪，急忙坐在椅子上喘气。

“振华，你怎么了？”宋民看出刘振华的不妥，急忙问道。

“我……我没事，可能是肚子饿了。”刘振华摇着头，不敢说自己胃部不舒服。

他急忙从口袋里拿出一个瓶子，倒了一粒药丸吃下去。过了一会儿，他的脸色才缓和一些。

第53章 焦头烂额

这是医生给他开的药，说他感觉胃痛的时候，就吃一颗。不过，医生还是劝他赶快去县人民医院诊治，不要耽误最佳的治疗时间。

可是刘振华哪里有时间？现在不少村民要加入合作社，那分社搞得他们这几个人焦头烂额。

按照刘振华的设想，他们起码这一个月内都有得忙。就算把酿酒灶和猪栏建好，但要指导村民们熟悉酿酒和养猪，还是需要一定的时间。

后面，他们还要整合人员，把社员分好工，谁负责什么，谁要干什么，都分清楚，免得后面乱起来。

还有山上的稔子，有一些还没有成熟，他们都要根据成熟时间采摘回来，这些要不少活呢。

“那你赶快喝了这一碗汤。”李水莲盛了一碗汤过来。

刘振华喝了汤之后，感觉胃里好了一点。

这时，刘振华见大家都在关心地看着他，不好意思地道:“对不起，让你们担心了。我没事，你们赶快吃饭吧。”

李水莲见刘振华捂着胸口，悄悄拉着宋民走到一边问道：“你说会不会是当时志峰把振华打伤的地方还没有好？”

“有可能，看来是要再杀只鸡，蒸点田七给他吃才行了。”宋民暗暗点着头。

刘振华也不敢喝酒，吃完饭后，拿着衣服回家了。

李水莲把宋丽芳拉到屋里教导着：“丽芳，你做得不错，就要多关心振华。现在他厉害了，不少女孩子盯着他呢。我看这样吧，你们赶快去民政局登记吧。”

“妈，等我们把合作社搞起来吧，振华哥不是那种喜新厌旧的人。”说到这里，宋丽芳的脑海里闪过郑小娟给刘振华发的微信，脸上不由露出愁容。

“反正你看紧一点，不要让别人钻空子。”李水莲又交代了宋丽芳一些抓住男人的心方法，这才去厨房洗碗。

早上，刘振华在村广播室里开了广播，让大家过来开一个短会。

这几天村民们都在家，没有去哪里。他们听到广播后，纷纷过来开会了。

宋丽芳、陈学才和田世明已经把桌子搬出来，就等着村民过来开会呢。

在广场的东边，牛杀猪和婆娘守着自己的猪肉，可还是一斤都没有卖出去。

在广场西边，卜秋的猪肉卖得差不多了，他正在笑眯眯地数着钱呢。

牛志锋听到开会，也从家里赶了过来。

牛婶看到牛志锋，气愤地叫道：“志锋，你去哪里？”

“妈，振华不是说开会吗，我现在去开会啊。”牛志锋道。

牛婶生气道：“你回去，不用你过来开会，我们不是在这里吗？”

牛志锋见母亲生气，只得又回去了。

牛杀猪看着前面的乡亲，无奈摇头道：“老婆，我看村民们不想买我的猪肉，看来我要去镇里卖猪肉了。”

“这怎么行啊？你去白洋镇那么远，这路又不好走，再说了，你刚去那边，人家还欺生呢。”牛婶担心地道。

“没有办法了，我们在这里卖不了一斤猪肉，我们不能再这样亏下去啊。”牛杀猪刚才一直琢磨着，与其在这里把这些猪肉浪费掉，还不如运到镇里卖。

卖多少是多少，也好过他在这里苦等了。

牛婶无奈道：“只能这样了。落山村的人太无情无义了。”

“也怪不得他们，都怪我们，鬼迷心窍，如果当时不是你劝我骗秤，可能也不会发生这样的事情。”牛杀猪惭愧地低下头。

这两天，他在家里想了很多，落山村的村民真的不容易，自己还骗他们那么多的秤，真是不应该啊。

“哼，我们不是赔偿给他们了吗，他们还想怎么样啊，想赶尽杀绝吗？！”牛婶恨恨地盯着陈学才那些人，“山不转水转，我们走着瞧吧。”

刘振华宣布开会之后，便提议让陈学才、田世明和宋丽芳当村干部。

因为他们这几个人都是合作社里的骨干，大家都指望着他们，所以没有悬念地举手通过了刘振华的提议。

“乡亲们，昨天我们与马委员、邱干部商量过了，准备把今年二十万的扶贫款用于修建我们村的公路。另外，国家会资助我们一部分修路钱，镇里会帮我们解决一部分，剩下的，就是要我们村民以工代修路款了。”刘振华把自己的设想跟村民们说了。

开始的时候，村民们没有说话。大家都想修这条公路，毕竟去镇里非常不方便。

亲朋好友过来他们村，也非常麻烦。

但是他们考虑的是要出劳力的话，怎么出，怎么安排。

可后面刘振华一说这些工钱先由村里欠着，以后村里有钱了会支付给大家，他们的脸上露出了笑容。

这样好啊，村里的人口不少，大家抽空去干几天的活，也算不了什么。

以后合作社有钱了，村里肯定是要收一些钱的。

像落山村后面的山，有一些属于村里，因为当时分给大家的时候，没有人要。

那些山，种不了庄稼，要了就分不到下面的田地，所以村民们干脆不要了。

现在弄稔子项目，那山上的稔子树就值钱了，所以到时由村里管着稔子，肯定会有收入。

当然了，这村里有钱，只是一个看不到摸不着的概念，以后有没有钱给，谁也不知道。

但村民们心里舒服了，起码他们觉得这样公平，不会计较谁多干一天活，谁又少去一天。

刘振华见大家都同意了，高兴地道：“乡亲们，这样就好了。以后我们村的公路修好，那就不一样了，我们去镇里赶集也快不少。”

“是啊，我们村的小伙子说亲时，人家姑娘一看到那样的黄泥路，什么话都不说，直接就回家了啊。”有村民感叹，“我们村的路是要修了，再这样下去，我们真的没有办法。”

刘振华见大家同意了，接着说了一些建分社的事情。

反正他也是长话短说，不用半个小时，就宣布散会了。

那边的牛婶冷笑道：“哼，你们支持刘振华的工作，但是我可不支持。什么扩建公路，两车道，你们最好不要扩到我家的田地，要不然我不会同意的。”

牛杀猪坐在旁边盯着前面的猪肉一声不吭，似乎在想着什么。

村民们纷纷回家，广场上没有什么人了，而牛杀猪的猪肉，还是没有卖出一斤。

卜秋也骑上自己的摩托车离去，牛婶气愤地盯着卜秋离去的身影：“呸，你最好出去就被车撞。”

散会后，刘振华便给马委员打电话：“马委员，我们落山村的村民同意为工程队免费出劳动力了。到时他们算一下，我们大概要出多少万，折算回劳动力就行了。”

“振华，你的速度非常快啊，我还怕你动员不了村民答应出免费的劳动力呢。”马委员表扬着刘振华。

刘振华不好意思地道：“其实我让村里欠着村民的钱。”刘振华把自己的设想跟马委员说了。

“咦，你这个方法不错。反正村里的钱也是全村人的，谁多出了力气，到时你们落山村有钱了，就还给他们，也没有问题。”马委员笑着。

落山村现在主要的任务就是脱贫，至于什么时候能赚到几十万，不知道猴年马月了。

不过希望合作社的项目不错，再这样下去，肯定会腾飞。

刘振华问道：“马委员，你们那边有联系到工程队吗？”

“昨天镇长已经找到一个愿意与你们合作的工程队，估计明天他们就会过去与你们谈了。”马委员现在也拼命地为落山村跑修路项目。

其实落山村的修路项目，前几年就在镇会议上提了出来。

但因为落山村穷，镇里的资金也紧缺，一下子出不了那么多的钱。

现在刘振华想到用上二十万的扶贫款，再加上村民以工代款，这样就可以实施了。

刘振华一听高兴坏了："马委员，那明天就等你们的到来啊。对了，明天邱干部说县电视台的记者会过来采访报道我们呢，你到时也过来表扬表扬我们啊。"

"这个没有问题，只要能帮你们多卖稔子酒，我就算是把你们吹上天都可以。"马委员笑着道，"对了，你们的稔子酒好像不错，何子豪又帮你们在镇里宣传了一下，估计已经有人去宋志峰那里买稔子酒了。"

"是的，我已经听志峰哥说过了，他还让我们再给他送五十瓶过去呢。"刘振华感激道，"马委员，感谢你们啊。"

"不用感谢，我们就是想着让农民过上好日子。只要他们过得好，我们才无愧于心啊。"马委员感叹着道，"振华，你不错，继续加油啊。"

中午时，宋丽芳拿着两瓶稔子酒来到了白洋镇农村信用社。

因为宋志峰需要五十斤稔子酒，宋民让有三轮车的村民开车送过来，宋丽芳也跟着过来了。

宋丽芳刚到信用社的门口，便看到郑小娟亭亭玉立地站在门口。

郑小娟上身穿着洁白的修身衬衫，下面是高腰西裤，尽显职场女性的风韵。

看到郑小娟这身打扮，宋丽芳感觉有点心虚。不过，她还是轻咬玉牙，挺直胸膛，往前面走去。

第54章 两美相争

郑小娟看到宋丽芳走过来，不由眼睛一亮。

宋丽芳今天是经过打扮过来的，黑色弹力T恤，白色牛仔裤，一头乌黑的秀发扎成马尾，显得非常青春靓丽。

她一进来，就吸引了不少储户的目光。

特别是有一个储户因为光看宋丽芳，把存款单给写错了。

“丽芳，你好。”郑小娟见宋丽芳向她走过来，职业性地莞尔一笑。

虽然宋丽芳漂亮，但是她也不差。

听说刘振华与宋丽芳的关系不错，但是他们还没有结婚，她还有机会。

像刘振华这种年轻有想法又帅气的男人，真的非常少见，郑小娟不想错过。

“郑经理，你好。”宋丽芳对郑小娟笑了笑，然后把稔子酒递了过去，“这是振华哥让我送给你的。”

“这是振华送给我的！”郑小娟心里一阵惊喜。

看来刘振华对自己还是有意思的，虽然宋丽芳比自己漂亮一些，可自己是国家干部，家又在县城，家庭环境比宋丽芳好，她是争不过自己的。

宋丽芳点点头道：“是啊，振华哥这段时间没有空，所以让我过来一下。还有啊，本来他也想过来请你吃饭的，但也没有空。这不，今天中午我请你去华强饭店吃饭吧。”

“华强饭店？”郑小娟的脸色变了。

这是她第一次与刘振华吃饭的地方，他居然跟宋丽芳说了？

还有，她在微信里与刘振华所说的话，他怎么跟宋丽芳说？难道他们是……

宋丽芳腼腆地对郑小娟微笑着：“郑经理，本来我们说好是过两个月就摆喜酒的，但现在合作社的事情多。振华哥说了，等合作社真的赚大钱了，我们再摆酒，到时你可以过来喝酒，恭喜我们啊。”

郑小娟的脸色一下子变得苍白，没有那职业性的笑容了。

刘振华与宋丽芳已经谈婚论嫁了？怎么这么好的男人，不属于自己呢？

不过郑小娟不愧是客户经理，受过专业的训练，她很快就调整好自己的情绪，笑着对宋丽芳道：“丽芳，恭喜你啊。”

“谢谢郑经理。”宋丽芳红着脸道，“你中午有空吗？我代振华哥请你吃饭。”

“这个不用了，我中午还有事情，以后有空，我再请你们两人吃饭啊。”郑小娟摇头道。

“那好吧，我先走了，改天再聊啊。”宋丽芳向郑小娟挥手告别，然后走到了外面。

外面的阳光火辣辣地晒在宋丽芳的身上，她感觉自己的脸非常烫。

她知道这不是太阳晒的，而是刚才她撒了谎。

不是刘振华告诉她以前与郑小娟在华强饭店吃过饭，而是牛志锋那个大嘴巴跟她说的，当时牛志锋还吹牛说郑小娟喜欢他，与他一起吃饭呢。

至于摆喜酒的话，她玩了一个文字游戏。

他们合作社如果真的赚大钱，那是喜事，大家摆酒庆祝也未尝不可。宋丽芳故意打了一个埋伏，说她和刘振华一起摆喜酒，会让郑小娟误以为是他们两个人的结婚喜酒。

对不起了，郑经理，我太喜欢振华哥了，不能让你抢走他。爱情是自私的，我没有办法。宋丽芳一边想着，一边回过头看了看后面的农村信用社，然后毅然地往前面走去。

早上，在落山村的办公室里，刘振华他们脸上露着喜悦之色。

刘振华穿着宋丽芳送的格子衬衫，显得气宇轩昂，让宋丽芳看得芳心暗动。

宋丽芳今天也打扮得非常漂亮，特别是一套白色连衣裙，让她漂亮得犹如仙女下凡一般。

牛杀猪去镇里卖猪肉了，牛志锋不用跟着去帮忙，闲得要命，也是一早跟着村民们过来看热闹。

电视台要过来采访报道啊，他们也想上一上镜头，能让全县人民看到他们的光辉形象。

这不，牛志锋把自己当成主角看待了，身穿黑色西装，里面是红色领带，衬衫还是新买的呢。

不过牛志锋今天没有再穿沙滩裤了，而是身穿一件如水桶般的黑色西裤，下面是一对皮鞋。

但是这天气非常热啊，大家都是短袖衣服，都觉得热得要命，牛志锋这样西装革履，更是热得要死。

陈志源可怜地看着牛志锋问道："志锋，你不热吗？你看看你，脸上的汗如泉水一般涌出来啊。"

"我……我不热，真的一点都不热。"牛志锋一边说着，一边用衣袖抹着脸上的热汗。"志源哥，你说我这身打扮可以吗？一会儿拍电视的话，我是不是非常帅？"

"你这个样子，真是比蟋蟀还'蟀'啊。"陈志源调侃着，"到时人家镜头扫过来，你就要急忙摆好造型，要不然你就错失机会了。"

牛志锋拼命地摇着胖脑袋道："不会的，我一定盯着电视台的镜头，不会错过的。"

哼，听说今天早上电视台要过来，他昨晚就没有睡好。

早上五点多就起来，开始吹他的头发，不断地换发型，从中分到四六，再到三七，手忙脚乱啊。

牛志锋不与陈志源说话了，他紧盯着宋丽芳。

今天的宋丽芳太漂亮了，好像还化了一点淡妆，不比电视上的女明星差呢。

"丽芳真是漂亮啊。"牛志锋一边说着，一边抹着口水，然后还抹擦在陈志源的身上。

"牛志锋，你恶心。"陈志源气愤地骂着牛志锋。

没有过多久，三辆小车开到村办公室的门口停了下来。

特别是第三辆小车，车身上"余溪电视台"的字样，让村民们的眼睛全亮了起来。

那可是电视台，非常高大上啊。

前面的第一辆车是镇里的车，马委员在里面。

邱干部从第二辆车里下来，一脸的笑容，好像年轻了十岁似的。

“振华，你赶快过来拿你们的文化衫啊。”邱干部大叫着。

原来，刘振华请邱干部在县城买了十件T恤，然后在上面喷了“希望稔子酒”的字样。

刘振华他们拿到希望稔子酒的衣衫后，便到厕所里换上。

邱干部看了刘振华他们的文化衫，不由暗暗点着头：“振华，这不错，到时拍摄的时候，可以让人眼前一亮，也是一种广告宣传啊。”

邱干部不得不佩服刘振华的脑瓜子好使，如果要在电视台做广告的话，估计要几万块呢。

电视台的摄像师也扛着摄像机下来了，当他看到宋丽芳拿着衣服想进去换时，不由叫道：“等等，这个姑娘漂亮啊，形象好，可以当明星了。她先不换衣服，让我拍一些镜头。对了，邱干部，这就是桃金娘子吗？”

“对，就是她。师傅，你想怎么拍镜头就说，我们配合你。”邱干部说完，然后小声地对摄像师道：“你到时帮我拍摄时告诉我一下，我再洗把脸，梳梳头发。”

这时，刘振华发现邱干部今天穿的衣服不一样，有气派，挺有精神的。

“行，我先拍桃金娘子的镜头。”摄像师兴奋地叫着。

在没有来的时候，摄影师觉得邱干部在胡闹。

一个农村姑娘，怎么可以当形象代言人呢？还说是什么桃金娘子，岂不是笑掉别人的大牙了。

不过邱干部跟电视台里打过招呼了，摄像师准备先把镜头拍回去，至于怎么剪辑，那就不关他的事情了。

可没有想到当他看到漂亮得如天仙一般的宋丽芳时，眼睛根本移不开了。这么漂亮的姑娘，如果不当形象代言人，真的没有天理了。

于是，摄像师让宋丽芳拿着稔子酒按照自己的要求摆好造型，然后拼命地拍着。

随后，刘振华让摄像师他们去希望合作社那边，那里才是重点啊。

牛志锋见大家要走了，急忙叫道：“摄像师，你还没有拍我呢。”

邱干部一看是牛志锋，不由生气骂道："牛志锋，你不要跟着过来。"

摄像师看到牛志锋也皱着眉头："对啊，大家都是一般的装束，他怎么穿西装打领带啊。不行啊，落山村是贫困村啊，看那个小哥的样子，怎么都像富得流油啊。"

"哈哈哈。"村民们哈哈大笑起来。

"对啊，对啊，我家就是非常有钱。"牛志锋拼命地点着头。

刚才他发现电视台这边还过来了一个漂亮的女记者，牛志锋想去追求人家了。

凭他这么帅，这么有钱，还不能追得上那个县电视台的女记者吗？

刘振华带着电视台的人去看了稔子酒厂，那养猪场，因为要消毒，所以也只是让摄像师跟着田世明进去拍了一些镜头就出来了。

宋丽芳也换上希望稔子酒的文化衫，接受记者的采访。

开始宋丽芳还是有点害怕，录制的时候，还被"咔"了几次。但在刘振华的鼓励下，她也大胆了，开始流利地回答记者的问题。

轮到邱干部的时候，刘振华发现他居然在头发上喷了发胶。

姜还是老的辣，邱干部麻利地抹了一下头发，就对着镜头滔滔不绝地介绍扶贫组的工作了。

马委员的话非常简短，但非常有力，显示出白洋镇政府要帮助落山村脱贫的决心，特别是说到了今天就要开始修建的公路，更是让刘振华开心不已。

桃金娘子

第55章

听马委员说，一会儿工程队的测量队就过来了，标出路况后，推土机就要进场把地面推平。

乡亲们一听，纷纷鼓起掌来了。

不要说建成水泥路，就是把黄泥路上的坑坑洼洼推平，他们出入都会方便不少。

摄像师又去拍了社员家分社的情况，还采访了个别农户。

采访完后，刘振华想留大家在村里吃顿工作餐，可是马委员说不用落山村破费，他们白洋镇政府的饭堂已经做好饭了，大家过去吃中午饭就行。

当然了，刘振华与宋丽芳也是要跟着去的。

下午的时候，宋丽芳也要跟着去拍一张艺术照，用来当稔子酒的头像标签。

宋丽芳到了县城，摄像师也下车，说想要陪她去照相馆。

宋丽芳不傻，看到摄像师炽热的目光，便知道对方是什么目的。

她婉言拒绝，说她大哥就要过来接她了。

摄像师见这样，只得作罢。

就在当天晚上，宋民接到了邱干部的电话，说有事要跟李水莲说说。

李水莲接过手机，便听到邱干部的声音：“嫂子，上次你跟我说丽芳的亲事，还作不作数？”

邱干部也能看出刘振华和宋丽芳之间的情意，不过下午那个摄像师一直缠着他，让他说媒，他只得给宋家这边打电话了。

“怎么说？”李水莲问道。

“唉，是这样的，今天电视台那个摄像师不是过去落山村了吗？他看到宋丽芳惊为天人，缠着让我说亲呢。”邱干部无奈道。

李水莲摇摇头拒绝了：“邱干部，你也知道振华与丽芳的事情，我看这事不行。对了，那个摄像师是国家正式干部？”

不管怎么样，身为母亲，李水莲还是多嘴问了一句。

“那当然了，那小伙子不错的，父母也是县城单位的职工。以前我不是跟你说，可能县城干部难找，但现在人家看上丽芳了。”邱干部道。

“我知道了，等合适的时候，我跟丽芳提一下，看她怎么说。不管怎么样，现在都是年轻人为自己的终身大事做主，我们做家长的管不了。”李水莲感激地与邱干部多聊了几句，才挂上电话。

宋民见李水莲一脸的高兴，不由奇怪问道：“怎么了，有什么好事？”

“当然是好事了，县城的国家干部看上丽芳了。”李水莲得意地笑着。

宋民一听火了，怒瞪着面前这个不靠谱的女人：“李水莲，丽芳现在与振华在一起了，你不要乱点鸳鸯谱。”

“宋民，你对我火什么啊？我没有乱点，有人追求女儿不行吗？这样女儿的身份就会高上不少，振华也会紧张呢。”李水莲的脸上露出狡黠的表情。“现在振华在村里、镇里可是风头正劲，不少姑娘想打他的主意呢。但是我们丽芳也不差啊，有县城干部喜欢她，还是电视台的干部，可威风了。”

宋民把手机拿回来，坐在椅子上想了想，觉得李水莲说的也没有错。

这是人家追求女儿，又不是他们把女儿许给其他人，这没有什么影响。

看女儿的心思，是非常喜欢刘振华的。

可到现在，他们还没有订婚，好像也有点悬。现在的社会，就算是结婚都可以离婚，更不要说没有订婚的。

“呵呵，老伴，还是你狡猾啊。”宋民赞赏地看着自己的女人。

当年自己就是看中她的漂亮和聪慧，要不然也不会花那么大的劲去追她。

“我这叫聪明，不是狡猾。”李水莲白了宋民一眼。

宋丽芳听到李水莲说到摄像师的事情，当然是一口回绝了。

不过县电视台有人要追宋丽芳的事情，还是很快在落山村里传开了。

对于这个，刘振华不以为意。像宋丽芳这种美女，没有人追，那是不正常的。

县电视台那边的效率非常高，就在第三天的余溪新闻上，便播出了落山村希望合作社的采访。

爱美之心人皆有之，特别是宋丽芳还穿着一件白纱裙，犹如仙女下凡，让观众们眼前一亮。

大家不但记下了这桃金娘子，还记下了希望稔子酒。

就在第二天，县城一些人想去商店询问有没有希望稔子酒卖的时候，居然没有货。

有人打电话到电视台，电视台又联系上了刘振华。

刘振华一听，急忙让人运了五百瓶的稔子酒去县城，然后与宋志军联系，让他赶快找个街边的摊位卖稔子酒。

那天宋志军刚好不用上班，立即拿到货交了一天的摊位钱，就在那里卖酒了。

看到有人卖希望牌稔子酒，还有桃金娘子的相片，确认无误，就有人马上买了一瓶回去。

不一会儿，摊位上围了不少人，都想买一瓶“桃金娘子”回去。

而且凑热闹的，还是以年轻人为多。

这是刘振华所策划的偶像粉丝效应，他们也不买多，就是冲着宋丽芳那漂亮的形象。

本来这次是司机开三轮车送货上来的，运到摊位那里，帮宋志军卸下货，就准备走了。可没想到旁边有人一看是桃金娘子的稔子酒，一下子过来买了一瓶。随着围观的人群越来越多，三轮车也没有办法出去。

再加上宋志军也忙不过来，急忙叫司机帮忙拿酒，他负责收钱。

没过多久，宋志军发现竟然卖了两百多瓶。

本来宋志军不愿意过来摆摊卖酒，觉得卖不了几个钱，还要站在街边受累。

但宋民又给他打电话，说他一定要支持合作社的工作，还说他也有半份股份在合作社里呢。如果他这次不帮忙，以后不要妄想从合作社那里拿到一分钱。

宋志军没有办法，只得跑过来卖酒。

可没有想到现在一下子卖了两百多瓶，可以拿到一千多块，他心里高兴，急忙拿出手机给妻子打电话："小英，你赶快过来市场的十字路口这里，帮我卖稔子酒。"

"我不，那可是五百瓶，你接那么多货干什么？虽然说是卖多少付多少钱，可你又要运回去，多麻烦啊。"何小英不高兴了。

那些农村人就爱折腾，能折腾出什么事情来呢？

干那样的活，还不如她去帮别人打散工，一天还可以拿到一百多块钱呢。

宋志军急忙道："不是啊，刚才我就卖了两百多瓶稔子酒，可以拿到一千多块的提成了。"

"什么？稔子酒这么好卖？"何小英吃惊地跳了起来，"我现在就过去。"

当何小英急匆匆地赶到市场那里时，五百瓶的稔子酒，卖得只剩下了一百多瓶了。

司机见何小英过来了，笑着对宋志军道："志军，我看这稔子酒很好卖，你跟老村主任说一下，是不是再运五百瓶过来？"

宋志军看了看四周，虽然买酒的人不多，但不代表明天没有人过来买啊。毕竟还有不少人不知道这里有稔子酒卖呢。

"我看看今天卖得怎么样，晚上再给我爸打电话。"宋志军沉思一会儿，没有马上拿主意。

"那行，我现在回白洋镇了。"司机开着三轮车回去了。

何小英兴奋地走到宋志军的身边，小声问道："现在卖了三百多瓶？"

"是啊，我们今天差不多有两千块的提成，这代理不错啊，难怪志峰已经第二次拿货了。"宋志军兴奋地笑着。

何小英急忙道："那就不要多想，赶快给你爸打电话，说再运五百瓶过来，免得让宋志峰占大便宜了。反正这运费又不归我们出，卖不出去就让你爸叫人运回去。"

虽然说宋志军两兄弟是平分宋民在合作社里的股份，但何小英还是想着能多占一点便宜就是一点。

“好，我现在就给爸打电话。”宋志军最听老婆的话，立即给宋民打电话了。

一个下午，县城那边就卖了三百多瓶稔子酒，这消息让宋民兴奋得不得了。

宋民已经不是村主任了，但他还是打开村广播室的门，拿着话筒把这消息告诉全村人。“乡亲们，我们又成功了。就是刚才，我们运去县城的稔子酒，一个下午就卖了三百多瓶，供不应求啊。志军给我打电话，让我明天再运五百瓶过去。”

这消息一下子在落山村里炸开了，如果这几天又能卖出一千瓶稔子酒，那就是两万块啊，这都是钱啊。

村民们纷纷跑到村办公室，着急地问道：“老村主任，你不会是骗我们的吧？”

“我骗你们干啥，如果你们不信，可以打电话问三轮车司机，当时他也在现场的。”宋民说得眉飞色舞，他们的希望合作社是可以渡过难关了。

几个月后，二百多头的生猪又卖出去，真的会赚大钱啊。

这时，刘振华和宋丽芳也走了过来。

村民们看到宋丽芳，调侃道：“桃金娘子过来了。”

宋丽芳听到大家这样叫她，小脸一红，低着头不敢说话了。

刘振华不好意思地对宋丽芳道：“丽芳，为了稔子酒的销售，拿你做广告，不好意思了。”

第56章 广告效应

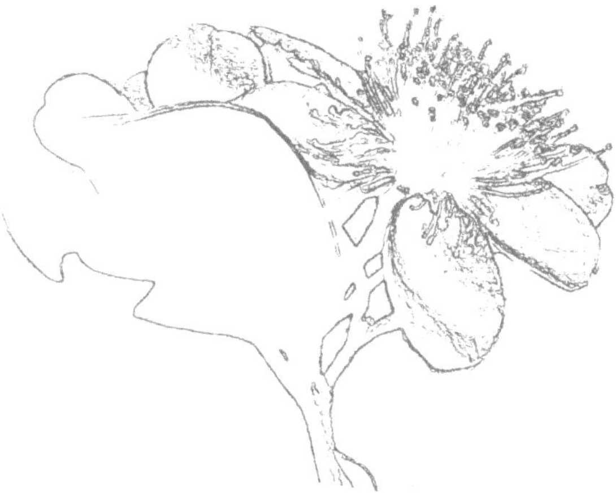

可宋丽芳听了，抬起头道："振华哥，我没事。只要能让落山村脱贫，我再苦再累也不怕。"

"嗯，我们又成功地往前面迈了一步。"刘振华用力地挥着手，这次成功的推广非常有效，能让余溪县人都知道桃金娘子和稔子酒了。

"振华也来了，你真有出息，不愧是大学生。"村民们看到刘振华过来，纷纷夸奖着他。

宋民广播完，高兴地走了出来。他见刘振华也在，笑着道："振华，明天一早，我们再运五百瓶稔子酒去县城吧。"

刘振华摇着头道："不，我们要运一千瓶稔子酒去县城。另外，我还要在三轮车的两边挂上桃金娘子的海报，在县城里转三圈，好好地宣传一下。"

"振华，拿丽芳的海报挂在车上宣传，这样行吗？"宋民犹豫着，想抽一口烟，发现自己没有带水烟筒。

刘振华笑了笑道："应该可以的，这是广告效应。虽然当时是采访丽芳，但我策划的采访稿里，已经有了广告内容。只要在车外挂上桃金娘子的海报，写上希望稔子酒售卖的地方，估计明天可以卖到一千瓶。"

刘振华问过邱干部有关县城的一些数据，余溪县有一百三十万人口，县城常住人口二十来万。

这些人，总有一些人买稔子酒吧？这一千瓶稔子酒，还是有希望卖完的。

只要有人喝稔子酒，后面发现有效果，那就有机会卖出去了。

现在他们合作社的仓库里积压着很多稔子酒，再不卖出去一点，他们也没有钱再弄包装，也没有钱再继续下去了。

省城周老先生那边，估计要一个月，才会再订货了。到时，不知道会有多少订单呢，是一千瓶吗？

宋民想了想道："振华，反正合作社是你做主，你拿主意吧。"

"嗯，我已经跟志军哥说了，他会去广告公司那里让人打印一些有稔子酒售卖地址的海报，贴在车上就能让别人看到了。"刘振华笑着道。

村民们一听又要卖一千瓶稔子酒，个个兴奋得不得了，他们恨不得自己家的稔子酒可以售卖了呢。

已经有村民家酿造出稔子酒了，经过李水莲和宋民的检验，符合要求，只要再储存一段时间就可以卖了。

当然了，这些村民加入希望合作社的时候，是要与刘振华他们签订协议的。

村民们学了酿造稔子酒的方法，只能在落山村里酿造，不能到其他地方，也不能把秘方传出去，要不然是要付出天价赔偿的。

村民们也接受这个约定，毕竟这是人家李水莲的家传秘方，能拿出来给大家用，已经算是不错了，他们哪还能起歹心呢？

整个晚上，落山村的乡亲们都兴奋不已。

一大早，刘振华带着一千瓶稔子酒坐上三轮车来到了县城的市场。

宋志军夫妇一早就在那里等着他们，看到刘振华从车里下来，宋志军走了上去笑道："振华，这真是发财的好东西啊，我们昨天卖了四百二十五瓶，如果今天你们不送稔子酒过来，我就要跟你急了。"

刘振华一边与司机一起卸货，一边道："今天可能还会有更多的人过来买稔子酒，我们运了一千瓶过来，你们今天要做好辛苦的准备啊。"

"一千瓶？"宋志军惊呆了。

昨晚他们赚了两千来块，何小英直把他夸得不行，弄得他心里美滋滋的。

如果今天再卖一千瓶，岂不是又有五千块的收入？

“哟，是振华啊，没想到你长得这么帅，比志军帅多了。”何小英看到刘振华高大帅气的样子，不由眼睛一亮。

这男人与小姑子很般配，而且又有文化，以后非池中之物。

宋志军一听就来火了：“何小英，你还能好好聊天吗？”

“大嫂，你好。今天辛苦你们了，到时我回去给你们请功啊。”刘振华笑着道。

“嘻嘻嘻，我们不怕这种辛苦。”何小英也急忙过来搬稔子酒。

如果每天都能赚几千块，一个月下来，他们要发大财啊。

十瓶一箱，这一百箱，他们几个人，很快就搬完了。

因为三轮车两边都贴着桃金娘子的海报，路人纷纷走过来围观。

有人发现是卖稔子酒的，就过来询问价钱，然后买了一瓶回去。

于是，宋志军与何小英又开始忙了起来。

刘振华走到一边，交代司机开三轮车的时候，不能开得太快，慢慢开，绕着县城开三圈后，才能停下来。

然后中午刘振华补助他二十块吃饭，下午再绕三圈，他们才回落山村。

当然了，这车费肯定得加，而且刘振华也弄了一个大喇叭，自己录了宣传希望稔子酒的话，放在三轮车里来回放呢。

司机点头表示知道了，开着三轮车出发了。

这种海报，再加上宣传语，很快吸引了大家的注意力。

桃金娘子的热度还没有消退，大家一看市场那里有得卖，马上赶到市场买稔子酒。

刘振华也去扶贫办找邱干部，希望那二十万元的扶贫款赶快拨下来，要不然工程队那边进展不快。

现在工程队已经测量好了修建公路的路线，就是在原来道路的基础上扩建，尽量地把路拉直，这样可以节省一些钱。

至于牵涉扩建的一些土地，宋民也带人去与那些村民交涉，占用了他们多少地，村里在其他地方补偿给他们。

修建公路是好事，估计大家都不会有什么异议。

推土机已经进场，把以前坑坑洼洼的地方推平，大家现在开车出入都觉得方便不少，不像以前简直像是在车上“跳舞”。

那些答应置换的土地，村民签下同意书之后，施工人员也按照规划的路线推平，剩下一些机器弄不了的地方，落山村的村民就过来干活了。

但工程队的邹树平给刘振华打电话，说镇里的资金还要过几天才能到，而上级部门的扶持款还要更迟，所以希望刘振华跟扶贫办那边沟通一下，看能不能先拨二十万元下来，好早点进入实际动工的状态。

刘振华当然想快点把公路修好，所以他才跑过来找邱干部。

扶贫办在政府楼的一楼，刘振华来到那里，发现邱干部在电脑上看着视频。

那视频，正是落山村的采访报道。

邱干部看到刘振华过来，高兴地叫道：“振华，你赶快过来，那个摄像师还是不错的，把我拍得非常有精神。反而是你，为什么不上去说两句呢？”

刘振华笑着摇摇头，他们的目的就是宣传推广稔子酒，人太多，反而会影响到宣传效果。

美女效应肯定不一样，让宋丽芳多在屏幕上一秒，就能让桃金娘子的形象多深入群众脑海里一秒。

刘振华问道：“邱干部，我觉得这个宣传报道非常不错，符合现在的大环境，你看是不是可以让县电视台把这个报道送到市电视台播一播啊？”

“对啊，我怎么就没有想到呢？”邱干部惊喜地拍了一下自己的大腿，“我现在就给电视台那边打电话，这可是我们县扶贫工作的新亮点，怎么也得好好宣传。”

邱干部想到昨天领导表扬他的情景，不由咧嘴笑了起来。

真是没有想到啊，在这儿工作最后的一年，他还能得到表扬。

特别是那天的电视台报道，领导说非常好，还说县领导也打电话过来表扬他了。

说在新时代，他们的扶贫工作就要开拓创新，多想多做，走出一条符合农村特色的路子呢。

如果这次的宣传报道能放到市电视台播放，那可不得了，县领导一定会狠狠地表扬他。

邱干部很快打通了电话，把情况跟那边一说，那边说他们正有此意。

因为县领导看了，觉得落山村的扶贫工作很有特色，应该好好宣传。

邱干部挂了电话，笑着对刘振华道："振华，你放心，县电视台说了，会送上市电视台。不过呢，市电视台播不播，那我们就做不了主了。"

"这个我知道。"刘振华坐在椅子上，与邱干部唠了几句家常，才问道："邱干部，不知道我们村那二十万元扶贫款什么时候拨下来，工程队那边等着开工。"

邱干部把那个宣传报道的视频关掉，抬头道："这个你放心，明天就可以把钱打到工程队的银行账号里，不过你要跟邹树平说清楚，我们扶贫组要检查公路的建设质量，如果不过关，他就等着完蛋。"

刘振华的脸色变得严肃起来，公路建设质量是关键，一定不能马虎。

所以，刘振华才想着让县扶贫办和镇政府一起监督这种公路，估计邹树平也不敢弄什么豆腐渣工程。"邱干部，我会叮嘱邹老板。不过到时你有空，也要盯着那条公路，不能让它出什么问题。"

"嗯，我有空就会下去看看的，到时还要请县相关部门检测，不能马虎了事。"邱干部点头道。

刘振华见快到中午了，邀请邱干部到外面吃饭。

第57章 销售渠道

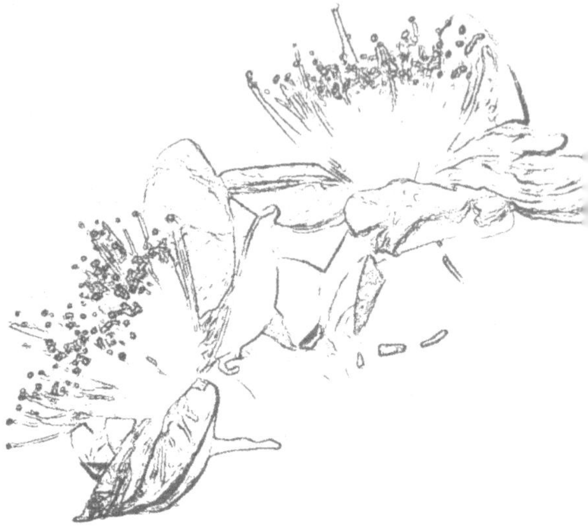

“好啊，我还没有与你吃过饭，我们现在就去吃饭。”邱干部高兴地拉着刘振华出到大楼外面，然后开着一辆电动车，载着刘振华来到一家叫“向上酒家”的地方。

邱干部轻车路熟地停好车，又带着刘振华进到一个包厢。

县城的酒家就是好，包厢里有空调。

冷风一吹，刘振华感觉刚才的灼热已经消失不见了，湿透的衣服也很快干了。

还是空调好啊，等合作社有钱了，他们的办公室也要装空调，要不在里面打电话做事情，还会出一身汗。

“邱干部，我来点菜。”刘振华为难地站起来道。

本来他是想请邱干部去一般的大排档吃饭，两个人吃的话，估计也就是几十块钱。

可来这种酒家，估计一个菜要四五十块钱，两菜一汤，可能要一两百块了。

虽然刘振华有带足够的钱过来，但是他心里舍不得啊。

现在希望合作社的路子越铺越大，需要用的钱也越来越多。

唉，还是能省就省吧。刘振华想着下午就去县人民医院做个胃镜检查，先看看自己的胃出了什么问题。

住院的话，肯定是不行的，他太忙了，合作社有不少事情要忙，特别现在还是推广销售的关键时期。

刘振华还想着等县里的事情解决完，就运一千瓶稔子酒去省城，要在那边推广销售。

老枪也帮他联系了一些店铺，人家答应帮忙寄卖。

邱干部听刘振华这样说，把他给按坐在椅子上："你不熟悉这里，还是由我来点菜吧。"

邱干部把服务员叫过来，点了一个铁板牛肉，一斤白切鸡，一个青菜，两人份的例汤。

坐在旁边的刘振华听了暗暗头大，这餐估计要一百多块了。

没过多久，菜上来了，邱干部招呼刘振华赶快吃。

刘振华的肚子也饿了，很快就吃了三碗饭。两人很快就把桌上的菜吃了个七七八八。

其间，邱干部去上了一个厕所，不过他的饭量不大，只是吃一碗饭就行了。

"服务员，买单。"刘振华一边叫着服务员，一边拿出钱包。

"先生，邱干部已经买单了。"服务员走过来躬身道。

"啊！"刘振华吃惊地看着邱干部，"你怎么买单了？说好是我请你吃饭的。"

他刚发了一千块的工资，准备先过来请邱干部吃饭，然后再去县人民医院做个胃镜检查。

邱干部摆摆手道："振华，你那村主任工资有几个钱啊？再加上现在你们合作社正是需要用钱的时候，能省就省。以前是我对不起你，你现在又为我的扶贫工作长脸，这一顿就当是我的赔罪饭。"

刘振华急忙摇着头道："邱干部，你也是想落山村好，现在又答应把二十万元扶贫款作为我们修路的钱，这已经是帮了我们很大的忙，我们应该请你。"

说到这里，刘振华想把钱还给邱干部。

邱干部火了："如果你再这样，我现在就把扶贫款要回来。我知道你忙，你还是先去忙你的，我也回家休息一会儿。"

刘振华只好向邱干部告辞，然后来到了市场。

宋志军两夫妻也是拼命，当刘振华到那里的时候，他们正在边吃快餐，边在卖稔子酒。

宋志军见刘振华来了也顾不上吃饭了，兴奋道："振华，以后我们两人在这里卖稔子酒就行了。看这个阵势，我们今天可以把一千瓶卖掉。我明天就去工厂辞职，以后专职卖稔子酒。"

刘振华摇着头道："志军哥，这两天卖得好，主要是广告效应而已。估计明天就卖不了这么多，可能就几百瓶吧。后天，可能就在五百瓶以内了。再过几天，估计一天能卖几十瓶，都算不错了。"

因为余溪县本身就有稔子，一些人自己会泡稔子酒。虽然说功效没有希望合作社的好，但他们自己泡的，可以省不少钱呢。

所以，刘振华估计以后一天能卖出几十瓶，也算是不错的了。

"几十瓶？那我还辞职吗？"宋志军看着何小英。

何小英是一家之主，他家所有的主意都是她拿的。

刘振华笑着道："志军哥就不用辞职了，而小英嫂子反正现在没有工作，就帮我们卖稔子酒。一天能卖几十瓶的话，也是可以的。"

"是啊，如果一天能卖二十瓶，我就一直帮你们卖稔子酒。"何小英算过了，一天能卖二十瓶稔子酒，那一个月就有三千块的提成，也是不错了。

在外面打工，辛苦受气不说，工资也没有这个高呢。

反正这里的摊位是按天算的，如果后面稔子酒不好卖，她就不在这里摆摊了。

刘振华点头道："那到时就辛苦小英嫂子，这几天，我还会让运货的三轮车在县城里逛三圈。不过这也是广告效应，过几天，这稔子酒就没有那么热门了，拼的就是回头客了。"

"振华，我们也不懂这个什么效应。反正你是大学生，你让我们怎么做，我们就怎么做。"宋志军非常佩服刘振华，就这两天的销售提成，他们可以拿到几千块钱，足以抵他两个月的工资。

这也是宋志军心动地想要辞职，专职销售稔子酒的原因了。

刘振华道："等我们合作社真正做大了，到时志军哥再辞职帮我们专职跑销售，我们会给你底薪加提成。现在时机还不成熟，先让小英嫂子在这里卖一段时间稔子酒。等我们在市里打出名声，我们的销售就转移到那里。"

“我们还要去市里卖？”何小英的眼里露出喜悦。

一瓶能提成五块钱，这个销售真的是可以做啊。

“对了，振华，我们都是自己人，你这个销售不能给别人啊。”何小英想到一个非常重要的问题。

如果刘振华也让其他人来销售稔子酒，那他们岂不是赚不到了吗?

刘振华笑着道：“小英嫂子，你把目光放远一点，不要老盯着一个县城。以后我们可能还要把稔子酒批发给商店，一瓶按十五块的批发价给他们。不过我们在县城不是寄卖，而是要他们直接买我们的货，五十瓶以上才有批发价。”

“对啊，小英，你不要老盯着县城，振华已经在省城那边推销出五百瓶了。”宋志军提醒着何小英。

何小英眼睛一亮，立即道：“振华，到时让我们当这个销售经理，我们找其他商店推销，你再给我们工资和提成吧”

刘振华暗暗点头，何小英有这个销售头脑，不错。“这个没有问题，等我们合作社做强做大了，不但要在县里设一个销售点，还要在市里和省里都设销售点。”

除了这个,刘振华还想着以后做得更大,那就要每个县市都要有销售点。当然了，这个是以后的设想，现在还是要先把眼前的事情做好。

下午两点半的时候，司机又开着三轮车开始在县城里宣传，稔子酒的销售档口也热闹起来了。

刘振华来到县人民医院，排队挂了号等医生。

轮到刘振华时，已经过了一个多小时，他跟医生说要做一个胃镜检查。

可医生说刚好做胃镜的检查室短路，没有电，一时间检查不了。至于电工什么时候修好，还不知道。

刘振华见是这样，便跟医生说了自己的情况，让医生开了点胃药。

拿到药，刘振华回到市场那边，司机开着三轮车也刚好回到那里。

那时已经快五点了，宋志军把这两天销售的钱，扣除提成后，全部交给刘振华。

刘振华拿了钱，坐上三轮车往落山村赶。

在路上，司机敬佩地对刘振华道：“刘主任，还是你有能耐，把落山村整成这个样子。不要说别的，就是你们村的那条路，就算不是水泥路，也好开不少了。”

刘振华谦虚地道：“这都是大家的功劳，以后我们落山村会更加好的。”

这三轮车司机就住在落山村的隔壁村，他羡慕道：“我们村的人也想学你们酿造稔子酒，不知道行不行？”

刘振华摇头拒绝了：“大哥，不是我不愿意帮忙，我们村这么多人酿造稔子酒，这里面就有着很大的量，我们都不知道自己能不能推销得出去呢。你们加进来，可能会供大于求，市场会出问题的。”

司机笑道：“电视新闻里说，你们已经打通了省城的销售渠道，那还怕什么？”

“只是很窄的渠道，我们要走的路还长着呢。”刘振华的脸色透着凝重。

越来越多的村民要加入他们的希望合作社，所以现在人手不足问题、产量不足问题都得到缓解，现在主要的问题就是销售了。

估计再过一段时间，到其他村民家的稔子酒也能卖的时候，全村会有很多稔子酒。

有可能他们一天会有一两万斤的稔子酒待卖，这是多么可怕的量啊。如果销售不出去，那就是大问题了。

刘振华还想着要再建一个大仓库，就建在村里面的空地上，这样安全方面会有保障。

这也需要不少钱，这两天卖掉稔子酒赚到的钱，又要花出去了。想到花钱如流水，刘振华的头就疼了。

第58章 再去省城

这也是刘振华不想把秘方给其他村的主要原因，其他村可以卖稔子给他们，也可以帮他们推销稔子酒，从中获利。

但如果其他村再建稔子酒厂，那真的是一窝蜂上，到时又扎堆在一起，最后变成了像大王椒树那样没有人要的状况了。

司机听了刘振华的解释，点点头道：“刘主任，你说得也有道理。人不同，干的活也不一样。像我吧，就当个开车运货的司机，你们每天都叫我运货，就能让我赚钱，就能让我一家人的日子过得不错了。”

“对头，就是这个道理。”刘振华拍掌笑道，“像我们落山村的田地不多，以后还要买你们种的粮食呢。”

等稔子成熟期过后，刘振华还要在山里多种稔子树，到时，落山村就是稔子树的海洋。

当三轮车经过那条黄泥路的时候，果然没有像以前那样颠簸了。

快到村口时，他们看到路边放着一些施工器材，旁边还有一个村民坐在路边抽着水烟筒。

为了节省时间，一般施工器材直接留在工地上，明天一过来，就可以继续干活。这样的话，就需要人手看管。

陈学才安排了三个村民轮流看着，每人看四个小时，一样是记工分，到村里有钱时就结算。

那村民看到刘振华回来，急忙把正在抽的水烟筒扔在一边，站起来问道："村主任，今天卖了多少瓶稔子酒？"

还没有等刘振华说话，司机武进财脱口而出："差不多一千瓶，你们落山村要发财了。"

"呵呵呵，财哥说得对啊。"那村民一听高兴得跳起来，右手用力一挥，整个人如打了鸡血一般。

他还没有吃晚饭，可听到这个消息，比吃了晚饭还有力气。

落山村真的有希望了，稔子酒再这样卖下去，他们想不发财都难啊。

刘振华笑着对村民道："你辛苦了，我先回家。"

"好，村主任，你赶快回去，大家都在等你的好消息呢。"那个村民在三轮车后不断地向刘振华挥手。

宋民正在家里吃晚饭，一听今天差不多卖了一千瓶稔子酒，把饭碗往餐桌上一放，站起来就往外面走。

李水莲见宋民这样，不由问道："老宋，你去哪里？"

"我去开广播，让大家都高兴高兴。"话音未落，宋民已经冲到外面去了。

片刻，广播响了起来，那是宋民非常非常激动的声音……

村民们又一次欢呼起来，一天就卖了两万块，这只是开始，大家能不兴奋吗？

宋民的声音继续在广播里响起："同志们，我们现在的目标，全村贫困户一年收入六百万元，虽然现在我们才收入四万元左右，但是大家都开始酿造稔子酒了，也养猪了，大概在半年后，我们就会打一个翻身仗了。"

就算是希望合作社一年能赚上一百几十万元，也不能让全村脱贫。只有让全村的贫困户都行动起来，大家都参与到合作社的项目中去，三百多户，一户完成两万块，才能达到脱贫的标准。

"同志们，努力吧。世上无难事，只要有振华啊。"宋民还不忘给刘振华拉拉广告。

宋民回到家里，李水莲端着那些菜去热了。"老宋，刚才你是不是有点吹牛啊？"

"我没有吹，是振华改变了我们村，这是事实，大家也不得不承认。"宋民还在为自己刚才的广播而兴奋着。

以前他在广播话筒面前，有点心虚，从来没有像现在这样，理直气壮。

“你看看稔子酒厂，养猪场，还有修建的公路，这都是刘振华的功劳。水莲，你都看到了，稔子酒一车一车地运出去，真的是让人高兴啊。还有现在的路，已经那么宽了，真是不一样啊。”宋民越说越兴奋，拿起桌上的稔子酒，小酌一口。

“你也知道我们这个女婿厉害啊？”李水莲得意地笑着。

村民们酿造出来的稔子酒，也要交到他们这边销售，到时就可以得到一些提成，以后刘振华他们会赚很多钱的。

宋民奇怪地问道：“水莲，我就奇怪了，你那天晚上本来是不答应把酿酒秘方给振华的，怎么第二天又同意了？你吃错药了？”

“你才吃错药了。”李水莲白了宋民一眼。不过她心里还是有点虚，这是她与女儿的秘密，不能告诉宋民。

如果让宋民知道刘振华占了女儿的便宜，估计他现在就拿着水烟筒去打刘振华了。

李水莲故意道：“是我慧眼识女婿，我可厉害呢。”

“得了，别人不知道你，我还不知道吗？你就是头发长，见识短。”宋民嘲笑道。

“宋民，我不管你了，你自己热菜吧，我去外面逛会儿。”李水莲生气地把锅铲扔下，气呼呼地走出去了。

两天后，刘振华和陈志源带着一些稔子酒去县城坐车，到省城推销稔子酒了。

这次刘振华没带宋丽芳，毕竟是搬搬抬抬的活，还是男人容易做。

刘振华想着这次与那些商店或者酒店谈好，与对方签了约，再让陈学才他们托运稔子酒。

一千瓶的稔子酒，走物流会好点，而且直接寄到人家的店门口，也省下他们的运输费。

这次，他们随身带了五十瓶，准备分别找五十个寄卖点。

宋志军直接在车站门口等着，看到刘振华他们，笑着道：“振华，走，我请你们吃晚饭，然后再送你们去车站。”

“志军哥，你们那里的稔子酒销售得怎么样？”刘振华担心地问道。

宋志军把摩托帽摘下来，摇头道："现在没有以前那么好卖了，一天就卖几十瓶吧。不过也可以了。"

宋志军越来越佩服刘振华，把后面的销售情况分析得非常准。

"嗯，你们一定要守在那里，就算开始卖不了多少瓶，但有一些人喝了稔子酒，觉得可以，还会过来买。"刘振华叮嘱着宋志军。

宋志军急忙点头，县城这一块的销售，他是不会让出去的。那天宋志峰听说在县城一天可卖一千瓶稔子酒，气得给他打电话，说也要拉稔子酒来县城卖呢。

当时宋志军就生气了，与宋志峰吵了起来，后来还是刘振华出面做工作，说一天卖一千瓶只是暂时的，而且以后县城还会增加销售点，如果宋志峰真的想上县城，可以自己去租房、租摊位，但他们不会为宋志峰出租房、租摊位的钱。

宋志峰听刘振华这样说，才没再叫嚷了。

因为现在白洋镇也在宣传希望牌稔子酒，每天批发店也能卖出几十瓶稔子酒，这让他们两口子高兴得要命，说就算代销稔子酒，也可以让他们安稳过日子了。

但他们不知道，刘振华最担心的是等其他村民的稔子酒酿造出来，一天如果卖不出一万斤以上，村里就会积压不少。

在来之前，刘振华已经跟宋民、陈学才他们说了，大仓库要建，其他村民的工作也要指导，两边一起抓。

有一些村民没有钱买猪崽，也是东借西借才凑够钱，大家都豁出去了，这让刘振华行事非常谨慎。

不能走错啊，可能一步走错，村民们就会血本无归。

可惜稔子枝叶可以入药这个渠道还没有开发出来，老枪那边也帮他们去问了，但那些药厂都没有答复。

要不然，稔子枝叶能卖出去一些的话，也算是为村里又增加了一笔收入。

反正稔子枝叶剪掉之后，来年又可以生长出来，并没有什么影响。

宋志军把两大箱稔子酒绑在摩托车后架上，招呼着刘振华他们上车。

在路边的快餐店，刘振华他们吃了晚饭，然后来到长途汽车站。

为了省钱，他们坐的是最便宜的那一班长途车。

到省城后，他们还是要在车站的休息厅里坐到六点，再去找老枪。

不过这次与上次不一样，上次全是刘振华提着箱子，这次全由陈志源提。

“志源哥，你也让我提一会儿吧。”刘振华不好意思道。

陈志源不以为然道：“振华，你不要说了，我有的是力气，这几十斤是小事。”

刘振华看了看陈志源那粗如小孩大腿的手臂，不由暗暗咋舌。

上次去省城被几个混混欺负，回来后，宋丽芳告诉大家，陈学才就发火了。

因此，这次陈学才让陈志源跟着过来。陈志源年轻的时候出去拜过师学过武，具体有多厉害不知道，但是听说村里没有人敢欺负他。

“志源哥，辛苦你了。”刘振华道。

“这没什么。”陈志源不以为然，轻松地提着两箱稔子酒往候车厅走去，“振华，我的脑袋瓜不好使，只会使力气。所以你以后要带着我发财，你让我怎么干，我就怎么干。”

村里的人都真正当刘振华是村主任了，稔子酒的成功，已经改变了大家的观念。

现在大部分的村民都加入了希望合作社，大家都听刘振华的，都想着赶快把稔子酒给卖出去。

不说别的，就是刘振华他们的合作社总社，也积压着不少稔子酒了。

果然一天卖一千斤，只能解决总社那边的积压。但对全村来说，这只是小数目，一天起码卖上一两万斤，才行的。

第59章 见义勇见

还有现在他们收了不少稔子回来，都是放在家里保鲜，还不敢拿出来酿酒呢。

刘振华打算以后有钱了，还要建一个保鲜库，专门装稔子呢。

这一系列的计划，都让村民们听得头晕眼花，他们真心不懂，只是想着听刘振华的就行，跟着刘振华发财就行。

这不，陈志源一听跟着刘振华去省城，一万个愿意啊。

只要跟刘振华拉好关系，以后他们会吃香的喝辣的。

再说了，听说刘振华在省城的关系可厉害呢，这次不但要找寄卖点，还要找那个周红星董事长呢。

想到这里，陈志源心里一热。那可是有钱人啊，直接给刘振华开了一万块一个月的工资。

如果是他，只要一个月给三千块钱，他就能笑得见牙不见眼。

在来的时候，陈学才他们交代陈志源，一定要照顾好刘振华，他是村里最关键的人物。

以后落山村能不能脱贫过上好日子，都得看刘振华呢。

所以，陈志源刚才在吃饭的时候，直接就吃了五碗饭，浑身是力气，哪能让刘振华提东西呢。

这次来省城，刘振华是轻松了不少，不过也少了以前的温馨。

陈志源睡着的时候会打呼噜，还是非常响的那种。

长途汽车在凌晨四点的时候到了站，刘振华带着陈志源来到休息厅休息。

本来刘振华想跟陈志源说让他先休息一下，自己迟点再睡的，陈志源却没有了刚才在车上的睡意，精神抖擞地道："村主任，你睡吧，我在车里已经睡饱了。"

陈学才告诉过陈志源，到省城那种大地方，要懂得尊重别人。所以，他要叫刘振华为村主任了。

宋丽芳交代过他，在省汽车站休息的时候，会有小偷出现，当时就是小偷想偷他们的钱，还打了刘振华呢。

刘振华点点头，刚才陈志源一上车就睡觉，应该睡了有五六个小时。

刘振华趴在背囊上迷迷糊糊昏睡，也不知道过了多久，陈志源大声叫道："你们在干什么？为什么要偷那个大叔的钱？"

听到叫声，刘振华猛地跳了起来。

刘振华睁开眼睛一看，发现在前面不远的靠椅上，一个身穿黑衬衫的青年怒瞪着陈志源，旁边一个衣服破旧的年约五十岁的大叔半睁着惺忪的眼睛，一头雾水的样子。

刘振华一看到那个黑衬衫青年，眼睛睁得更大。"是你！"

刘振华认出来了，上次就是这个青年想偷他们的钱包，还打了他。

陈志源问大叔："大叔，你看看自己的钱包还在不在？"

"钱包？"大叔伸手进裤袋里一摸，脸色变了，"我的钱包不见了。"

黑衬衫青年脸色一变，转身就要走，但被陈志源冲上前拦着："你不要走，把大叔的钱包交出来。"

"志源哥，你要小心，他还有同伴，上次就是他打了我。"刘振华着急地提醒着。

"你们不要血口喷人啊。"这时，从右边站起来两个流里流气的青年，他们朝这边走过来，"多管闲事会连累自己的。"

大叔哭着脸道："你们把钱包还给我吧，里面有两千多块，我一会儿还要转车回乡下照顾我病重的母亲呢。"

黑衬衫青年不理大叔，继续往前面走。

现在他的同伴过来了，如果刘振华他们敢多事，他们会教训对方。

刘振华急了，正想着上前把这些人拦下时，陈志源已经动手了。“就是你们打了我们的村主任？”

大家只觉眼前一花，陈志源已经冲到黑衬衫青年身边，接着黑衬衫青年就往后面飞摔而去。

“啊。”黑衬衫青年捂着肚子坐在地上惨叫着。

另外两个青年气愤地叫道：“黑狗被打了，废掉他们。”

说完，他们往身上一掏，居然各拿出一把折叠小刀。

“快来人啊，有人偷东西行凶啊。”刘振华一边大叫，一边拿出手机报警。

大叔看到歹徒持刀顿时吓坏了，旁边的乘客也没有人敢站起来制止，纷纷退缩。

两个青年挥刀向着陈志源冲去，在他们的眼里，随时能把陈志源干趴下。

“志源哥，小心。”刘振华也往那边冲去，虽然他赤手空拳，可也想帮陈志源对付歹徒。

陈志源大喝一声，身体猛地一跃，直接腾空而起，右脚向前面飞踢而去。

陈志源的动作太快了，右边的歹徒还没有反应过来，持刀的右手已经被踢中。

“咔”的一声，好像骨头都被踢断了。

由于陈志源跳了起来，左边歹徒的小刀刺空。

说时迟，那时快，陈志源一个回旋踢，把左边歹徒踢飞。

“嘭。”

那歹徒飞出几米才落在地上，发出沉闷的响声。

众人大惊，这一脚踢出的力量有多大啊，把一个成年男人踢飞那么远。

刘振华没想到陈志源的身手这么好，正想松口气时，那边的陈志源又叫了一声：“村主任小心。”

说着陈志源往他这边飞扑过来，当陈志源刚扑到刘振华的身边时，“啪”的一声，一个地菠萝重重地砸在陈志源的身上。

原来，黑衬衫青年见刘振华打电话，忍痛拿起旁边一个乘客带的地菠萝，用力地砸向刘振华的脑袋。

如果不是陈志源飞扑过来，可能刘振华的脑袋已经开花了。

陈志源摔在地上后，一下子跳起来，向黑衬衫青年冲去。

“你……你不要过来。”黑衬衫青年害怕地往后面退。

“村主任是我们的希望，你敢打村主任。”陈志源如一头发疯的狮子，冲上去对着黑衬衫青年就是一拳。

“咔”的一声响，大家又听到骨头断裂的声音。

“啊。”黑衬衫青年躺在地上惨叫着，这一次，他没有再袭击刘振华的能力了。

大叔着急地站起来道：“我的钱包在哪里？”

陈志源指着黑衬衫青年道：“我刚才看到他偷了你的钱包，然后放在他的裤袋里了。”

大叔想过去黑衬衫那里拿钱包，但又有点害怕，不知道怎么办好。

刘振华劝道：“大叔，我已经打电话报警，警察说很快就过来。”

省汽车站外面本来就有警察巡逻，接到报警电话，几分钟后，警察出现在大家的面前。

警察当着大家的面，从黑衬衫青年身上搜出了大叔的钱包。

“那个是我的钱包。”大叔大声地叫着。

警察向刘振华和一些乘客询问了刚才的情况，高兴道：“这个黑狗团伙是这一带的惯犯，作案多起，我们早就盯着他们了，但一直没有证据。这次人证物证确凿，他们跑不掉了。”

陈志源摸着脑袋不好意思地问警察：“警察同志，刚才我气过头，一下子控制不住力气，可能把他们的骨头打断了，我要不要赔偿医药费啊？我……我没有什么钱。”

说到这里，陈志源为难地看着刘振华。

如果真要他赔钱的话，只得先找刘振华借，等他家的项目赚钱了，再还给刘振华。

警察听了摇头道：“黑狗他们持刀伤人，你们自卫，不用赔钱。兄弟，你的身手不错啊，一个人赤手空拳打三个歹徒。”

陈志源听警察这样说，也是放下心来了。

警察带着大叔、黑狗他们回派出所，刚才黑狗他们也承认在这里偷了不少人的钱，等待他们的将是法律的制裁。

这时，刘振华才想起陈志源刚才因为救他，而被地菠萝砸到后背。“志源哥，你后背疼吗？要不要去医院看一下？”

陈志源晃了几下肩膀摇头道：“这只是小伤，不碍事。等我回去拿点药酒擦一下，再去药店抓几剂药吃就行了。只要村主任你没事就行，要不然学才哥他们会骂死我的。”

刘振华听了心里深处被触动了，大家都当他是村里的希望，他一定要带着大家脱贫。

保安们也不敢偷懒了，全在休息厅里站着，大家都感觉到安全不少。

天亮了，刘振华带着陈志源去坐地铁。

本来刘振华想自己提一箱稔子酒的，可陈志源说他没事，还是自己提了两箱。

陈志源第一次过来省城，没有坐过地铁，当他进了地铁站，不由吃惊道：“村主任，原来地铁就是地下的火车啊。哈哈哈，我回村里，又可以跟大家炫耀了。”

“志源哥，以后我们会越来越好。等我们有钱了，不但要经常来省城玩，还要出国玩。”刘振华感激地看着陈志源。

如果不是陈志源帮他挡了一下，他现在可能要进医院了。

还是上次的那间酒店，刘振华用身份证登记后，便与陈志源先在房间里休息。

中午时，老枪过来找刘振华，还带来了一些打印好的合同和寄卖店的地址。

刘振华请老枪吃了一顿饭，然后带着陈志源坐摩的去找那些商店和酒店。

由于老枪已经跟他们谈好了，刘振华再过去一说，很容易达成协议。

刘振华把五十瓶稔子酒寄放在这里卖，以三个月为期，他们能卖多少是多少。卖不出去的，刘振华他们会过来把稔子酒带回。

这是刘振华一个大胆的设想，为了在省城推销稔子酒，只得先在这五十个寄卖点铺货了。

给对方的提成还是八块钱一瓶，相对于刘振华他们少赚了不少。

但为了推广，他们就算是亏本也要这样做。

第60章 峰回路转

刘振华他们足足跑了三天，把那五十个寄卖点都跑完了，还签了合约。

前两天的稔子酒已经发货，一些寄卖点已经拿到货了。

今天的货，也是运到了县物流处，不过要等刘振华这边发信息确认，宋志军才会让人发货。

刘振华把最后一个寄卖点的信息发过去后，松了一口气。“志源哥，我们今晚就好好休息一下，明天接到他们收到稔子酒的电话后，晚上就回去。”

“嗯，我们回去。”陈志源开始对省城的花花世界还是非常好奇的，可是在这里待了几天后，感觉浑身不自在，觉得自己融入不了这里。

“铃——铃——铃——”陈志源的手机响了。

陈志源拿出手机一看，发现是省城的座机电话。“喂，你找谁？”

“是陈志源同志吗？”那是一个男人的声音。

“我是，你哪位？”陈志源问道。

“我是上次在省汽车站的那个警察，我们已经落实了黑狗的案子，我们局长说要奖励你一千块。”警察道。

陈志源奇怪问道：“为什么要给我钱？”

“这是见义勇为的奖励。”警察解释道。

陈志源摇头道："我不要这个钱，我们学雷锋做好事，就是不能要回报的。如果我要了你们的钱，我还是做好事吗？上次我们村主任在省城帮助别人，人家还要奖励他一万块钱呢，可他还是不要，我要学村主任。"

陈志源傻里傻气地挂了手机，让刘振华的心情为之一紧。

落山村非常穷，村民非常缺钱。可不管他们怎么缺钱，该他们拿的钱，他们要拿。不该他们拿的钱，一分都不拿。

"志源哥，你是好样的。"刘振华向陈志源竖起了大拇指。

"呵呵，其实我的心也有点疼。"陈志源傻笑着，"不过这种钱，我们不能要，我们好心帮人就行了，还要钱就不对。我们要靠自己的双手赚钱。"

刘振华坚定地点着头："志源哥，我们一定可以赚钱过上好日子。"

吃过晚饭，刘振华拿出手机给周红星打电话。

这个手机号码已经存了很久，可他从来没有拨打过。

很快，手机被接通了，里面传来周红星的声音："哪位？"

"周董吗？我是落山村的刘振华，我现在在省城，不知道你明天中午有空吗？我想请你吃饭。"刘振华还是想着就在这里的小饭店请人吃饭，太贵他可请不起。

"原来是振华啊，你在省城吗？那行，你把你的地址给我，明天中午吃个饭啊。"周红星也没有与刘振华多说什么，约了时间后就挂了手机。

陈志源一直在听刘振华打电话，一听是那个有钱的董事长，兴奋地问道："村主任，是那个周董吗？他答应明天中午与我们吃饭吗？"

"是的，明天中午我请他吃饭，到时我问问他订的稔子酒效果如何，看他还要不要再订一批。"刘振华点点头。

省城这里的希望，刘振华觉得还是周红星那里比较大。如果这次周红星能订一千瓶的话，那就好了。

第二天中午十一点半，刘振华的手机响了，是一个陌生的号码。

刘振华接起一听，才知道是周红星的秘书打过来的。"刘先生，你好，我是周董的秘书小梁，上次我们在医院见过面的。"

"梁秘书，你好。"刘振华急忙道。

"是这样的，我已经在你们旁边的金光酒店订了一个包厢，368 房，你们过来就行了。”梁秘书道。

刘振华他们是知道金光酒店的，里面的消费非常高，当时老枪还跟他们说，去那里吃饭起码要一千块以上。

刘振华他们到了那里时，只看到梁秘书一个人。

“对不起，刘先生，我们周董临时有急事来不了，他让我代他请你们吃饭，请不要介意啊。”梁秘书刚才已经问清了刘振华他们一行有两个人，一早点好了菜。

梁秘书叫服务员上菜，陈志源看到那些美味佳肴，口水都流了出来。

大家吃饱喝足后，梁秘书对刘振华道：“刘先生，这餐饭我已经买单了，你们可以在这里休息，也可以慢慢吃，我还有事情要先走了。”

刘振华犹豫了一下，硬着头皮问道：“梁秘书，不知道周董上次订购我们的稔子酒怎么样？还要不要订购？”

梁秘书为难地摇摇头道：“我们现在不要稔子酒了。”

“啊，不要了？”陈志源吃惊地叫了起来。

这是怎么回事？周红星董事长不是说稔子酒不错，一下子订购了五百瓶的吗？怎么现在不要了呢？

梁秘书点点头，向刘振华他们告辞后就走了。

陈志源一下子坐在椅子上，自言自语地道：“村主任，这怎么办啊？这个周董是我们的大客户啊，是不是我们的稔子酒有问题？他们才不要了呢？”

刘振华也是拿不准梁秘书的意思，只得又给周红星打电话，直接询问稔子酒的事情。

刘振华与周家的关系有点特殊，这也是他一直不敢贸然给对方打电话的原因。

当时周家一直要报恩，他要的并不是报恩，而是想让稔子酒真正能销售出去。

要知道这种报恩并不长久，人家可以买一千瓶，可以买一万瓶，但不能继续长久买下去。

稔子酒这个项目需要真正的顾客，大家一起共赢才是真正赢。

因此，刘振华要问清这个问题。

电话接通了，刘振华干脆直接地询问周红星有关稔子酒的事情。

“振华，这个稔子酒嘛，就到此为止了。如果有需要，我再给你打电话，你还是要多在推广销售上想办法。”周红星暗示着。

刘振华明白了，不好意思地道：“周董，谢谢你。”

“不客气。”周红星也没有与刘振华多说，直接挂了手机。

刘振华拿着手机暗暗沉思着，生猪销售的问题不大，邱干部说了，到时扶贫组会帮他们想办法，跟县食品站那边沟通，在同等的条件下，会先买他们的生猪。

一个县一天要多少猪肉啊，如果县食品站能照顾他们一些，生猪的销售问题不大。

可是稔子酒的销售，还是要想办法才行。

如果没有全村参与合作社，只是凭着刘振华他们刚开始几个人的规模，稔子酒是可以销售得出去。

但这不是刘振华的初衷，要让全村的贫困户脱贫，就要大家一起参与进去。

刘振华见陈志源一脸愁容地坐在那里，不由笑道：“志源哥，你怎么了？”

“我……我担心家里的稔子酒卖不出去啊。”陈志源耷拉着脑袋。

刘振华安慰陈志源：“你放心吧，我们不是已经在省城找了五十个寄卖点了吗？在余溪县也卖得可以，只要我们撑过半年，等生猪卖出去有钱了，我们就可以拿出一些钱做广告，到时会有更多人买我们的稔子酒呢。”

“对，村主任，你说得对。”陈志源的心里又有希望了。

刘振华见时间还早，与陈志源去了另外两个药厂，想推销稔子枝叶，但人家一听他们没有什么临床证明，马上拒绝他们了。

当刘振华他们来到省汽车站，买了晚上回去县城的车票时，刘振华的手机“铃——铃——铃——”地响了起来。

“振华，振华……”刘振华一接通，便听到邱干部喘气的声音。

刘振华问道：“邱干部，怎么了？”

“成了，真的成了。”邱干部的声音还是带着喘气声。

刘振华不解了，一边找了一个椅子坐下来，一边问道：“什么成了？”

“刚才我接到我女儿的电话，说今晚市电视台的新闻会播放我们落山村的那个采访啊。”邱干部兴奋地叫着。

“什么！太好了。”刘振华兴奋地拍了一下手。

“啪”的一声后，刘振华发现自己居然拍在了陈志源的大腿上。

“哎呀，村主任，你怎么了？”陈志源摸着自己的大腿奇怪地问道。

刘振华顾不上向陈志源解释，兴奋地道：“邱干部，我现在在省汽车站，明天早上就回到县城，到时我们见个面聊聊。现在，我就要给宋叔他们打电话，让他们执行我的第二个方案，在海江市的五县四区销售我们的稔子酒。”

当时刘振华已经跟宋民他们策划好了，只要桃金娘子的那个采访一播出，肯定会有一点广告效应，到时就派三轮车拉着稔子酒去海江市的市场那里卖。

因为资金的问题，一个县或区暂时只能派一辆三轮车，另外让一个精明的村民跟着去售卖，不管卖多少，都要配合那个新闻，让海江市的人知道希望牌稔子酒。

“你……你是说派个三轮车拉着海报在县城里逛几圈那样的宣传？”邱干部担心地问道。

刘振华苦着脸道：“是啊，虽然有点落后，但是我们没有钱做广告啊。邱干部，等我们撑过半年，有钱之后，我们一定会在电视台那里打广告。”

“也对，虽然宣传有点简单，但也有效果。我每天下午都去市场问宋志军他们销售的情况，虽然现在没有以前那样，一天卖一千瓶，但能卖一百多瓶，也是不错。”邱干部道，“而且这次能在市电视台播，肯定会有一点效果，看你们在市区和其他县销售的效果吧。”

第61章 肃然起敬

“不过，振华，在其他县区销售稔子酒，我问不到销售数据，你每天都跟我说说，我帮你综合分析一下啊。”邱干部道。

刘振华听邱干部这样说，心里满满的感动。

虽然以前邱干部不理解、不支持自己的扶贫方案，但当他接受之后，可以说处处关心，处处帮他们落山村着想。

一个快退休的老干部，还每天下午去市场帮他们分析稔子酒的销售数据，这不得不让刘振华肃然起敬。

“邱干部，您辛苦了。”刘振华郑重地说着。

“振华，你们更加辛苦啊。不管是你，还是其他村民，你们都不容易，都辛苦。我们一起努力，让落山村脱贫。”邱干部说到后面，好像有点哽咽，居然挂了手机。

刘振华放下手机，看着一边的陈志源，心里感触万分。

邱干部说得不错，不但他辛苦，村民们也辛苦。陈志源那天拼命地扑过来，不让他受伤，让他感动，让他到现在都感觉到眼眶有点湿润。

宋民的期盼，陈学才的叮咛，宋丽芳的情意，陈志源的照顾……一直压在他的心头，化为他努力工作的动力。

刘振华扭头跟垂头丧气的陈志源说了市电视台今晚要播放他们落山村采访新闻

的事情，陈志源一下子抬起头，眼中泛起了光彩。

“村主任，你是说，我们很快又可以一天卖一千瓶稔子酒了？”陈志源家里的稔子酒快可以销售了，今天周红星的拒绝，让他沮丧不已，心里一直惦记着家里的那些稔子酒。

刘振华笑道：“这个难说，不过我们有着五县四区的资源，到时派人过去推广稔子酒，应该有点效果。”

“对，就是一个地方卖一百瓶，这么多地方，加起来也能卖到一千瓶了。”陈志源说着说着，不由大笑起来。

刘振华坐在椅子上，打趣着：“志源哥，你不担心了？”

“村主任，我想通了，做项目嘛，肯定会有风险，哪能一直顺顺利利呢？反正我们不懂这个，你让我们怎么做，我们就跟着做。你们连银行的钱都敢贷，都敢拼，我们凭什么不敢拼？”陈志源的眼里透着坚定。

刘振华点点头道：“是啊，我们有扶贫组的支持，还怕什么呢？这次，我们一定能行。”

刘振华给宋民他们打电话，商量着明天在其他区县推广稔子酒的事情。

第二天的早上，刘振华他们回到了余溪县。

宋志军没有过来接刘振华，听说他请了三天假，负责一个县的销售推广。

宋志峰也报名负责一个县的销售推广，估计现在已经出发在路上了。

快上班的时候，刘振华见到了邱干部。

“振华，昨晚的海江新闻不错，没有剪我们的镜头。”邱干部兴奋地挥着手，脸上洋溢着喜悦。

“邱干部，那么说，你又出风头了？”刘振华调侃着。

“哪是我出风头，是丽芳这个桃金娘子出风头了。”邱干部提醒着刘振华，“县里有不少年轻干部给我打电话，说想认识桃金娘子呢。这次市里又播了丽芳的采访，她会更加出名。我看，你们还是把关系定了吧，不要让一些人存着其他遐想了。”

刘振华尴尬地抓了一把头发，这几天白天跑业务，晚上回来累得匆忙洗完澡就睡觉，他都好几天没有洗头了。“桃金娘子出名是好事，对我们的稔子酒销售有帮助。至于其他的，我还是想等合作社做起来了再说。”

“这个就看你们吧，我只是多嘴说说而已。”邱干部又带着刘振华他们到了市场那边。

何小英一个人在那里卖着稔子酒，可能由于昨晚市电视台播了新闻，今天过来买酒的人又多了。

“振华，我看今天可以卖出一百多瓶。”何小英高兴地说道。

“振华，看来你们得要租一个地方固定销售稔子酒了。”邱干部提着建议。

刘振华看着何小英：“嫂子，这个由你们定，毕竟提成给了你们，房租是由你们出的。”

“这个我和志军商量过了，等过几天，销量确定下来，我们去租一个小档口，一个月就是一千几百块钱。”何小英昨晚看到海江市电视台的新闻，心里也有了主意。

在市场摆摊，遇到刮风下雨什么的，就不能卖东西，很不方便。

自己有一个小档口，虽然租金贵一点，但是省事省力，以后也不用天天骑着三轮自行车拉货过来，下午又拉回去。

刘振华他们回到了落山村，发现村民们都积极地动了起来。

以前说到的卫生情况，现在不要刘振华天天在广播里说了，村民们主动把屋前屋后、水沟等地方都打扫得干干净净。

修路的换地工作进展得非常不错，现在所有的村民都同意换地，协议也在签署中。

邹树平老板也表示，等地面清理完成后，他们会加大人力物力，尽快铺建这条公路，不会让落山村的乡亲们等太久。

因此，刘振华准备去找陈学才，让他加紧一点，尽可能在这两天把换地工作做完，好让工程队把公路的画线部分推平，时不我待啊。

稔子酒做大之后，人家销售商可能会直接过来拉货，这路不修好的话，会成落山村发展的一个大阻碍。

回到合作社，刘振华刚跟陈学才说完，陈学才便拍着胸膛表态：“振华，你放心，他们都答应过我的，我这两天就让他们把协议签了，然后请工程队的推土机过来平整地面。”

刘振华点点头，他也知道这段时间陈学才的事情非常多。

换地时得从村里找一块差不多的地换给村民，人家才同意换。

毕竟被推掉两亩地的话，你不能只给人家一亩地吧？

宋民也在一边说着合作社的事情，反正一句话，前景非常不错，大家就等着这几天去其他区县推销稔子酒的成果了。

这时，宋丽芳走了进来，让大家的眼前一亮。

刘振华也看出来了，宋丽芳以前不爱打扮，不知道为何，这段时间懂得打扮起来，比以前更漂亮了几分。

“我们的桃金娘子来了。”刘振华打趣道。

宋丽芳见自己进来后，刘振华就呆呆地看着她，心里一阵暗喜。

陈学才接着打趣道：“振华，桃金娘子是我们叫的，你应该说，我的娘子来了啊。”

“哈哈哈。”宋民和田世明哈哈大笑起来。

宋丽芳小脸一红，娇嗔地白了陈学才一眼：“学才哥，你就不要拿我开玩笑了。”

右边的李水莲得意地笑道：“现在大家都叫丽芳为桃金娘子，这几天，要找她的人非常多，说是采访拍广告什么的。找我们说媒的人也非常多，我们都烦死了。”

李水莲虽然说烦，可是脸上露出的却是得意的神采。

刘振华微微蹙眉：“除了说亲的，就没有人谈订购稔子酒吗？”

“是有老板说要订购，不过让我去县里或者市里谈，我没有答应。”宋丽芳小声地说道。

宋民沉思了一会儿，拿起手里的水烟筒：“丽芳，你可以与振华一起去，有他在，对方也搞不出什么事情来。”

“嗯，我就是想等振华哥从省城回来，跟他说呢。”宋丽芳的美眸往刘振华身上一扫，让他如沐春风。

陈学才插上话，担心道：“还要带上志源去，现在这世道，什么人都有。”

这次去省城又遇到混混，还动了刀子，让陈学才他们担心坏了。

大家都把身家投进了合作社里，刘振华千万不能出什么事情。

刘振华担心地对陈学才道：“学才哥，这次志源哥因为救我受了伤，你带他去医院看看，我负责他的医药费。”

宋民摇头道：“振华，你这样说就不对了。你们这次是出公差，所有的开销都归合作社支出。要不然，以后谁还敢为合作社出差啊？”

刘振华想想也对，以后合作社的事情越来越多，要派出的人也会越来越多，是要有一个规矩才行。

刘振华又与大家聊了合作社的事情，决定下次的合作社会议，再增加十个代表左右，都是村里比较说得上话的人。

这样的话，以后的工作也容易做了。合作社是大家的，大家一起商量决定，才符合现在的形势。

宋民他们出去了，屋里只剩下宋丽芳和刘振华。

“振……振华哥，你是不是生气了？”宋丽芳犹豫地看了刘振华一眼，怯生生道。

“生气？为什么？”刘振华奇怪了。

“就，就是那么多人给我打电话，还说请我吃饭什么的。”宋丽芳低着头小声说道，“我也不知道他们是怎么知道我的手机号码的。”

刘振华笑道：“我怎么会生气呢？有人主动打你的电话，也是好事，起码说明我们的宣传到位了，大家知道桃金娘子，知道希望牌稔子酒了。刚才我不是跟你说吗？以后别人给你打电话，你就只谈稔子酒，不要跟他们多谈。”

“另外，如果他们约你出去谈，也是可以的。如果我没有空，你就多带一个人去，注意安全就行了。”刘振华说出了自己的想法。

第62章 阻拦修路

宋丽芳的脸上露出失望的神情："原来你不妒忌啊。"

"妒忌？"刘振华笑了起来。

这时，宋丽芳的脸色更加难看了，她站起来就要往外面走。

"我怎么会不妒忌呢？"刘振华继续说道。

宋丽芳的心中一喜，脸上红扑扑的，两眼偷偷地看着刘振华。

刘振华也看着宋丽芳，眼里透着情意："可是妒忌没有用的，我们还是把心思放在合作社上吧。不过，你现在是明星人物了，可不要跟人家跑了啊。"

"我不会跑。我谁也不嫁，就嫁给……"宋丽芳羞得说不下去了，但勇敢地抬起头，深情地看了刘振华一眼，然后扭头跑了出去。

"努力！"刘振华用力地握紧拳头在空中挥着。

杨思诗已经成为过去，他也要重新过自己的生活。

希望他能在合作社收获自己的事业，又能收获到自己的爱情。

中午的时候，去各区县销售稔子酒的人陆续打电话回来，都说销售得不错，少的销售了一百多瓶，多的已经销售出三百多瓶了。

这个消息无疑给村民们打了强心针，宋民又在广播里讲话了……

刘振华把中午的数据统计好，感觉胃不舒服，急忙吃了一粒止痛药。

老是靠止痛药维持着，也不好，刘振华想着要找个时间去县人民医院做个胃镜检查才行了。

一万几千块的闲钱没有，但是几百块钱的检查费，他现在还拿得出来。

刘振华感觉到头昏脑涨，可现在时间太紧，他顾不上睡午觉，站起来往外面走去，他想着去公路那边看看，有没有什么需要他协调的。

“铃——铃——铃——。”刘振华的手机响了，是陈学才打过来的。

手机一接通，里面传来陈学才焦急的声音：“振华，不好了，牛杀猪家的婆娘现在突然说不答应换地，不让工程队的推土机推她家的地呢。”

“这是怎么回事？不是说好了吗？他们签约了吗？”刘振华大吃一惊。

当时他们去村民家做工作的时候，大家都答应了。所以，工程队才按照这个路线做规划的。

因为还没有换到合适的地，所以有一些协议没有签下来。现在牛杀猪家反悔，怎么不让他担心呢？

如果再改路线，肯定会拖延时间，而且还要多出一笔钱呢。

“我没有想到会这样，当时牛杀猪他们答应得很爽快，现在他婆娘在地里拦着不让推。还说协议没有签，这地还是他家的。”陈学才后悔地说道。

早知道是这样，当时他们就应该先把协议签了。反正换同等面积的地，大家也不会有什么意见。

再说了，现在大家的心思都在合作社那边，哪里还管这点地呢。

刘振华心急如焚地跑到那边，发现牛婶一脸恶毒地坐在地上，面前就是推土机，司机无奈地在推土机上面坐着。

陈学才见刘振华过来，急忙带着工程师过来了。“振华，这事有点麻烦，牛杀猪家的那块地是重要位置，有点长，如果绕过去，会多征十几亩地，而且还不能走直线了。”

按照原来的计划，只是征用牛杀猪家的五分地，不多，应该很容易解决。

可现在牛杀猪家不同意的话，由于他们家的地非常长，如果要绕过去，会多建差不多一公里的路，这让工程造价又多了三十来万元。

刘振华听完陈学才他们的诉说，只得走到前面与牛婶沟通。“牛婶，修路是为落山村好，你就答应下来吧。”

“哼，刘振华，那是你们好，不是我们好。”牛婶怨恨地盯着刘振华，“现在你们不把我们当成落山村的人，那我们也不会帮你们。我们家的地就在这里，谁也不能动。”

说完，牛婶得意地抬起头。

她以前是故意答应下来的，反正不签协议，他们想怎么反悔都行。

等工程队把路线拉好，那边已经开始动工了，她才在这边刁难，让刘振华他们骑虎难下。

刚才她已经给牛杀猪打了电话，叫他赶快从镇里回来，一定要阻止他们修路。

宋民也赶了过来做牛婶的思想工作，可是不管大家怎么说，她就是不同意，还说如果谁敢动她家的地，她就报警抓人。

刘振华他们无奈了，这地本来就是牛杀猪家的，村里要协调好重新分地的话，起码又要一段时间。

这个工程一拖下来，损失是非常大的。

刚才邹树平还给刘振华打电话，说施工的机械全部进场了，拖一天就要多一天的租金，到时公路造价又要提高呢。

宋民走过来对刘振华道：“振华，你现在给马委员打电话，让镇里派人过来做思想工作。如果他们再不答应，那就重新分地，把他们家的地分到其他地方。”

刘振华无奈地点着头，这个方法是可以，但估计要拖上一段时间，工程不等人，时间也不等人。

这条路再拖上一个月，邹树平可能要找他提高工程款了。想到这里，刘振华的头更加疼了。

陈学才也火了："振华，不要管她，把她抬出去，我就不信他们一家，能拗得过我们全村人。要不，我们把他们全家赶出落山村。"

陈学才的提议一出，立即得到不少村民的同意。

刘振华正想劝大家不要这么冲动时，牛杀猪开着摩托车回来了。

牛婶看到自家男人回来，高兴地站起来叫道："老牛，我在这里，你赶快过来，与我一起拦着他们，不要让他们建公路。他们不想我们家有好日子过，那我们也不让他们有好日子过。"

牛杀猪把摩托车停好，气呼呼地往牛婶那边赶去。

牛婶高兴了，他们两人一起拦着推土机，看工程队还怎么施工。

可没想到牛杀猪跑到牛婶的面前，扬起手就是一巴掌。

"啪"的一声，牛婶吃惊地捂着脸，看着牛杀猪。"你……你打我？"

"你是不是想害我对不起祖宗？这修路是有利万代子孙的，你凭什么拦着，难道我们就不从这条路进出吗？"牛杀猪的脸如抽筋一般，估计气得不轻。

"牛杀猪，你敢打我，我与你离婚！"牛婶发出歇斯底里的怒吼。

牛杀猪生气地瞪着牛婶："离就离，如果当年不是你怂恿我卖猪肉骗秤，我会对不起穷困的乡亲吗？我会被别人戳着脊梁骨骂吗？现在大家都在为建公路而出力，我们怎么能阻拦呢？"

其他的不说，就是牛杀猪现在开车去镇里都能感觉到，这条平坦的路，比以前节省了不少时间，更不要说以后修好了水泥路呢。

牛婶被牛杀猪大骂一通，捂着脸大哭着跑回家里去了。

牛杀猪扭过头对那边还在懵愣的陈学才道："学才，你把协议拿过来，我现在就签。"

"好，协议就在这里。"陈学才怕牛杀猪反悔，急忙拿着协议跑过来。

牛杀猪看也没有看协议书里的条款，拿起笔就在签名处签下了他的名字。“我是一家之主，现在签了名，你们可以直接动工了。以后，你们把地补偿给我们就行了。”

“牛叔，谢谢你了。”陈学才欣喜若狂。

牛杀猪已经在协议上签了字，有了法律效应，他们可以马上动工了。陈学才也学聪明了，马上去找其他村民签协议。

牛杀猪不好意思地走到刘振华的身边，眼里露出歉意：“振……村主任，对不起，让你们笑话了。我还要回镇里卖猪肉，就不与你聊了。”

“牛叔。”刘振华叫了声牛杀猪。

牛杀猪停下脚步，抬头说道：“对了，村主任，我家志锋现在在家里无所事事，让他跟着学才他们修路干活吧。他以前是有点浮夸，可看到大家齐心协力为村子建公路，也想着出点力。我们，都是落山村的人啊。”

“爸，你太好了。”牛志锋从后面跑上来，扑向牛杀猪。

牛杀猪没设防，被牛志锋扑倒在地上。

牛杀猪从地上爬起来，骂道：“志锋，你能懂事点吗？你赶快去帮忙干活吧。”

说完，牛杀猪蹒跚地走到摩托车旁边，上车打着火，开着摩托车往镇里奔去。

在陈学才的吆喝下，推土机继续开动，牛志锋也卖力地与大家一起干活。

刘振华在那里站了好一会儿，这才抬起头，伸手把那边的陈志源叫了过来，小声地跟他说话。

第二天，天还没有亮，牛杀猪就开着摩托车往外面赶去，他要去镇里卖猪肉。

因为他现在算是“新丁”，在镇里没有熟客，所以他的猪肉并不好卖，这些天一直亏本。

不过就算是亏本，牛杀猪也要去卖猪肉，这是他的老本行，除了卖猪肉，他真的不知道自己还会干什么？

他原本想亏就亏吧，等在镇里卖上几个月，大家都认识他了，可能就会过来买他的猪肉了。

但不知道是谁在镇里说他以前的丑事，说他在落山村卖猪肉骗秤，在那里卖不下去了，才跑到镇里卖。结果，他的猪肉更不好卖了。

牛杀猪非常怀念以前在村里卖猪肉的日子，在那里卖方便，不用跑来跑去，乡亲们也给面子。

唉，都怪他，骗乡亲们的秤，怨不得别人啊。

牛杀猪继续无奈地开着摩托车，现在天还没有亮，他不敢开快。

从昨天到现在，婆娘一直没有跟他说话，今天卖猪肉的准备工作都是他一个人干，现在感觉有点累。

当牛杀猪经过村广场的时候，旁边响起陈志源的声音："牛叔，今天的瘦肉怎么卖啊？"

"啊，瘦肉？"牛杀猪听到陈志源的叫声，吃惊地停下车看着对方。

第63章

不计前嫌

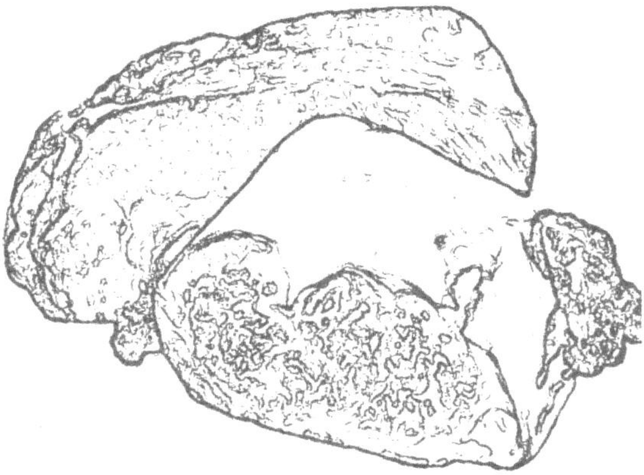

自从乡亲们发现他骗秤之后，都没有主动跟他说过话，更不要说问他猪肉的价格了。

“志源，今天镇里的瘦肉是十五块钱一斤，不过在乡下卖的话，不知道卜秋卖多少钱一斤了。”牛杀猪战战兢兢地说道。他不想得罪别人，更不想惹乡亲们不高兴。

陈志源笑道：“那好，你给我称一斤瘦肉，我家的小子喜欢吃瘦肉，不喜欢吃五花肉。”

“一斤瘦肉！”牛杀猪吃惊地叫了起来，“啊，你……你要买我的猪肉？”

“是啊，怎么了，牛叔，你不卖猪肉给我们吗？”陈志源笑着问道。后面也出现了一些村民，他们也在旁边哄笑着。

牛杀猪急忙摆手道：“我当然想卖猪肉给你们了，但是卜秋是你的同学，他一会儿就要过来这里卖猪肉，好像不大好吧。”

陈志源摇着头道：“昨天我已经跟卜秋说了，今天我们买你的猪肉，让他不要过来了，他两个村地跑，也很累。不过牛叔，你可不能再骗我们的秤了啊。”

“不，不会的，我牛杀猪如果再骗乡亲们的秤，那就让我断子绝孙，出门被雷劈。”牛杀猪感觉自己的眼睛有点湿，急忙抹了一把。

乡亲们都不计前嫌这样对他，如果他再不好好珍惜这个机会，那他就不是人了。

突然，牛杀猪抬起头道：“乡亲们，为了向大家赔罪，这三天我卖猪肉给你们只要成本，瘦肉是十二块钱一斤，五花肉是九块……三天后，我的猪肉与镇的价格一样，不会多收大家一分钱。”

陈志源笑着道：“也不用这样，你以前是怎么样的价格就怎么样吧。”

“不，大家为修建公路出了这么多力气，我牛杀猪也是落山村人，我也要为大家出点力。”牛杀猪急忙把摩托车停在以前卖猪肉的地方，然后开始卖猪肉了。

乡亲们见牛杀猪的猪肉只收成本，乐得纷纷过来买，天刚亮，牛杀猪的猪肉就卖完了。

刘振华与宋民在一处角落里站着。

本来他们想着，如果村民们不原谅牛杀猪的话，他们再出来做一下大家的思想工作。

可没想到牛杀猪是一心悔改，直接就以成本价卖猪肉，很快得到了大家的原谅。

“振华，我们回去吃早饭。”宋民高兴地对刘振华道，“看来，落山村是越来越好了。”

“是啊，会越来越好。”刘振华暗暗点头。

自从市电视台播出桃金娘子的采访后，给宋丽芳打电话的人越来越多。

有过来看合作社的，有过来看桃金娘子的，有过来谈代销稔子酒的。

刘振华已经安排好了，看合作社可以，但不能进养猪场，只能看稔子酒厂。

别有用心的人想看桃金娘子，那不行，除非是谈代理稔子酒的事情。

不过也有一些人想谈代理稔子酒的事情，但是想先拿货，等卖出货后再付款。

陈学才听了这个要求，觉得也可以，但刘振华拒绝了。

陈学才奇怪了：“振华，为什么不能让他们先销售稔子酒？”

刘振华道：“学才哥，如果是省城的话，我们还可以考虑寄卖。但在本市，是不能让他们欠着。如果他们不要，我们就派人去各个县卖。反正现在也好卖，我们就是出点人工而已。”

“你要知道，以后催货款的话，是非常麻烦的事情，我不想到时因为货款，还要专门成立一个部门。”刘振华给陈学才分析。

陈学才点点头道：“你说得也对，现在欠钱的都是大爷。到时我们要找他们要钱，可能会非常麻烦。那省城那边呢？你怎么还让他们欠钱？”

“我就是想着先打开市场，一个寄卖点五十瓶，不多。如果他们还想继续卖下去，就要先给我们货款了。”刘振华的眼里露出自信：“他们卖出五十瓶稔子酒后，肯定有回头客。如果他们不给钱，那我们也不供货。那些客人知道了希望牌稔子酒，以后会找我们买的。”

陈学才明白刘振华的意思了，用寄卖的方法，打开省城的市场后，他们也不再让别人欠货款。

特别是省城那边催款更麻烦，人家欠你几千块钱，你派个人上去几天，花费可能就要一两千块钱了。

最好的办法就是把提成什么的都给别人算好，十二块钱一瓶稔子酒，你要多少拉多少。

全卖出去就多赚，卖不出去，你自己亏，大家一起承担风险才行。

像海江市这边的销售商，他们就算是要一瓶稔子酒，刘振华都会按批发价给他们，这样也可以增加他们的积极性。

而且刘振华也不用他们过来提货，合作社会送货上门。不过有一个要求，那就是货到付款，不能拖欠。

刚开始有一些销售商见要付款后才可以拿到货，立即扭头走人。但也有人见希望牌稔子酒不错，特别是桃金娘子的名声在海江市挺响。他们也在自己市里看过稔子酒的售卖情况，只在一个地方，一天就可以卖上几十瓶，这是一笔不错的收入了。

而且现在刘振华为了打开市场，在海江市的代理，一瓶给七块钱的提成，这提成算是非常高的了。人家还把货送到门口，不用你出运费，你还想怎么样呢？

因此，有一些销售商觉得刘振华这个合作方式可行，也答应下来。想着先进二十瓶稔子酒，看看情况如何。

就算他们卖不出去，但据电视新闻的介绍，这稔子酒还可以给老人喝，那自己家也可以喝掉这二十瓶稔子酒呢。

一来二去，有十几个销售商订了货，虽然不多，一共才五百多瓶，但也算是一个不错的开始。

如果这十几个销售商能把稔子酒卖出去，赚到钱了，以后他们还会过来找他们的。

酒香不怕巷子深，好多喝过的人，都说他们的稔子酒不错。

听宋志军说，邱干部昨天还买了十瓶，说这酒对缓解风湿病有效果，可以介绍给别人喝。

当时宋志军还给刘振华打电话，说邱干部要买酒，怎么算钱？是不是免费，到时合作社再补给他。

刘振华当场就给邱干部打电话，说这十瓶稔子酒是推广用的，不要他出钱。

但邱干部生气了，大骂刘振华败家，说这是合作社的钱，刘振华怎么能私自拿来做人情呢？

刘振华见邱干部这样说，只得让宋志军按照省城的批发价，以十二块钱一瓶卖给邱干部。

邱干部这才没有生气，提着十瓶稔子酒去单位，说要好好推销一下。

此后，邱干部每过两三天就会过来买一些稔子酒，说是帮其他亲朋好友买的。

刘振华听了暗暗感激，他知道这是邱干部利用下班时间，向自己身边的人推销稔子酒，还说如果要买的话，就去宋志军那里买。

虽然邱干部几天才能推销十瓶稔子酒，但他这一心想让落山村脱贫的心思很让刘振华感动。

明年，邱干部就要退休了，像他这样年龄的人，完全可以办理内退或者做轻松一点的工作，不用经常跑下面的基层农村。

邱干部每一周，都要到落山村看一次公路建设和合作社运转的情况。

如果村民在工作上有什么疑问，他也会帮着想办法，或者带着他们来合作社找刘振华或宋叔，就好像村民们的亲人一般。

又是半个月过去了，合作社的工作在有条不紊地进行中。

以前的那些销售商也纷纷回来拿货，但拿的不多，一般是五十瓶，总共差不多一千瓶。

因为海江市区域大，合作社还是往各区县派出销售人员，定点销售。

为了能节省一些钱，每个销售人员都按天算工资。一天一百块，这是底薪，如果他们一个月能卖出一千瓶以上，会有适当的提成。

这种安排，大家还是能够接受的。

何小英有经商头脑，跟刘振华说不要什么底薪，他们也要像其他销售商那样，一瓶拿七块钱的提成，他们可以先给货款。

开始宋志军听到自己要先给货款，可是急了，想着还是跟落山村的其他销售人员一样比较好，三千块的底薪，再加上一些提成，比他在工厂里打工的工资还要高呢。

现在宋志军已经辞掉了工厂里的工作，专职与何小英一起卖稔子酒。

他们租了一个小档口，何小英在小档口那里买，宋志军踩着三轮车到市场那边卖，双管齐下，一天也能卖上不少瓶稔子酒。

何小英见宋志军脑袋不开窍，生气地骂了他一顿。

一个月卖一千瓶，他们就有七千块的提成。

落山村的其他销售员还不熟悉县城，但他们不一样啊，哪个角落都熟悉。

今天去这里卖，明天去那里卖，这一个月下来，肯定不止卖一千瓶了。

宋志军这才反应过来，直抱着何小英说“老婆英明”。

宋志峰也不笨，见大哥这样做了，他也有样学样，直接给现金款批发稔子酒回到他的店里卖。

刘振华与宋丽芳算过了，现在他们一天大概可以卖三千瓶稔子酒。

如果是没有村民们的分社，没有那么多的稔子酒，他们是没有什么压力，还能赚不少。

第64章 治拉肚子

可是全村稔子酒的销售都放在他们的身上，他们就有点支架不住了。

如果一天没有卖一两万瓶的话，那些稔子酒会推积如山了。

合作社新建的大仓库已经装满了稔子酒，在此情况下，村民们只得把后面酿造的稔子酒放在自己的家里。

越来越多的稔子酒产出，销售量却上不去，大家心里的压力也慢慢大了起来。

而且后面合作社还要收购稔子，还要买酿酒的大米，这都要不少钱。

现在这不是他们几个人的事情了，而是全村的事情。

虽然那些销售出的稔子酒的钱款也回来了，可根本维持不了社内的正常运转，除了两百多户酿酒和养猪所需的费用，还是要很多钱的啊。

怎么办呢？刘振华又头疼了。

如果他们有钱的话，可以先让稔子酒存放在村民家里，坚持几个月，大家养的猪可以出栏，那问题就不大了。

可是，哪有那么容易呢？

省城白云峰制药厂的办公大楼外，保安鲁少景拿着长扫帚在水泥地上扫着。

现在刚上班，白永浩厂长他们已经开始工作了，他怎么也得积极一点做事，免得被别人说他懒惰。

也不知道为什么，听厂里的人说，这几天白永浩厂长的心情不大好。如果厂里有人犯了什么事情被他看到，肯定会被骂个狗血淋头。

鲁少景继续扫着地，早上的太阳晒在身上非常舒服，让他忍不住停下来，伸了伸懒腰。

“嗒、嗒、嗒。”皮鞋在瓷砖上踩踏着，发出清脆的声音。

鲁少景扭头一看，心里暗惊：我的乖乖啊，那是白永浩厂长啊。

他顾不上伸懒腰，急忙低头努力地扫着地。

白永浩一手拿着公文包，一手拿着手机焦急地走出来。“我知道了，我现在就去医院，你不要着急，医院肯定能想出办法的。”

“他们还能想什么办法？囡囡已经在他们这里住了三天的院，可还是一直拉肚子，整个人都瘦了很多，我看了心疼啊。”手机里传出一道高亢的女声，语气中透着强烈的不满。

在旁边的鲁少景听到这，才想起来，据说厂长的宝贝外孙女身体不舒服，在医院里住了几天，看来到现在还没有好，难怪他这几天心情不好呢。

拉肚子？鲁少景的身体在阳光中微微一愣，抬头欲对白永浩说什么，但又低下头继续扫着地。

“什么？老婆，你要办理出院手续？准备换医院？”白永浩大声地说着，“这应该不是什么大病，你不要紧张。这样吧，我托人找个中医去看看，看中医治疗行不行？”

白永浩挂了手机，抹了一把额头上的热汗，站在那里等着司机开车过来。

鲁少景犹豫了一下，终于抬起头小声地对白永浩道：“厂长，有一个偏方，对治拉肚子非常好。”

“咦？什么偏方？”白永浩对鲁少景的印象还不错，虽然是保安，但他尽职尽责，工作上从来没有马虎过。

反正他的车还没有过来，闲着也是闲着，与鲁少景多聊几句也没有问题。

鲁少景见白永浩问他，急忙道：“就是用一些树的枝叶煮水喝。我上次拉肚子，也是用那个煮水喝，很快就好了。我也介绍给了我的亲戚用，他们说真的很有效果。”

“什么树的枝叶？”白永浩问道。

鲁少景把扫帚放到一边，跑到保安室里，拿出一些已经晒干的枝叶。

“就是这个，我觉得治拉肚子非常有效，不知道对厂长的外孙女有没有用。”鲁少景也不敢打包票，反正他该说的都说了，用不用是厂长的事情。

这时，司机开着小车过来了，白永浩拿过那些枝叶，坐上小车离去了。

下午，鲁少景过来上班。他们保安上班是三班倒，他今天是上午和下午上班。

鲁少景坐在保安室里，一边听着收音机里的情歌，一边看着墙壁上的监控器。

中午与一个老乡吃饭，他喝了一点酒，有点想睡觉。

“嘟、嘟、嘟。”大门外响起小车的鸣笛声。

鲁少景打了一个激灵，立即站了起来。

“我的乖乖，那是厂长的车，我居然打了一个盹没有及时开门，惨了，这下肯定要给厂长骂个狗血淋头了。”鲁少景想。

鲁少景急忙拿出遥控器按了一下，外面的电动大门缓缓地打开。

小车进来了，但没有直接开到办公大楼那边，而是在保安室门口停了下来。

白永浩从车里下来，脸色好像紧绷着，让鲁少景感觉如陷入深渊。

完了，厂长要过来教训他了，鲁少景无奈地耷拉着脑袋。

自己没有把本职工作做好，活该要被厂长骂了。

可没想到白永浩进到保安室，一脸兴奋地看着鲁少景：“小鲁，你上午给我的那些晒干的枝叶还有吗？”

“啊！”鲁少景吃惊地看着白永浩。

厂长不是进来骂他的吗？怎么问这个事情？

白永浩继续笑道：“你给我的那些晒干的枝叶非常不错，我家那位用来煮水给囡囡喝，囡囡现在的情况有好转，没有怎么拉肚子了。你再给我一些，我现在让司机送过去给我老婆。她的性子就是急，一直打电话催我呢。”

“有，有，不过不多了。”鲁少景一听白永浩不是骂他，而是要那些枝叶时，急忙走到小床边，弯下腰从床底拉出一个袋子。

鲁少景拿着袋子来到白永浩的身边：“厂长，我就这么多了。你都拿去吧，我再想办法让人帮我去找。”

“这是什么枝叶？很有药用价值啊。”白永浩不愧是药厂的厂长，三句不离本行。

鲁少景不好意思地挠着脑袋道："就是上次来的那一对年轻的男女，他们不是推销什么稔子枝叶吗？还带着说明书和一些机构的证明，说治疗拉肚子非常有效果。"

白永浩记起来，当时他以为对方是骗子，还让鲁少景把那一袋东西给扔掉呢。

鲁少景继续说道："我当时在上班，没有扔掉那些稔子枝叶，只是放在床底下。第二天我吃错东西拉肚子，一个上午跑了好几次厕所。那时我上班没有空出去买药，突然想起床底下的稔子枝叶，就用煮水器煮了一些稔子水喝。没想到真的有效果，到中午就不拉肚子了。"

"当时我有点忙，也没有注意他们的推销。"白永浩也是一个敢做敢当的人，立即笑道，"幸亏你当时没有把这些稔子枝叶扔掉，要不然我们就错失了一个这么好的东西。"

"是啊，厂长，湿的枝叶治疗效果更好，可我没有办法保存，只好拿它们出去晒干。"鲁少景道，"不过就算是晒干的枝叶，药性也非常不错。我的朋友见这种东西好，都来问我拿过好几次了。"

鲁少景一脸的无奈，朋友过来问他要，他又不能不给。可看着稔子枝叶越来越少，他又心疼。

白永浩问道："我记得当时他们还留了联系电话和相关的宣传单，你还留着吗？"

"有，在袋子里面。"鲁少景点点头。

"好，小鲁，你不错。如果我们药厂能开发出一种新的治疗拉肚子的药，我会给你记功，给你发奖金。"白永浩拍着鲁少景的肩膀表扬道。

鲁少景立即两眼发光，记不记功无所谓，但是奖金一定要给自己啊。

中午，树上的知了拼命地撕破喉咙叫着，似乎因这闷热的天气而抗议。

天气非常热，又没有风，高高的枝叶都没有晃动一下，在稔子酒厂里待的人，更是难受。

虽然酿酒灶旁边有一台大风扇，开足马力拼命地吹着，但在旁边的刘振华还是热得要命。

刘振华比较忙，不用做这种酿酒的活，可这些天稔子酒不产出，销售的量却不大，合作社这边快没有资金支持了。

宋民与社员们开会聊过，实在不行，大家再想办法去贷一些款。

合作社有总社和分社，加起来有两百多股，每天的支出非常多。

村民们的分社没有多少资金支撑，刘振华便从总社这边调钱过去支援他们，等他们赚了钱，再还回给总社。

所以，现在的资金越来越紧张，刘振华他们头疼得要命。

刘振华戴上草帽，走出合作社，要回宋家吃午饭。

“铃——铃——铃——”刘振华的手机响了，拿出来一看，是省城那边的陌生号码。

“喂，你好。”刘振华接通了手机。

“我是白永浩。”手机里传来一道威严的声音。

刘振华懵愣了一下，他努力地想了一下，自己在省城认识的那些寄卖点老板，没有一个叫白永浩的。因为当时刘振华去白云峰制药厂的时候，只是知道这个地方，并不知道厂长叫什么名字。“白永浩？”

“我是白云峰制药厂的厂长白永浩。”白永浩又说了一句。

刘振华暗暗奇怪，怎么药厂的厂长给他打电话？“白厂长，您好。”

“刘先生，我就直说吧。我对你们的那些稔子枝叶有兴趣，你能再给我发一些到药厂吗？这样吧，你给我发一麻袋过来，让我们研究一下，看能不能制成药品。这价钱的话，暂时是一斤二十块吧。如果我们以后需要与你们合作，到时再商量价钱、签协议，行吗？”白永浩问道。

第65章 天大喜讯

刘振华一听心里狂喜，急忙道：“可以，我现在就让人去准备，今天就可以发一麻袋稔子枝叶到省城。”

落山村漫山遍野都是稔子树，每隔一段时间，树叶就会掉一地。还有到冬天，更是会掉不少树叶。

到了明年春天，稔子枝叶又会重新长出来。所以他们现在不剪枝摘叶的话，一样是会浪费掉的。

一斤二十块钱，对于他们来说，是捡到的钱，哪会不答应呢？

“那好，刘先生，明天我们就等着你的稔子枝叶送过来，我们的研究员已经开始着手工作了。”白永浩笑着道。

这稔子枝叶不错啊，现在他外孙女的病已经好了，老伴说这稔子枝叶不错，让他想办法弄一些回来，放在家里备用。

如果以后家里有谁拉肚子，可以试一下这种稔子枝叶。

要知道他的外孙女在省城医院里住了三天的院，花费了一笔钱不说，孩子还要在医院里受罪，大人心疼得要命，还没有把病治好。

因此，白永浩才想着要拿到新鲜的稔子枝叶，要让研究员好好研究，看能不能做出新药。

如果真的能用稔子枝叶制成治拉肚子的药，那可是要赚得更多呢。

刘振华与白永浩聊了一会儿，便挂了电话。

“世明叔，快过来。”刘振华兴奋地对着里面大叫。

“什么事？”田世明听到外面刘振华叫得似乎非常可怕，以为有人过来闹事，急忙抄起一根粗扁担冲了出来。

田世明左看右看，除了刘振华之外，并没有其他人。“咦？人跑去哪里了？对方是劫财还是劫色？”

“世明叔，你胡说什么。我刚才接到一个好消息，我们又有赚钱的机会了。”刘振华兴奋地挥着右手，脸上洋溢着说不出的喜悦。

“什么赚钱的机会？”田世明见不是有人过来捣乱，松了一口气，手里的扁担放了下来。

里面的陈学才也听到外面的响声，跑了出来问道：“振华，发生什么事情了？”

“学才哥，上次我和丽芳去了省城那个白云峰制药厂推销稔子枝叶，现在他们厂长给我打电话，说看能不能用我们的稔子枝叶研制出治拉肚子的药。”刘振华高兴地说着，眼里全是喜意。“世明哥，你带两个人上山剪一麻袋的稔子枝叶，要快一点。我现在就准备车，赶快把这些稔子枝叶送到县城的物流中心。”刘振华把事情的来龙去脉告诉了陈学才他们，他们个个笑逐颜开。

“振华，这可是大好事，二十块一斤，我们可以卖很多钱。”陈学才急忙让田世明上山，而且叮嘱剪枝叶的时候，千万不要伤到稔子。

稔子树的枝叶非常茂盛，每棵剪一些，并没有什么影响。

刘振华不好意思地对田世明道：“世明叔，你辛苦一些，等回来再吃午饭了。白永浩厂长那边等着要，如果他们真的用稔子枝叶研制出新药品，我们以后就能赚钱了。”

“是啊，振华，稔子可以赚钱，枝叶也可以赚钱，我们落山村全是宝啊。”陈学才说完就催促着田世明快点行动。

田世明不以为然道：“振华，这是小事，我带两个人上山，很快就能剪一麻袋稔子枝叶了。”

田世明他们走了，刘振华也打电话叫三轮车司机过来。

合作社现在也有几辆自己的农用三轮车，这样运货时也会省下一些钱。

宋民见刘振华还没有回来吃饭，便给他打电话询问是怎么回事。

当宋民一听省城的制药厂要稔子枝叶来研制药品时，高兴得连饭都不吃了，马上跑来合作社这边。

“振华，这是真的吗？”宋民一跑到刘振华面前，连气都顾不上喘，直接揪着刘振华的手臂问道。

刘振华看到宋民因焦急跑过来而热得一脸的汗，却并没有顾得上擦，只是紧紧地盯着自己，于是道：“宋叔，现在人家只是要一些稔子枝叶研制，还不知道成不成功呢。”

“一定会成。”宋民激动地道，“这稔子枝叶治疗拉肚子是非常有效的，这是我们落山村多年留下来的古方，不会错的。”

“就算没有错，也要看人家用不用。”刘振华无奈道。

没过多久，田世明开着摩托车风风火火地赶了回来。

刘振华急忙与陈学才抬着那一麻袋的稔子枝叶放在台秤上称了一下，五十二斤。然后，他们把麻袋搬到三轮车上，车上已经放了几百瓶的稔子酒。

反正宋志军那边租了档口，他们把明天要运的稔子酒，提前到今天中午运过去，也没有问题。

三轮车开走了，刘振华给白永浩打电话：“白厂长，刚才我们称过了，五十二斤，我们算你五十斤就好了。”

“好，刘先生，我喜欢你们这样利落的做事风格。等明天我们收到货后，便给你转一千块钱。”白永浩笑着道。

本来刘振华说这些稔子枝叶暂时不用给钱的，可白永浩说农村人也不容易。这一千块钱，对于他们制药厂来说，算不了什么。

不说别的，就是一年，他们制药厂的开发研制部，都不知道浪费多少材料呢。

刘振华因现在也缺钱，也就没再多说了。

宋民一听这样就赚了一千块，兴奋地叫道：“振华，这是好事，我现在就去广播室。”

“宋叔，现在还没有结果就跟村民说，会不会早了一点？”刘振华说出他的担心。

“振华，你有所不知。以前有村民去山里砍稔子枝叶回来烧火啊。如果我们现在不提醒大家，我怕他们不知道，会把那些稔子枝叶烧掉了，那都是钱啊。”宋民着急地说道，“我还要让他们把山上的稔子树看好，不要让别人偷了我们的稔子枝叶。”

说到这里，宋民去广播室那边了。

宋民广播之后，村里又沸腾了。

那些大家认为不值钱的稔子枝叶，就这样被刘振华给送到省城卖钱了。还是多读书好啊，知识就是金钱。

于是，村民们自发地组建了保护稔子树的小队，不但自己村的人要注意，还不能让其他村的人到他们村的山上去。

现在村民们都加入了合作社，就等着以后赚大钱呢。

第二天，白永浩收到货后，立即给刘振华的银行账号里转了一千块钱。

几天后，刘振华又接到了白永浩的电话：“刘先生，药我们已经研制出来了。现在正式通知你，我们今天可以派人过去你们那里，如果你们的枝叶没有问题，那我们可以签约。我们一年至少要二十吨，也就是四万斤的稔子枝叶，你们提供得了吗？”

“四……四万斤！”刘振华感觉自己的手有点颤抖，快要拿不住手机了。

“是啊，你们提供得了吗？另外，价钱方面，我们也要降低一点，毕竟我们需要这么多货。一斤十五块钱，运费由你们出，怎么样？”白永浩问道。

刘振华没有讨价还价，今年是他们落山村最困难的一年，先走出一条路，明年就容易走了。“行，白厂长，你们派人过来了，我们这边随时签约。另外，我们的稔子酒也是不错的，到时我送你一些，可以治风湿病。”

刘振华也想从白永浩那里打开缺口，看能不能多销售一些稔子酒。

因为在省城那边没有打广告，省城的寄卖点还没有问他们要第二批货。

“行啊，我明天还有一个重要的会议，没有空过去你们落山村。到时我们的一个副厂长还有律师会开车过去你们落山村，到时他会联系你。”白永浩笑着道。

刘振华急忙道：“白厂长，感谢你，我们迟点会好好感谢你的。”

刘振华也知道现在的生意难做，该感谢打点的时候，是要出点血的。

“刘先生，我也查过你们落山村的资料，你们是余溪县最贫困的村庄，你们要自主创业，要脱贫过上好日子，这种想法非常好，我非常佩服你们。我也是从农村出来的，知道你们不容易，所以你们就不要走什么后门。包括我们的副厂长和律师下去，该怎么样就怎么样，不要给红包什么的，否则会害了他们的。”白永浩语重心长地说道，“我们要最好的稔子枝叶，你能给我们提供，就是给我们最好的好处了。”

刘振华拍着胸膛保证着：“白厂长，你放心。我们的稔子树都是天然长成，没有用化学肥料。”

“那就好，我现在就安排副厂长他们明天出发。”白永浩豪爽地说道：“其实啊，我也应该感谢你，是你们的稔子枝叶治好了我外孙女的病。”

“啊，原来还有这样的事！”刘振华听着白永浩的话，这才明白过来，为什么一直不理睬他们的白云峰制药厂的厂长，会突然给他打电话。

刘振华挂了手机，抬起头，看着远处的山村，眼里露出希望。

合作社有了这笔钱，就可以解决后面几个月的资金问题，乡亲们不用再去银行里贷款了。

哈哈哈，天无绝人之路啊！刘振华紧握着拳头。

第66章 越来越好

突然，刘振华感觉自己的胃部传来钻心般的痛，冷汗“哧哧哧”地流了下来。

“啪。”刘振华摔坐在地上，强烈的痛苦让他弓着腰不敢乱动。

过了好一会儿，刘振华才感觉疼痛减缓了一些。

“药。”刘振华这才想起口袋里的止痛药，急忙拿出来吃了下去。

看来，这两天要抽空去县人民医院检查才行。就算没有时间住院，也要知道自己的胃到底是怎么回事，也可以让医生对症下药。

只要有了制药厂这一笔资金，合作社就没那么拮据了。

这时，宋丽芳刚好走过来，看到刘振华坐在石地上，不由吃惊地问道：“振华哥，你怎么了？”

“我……我没事。”刘振华松了一口气，现在没有刚才那么疼痛了，“刚才有点累，我就坐在地上休息一下。”

说完，刘振华用手撑地站了起来。“丽芳，你现在就去广播室广播一下，说半个小时后，在村广场召开全体村民大会，我有特大好消息宣布。”

虽然说合同还没有签，但刘振华能感觉到白永浩的诚意。要不然人家也不会派副厂长和律师过来签约。

他相信只要他们看到落山村那漫山遍野的稔子树，肯定会与他们签约的。

而且为了不浪费资源，刘振华准备让村民们在山上空的地方种上稔子树。明年，他们村的稔子树会多上一倍，赚的钱会更多。

“振华哥，什么特大好消息啊？你先告诉我嘛。”宋丽芳向着刘振华妩媚地说着，那迷人的风情让刘振华看呆了。

宋民他们一听说有好消息，也从屋里走了出来。

陈学才故意打趣着：“振华，是什么好消息啊？是不是你和丽芳要结婚了？”

这段时间宋丽芳的风头正劲，桃金娘子的名声已经在海江市里传开，不少单位的青年和有钱的公子哥都来过落山村，向宋丽芳表达自己的爱慕之意。

还有一个刚丧偶的大老板，派人传话过来，只要宋丽芳嫁给他，他直接给六百万元，让落山村脱贫呢。

可宋丽芳全部拒绝了，但陈学才他们还是为刘振华着急啊。

这么漂亮的姑娘，如果被别人抢走了，到时刘振华是要哭到没有眼泪的。

因此，陈学才他们暗中劝刘振华，赶快与宋丽芳登记结婚，免得夜长梦多。

宋丽芳一听，红着脸娇嗔道：“学才哥，你胡说什么？”

宋民也是点头笑道：“丽芳，学才这不是胡说，你和振华的事情也应该定一下了，免得经常有一些‘苍蝇’过来骚扰你。”

那些人打着洽谈生意的旗号过来找宋丽芳，他们也不好意思赶人家。

希望合作社的前景越来越好，有一些人见宋丽芳是社长，都不知道打着什么心思呢。

宋丽芳没有说话，只是害羞地偷偷看了刘振华一眼，鞋子在地上轻轻地踢着，好像在等刘振华说话。

刘振华清咳一声，不好意思地道：“宋叔，我这个特大好消息是关于稔子枝叶的。”

“白云峰制药厂有消息了？他们怎么说？”宋民等人满怀希望地看着刘振华。

这些天，村民们把稔子树保护得好好的，而且每天都会按时浇水。

为了照顾好稔子酒，刘振华花钱在每座山下都打了一口井。

干旱的时候，他们就会抽水浇灌稔子树，现在稔子树可是大家的命根子。

刘振华高兴地挥着手道：“刚才白厂长打电话过来说了，明天他们的一个副厂长还有律师会开车过来我们村，确定我们有那么多的稔子树，就会与我们签合同，大概每年需要四万斤的稔子枝叶，不过他们要的量大，一斤只给十五块。”

“这个可以了啊。”宋民一听就眉开眼笑了，“振华，在我们落山村，稔子枝叶不值钱，以前他们都砍来当柴火烧。”

田世明用手指算着数:“四万斤，一斤十五块的话，老村主任，是不是四万块啊？”

宋民一听瞪了田世明的一眼：“田世明，你的数学是体育老师教的吗？你会不会算数？是六万块，不是四万块。”

“老村主任，你怎么知道啊？当时我们的数学老师也教我们的体育，一人兼教好几科呢。”田世明吃惊地看着宋民。

陈学才哈哈大笑起来：“老村主任，我看你的数学也是体育老师教的。四万斤，十五块一斤，那是六十万块啊。”

“我……我是故意考一下你们的，我知道是六十万块。”宋民讪讪地笑着。

突然，宋民的脸一抽，大声叫道：“不会吧？一年卖稔子枝叶就有六十万块？世明，这是不是做梦啊？”

话音刚落，宋民在田世明的胳膊上打了一拳。

“哎呀，老村主任，痛死我了。”田世明龇着牙叫道。

“哈哈哈，你如果觉得痛的话，那就不是做梦了。”宋民兴奋地冲上前，抱着田世明叫道，“一年可以赚六十万块啊，真是太好了。”

这稔子树是在村里的山上长的，所以应该算是村的财产。有了这一笔钱，以后村里要做什么事情，那就容易多了。

落山村通向白洋镇的两车道水泥路已经铺好了，不过为了保证公路质量，现在暂时不让大车经过，只允许小车以下的车辆通过。

估计再过十来天，才可以正式通大车。

落山村越来越好，只要把稔子酒卖出去，他们就能赚大钱，就能脱贫过上好日子了。

“振华哥，你太厉害了。”宋丽芳也是惊喜地向着刘振华冲过来，直接扑到他的怀里。

刘振华犹豫了一下，也抱着宋丽芳了。

陈学才看了看田世明那边，又看了看刘振华那边，想着自己要抱哪边好呢？

稔子枝叶一年可以赚六十万块，这真的是大快人心啊。

难怪老村主任会那么疯狂，就算田世明是男人，他也冲过去紧抱着对方。

突然，宋丽芳发现自己的失态，陈学才一直看着她抱刘振华，羞得急忙推开他。“振华哥，你坏。”

说完，宋丽芳转身往外面跑去。

这是怎么回事啊？明明是你先扑到我的怀里，怎么成了我坏呢？刘振华尴尬地苦着脸。

“哈哈哈，振华，你赶快去村办公室吧，我们先在合作社里干点活，差不多半个小时后再过去啊。”陈学才笑着对刘振华道。

刘振华点点头，他也要去村办公室那边准备一下。

明天白云峰制药厂的人要来了，他们也要把村里的卫生打扫一下，要让大家有礼貌一点。另外，自己村的稔子树要看好，至于其他地方那些野生没有人要的，他们可以先派人去剪回来，那些都是钱啊。

刘振华来到村广场的时候，宋丽芳已经在广播里通知完了。

牛杀猪在卖猪台里收拾着东西，现在他的生意越来越好，这个时候已经卖完猪肉了。

稔子酒的钱款收回来后，刘振华也会给村民们分一些。所以，大家的日子过得好一点了，买猪肉的人也越来越多。

“村主任。”牛杀猪看到刘振华，急忙跑了过来，手里拿着一块瘦肉。“这是一斤多点的瘦肉，你拿回去补补身体吧。”

“那行，多少钱，我给你。”刘振华摸出钱包问道。

牛杀猪一听急忙摆手道：“村主任，这是我孝敬你的，怎么能要你的钱呢？”

“牛叔，你不收钱的话，我也不敢要你的猪肉。”刘振华板着脸道。

刘振华也不管买菜的事情，他一个月向李水莲交五百块的伙食费，宋家吃什么，他就吃什么。

“村主任，如果不是你帮我，村民们也不会原谅我。以前是我糊涂，老想着算计你，还逼你还钱。”牛杀猪不好意思地耷拉着脑袋。

他已经问过乡亲们，知道当时是刘振华劝的陈志源等人。

刘振华摇头道："牛叔，知错能改就行了。我还有点事情，先去忙了。"

"村主任，我前几天跟一些朋友推销稔子酒，我合计了一下，大概要五十瓶。"牛杀猪见刘振华不要猪肉，只得扔回篮子里。

"牛叔，太感谢你了。你去宋丽芳那里开个条子，然后拿销售的提成。"刘振华对牛杀猪笑道。

牛杀猪与以前不一样了，变得能为村里着想。不过不只是牛杀猪变了，他们落山村也变了，以后会越来越好的。

"那好，我一会儿跟丽芳说一下。"牛杀猪一听还有提成，心里也很高兴。

村民推销稔子酒，一瓶有五块钱的提成。他推销五十瓶，就有二百五十块了。

刘振华往办公室那边走去，牛杀猪拿出手机把牛志锋叫了过来。

"志锋，你拿这些瘦肉到老村主任家，就说是我送给振华村主任补身体的，知道吗？"牛杀猪交代着。

"我知道了，去丽芳家嘛。"牛志锋笑着拿过瘦肉，然后往宋丽芳家跑去。

不过牛志锋太胖了，才没跑几步，就累得直喘。

牛志锋来到宋家，大声地叫道："丽芳在家吗？"

说完，牛志锋急忙用手擦了擦瘦肉上的猪油，然后在自己的头发上抹着。

刚才他不知道要过来宋丽芳家，所以没有在头发上打发胶。情急之下，他只能抹点猪油充数了。

第67章 绿色食品

“是谁啊？”里面传来李水莲的叫声，接着她走了出来。

牛志锋眼睛一亮，虽然李水莲已经徐娘半老，但年轻时也是非常漂亮啊。

“水莲嫂，原来你也挺漂亮的啊。”牛志锋一边看着李水莲，一边说着，没注意旁边的门框。

“啪”的一声，牛志锋的脑袋碰上了门框。

“哎呀，疼死我了。”牛志锋直接用拿瘦肉的手按着自己的脑袋惨叫着。

李水莲笑着对牛志锋道：“牛志锋，你送猪肉过来了啊？”

这个牛志锋居然把猪肉放在头上，一会儿她要把猪肉好好洗一下才行。

“是啊，我见丽芳太辛苦了，所以送点瘦肉给她补补身体。”牛志锋觍着脸对李水莲道，“水莲婶，你也知道啊，丽芳一直与我青梅竹马，她也非常喜欢我，不过她是女孩子，脸皮薄，不好意思跟你说喜欢我呢。”

李水莲一把抢过猪肉骂道：“谁与你青梅竹马啊？你不要往自己的脸上贴金，刚才你爸给我打电话了，说这瘦肉是给振华补身体的。”

“我与丽芳就是啊，我们一直暗送秋波，准备互定终身呢。”牛志锋脸皮厚，拼命地大吹特吹。现在宋丽芳像明星一般出名，牛志锋当然想追到宋丽芳。

突然，牛志锋吃惊地跳了起来，那笨重的身体一落下，地面好像也震动了几下。

“啊，我爸给你打电话了？”

“是啊，牛志锋，我知道你不要脸，但不知道你这么不要脸。明明是你爸要讨好我们家振华的，才叫你拿瘦肉过来。现在你却说是送给丽芳的？那好啊，我现在给牛杀猪打电话，就说他让送的猪肉还没有到，这是你送的啊。”李水莲对牛志锋奸笑着。

她是不在乎的，就算牛杀猪送一头猪过来，她都敢收。

如果不是刘振华让村民们放过牛杀猪，估计牛杀猪现在还在镇里可怜地卖猪肉呢。

现在他们家的振华是什么人啊，那可是落山村至高的存在，是落山村的希望。

“别，你别，水莲婶，看在我这么帅的份上，你就不要跟我爸说了，那瘦肉就当是送给振华的吧。”牛志锋浑身上下的肥肉都在颤抖。

李水莲道：“你回去跟你爸说，以后多孝敬点振华啊，他可厉害呢。”

难道是他太帅了？唉！牛志锋耷拉着胖脑袋走了，心里还感叹道：像他这么帅的人，怎么丽芳就没有喜欢他呢？

还有十来分钟才开会，刘振华进到村办公室，看到宋丽芳正背向着他在前面的办公桌旁边收拾着东西。

一头乌黑的秀发，黑白相间的上衣掩不住她盈盈一握的纤腰，修长的腿简直就是艺术精品。

宋丽芳感觉到有人进来，扭头一看发现刘振华正盯着她看，不由啐了一口道:“振华哥，你看什么啊？”

“怎么了，看我家的丽芳不行啊？”刘振华今天的心情特好，情不自禁地调侃起宋丽芳。

“谁是你家的啊？不害羞。”宋丽芳羞答答地瞥了刘振华一眼，脸上全是喜意。

刘振华从来没有和她这样打情骂俏过，让她的小心肝如小鹿般乱跳。不过，她好喜欢这种感觉，特好。

“唉，我真是伤心啊，原来你不是我家的啊。”刘振华故意苦着脸，一副伤心欲泣的样子，“你现在是明星了，可以寻找更好的人。”

宋丽芳的身体微颤，突然走到刘振华的身边，猛地踮脚，凑过去在他的脸上亲了一下。

“啊。”刘振华愣住了。

上次他亲她，被她推倒在地上。没想到今天她会主动亲他，太突然了。对了，他要不要配合她一下，也把她推倒在地上呢？

可还没有等刘振华想好，宋丽芳已经红着脸往外面跑去，同时清脆的声音响起：“嘻嘻，现在你是我家的了。”

“啊？还有这样的操作？”刘振华摸着刚才被宋丽芳亲过的脸庞，心潮澎湃。

到了开会时间，因为只是小会，刘振华也没有让人搬长桌子出去，只是拿着话筒走到主席台上。

宋民他们也过来了，站在刘振华的后面。

“村主任，听说是有特大好消息？”有村民问道。

以前大家还直接称呼刘振华的名字，可随着希望合作社越来越好，大家敬佩他，纷纷改口叫他村主任了。

“是的，明天省城的制药厂就要过来与我们签约收购稔子枝叶，我们可能一年有六十万元的订单。”刘振华大声地把白云峰制药厂的事情告诉大家。

“什么？一年六十万元，太棒了。”村民们欢呼起来，场面一片混乱。

刘振华又与村民们说了一些要注意的事情，然后由陈学才分工，大家分头去外面采剪稔子枝叶。

自家的稔子枝叶，什么时候都在。

但是外面的，谁采剪都可以，他们还是要先下手为强。

虽然说白洋镇稔子树最多的是落山村，但其他村也有一些。在不影响稔子树生长的情况下，他们还是能多采剪就多采剪了。

估计用不了多久，别人就会知道他们用稔子枝叶卖钱的消息，世上没有不透风的墙。

不过就算别人知道又如何，这余溪县，没有哪条村的稔子树比他们村的多。白云峰制药厂也没有时间去挨家挨户收稔子枝叶，他们还是得从落山村这里收才行。

第二天的早上，一辆奔驰停在了落山村的村口。

白云峰制药厂副厂长雷勇给刘振华打电话说他们在镇上吃早餐的时候，刘振华他们已经在村口等着了。

现在的小轿车都有导航，只要输入地名就能到达，所以刘振华并不担心雷勇他们找不到地方。

奔驰车停下来后，雷勇和律师下车，刘振华急忙走上前，上半身微躬，双手紧握着雷勇的右手："雷厂长，您好，辛苦你们了。"

"我们的司机辛苦，让他去休息吧。"雷勇向车头那边挥挥手，里面的司机点点头，把车开到一棵大树下，熄了火，把座椅放下休息了。

雷勇是一个干实事的人，直接对刘振华道："刘主任，你带我们去看看你们的稔子树吧？"

"好，我们去后山吧。"刘振华点了点头，带着雷勇他们来到后山。

雷勇看到那漫山遍野的稔子树，不由暗暗吃惊："嚄，你们落山村有这么多稔子树啊？"

"是啊，我们这里山多人口多，土地少，乡亲们还过着贫穷的日子。"刘振华看着大山叹着气。

山上还有一些未成熟的稔子，那是他们的希望。

稔子的成熟期有两个月，他们在这两个月内能边采稔子边酿制稔子酒。

后面酿制不完的稔子，是要放在保鲜库里才行，这都是要资金的啊。

现在刘振华还不敢投资这个保鲜库，只能迟点再说了。

雷勇看着一些刚种下不久的小稔子树，不由笑道："你们村是准备发展稔子经济了？"

"是的，没有办法了，我们村比较特殊，只能靠稔子发家，特别是稔子酒……"刘振华一边介绍着稔子的好处，一边暗中观察着雷勇的神色。

雷勇似乎非常满意，一边听一边点着头。

突然，雷勇抬起头问道："刘主任，你是不是想向我推销稔子酒啊？刚才我听你把稔子酒夸得像仙丹一般。"

"我……我是有点这个意思。"刘振华不好意思地低着头，"现在我们村里大部分的村民都加入了合作社，稔子酒产量非常大，如果不多销售，我们就没有办法脱贫。"

刘振华也顾不上什么脸面，把现在稔子酒遇到的困境说了出来，希望雷勇有办法能帮他们推销稔子酒。当然了，提成还是按照省城那边的算。

“刘主任，你们的稔子酒与我们制药厂的联系不大，我们是生产商，代理销售是不大管的。这样吧，等我回去再帮你们留意一下，有什么消息再给你打电话。”雷勇看着刘振华笑道。

雷勇确认刘振华他们的供货没有问题，便与他们回到村办公室，大家商量好一些条款后，便用他们自带的打印机打印出合同，然后双方签下了今年的稔子枝叶供货合同。

本来刘振华说想请雷勇去白洋镇的饭店吃饭，可是雷勇说饭店的东西哪有家里的饭菜香。特别是天然食品，他们更是喜欢。

刘振华听了心里一动，便说就在宋民家宴请他们，然后马上让人回去准备。

鸡鸭各一只，再加上本地的猪肉和蔬菜，让雷勇听了眼睛一亮：“振华，你们这菜不错啊，我们在省城想吃这种绿色食品，都找不到地方吃呢。”

刚才雷勇与刘振华聊了那么久，大家也熟悉了。

特别是雷勇听宋丽芳说刘振华为了让落山村的乡亲们过上好日子，放弃省城高薪的工作回到村里当村主任，不由肃然起敬，所以与刘振华亲热了不少。

刘振华的眼睛也跟着亮了起来，兴奋地看着雷勇道：“雷厂长，等你们上省城的时候，我们村送你一些乡下的绿色蔬菜和农家自养的鸡鸭。”

“我们喜欢这种绿色食品，到时一共需要多少钱，你跟我说，我给你。”雷勇知道落山村的村民不容易，他也不想占他们的便宜。

第68章 再生财路

刘振华急忙摆着手道："雷厂长，这是我们自己种养的，不值几个钱，就当是我们私下送的，与工作无关。"

白永浩叫刘振华不要给他们红包，可这都是些乡下小东西，应该没有问题。

不值什么钱，但可以拉近大家之间的关系，何乐而不为呢？

"那好，我就收下了，不过你们不要送那么多。"雷勇高兴地拍着刘振华的肩膀。

刘振华这个人头脑灵活，情商非常高，前途无量。

刘振华笑着问道："雷厂长，我们的村民种养了不少蔬菜鸡鸭什么的，不知道在省城有没有市场呢？"

还没有待雷勇说话，旁边的律师便叫了起来："刘主任，如果是你们自家养的，不喂饲料，我以后想要买，估计我们制药厂里的职工也想要。"

要知道大家都在省城住，工资不少，可现在吃的食物有不少问题，信不过。

像落山村这种蓝天白云的环境下种养的农家产品，是他们非常想要买的，就算多几个钱，也不在乎。

雷勇抬起头，瞄了刘振华一眼道："振华，你是不是一早就打着农家绿色食品这个主意了？"

刘振华不好意思地低下头，眼睛微睁："是的，雷厂长，我也不瞒你。自从我当了村主任，就叫乡亲们多养鸡鸭多种菜，还要求他们生产的要是绿色食品。就算是我们合作社所饲养的猪，除了酒糟和自家煮的熟食外，也不能用饲料喂。”

“什么？你们这里的猪不吃饲料？”雷勇吃惊地看着刘振华，似乎不大相信。

要知道猪不可能只吃酒糟，还要吃一些辅食才能饱，一些人为了省事，是要喂饲料的。

饲料厂太多了，有一些无良的饲料厂为了赚取更多的利润，生产出来的饲料是有问题的。

不过一些加了激素进去的饲料，猪吃了是会长得非常快，但是人吃了这些猪的肉，可就不安全了。

刘振华自信地点着头道：“是的，这是我要求乡亲们的，我们要种养绿色食品，而且喂养家禽家畜的食料也是要煮熟的，这样它们的肉会非常好吃。如果不相信，一会儿你们就能吃到那些鸡鸭，可以与省里的对比一下。”

这也算是刘振华的一个计划，因为省城那边的销路还没有打开，所以他没敢跟村民说要拿他们种养的蔬菜鸡鸭到省城卖。

毕竟去省城太远了，路费又贵，他们又不熟悉省城。

本来刘振华想着等稔子酒的销路打通了，经常要运货到省城，可以借那个运货车送这些食品去省城。

可万万没有想到运稔子酒的货车没有等到，反而等到了白云峰制药厂的车。

昨天刘振华也上网查过白云峰制药厂的资料，那是一个大型工厂，里面有着一千多名员工，这是一个强大的消费群体啊。

他们不但要向这些人销售稔子酒，还要销售落山村的农家天然绿色食品。

为了让雷勇他们相信他，他又带着这些省城的客人去村里转了一圈。

律师看着那些鸡鸭在村里跑来跑去，不时啄草吃虫，不由睁大着眼睛：“天啊，这才是好东西啊。刘主任，我一会儿鸡鸭各买一只回去，多少钱啊？”

刘振华笑着道：“一会儿我会送你们三个人每人鸡鸭各一只再加一些蔬菜的。”

“那怎么行啊？怎么也得给点钱啊。”律师不好意思了。

刘振华摇着头摆手笑道：“大家已经是朋友了，这只是小意思，我们还想着你们帮忙推广这些绿色食品呢。”

律师急忙道：“刘主任，别人我不知道，但是我们家肯定会要的。到时运货车运货上去的时候，你们就帮我送点鸡鸭上去，对了，你们这有鸡蛋吧？”

刘振华道：“有的，我们算过了，农家鸡蛋每个两块，鸭每斤二十块，鸡每斤三十块，蔬菜每斤五块。虽然这对于我们当地来说是贵了一点，但是我们要打好包装送去省城，也是有点麻烦的。”

“这对于省城那边的消费不算贵，便宜。”律师拼命地摇着头，“刘主任，说好了，到时你们不定期地送这些绿色食品给我们，估计我们药厂的职工会抢着要呢。”

旁边的宋民睁大着眼睛看着刘振华，大学毕业的与他这个小学毕业的真的有巨大的差距啊。

什么叫关系圈子经济，这就是啊。只要与制药厂这些省城的同志拉好关系，那他们的好东西就不愁销路了。

在他们的眼里，这些会飞会跑的鸡鸭没有什么，没有用化肥种的自家蔬菜也没有什么，但是对于省城的人来说，这些都是宝啊，即便他们有钱在省城也不一定买得到呢。

刚才刘振华跟他偷偷地说了，白云峰制药厂可是有一千多名员工啊，他们天天要在外面买肉买菜，那是多大的量啊。

所以，刘振华说了，先把村里的东西卖掉，如果制药厂那边需要的量还很大，那他们可以去其他村收购。

便宜收购，再贵一点卖，他们合作社也能赚点差价呢。振华的脑袋就是好使啊。

其实宋民并不知道，这是刘振华在学校里所学的销售学中讲到的。通过朋友等关系进行销售推广，这种销售方式是非常厉害的。

“铃——铃——铃——”刘振华的手机响了，是陈学才打过来的。

“村主任，那个农村信用社的伍大忠过来我们村了，说有事找你。”陈学才道。

刘振华一听不由蹙眉了，他看不惯伍大忠那张嘴脸。如果伍大忠真的帮了他们的忙，该感谢的，他们是应该出，但过分的话，那就不好了。

而且后来郑小娟还说，伍大忠本来就不是主管贷款的人，让他不要管伍大忠呢。

不过伍大忠说有事找他，他还是要过去一下。

于是，刘振华让宋民带着雷勇他们去他家坐坐，等他们回去时，合作社会送他们五十瓶稔子酒，雷勇三人各拿五瓶，剩下的三十五瓶就交到白永浩的手里，让他安排。

宋民赞赏地向刘振华点头，表面看他们送出这五十瓶稔子酒价值一千元，可是按照生产成本来说，并不多。

而且这五十瓶稔子酒送到白云峰制药厂，那可是有一千多人的消费群体，这些人以后都有可能成为他们的顾客呢。

特别是雷勇他们一听稔子酒可以治疗风湿病，个个神情欣喜。谁家没有老人啊，如果真的能治疗风湿病，这可是患者的福音啊。

刘振华来到村办公室，看到伍大忠时不时地看着四周，那眼珠转得飞快，一看就是心术不正之人。

“哟，刘振华，现在你的架子很大啊，我都过来这里了，你怎么不提前迎接一下，还要我在这里等你那么久？”伍大忠一看刘振华到现在才过来，气不打一处来了。

虽然伍大忠很嚣张，可刘振华并没有发火，毕竟他们还贷着信用社十二万元呢。

就算他们现在有能力还这个钱，可合作社用钱的地方太多了，还是撑到半年后，他们的猪出了栏再说。

经过这段时间，那些小猪茁壮成长，他们看在眼里，喜在心里啊。

“伍领导，不知道你过来有什么事情吗？”刘振华问道。

“哼，我过来看一下你们希望合作社现在的经营情况。”伍大忠是看了电视台的新闻，知道落山村希望合作社办得非常好，得到了县领导的表扬。所以，伍大忠想着过来探探风声。

刘振华走到一边煮开水，然后拿出茶叶为伍大忠泡茶。

伍大忠拿着茶杯喝了一口茶，“噗”的一声，把嘴里的茶水吐了出来：“你们这是人喝的茶叶吗？”

刘振华一听脸色变得严肃起来：“伍领导，我们农村人非常穷，如果你喝不惯这种便宜的茶叶，那你就喝开水吧。你慢慢坐啊，我还有事要去忙了。”

刘振华也不想在这里陪伍大忠这种人，一会儿叫个村民陪着他就行。

伍大忠见刘振华要走，急忙叫道：“刘振华，我以前帮了你们合作社那么多，你们就不能报答我一下？”

“你要什么报答？”刘振华抬起头冷冷地看着伍大忠。

“你们现在这么有钱了，你就算不给我一万块钱的感谢费，起码也要给几千块吧。”伍大忠奸笑着。

第69章 真不要脸

刘振华摇着头道:“对不起,我们穷,没有钱给你。这样吧,我晚上写一封感谢信,明天让人送到你们农村信用社,怎么样?”

“啊,不要。”伍大忠一听吓得跳起来,旁边的茶杯一倒,那些热茶全倒在他的腿上。

“哎呀。”伍大忠尖叫一声,捂着腿拼命地跳着。

刘振华也是吓坏了,担心地问道:“伍领导,你没事吧,要不还是去医院检查一下吧。”

“你混账。”伍大忠在那里跳了一会儿,觉得没有那么疼了,这才停了下来。

听到伍大忠的骂声,刘振华气得浑身发抖,两个拳头紧握着。

不过最后刘振华还是深吸了一口气,然后道:“我有事先走了。”

伍大忠还想跟刘振华说话,但是刘振华不理他。

伍大忠见是这样,只得去找宋民。

当刘振华去合作社那边处理完一些事情,回到宋民家准备吃饭的时候,发现伍大忠居然也在宋民家。

刘振华微微皱着眉头,不过他没有说什么,过去与雷勇打招呼。

伍大忠本来想与雷勇说话,可是雷勇与他聊了几句后,似乎知道他是什么样的人，也没有与他多说了。

伍大忠拉着刘振华走到一边道："刘振华，听说这是白云峰制药厂的副厂长，要过来与你们谈合作的？"

"是。"刘振华点点头。

"哼，我告诉你啊，如果你不给我一点好处，那我会说你们的坏话，让你们的合作谈不了。"伍大忠阴险地笑着，"你要知道啊，你们还欠我们农村信用社十二万元呢。估计你们这次的合作就是一两万块，不过对于你们这些农村人来说，也不少了，我的要求也不过分，你只要给我一千块钱就行了。"

"不给。"刘振华的声音透着强硬。对于这种小人，他懒得与他说话了。

伍大忠接着道："那给我五十瓶稔子酒吧。"

"不给。"刘振华还是摇着头，"要不这样吧，我给你们六千瓶稔子酒……"

伍大忠听了心里大喜，还没有等刘振华说完，急忙点着头道："行啊，我现在就去叫车过来拉货。"

"那好，我们签一份合同吧，这六千瓶稔子酒相当于十二万元，我们的贷款不用还了，合同上还要盖上你们信用社的公章才算数。"刘振华笑着道。

"什么？你想用稔子酒抵贷款，那不可能。"伍大忠尖叫着。

他过来落山村找刘振华他们，就是想着私下占些便宜的，哪可能与信用社扯上关系呢。

"不行就算了，我们没有什么便宜给你占的。"刘振华见李水莲已经把饭菜都摆在桌上了，也不理睬伍大忠，走过去招呼雷勇他们上座。

宋民走到刘振华的身边悄声道："振华，伍大忠想着过来要好处，你不要管他，不过他脸皮厚，我都没留他在这里吃饭，他居然坐上去了。"

"唉，宋叔，就是一顿饭，算了，不用管他。另外一会儿他走的时候，给他一瓶稔子酒吧，以后就再也不用搭理他了。"刘振华道。

宋民本来是不想理睬伍大忠的，但听刘振华这样说，想想也对，毕竟伍大忠是信用社的人，他们还欠着信用社的钱呢，能不伤和气，还是不要伤了和气。

伍大忠坐在雷勇的身边，笑着问道："雷厂长，我们信用社很有钱的。这次你们准备与刘振华谈多少钱的生意？"

雷勇没有说话，张手摆出一个“六”。

“你们才谈六千块钱的生意啊？”伍大忠哈哈大笑起来，“真是笑死我了，看来希望合作社还是不行啊。”

“不是六千。”雷勇摇着头。

“六万？”伍大忠吃惊地看着雷勇，“他们何德何能啊？只是农村人，怎么可能谈得了六万块钱的生意呢？”

反正刘振华不给他一点好处，他当然要破坏雷勇与刘振华的合作。“雷厂长，你们要考虑清楚啊，农村人不比我们这些有知识、有文化的人啊。”

律师插了一句：“我们与刘主任谈的合作是六十万，不是六万。”

“什么？六十万？”伍大忠震惊地站了起来，脸上一会儿青一会儿白。

要知道这六十万对于他来说，是可望而不可即的数字啊。刘振华只是农村人，怎么可能谈这么大的生意呢？

宋民也是火了，拍着桌子对伍大忠叫道：“伍大忠，你不要给脸不要脸，我们不欢迎你，你给我出去！”

李水莲也在旁边，看着伍大忠想破坏他们合作社的生意，更是生气，她直接把伍大忠刚才所坐的椅子拿开，然后把他面前的碗筷收走道：“我不管你是什么信用社的干部，我们家不欢迎你。”

伍大忠见状，只得故意道：“哼，你们有什么了不起啊，如果不是想给你们一点面子，我还不在你们这里吃饭呢。想请我吃饭的人一堆呢，我现在就走。”

伍大忠走了出去，没过片刻就走了回来：“刘振华，我现在没有车回去镇里，你派人送我回镇里吧。另外我告诉你们，得罪我，你们是没有好果子吃的。那些贷款，你们要快点还回来。”

刘振华板着脸道：“当时我们可是签了合同的，我们会在该还的时间还，你想让我们提前还，是不可能的。”

李水莲的性子泼辣，气得跑出去大声说着伍大忠的丑事。

本来省城的客人过来，村里就有不少人过来围观，想着看看有没有其他需要，他们可以帮一点忙。

现在听李水莲说伍大忠过来要好处，大家都气极了。

“我们去教训他。”一些年轻气盛的小伙子抡起拳头就要冲过去。

陈学才也过来了，听到伍大忠这么不要脸，气得对刚从宋家走出来的刘振华道：“村主任，我们不要管他，让他自己走路回去。”

可刘振华听了摇着头道：“学才哥，我们要有我们的素质，你还是安排一个人开摩托车送伍大忠回镇里吧。”

陈学才见刘振华都发话了，只得拿出手机，想了想，然后给牛志锋打电话：“牛志锋，你赶快开摩托车过来老村主任家，有好事情啊。”

“好事？”在家里打扮的牛志锋一听有好事，急忙挂了手机出发。

没有过多久，牛志锋开着摩托车过来了。

到宋家门口，牛志锋故意扭着油门，发出“嗡嗡嗡”的马达声。

陈学才叫他开车过来宋家，还说有好事，那肯定是载宋丽芳了。只有像他这样的帅哥，才能配得上宋丽芳啊。

“学才哥，我来了。”牛志锋一边叫着，一边甩着头发，可是他的头发打了太多的发胶，根本甩不动。

陈学才笑着对牛志锋道：“志锋，你载伍大忠回镇农村信用社啊。”

“什么？不是载丽芳吗？”牛志锋吃惊地张大着嘴巴，“我不去。”

陈学才俯在牛志锋的耳朵边，小声地道：“你真是笨啊，郑小娟不是在信用社吗？你搭伍大忠回去，正好可以追求郑小娟呢。”

“学才哥，你错了，小娟喜欢我的，不用我追。”牛志锋一本正经地仰着头，“不过助人为乐乃快乐之本，我还是搭一下伍大忠吧。”

牛志锋想着一会儿就可以见到漂亮的郑小娟，不禁心潮澎湃。

伍大忠上了牛志锋的摩托车，车一动，伍大忠就感觉到事情不对了。

牛志锋哪里是开车啊，简直就是在跳舞。只见牛志锋为了让自己显得拉风，车头一会儿扭向左，一会儿扭向右，那车子就如扭着八字步一般，歪歪斜斜，伍大忠觉得自己随时有可能摔下去。

陈学才看牛志锋这样开车，暗暗点头，自言自语道：“这样开就对了，完全就是他的风格啊。”

摩托车越扭越厉害，吓得伍大忠急忙搂着牛志锋的水缸腰：“牛志锋，你赶快停车，放我下来，我不坐你的车了。”

天啊，这哪里是开车，简直是谋杀啊。

牛志锋没好气地骂道：“停什么停，小娟正在信用社等着我，我要赶快过去啊。喂！伍大忠，你不要搂着我，我不喜欢男人。”

说完，牛志锋又开始扭着他的肥屁股了。

牛志锋本来就胖得可以，所以他坐上摩托车，就已经占了大部分的位置。

现在他又故意扭来扭去，直接就把伍大忠挤到摩托车后面的铁架上了。

村里还是泥路，坑坑洼洼。

牛志锋为了表现自己高超的车技，故意开向坑洼的地方，这可把伍大忠震得屁股都要开花了。

“哎呀，牛志锋，你开慢一点，我的屁股要烂了。”伍大忠发出歇斯底里的惨叫声。

陈学才见伍大忠他们走了便转过身，却看到刘振华蹙着眉头站在那里，虽然阳光照在他的身上，但却显出一丝落寞。

“村主任，伍大忠太过分了。像他这种小人，很可能会在我们的贷款上做手脚。要不，你跟马委员和邱干部汇报一下今天的事情，不能让这种小人嘚瑟。”陈学才走到刘振华身边小声地道。

第70章 身患绝症

刘振华沉思了一会儿，最后摇摇头叹着气道：“唉，学才哥，我看还是算了吧。”

刘振华走回到宋民家继续招呼雷勇，村民们也纷纷离去。

陈学才站在那里好一会儿，最后他咬咬牙，拿着手机走到一边打电话去了。

三天后，县有关部门调查组来到白洋镇农村信用社，调查伍大忠的事情。

伍大忠已经行了很多不义之事，调查组发现他存在严重的违纪问题，很快他便被带走了。

这个消息，大快人心，落山村的乡亲们听到后都说善有善报，恶有恶报，不是不报，是时辰未到。

早上，刘振华跟着运货的三轮车来到县城，卸了稔子酒之后，他一个人来到了县人民医院。

现在希望合作社越来越好了，以前刘振华所提出的用多条腿走路的经济设想得到实现。白云峰制药厂那边，已经买下落山村不少绿色天然食品，让乡亲们赚了一些钱，马委员他们听后大喜。

邱干部说刘振华是个人才，不但能用稔子酒赚钱，还可以让白云峰制药厂收购四万斤的稔子枝叶，另外还把落山村乡亲们自己种养的东西卖到省城去，真是厉害。

希望合作社的工作非常多，刘振华也忙得不可开交。

不过这两天他的胃实在疼得要命，他想着还是过来医院做个检查，看看是怎么回事吧。

医院里上午来看病的人非常多，刘振华先挂号去医生那里开了胃镜检查单，再去交钱，要六百块，他心疼得要命。

胃镜检查室外面，排了一条长龙。聊天声，打电话声，脚步声，让等待的人们更加焦急。

刘振华站在那里，脑海里还想着这些天的工作。

第一批稔子枝叶已经运到白云峰制药厂了,同时也送去了落山村的一些鸡鸭蔬菜。

鸡鸭蔬菜的打包及运输工作由希望合作社来统筹，如果以后量大的话，他们会一周运一次上去。

省城那边的稔子酒寄卖点也陆续下了第二次订购单,不过不多,也就是五十瓶左右。

刘振华也没有什么好嫌弃的，慢慢卖，慢慢打开省城的市场吧。

由于有了制药厂那边的订单，合作社的压力小了很多。

昨天刘振华与宋民、陈学才他们这些骨干社员商量过了，如果稔子酒卖不出去，就先储存起来。

反正合作社有了六十万元的稔子枝叶订单，可以让大家支撑一定的时间。

现在稔子酒的销量虽然不大,但一个月下来,也是可以卖一些,可以回笼一些资金。

昨天他们算过，应该能熬到生猪出栏，到时他们就不用愁了。

一个个病人进到检查室里，检查完便出来。上午的检查下午拿结果，下午的检查明天早上出结果。

当刘振华进到里面时，一个身穿白褂的中年医生扶了一下黑色眼镜框说道："把你的单子拿过来。"

"是。"刘振华把检查单递给中年医生，医生拿过检查单，一边扭头让刘振华躺在病床上，一边漫不经心地把检查单放在桌子上。

检查完的刘振华去找邱干部，向扶贫组汇报了这段时间落山村的扶贫工作。

邱干部现在是十分佩服刘振华，那个稔子枝叶和绿色食品真是神来之笔，让落山村的村民增收不少。

这样下去，落山村脱贫有望了。

因为希望合作社的大头在稔子酒和生猪销售那里，所以他们要一年后，才可以总结出来落山村的扶贫结果。

但大家都能看到希望合作社越来越好，对落山村脱贫有巨大的信心。

所以邱干部等刘振华汇报完，马上拉着他去了上次他们去过的酒家。

还是上次的菜，当刘振华偷偷地提前溜出去准备买单时，却听柜台的工作人员说，今天这账单还是要邱干部结，这是邱干部刚才点菜时，提前说了的。

刘振华无奈地走回来："邱干部，上次是你请，这次也该我请了吧？我们现在有点钱了，不再是穷人。"

"行了，等你们落山村真正脱贫之后，你再好好地请我吃一顿，到时我不会与你抢着买单。"邱干部哈哈大笑道。

邱干部继续与刘振华聊了一些落山村的事情，同时还告诉刘振华，一定不能让一些小人、坏人影响落山村的脱贫工作，如果有人暗中捣乱，可以给他打电话，他会向上头反映的。

这时，邱干部提到了伍大忠，说那种坏人一早就应该抓起来。

刘振华暗暗点着头，想起那天伍大忠故意在雷勇面前破坏他们的合作，这种小人是非常可恶的。

到处伸手要钱，这种坏人不能留在相关单位。正如上面所说的一句话："莫伸手，伸手必被抓。"

下午，刘振华去胃镜检查室拿了自己的片子，抽出来一看，发现上面写着："胃部异常，初步怀疑胃癌，请进一步检查确诊治疗。"

胃癌！刘振华眼睛睁大，心如被万斤重锤击中。

自己怎么会得了胃癌呢？自己还这么年轻，怎么就得了这种病？

刘振华的脸色一下子变白，身体摇摇欲坠，简直无法站立了。

过了好久，脑袋一片空白的刘振华进到医生办公室，茫然地坐在椅子上。

医生看了检查单，脸上露出惊讶的神情。不过医生还是沉住气问道："刘振华，你有家属陪同过来吗？我要见见他们。"

"没有，我是一个孤儿，我自己可以作主。医生，你跟我如实地说说我的病情吧，我能挺得住。"刘振华现在表面上镇定了一些，不过心中却万念俱灰，就算坐在那里，魂魄都不知道飘到哪里去了。

医生一听刘振华是个孤儿，心里也是暗暗震惊。"唉，既然是这样，我就实话实说吧，你这个情况可能有点严重了，我建议你去市医院或者省城的大医院，再做进一步检查，若确诊，你要进行化疗，看能不能多坚持几年。"

"去省市的大医院？"刘振华皱着眉头，"如果不化疗的话，我的身体大概能坚持多久？"

医生想了想说道："这个难说，要看你的身体素质。不过我估计，就是一年左右的时间吧。你还是赶快去大医院治疗，我们县医院的设备有限，治疗的效果肯定比不上上面的医院。”

刘振华暗暗摇着头，希望合作社正在关键时，如果他病重的消息传出去，就会有问题出现。

大家的心能扭在一起，那是因为信任他。如果他不在希望合作社，就算宋民在，但宋民不懂管理，宋丽芳也不熟悉合作社的操作。

不管是稔子酒的销售，还是制药厂那边的合作，都离不开他。因为落山村也有一些聪明人，如果没有他在，那一些人可能就会想着自己单干，想着赚更多的钱。

现在合作社还处于发展时期，只要有人想着单干，那就会发生很大麻烦，刚聚起来的心就要散掉了。

不行，我不能去省市医院治疗，我要先把希望合作社发展起来。只要能让乡亲们脱贫过上好日子，我就算是死又如何呢？

如果当年没有乡亲们对我的照顾，我一早就饿死了。三年后死和一年后死，也相差不了多少，只要能把希望合作社发展起来，让村民们脱贫致富就值了。

刘振华知道只要再给他一年的时间，希望合作社发展到一定的规模，那村民们就不会再有异议，会按照他设定好的路子走下去。

刘振华一想到落山村的脱贫任务，也不知道为什么，身体里好像注入了强大的能量，一下子又有了精神。

“医生,我没有什么钱,不能去省市的大医院,你就帮我治疗吧。”刘振华对医生道。

医生见刘振华这么年轻，又是孤儿，知道他也没有什么钱。叹了一口气，无奈道:“刘振华，你现在交订金办理住院手续吧。”

可刘振华听了摇着头道：“医生，我们村里还有很多事情，我没有时间住院。我能开药回去吃吗？如果需要打针，我可以经常过来打针，然后再回去。”

医生听到刘振华不想住院，吃惊地看着他。“唉，你自己的事情自己作主吧，我是医生只能建议。我现在就给你开药，然后你今天在我们医院打完针再走吧。”

傍晚，刘振华拖着疲惫的脚步回到了家。

过了半天，他已经接受了那个残酷的事实。

他也不再想那么多，他没有亲人，无牵无挂，就算是死，也不是多大的事情。

先把希望合作社搞好，时不我待。如果在他死之前，希望合作社的发展路子还没有定型，那是会出事情的，他也不能放心啊。

“铃——铃——铃——。”急促的手机铃声响了起来。

第71章 喜旧厌新

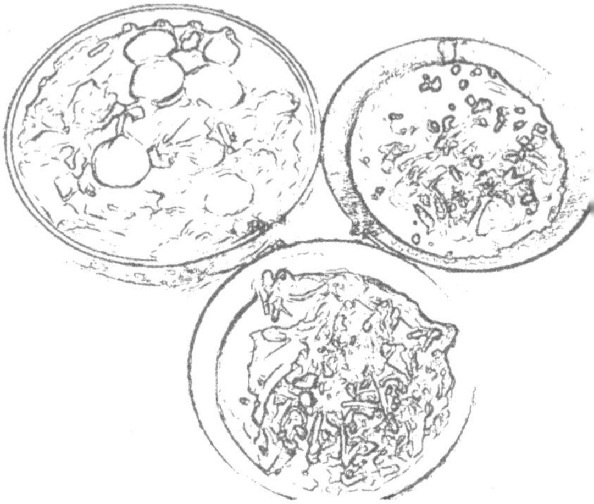

刘振华一看，是宋丽芳打过来的。

“振华哥，你回来了吗？”宋丽芳的声音透着甜蜜，让刘振华听了非常舒服。

还是有人牵挂着我的，刘振华在心里暗想。

突然，刘振华的脸色一变，他是快要死的人，应该无牵无挂才好，他不能连累宋丽芳。

想到这里，刘振华毅然地抬起头，深吸一口气道：“是丽芳啊，我回来了。”

“振华哥，你回来就赶快过来吃饭，我帮你热着饭呢。”宋丽芳笑着道。

可刘振华摇着头道：“我已经吃过饭了，如果没有什么事的话，先这样，我还有一点事情要做。”

说完，刘振华挂了手机，感觉自己除了胃痛之外，心也很痛。

因为这段时间一直在宋家吃饭，家里没有米，刘振华干脆去小卖店买了两包方便面，煮上开水泡面吃了。

刘振华正吃着泡面，外面响起宋丽芳的叫声：“振华哥。”

刘振华的脸色又是一变，急忙把泡面拿到厨房里藏了起来，再走出去开门。

“丽芳，这么晚了，你有事吗？”刘振华打开门问道。

“我没事就不能过来吗？”宋丽芳娇嗔地白了刘振华一眼，接着走了进来。

当宋丽芳看到垃圾桶里的方便面袋子时，微微一愣。

不过宋丽芳没有说什么，只是坐在椅子上问道："振华哥，你今天去了县城，有没有什么好消息？"

刘振华叹了一口气，坐在她对面的一张椅子上。"没有，现在县城这边的销售也差不多稳定了，没有多少增加的量了。一天就是卖一百多瓶。"

"这样也不错了，我大哥他们经常给我打电话，说感谢我们呢。"宋丽芳笑着道。

按照现在的销售提成，像宋志军他们先付款再提酒的话，一瓶稔子酒能拿到六块钱的提成，他们一天卖一百瓶，一个月能赚到一万八千块，这比他们以前打工赚得多多了。

所以，现在何小英看到宋丽芳，一个劲地叫着姑子，那讨好的笑容让宋丽芳感觉鸡皮疙瘩都起了不少。

不过这也让李水莲心里高兴，何小英的娘家在县城旁边，是城镇户口，一向看不起夫家这些农村人。

可现在不一样啊，落山村合作社的项目那么好，何小英赚了不少。听宋志军说，如果一直这样赚下去，再过两年，他们就能在县城买商品房了呢。

宋丽芳打心里佩服刘振华，这不，看到他还没有回来，心里担心。

现在听说他回来了，就想过来看他一眼。她也不知道为什么，如果一天没有看到他，她心里就感觉有点不舒服。

上次刘振华与陈志源去省城的那几天，她茶饭不思、寝食不安。

可是今晚宋丽芳过来看到刘振华，不知道为何，她老感觉有点不对劲。至于为什么，她也说不清楚。

刘振华与宋丽芳聊了一会儿，他站起来不好意思地道："丽芳，我今天去县城忙了一天，有点累，想早点休息。"

"噢，那好，我先回去了。"宋丽芳站起来，含情脉脉地看着刘振华，好像在等待什么。

刘振华犹豫了一下，没有走上前，还是站在那里。

如果是以前，刘振华会送宋丽芳出去，他们可能还会在黑暗的门外抱一抱，甚至刘振华还会在她的脸上亲一口。

宋丽芳有点失望地走了，房间里还遗留着丝丝的幽香。

刘振华微微一叹，走到门边把门关上，然后进到厨房里，拿出泡面继续吃。

第二天一早，刘振华犹豫了一下，还是去宋家吃了早饭。

昨天医生跟他说，有可能是他多年不吃早餐的坏习惯，导致他的胃出了问题。

因为刘振华早早就起来，一个上午都不吃东西，而胃一直在工作，很容易把胃磨出病来。

当然了，医生说这只是一个诱因，可能还有其他的原因。

刘振华不能不吃早餐了，免得他的身体坚持不了几天就倒下了。

他一定要争分夺秒，赶在自己身体出事之前，把希望合作社的事情给做好，以后宋丽芳他们就不会有什么困难了。

宋丽芳感觉到了刘振华的变化，他虽然过来与她打了一声招呼，但是她能凭着女人的第六感，感觉到他心里对自己的排斥。

刘振华吃完早饭，与大家一起在合作社里干活。

在干活的时候，刘振华把以后合作社的工作思路告诉了大家，大家暗暗点头。

可慢慢地，陈学才他们也感觉有点奇怪了。

如果刘振华第一次说的话，他们觉得没有什么。

可是前天刘振华上午才说了，昨天又说了一遍，今天还要说，这是怎么回事啊？刘振华什么时候变得婆婆妈妈了？

而且有时陈学才客气地叫刘振华去他家吃晚饭时，没想到刘振华真的应了，这让陈学才有点措手不及，急忙让莫华珍再多炒两个菜，还叫嚷着要与刘振华喝酒。

可自从那天检查出自己的身体有问题后，刘振华就听从医嘱，滴酒不沾了。

于是，刘振华吃完饭，喝完汤，拍了拍陈学才的肩膀道："学才哥，谢谢你了，我先回去啊。"

现在合作社越来越好，陈学才他们的口袋里也有两个钱，所以刘振华在他家吃饭算不了什么。

"村主任，你这话是什么意思啊？你在我们家吃饭，是我们家的荣幸，你不要谢我啊。"陈学才急忙站起来说道。

前两天刘振华还跟他说，等以后合作社做起来，让他当村主任，这让陈学才受宠若惊。

如果是以前的落山村，陈学才不会多看半眼。

可现在的落山村不一样啊，在刘振华的带领下，希望合作社办得这么好。生猪越来越壮，再过两三个月就可以出栏了，到时都是钞票啊。

陈学才以为刘振华是开玩笑，也笑着答应了。但没有想到，刚才吃饭的时候，刘振华又提起这件事情，说让他试着管村里的事情，如果刘振华不当村主任了，他就能马上接手。

陈学才看着刘振华走出自己的家门，很快消失在夜幕中，不由伫立在门口，感觉脑袋有点晕沉。

“学才，你在门口站着干什么？”莫华珍奇怪地走过来问道。

“华珍，你有没有觉得村主任这几天有点古怪啊？”陈学才转过头看着莫华珍。

“嗯，我也听村里一些婆娘说了，说村主任好像有点疏远丽芳了。以前傍晚时，她们经常看到村主任与丽芳一起有说有笑地在村里散步，但现在没有看到了。好像村主任经常在村办公室里或者在自己的家呢。”莫华珍小声地看了看外面，确认没有其他人，继续道，“她们还说，村主任把合作社搞起来后，就会去省城，与以前的那个旧情人相会呢。”

陈学才摇着头道：“不会的，村主任不是那种人，他哪可能扔下我们不管呢？村里那些长舌妇，吃饱没事干，就会暗中说别人的闲话。”

莫华珍白了陈学才一眼，啐道：“你是不是当了村干部后，越来越傻了。村主任哪会不管合作社呢？过两三个月，合作社的生猪出栏，那得赚多少钱啊，他还是会管着合作社的。”

“那你的意思是？”陈学才不解了。

“我听那些人说，省城那边的市场大，等我们的合作社稳定下来后，村主任是要长期在省城那边管着销售和白云峰制药厂的事情，落山村这边的事情，就由你和丽芳管，然后他可以与旧情人在一起，一举两得呢。”莫华珍的脸上露出喜意。

“学才，我觉得刚才村主任跟你说，以后要让你当村主任的事情是真的，丽芳是女人家，肯定当不了村主任。再说了，村主任也不会让丽芳当村主任，他怕后院出事呢。”

陈学才没好气地瞪了莫华珍一眼：“你什么时候也学那些人那么八卦了，还后院呢？村主任不是那种喜新厌旧的人。”

“对啊，村主任不是那样的人，他现在是喜旧厌新啊。”莫华珍拍着大腿说道，“你想想，我们上次看过村主任省城的那个女朋友，很漂亮，还开着越野车来落山村，很有钱。如果是你的话，你会不会选择省城那个女人？”

“会啊。”陈学才想也没有想便回答了。

莫华珍一听，生气地敲了陈学才的脑袋一下：“我就说了，你们这些男人，没有一个好东西。吃着碗里的，看着锅里的。陈学才，是不是等你有了钱，就会想着其他女人啊？”

“华珍，你怎么这样说呢？在我的心里，还是家里的黄脸婆好啊。”陈学才急忙向莫华珍媚着脸笑道。

“什么？你说我是黄脸婆？我的脸哪里黄了？我现在都用洗面奶洗脸了啊。”莫华珍吃惊地摸着自己的脸，好像怕自己真的很丑似的。

“不是，华珍，我的意思是说，你在我的心里是最好看的。”陈学才哄着莫华珍。

第72章 伤心欲泣

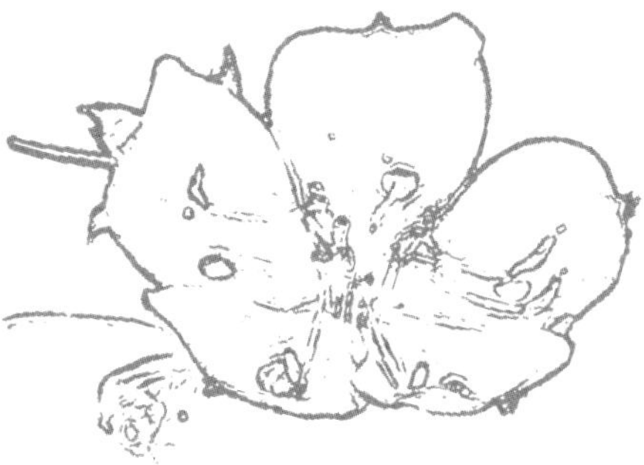

莫华珍才不相信陈学才的鬼话，眼珠一转，右手轻轻地掐着他的手臂：“你不要以为我不知道，你们男人有钱就容易变坏。以后啊，合作社分钱的时候，全让我去领，让我管着。”

“不是吧，男人的钱被女人管着，很没有面子的。”陈学才苦着脸道。

莫华珍也不与陈学才闹哄了，正色道：“学才，我有时也去合作社帮忙，也感觉到那些婆娘说的话有点道理，好像村主任与丽芳之间有点问题了。”

陈学才暗想一下，好像这段时间是有点不对。

以前刘振华与宋丽芳都在一起，现在他似乎在疏远她。有时宋丽芳想与刘振华单独说什么的时候，他都会故意避开，或者扯上其他人一起。

看来，他们的关系是出问题了。

“唉，看来我要找个时间跟村主任说说才行。”陈学才用力地晃了晃脑袋。

莫华珍急忙制止道：“你傻啊，这是村主任的私事，你跟他说这个不好。再说了，以后村主任去省城那边待着，你才有机会当村主任啊。要不你当个副村主任也行，专门管落山村这边的事情。权力大了，好处也会多一些呢。”

陈学才生气地骂道：“你这个婆娘懂什么？如果我们做村干部的，不能做到公平公正，以后肯定做不长久。你头发长见识短，如果不是我当时先贷了三万块钱，如今会有这样的地位吗？你当时还与我耍脾气回娘家呢。”

在合作社总社里的股份，肯定是最好的，他们有优先销售权。

不要说别的，他们的资源整合在一起，都比别人分开来好上一些呢。

傍晚，牛志锋无聊地在村里走着。

农村人是没有什么夜生活的，大家吃过晚饭，要么在家看电视，要么就去别家逛逛。

当牛志锋走到小卖店那里时，听到几个妇女坐在小凳子上聊天。

“听说村主任现在与宋丽芳不好了。”

“不好就不好，宋丽芳可是桃金娘子，现在有那么多男人追她，她还怕什么呢？”

“也是啊，听说连市里的年轻干部都喜欢宋丽芳，市里的干部肯定比村主任要好呢。”

牛志锋听到那些闲言闲语，两眼一睁，兴奋地问道：“各位婶娘，振华真的与丽芳不好了吗？”他追不到宋丽芳，去信用社找郑小娟，人家也不理他。

“是啊。”

“哈哈哈，大好了。”牛志锋在自己的大腿上用力地拍着，“我可以去追丽芳了。”

“行了，牛志锋，你不要癞蛤蟆想吃天鹅肉了，人家丽芳连市里的国家干部都看不上呢。”一个嘴皮薄薄的瘦女人嘲笑着牛志锋。

牛志锋没好气地白了对方一眼：“你说什么啊？我这个不是肥，是健康。只有我这种帅哥才配得起丽芳呢，你们真是见识少啊。”

牛志锋兴奋得手舞足蹈，没想到前面的地面低了一些，一脚踏空，整个人往前摔去。

“啪。”牛志锋摔了个跟头，嘴巴正好在一堆草上。

“哈，哈，哈，牛志锋，你还没有吃晚饭吗？饿得要吃草了？”那些婆娘们哈哈大笑起来。

宋家，宋丽芳坐在客厅里看电视，李水莲坐在旁边，一会儿看一下电视，一会儿看下宋丽芳，欲言又止。

“妈，你怎么了？”宋丽芳奇怪地扭头看着李水莲。

“丽芳，最近你和振华是不是出了什么事情？”李水莲担心地问道。

宋丽芳的身体微微一颤，不过她还是摇头道："没有啊。"

"唉，乖女儿，我养你这么大，我还不了解你吗？如果是平常，你一早就去振华家了。可你这些天，吃完饭要么就在客厅看电视，要么就回房间里，你们之间肯定出什么问题了。"李水莲想到村里的传言，心里也不是滋味。

人家省城好，自家的闺女肯定比不上省城的女人。

当时那个叫杨什么诗的女孩子开车来过落山村，她也是看到了的。长得真是漂亮，而且还有钱，难怪刘振华会移情别恋。

"妈，我……我们没有什么事情。"宋丽芳心虚地说。

那些传言并不是假的，他们之间好像真的出了问题。这段时间，宋丽芳能感觉到刘振华在有意地疏远她。

"唉，丽芳，要不这样吧，你也跟市里的那几个年轻干部交流交流，大家加个微信好友，当是一般朋友认识一下，也没有什么问题啊。你和振华又没有结婚，大家都有得选择呢。"说到这里，李水莲的胆气壮了不少。

人家那些可是市里的国家干部呢，不要说别的，就是县里的不少年轻干部，也天天缠着邱干部当媒人呢。邱干部都不止一次向她诉苦，说丽芳和振华还是赶快结婚吧，要不然他们宋家的门槛会被踩坏呢。

哼，刘振华，你有什么了不起。你看不上我们家丽芳，我们也看不上你呢。

不过李水莲想到自己家闺女被刘振华占过便宜，心里又不舒服了。

"妈，我现在不想谈什么儿女私情，只是想着先把希望合作社的项目搞好。振华哥也说了，现在是关键时期，我们不能松懈。特别是再过一个多月，养猪场里的猪就可以出栏了呢。"宋丽芳劝着李水莲。

李水莲想想也是，希望合作社现在真是厉害啊。

不说别的，就是自己的两个儿子，现在在外面推广销售稔子酒，一个月都能赚一万多块。虽然说天天在外面跑辛苦一点，但能赚这么多钱也是好的。

村里还有不少人出去销售稔子酒，也都赚了一些钱，这希望合作社是真的可以让村民们过上好日子呢。

宋丽芳见李水莲还想跟她说话，只得站起来，拉了拉卷起来的上衣："妈，我出去走走。"

宋丽芳情不自禁地来到了刘振华家，窗户里有灯光，他在家。

宋丽芳走到门前，轻轻地敲着门。

“谁啊？”片刻，门开了，露出刘振华有点瘦削的脸。

宋丽芳看到这张脸，不知为何，感觉有点心疼。

虽然说刘振华这段时间不大理她，可是他也是在拼命地干活。

不管是酿酒还是喂猪，他都过来帮忙，好像怕大家干慢了似的。

还有那些推广销售人员，每天下午，刘振华都要在销售群里问他们的销售情况，并为他们支招，为能多卖一些稔子酒而努力。

所以，宋丽芳并不怪刘振华，他一心扑在工作上，一心想着让乡亲们脱贫过上好日子，她还有什么可埋怨的呢？

不过，她感觉他是有点疏远她，想问问是怎么回事。

刘振华看到是宋丽芳，微微发愣，然后问道：“丽芳，是你啊，有什么事吗？”

“振华哥，难道请我进去坐一下都不行吗？”宋丽芳鼻子一抽，肩膀微微颤抖着。

刘振华看着宋丽芳泫然欲泣的样子，心里无端一揪：“没有，丽芳，你赶快进来。”

宋丽芳进到屋里，看到小客厅的桌子上摆着一些纸，旁边还有一支笔。

“你在写什么？”

刘振华坐在桌旁的椅子上，讪讪道：“我在做一些销售分析数据，看能不能让销售人员再多卖一些稔子酒。”

宋丽芳一听心里释然，只要他不是给某人写信就行了。看来，村里那些传言说他与旧情人有来往是假的。

宋丽芳心疼地看着刘振华道：“振华哥，这段时间，你好像瘦了不少，你要注意身体，不要太辛苦，要多休息啊。”

刘振华笑了笑道：“现在是我们合作社关键时期，我们的资金也越来越缺了，我要想办法再多销售一些稔子酒，看能不能再支持一个多月。”

“是啊，如果再支持一个多月，我们养猪场的生猪卖出去了，就有钱支持其他社员了。”宋丽芳微微叹着气。

现在主要问题不是总社这边，而是分社。

那些村民也是差不多弹尽粮绝了，需要总社这边支持，让他们继续酿酒，支持到自己家的生猪可以卖出去。

一家支持一万块的话，两百多户，就要两百多万，这是一个非常大的数据。

只要能支持村民们渡过难关，等到生猪出栏，总社那边也有一大笔资金回笼了。

合作社有了这笔资金，再次酿酒养猪也没有问题，合作社就可以持续不断地赚钱了。

一年能出两栏猪，村民们肯定可以赚上不少钱，肯定可以脱贫过上好日子了。

第73章 三年之约

因此，宋丽芳和陈学才他们都知道合作社到了关键时期，只要大家咬牙熬过这一个多月，后面就会海阔天空了。

不过宋民他们也不太担心，前几天马委员过来合作社考察，说合作社办得非常不错。还说如果资金有困难的话，可以找他，他再跟农村信用社的主任协调。

当时马委员还当着他们的面，给信用社主任打电话，对方一听是落山村希望合作社的项目，立即说这个问题不大，他们可以考虑贷款给希望合作社。

毕竟现在希望合作社的名声在外，那个希望牌稔子酒在海江市卖得还可以。

这个合作社和商标的潜在价值，应该都值几十万元了呢。

不过刘振华说不想贷款，对于农村人来说，贷款给他们的压力非常大。能自己解决就尽量自己解决，以后路子会走得更好。

刘振华知道自己的身体状况越来越差，让村民们习惯用贷款解决方法，并不一定是好事。

反而他带着大家努力从销售方面解决问题，将是更好的办法。

逼一逼乡亲们，可能他们会更积极地推广稔子酒。

村民们都积极向自己的亲戚朋友推销稔子酒，每推销一瓶稔子酒，就有五块钱的提成，大家也是鼓着劲推销。

可刘振华知道这是远远不够的，他想着等合作社总社的那两百多头生猪卖出去后，就拿一点钱出来做广告，看能不能在海江市再多销售一些稔子酒。

至于在省城那边的售卖点，还是卖不出多少。制药厂那边虽然买了几百瓶，但也是杯水车薪啊。

省城那边，得再想想办法了。唉，可惜周红星那里帮不上忙，老枪这段时间的工作也忙，只是向他提供一些信息，也需要他们派人去省城衔接，还要跟别人洽谈才行。

迟点吧，我再带一些销售人员去省城。刘振华在心里暗暗想着。

突然，宋丽芳勇敢地抬起头对刘振华道："振华哥，你是不是不喜欢我了？你与那个杨思诗又好上了吗？"

刘振华心里一振，暗想用杨思诗让宋丽芳退出，好像也是一个办法。

因为他不想耽误宋丽芳这个好姑娘，特别是别人都认为他们是一对，这对她不好啊。

他们还是像现在这样，不经常在一起，以后她再找男朋友的话，也会容易不少呢。

刘振华抬起头，想着用杨思诗为借口拒绝宋丽芳，可当他看到面容憔悴的宋丽芳时，心里一颤，鬼使神差地说道："丽芳，不是的。"

"不是？"宋丽芳奇怪地问道，"那你为什么疏远我？"

刘振华倒吸一口冷气，自己已经说了刚才那句话，那就要顺着说了，而且他也舍不得伤害一个这么好的姑娘。

"丽芳，我们的希望合作社正在关键时期，而且我们还年轻，我是不想过早地想儿女私情。"刘振华故意板着脸道。

"丽芳，我不知道你是怎么想的，我是想着再过两三年才考虑自己的终身大事。如果你觉得自己要考虑了，那可以尝试着接触其他男孩子，也是不错的。"刘振华说到这里，心里很不是滋味。

可不管如何，他都要硬起心肠来了。宋丽芳不想等两三年，那最好，她可以找到更好的男人。

如果她愿意等，那也没有问题。医生说了，自己可能只有一年的时间，到那个时候，希望合作社应该也步入正轨，自己可能也命不久矣。

到那个时候，自己死了，宋丽芳一样可以有更好的选择。她还年轻，再过两年，才二十二岁。

只要他现在与宋丽芳保持着一定的距离，对她以后再找男朋友，是有好处的。

宋丽芳听刘振华这样说，不好意思地扭着自己的衣角："振华哥，对不起，我误会你了。"

"丽芳，没事的。这也怪我，现在一心只想着合作社的事情，没有时间跟你解释清楚。"刘振华不好意思地站起来，拿过一个杯子，为宋丽芳倒了一杯蜂蜜水。

听别人说蜂蜜对胃好，刘振华也从村民家里买了一些蜂蜜冲白开水喝。

宋丽芳高兴地拿起杯子，甜甜的，非常好喝，一直甜到心里面去："振华哥，我等你三年。到时不管合作社是否成功，村民们是否脱贫，我们都要在一起。"

刘振华在心里叹着气，然后点头道："好，我们就来个三年之约吧。我们还年轻，不着急成家立业。还有啊，等合作社的事情闲下来，你去县党校那里办的成人大专班，好好学习进修一下。"

"振华哥，我还可以读大学？"宋丽芳吃惊地站起来，简直不敢相信自己的耳朵。

一直以来，她都对自己没有考上大学耿耿于怀。特别刘振华是大学生，她不是，老感觉自己低了刘振华一等。

如果她能读大学，以后大家算是"门当户对"了。

刘振华笑着道："可以的，我问过了，读三年就可以毕业了。都是放假时候读，不用天天去的。"

"那好啊，等我们合作社的生猪出栏，我们就算稳定下来，我就去县党校报名读书。”宋丽芳想了想，正好读三年毕业，然后她就与刘振华结婚，时间正好呢。

想到这里，她秀气的小脸红了。

刘振华见宋丽芳想通了，暗暗松了口气：“丽芳，你过来看一下我分析的这些销售数据，市区那边还可以从这个区域入手，多点宣传呢。”

刘振华把宋丽芳叫到旁边，两人在灯下聊着销售的定位和数据。

刘振华想把这些分析方法教给宋丽芳，即使他不在了，她也可以挑起这个大梁。

在希望合作社里，学历最高的就是宋丽芳了。她年轻，又肯学，如果读一个大专，对合作社来说就更好了。

可惜了，自己不能看着希望合作社一直走下去。

宋丽芳哼着小曲回到家，当她用钥匙打开大门进到里面时，不由一愣，李水莲一声不吭地坐在沙发上，也没有看电视，旁边也没有其他人，好像在呆坐。

“妈，你怎么了？”宋丽芳奇怪地问道。

“我还不是在想你的事啊？”李水莲抬起头瞥了宋丽芳一眼，小声地说道：“这样下去不是办法啊，你与其他年轻干部见一见面，认识一下也没有什么。还有啊，你也不要一条路走到黑，就算你与别人好过，一样可以与别人再好的。现在是新时代了，你的思想要开放一些。”

宋丽芳听到李水莲的暗示，不由暗暗好笑。自己的身体本来就是清白的，哪有什么好不好过啊？

不过现在合作社到这个地步，宋丽芳也不怕妈妈不答应什么了。

于是，宋丽芳悄悄地对李水莲道：“妈，我忘记跟你说了，后来我们才知道，那天晚上我们喝醉酒了，其实是什么事情都没有做的，我……我还是清白的。”说到这里，宋丽芳羞得低下了头。

“啊，真的？”李水莲兴奋地拍着沙发上的扶手，“丽芳，太好了，你还是清白之身，以后嫁人也容易不少。这样吧，明天我就叫邱干部带一个优秀的男干部过来与你见见。”

“不，你还是去县城吧，在那边与别人见见面，村里的人也不会知道的。”李水莲越说越兴奋。这个消息太好了，女儿可以更好地选择其他男孩子。

以前李水莲听到别人说市里的干部对宋丽芳有意思时，心里还是有点遗憾的。如果不是女儿成了刘振华的人，她还真想女儿嫁到市里。

就算刘振华以后有钱了，也顶多是几十万元，哪能比得起人家市里的干部呢。

“我不见其他男孩子。”宋丽芳摇着头拒绝了。

“你啊你，要我怎么说你呢？”李水莲有点生气了，“咦，丽芳，我看你刚才好像很高兴的样子，有什么喜事吗？”

宋丽芳扭捏片刻，红着脸点头道：“刚才我去找振华哥了，也问清原因了。”

“是什么原因？你们又好上了？”李水莲奇怪地问道。

“是别人胡说，振华哥不是与省城的女同学要好。”宋丽芳羞答答地道，“刚才振华哥说了，我们还年轻，没有必要这么早就想着成家立业。他让我迟点去县党校读大专，三年后，我们再在一起。”

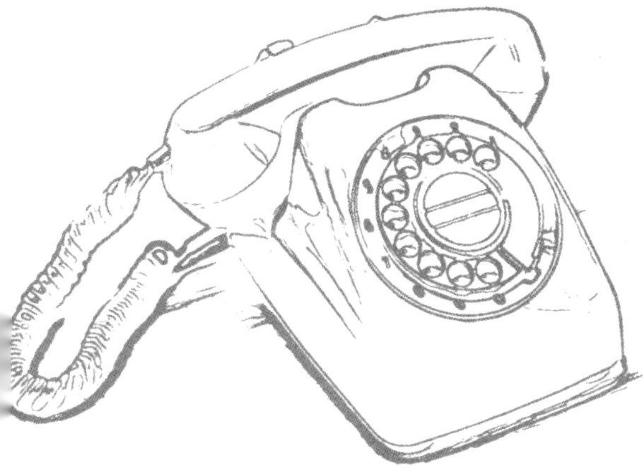

第74章 省城电话

李水莲想了想，觉得也有道理：“丽芳，振华说得也对，你们还年轻，没有必要这么早结婚。你去读大学是好事，三年后，你才二十三，正是谈婚论嫁的好时候。到时，我们还看不上刘振华呢，他有什么了不起啊。对了，从现在开始，你不要与刘振华有什么亲密的行为，大家就这样拖着。以后你发现有比刘振华更好的男孩子，可以不用管刘振华了。”

宋丽芳笑了笑，知道妈妈就是这样的性格，想法特别多，也是为她好。

不过她是不会变心的，她会一直爱着振华哥的。

想到他们的三年之约，宋丽芳心里就甜滋滋的，比刚才那蜂蜜水还要甜呢。

振华哥，我明白你的心思了，我们现在不应该把时间花在儿女情长上，我们要把时间花在合作社的工作上。我要去进修提升自己，到时，我是不会掉队的，我会赶上你的。宋丽芳越想越高兴了。

早上，刘振华抹了一把脸上的热汗，把汗水擦在衣服上，继续统计着合作社所有的稔子酒库存。

随着总社和分社不断地酿造稔子酒，他们库存的稔子酒越来越多了。现在连村民家的房间里都塞满了稔子酒，再这样下去，他们得想办法再建一个大仓库。

可这需要不少钱啊，再说了，现在多建一个装稔子酒的大仓库，等他们真正把稔子酒的销售渠道打通，那多出来的大仓库就只能放在那里浪费了。

唉，一切都是销售渠道惹的祸。按照刘振华的设想，等生猪卖出去后，他们要拿一些钱去省城那边打广告，看能不能把稔子酒打进省城那边的市场。

只是靠那些寄卖点，作用不是很大，他们卖得不是很多。

毕竟希望牌稔子酒在省城那里没有什么知名度，现在广告的推销非常多，群众也不知道你说的是真还是假，一直处在观望状态。

省城不比下面的城市，管得严，如果你开着一辆三轮车在省城的街道大喊大叫着卖稔子酒，估计很快就被城管或者警察驱赶。

刘振华用力地捏着太阳穴，头有点疼了。

这段时间不断地吃药，他感觉自己又瘦了不少。

宋丽芳心疼他，暗中给他煲了一些营养汤。

看着这个自己心爱的姑娘，他心里也不好受。可刘振华怕宋丽芳这个时候闹脾气，还是暗中哄着她，来个三年之约，先把希望合作社搞起来再说。

唉，三年，可能自己已经远在天国了。

由于刘振华与宋丽芳暗中说好了，他们现在表面上没有以前那么亲昵，宋丽芳也没有多大意见了。

宋志军去县党校帮宋丽芳问过，一年的学费是五千多块，对于宋家来说，他们承受得起，已经帮宋丽芳报名党校的函授大专班，读的是工商管理，这是刘振华帮她选的。

一切都在按照刘振华的设想进行着，只要能再多卖一些稔子酒，后面就没有什么困难了。

“铃——铃——铃——”放在桌子上的手机响了起来，那闪烁的灯光似乎在催促主人快点接听。

刘振华看了来电显示，是一个陌生的手机号码。

“喂，你好。”刘振华有礼貌地说着。

“请问你是刘振华先生吗？”手机里传来一道男中音，听着蛮好听。

刘振华点头道：“我是刘振华，请问你是哪位？”

“我叫白先征，是省城一间公司的总经理。我对你们的稔子酒感兴趣，我们可以约个时间谈一谈吗？”对方说道。

“这个可以，你什么时候过来我们落山村都没有问题。”刘振华的声音透着惊喜，“你们明天可以过来吗？”

“明天啊？如果没有什么冲突是没有问题的。”对方沉思了一会儿回答，“不知道你们稔子酒的提成是多少？”

刘振华也不会一下子按照以前寄卖点的价格了，肯定是要先提升一下。“我们的稔子酒对外售价是二十块一瓶，你们可以提成五块钱。”

“才五块啊？”白先征犹豫了一下，最后才道，“这样吧，明天我们见面再说吧。”

“好的。”刘振华点头道，“对了，白总，你们的公司叫什么名字？”

“呵呵，我们明天具体再谈。”白先征好像还有事情，不想与刘振华多说，片刻便挂了电话。

刘振华本来想着询问白先征的公司名称，好上网查一下对方的实力，看是不是骗子。

现在的骗子太多了，以前他们也接到一些骗子的电话，说想代销他们的稔子酒，让他们发一些货过来。

对方，报的公司名字，有些在网上查不到。

刘振华再给对方打电话，说要钱款到账之后，才能出货，对方就没有再打电话过来了。

对于这种骗人的手法，刘振华可是知道得一清二楚。先不付货款或者只付一小部分的货款，等你把所有的货发过去之后，对方就消失不见了。

这也是刘振华要代理商先给货款再发货的原因，一些不熟悉的商家，很容易就骗了你的货。你报警都没有用，根本找不到那些人，也折腾不起这些事情。

就算是省城那些寄卖点，有实体店在那里，刘振华也只放了五十瓶在那里寄卖。

如果对方为了这五十瓶稔子酒，而不要自己的实体店，那刘振华也是没有办法了。

所以，刘振华在心里已经给白先征打下了可能是骗子的标签，如果对方是骗子的话，可能一会儿就给他打电话，说非常忙，这段时间来不了落山村。

不过他们又非常需要这些货，让刘振华把货运到省城，到时他们再给钱。这就是骗子的伎俩了。

等你把货运到省城，对方就跟你说，先把货下到仓库吧，迟点再结算货款。这时，你见运费都花了不少钱，对方又说得非常诚恳，你就会选择相信他，把货运到对方的仓库里面。

这下，货物进到人家的仓库里，你再想拿出来就困难了。

你要找对方主事的人，人家说没有空，迟点再请你吃饭。你想把货运出来，可门关着，你运得了吗？

再说了，对方可能会说这些货已经发到其他门店去销售了，过几天就会给你货款，你先回去等着就行。

“过几天”这词非常艺术的，几天后再说过几天，让你一直都没有办法知道到底是哪一天。

这货款就一直拖着，你暂时是拿不到钱了。

这还是好的，更可怕的是你把货运到对方的仓库，第二天找人时，对方和货一起消失了，你找人也找不到，报警也抓不到。

希望合作社是刚起步的村集体小企业，根本不能弄这种事情。刘振华与宋民他们一说，大家觉得刘振华说得有道理。

宁愿少销售一些稔子酒，也要找信得过的代理商，免得出什么问题，他们可是亏不起啊。

现在对方不肯说是什么公司，刘振华对白先征没有什么好感。不过不管如何，刘振华还是答应着。但要先发货才付款的话，那是不可能的。

果然，过了一会儿，白先征给刘振华打电话了。“刘先生，对不起啊，刚才我接到一个电话，明天要去开一个重要的会议，可能去不了了。你可以先把货发过来，到时我们再给钱吗？”

刘振华心里冷笑，看来这个白先征还真是骗子啊。“对不起啊，白总，我们合作社有规定的，要货款打过来，再发货的。如果你们不相信我们，可以派人过来拿货，同时把货款给我们也行。”

最好的方法，就是对方过来运货，货装上车要走之前，对方把钱转过来，这样就两清了。

海江市一些代理商就是这样操作的，不过他们要的货也不多，一般一次就过来提五百瓶的稔子酒。

刘振华想挂手机了，因为听到自己坚持这样的做法，白先征这个骗子发现骗不了他们的钱，是不会再骗的。

骗子的时间也是宝贵的，听说他们一天至少要打一百个以上的电话，只要有一个电话骗到了人，他们就可以赚钱。

可事情出乎刘振华的意料，手机传来白先征的笑声："那行吧，我们先要两千瓶稔子酒，不过提成是不是可以再升一点？我们问过了，你们可是给到了一瓶六块钱的提成，在省城这边的，是七块钱呢。我们也按七块钱提成吧。"

刘振华愣了一下，难道白先征不是骗子？

因为骗子，是不会花那么多的时间调查他们希望合作社的事情。骗子的做法是广撒网，能捞到一个"傻瓜"就是一个。

刘振华不好意思道："白总，是这样的，我们一般是给代理商五块钱提成，但熟悉的客人嘛，也可以达到六块钱，至于七块钱的话，那是我们现在想着打开省城那边的市场，所以给得高一点。"

"我们的要求还是一瓶七块钱的提成，如果你答应的话，我现在就给你转钱。但我们还有一个要求，那就是我们卖完了这两千瓶稔子酒，以后还要继续在你们这里拿货，这一年的提成就是要按这个价格，不能变更。"白先征说道。

第75章 不是骗子

刘振华在心里冷笑着，现在的骗子真是厉害了。为了能在他们的稔子酒厂里骗到稔子酒，先给他们画了一个大蛋糕，把他们迷得晕头转向。

估计对方不管说得再好，也是不会转钱过来的。后面还会想其他方法，骗他们先把稔子酒运到省城去呢。

不过刘振华也不傻，对方想玩，那就玩吧，反正是对方打电话过来的，他接听是不用钱的啊。

刘振华笑着道：“白总，这个没有问题，在你付钱的那一天开始，我们就按照一瓶七块钱的提成给你，我说话算话。”

“那行，明天我的律师会拿着合约过去与你签约，不过说好了，刘先生，你不要出尔反尔啊，你答应要给我们供货一年的，不要到时不给我们供货了，我们可要亏了。”白先征道，“我们现在就开始为你们的稔子酒做宣传，也要花不少钱的。当我们卖了第一批稔子酒之后，你们不给我们供货，我们可是要亏大了。”

“白总，你放心吧，我们落山村的人都是实在人，说到做到，只要你的钱转入我的银行账号，那就相当于我们初步达成协议，我会按照这个协议去做。明天你让律师过来落山村找我吧。”刘振华把手里的笔放了下来，脸上闪出了嘲讽之色。

白先征，你就装吧。不过你要玩，我也陪你玩，这没有什么的，我只是浪费一点时间而已。

“那就好，我看过你们的新闻，相信你们是讲信用的人。不用多久，你的银行账号就会转入两万六千块了。”白先征笑着挂了手机。

刘振华笑了笑，把手机放到旁边，拿起笔专心地分析着那些销售数据。

对方真的能帮他们在省城销售两千瓶稔子酒，肯定是好事情，这是打响省城市场的第一枪。

但估计对方只是说着玩的，怎么可能会是真的呢？

就在刘振华看着那些数据时，手机响起信息提示音。

“有人发信息过来了？”刘振华漫不经心地拿过手机打开一看，眼睛睁得老大。

原来那是银行发过来的进账信息，居然真的有两万六千块进账了。

“白先征不是骗子？”刘振华惊喜地站起来，把椅子都给撞翻了。

可刘振华完全不在意，这两千瓶稔子酒虽然不多，但是对于他们来说非常重要，省城市场可能要被打开了。

“嘀嘀嘀。”又是一条信息发过来，是白先征给他发过来的，里面写着省城收货地址，还有收货人和联系手机。

刘振华急忙给白先征打电话，声音透着欢喜：“白总，您好，我们现在就发货，你们明天就可以收到那两千瓶稔子酒了。”

“好，刘先生，你要讲信用啊，我可是付了钱的，刚才我们所说的协议是要生效的。”白先征笑着道。

“你放心吧，我肯定说话算话。”刘振华高兴地道。

他们巴不得多一些代理商呢，像白先征这种豪爽的代理商，再给他来一百几十个吧。这样的话，他们的稔子酒就供不应求了。

刘振华知道，他们的稔子酒非常不错，只要卖对人，以后会有不少固定的生意呢。

“那好，我真的很忙，不与你多说了。改天你有空过来省城，打我的电话，我请你吃饭啊。”白先征笑着挂了手机。

刘振华兴奋地拿着手机给陈学才打电话：“学才哥，你在哪里？赶快回稔子酒厂，刚才我已经接到省城的一个大订单，对方要两千瓶稔子酒，已经付了款。你赶快安排人过来装车，我们要在今天下午之前，把货发到省城去。”

“什么？又有大客户了啊。”陈学才也是兴奋地大叫起来。

这些天让大家忧愁的就是稔子酒的销售，村里家家户户都有稔子酒，如果再不多卖一点，他们真的不敢继续酿造稔子酒了。

但不酿酒，自家养的猪就没有东西吃，刘振华还打着“生态猪”的口号，所有的猪都不喂饲料，只能喂番薯等东西。

而且不管猪吃什么，他们都没有多少余钱买猪食给猪吃啊，还是酿造稔子酒划算。

现在陈学才听刘振华说省城那边订了两千瓶稔子酒，当然高兴了：“振华，我现在就过去稔子酒厂那里，一定能在下午之前，把两千瓶稔子酒发到省城去。”

很快，有省城的客户要两千瓶稔子酒的消息在落山村传开了，不少村民跑到合作社这边，大声叫着要见刘振华。

刘振华看到合作社外面站着黑压压的人群，不由笑道：“乡亲们，我知道你们听了也高兴，但也不要这么高兴，自己家的活都不干了，就跑到这里与我聊天啊。你们先回去吧，我们晚上再聊。”

“不是啊，村主任，我们的稔子酒堆积如山，可不可以先从我们家拿一些稔子酒啊？”有村民问道。

后面的陈志源叫道：“不行啊，村主任不是说过了吗？要按照顺序来，上次已经拿了货的分社，不能分了，要到其他家了。”

为了公平起见，刘振华定下了一个规定，把那两百多户人口，划分为两百多个号，从一号开始出稔子酒，一次一百瓶。比如这次从三号分社拿过了，下次就到四号分社拿货。

这次的两千瓶稔子酒，起码可以从二十户分社里拿，可以减轻那些社员的负担。

当然了，钱先给一部分，假设从你们家拿了一百瓶稔子酒，那就先给七百块钱。剩下的钱先放到合作社里，可以支援其他分社。

到最终结算时，再付其余的钱。当然了，这就要等所有社员的猪都出栏，猪款回收以后了。

因为不少社员还借了总社这边一些钱呢，要大家有钱了，才可以进行清算。

社员从家里出一批稔子酒，可以先分一部分钱，哪个社员心里不想着多从自家出一点呢？

因此，他们一听到这个消息，马上跑到合作社找刘振华，诉说着自己家里的困难，想让自己家先出一批稔子酒。

“志源，你说得倒轻巧，你与村主任的关系好，村主任平时肯定会照顾你们家。”有村民小声地嘀咕着。

自从上次陈志源在省城帮刘振华挡了一下后，刘振华心里感激他，一般有事情都会叫上他。

陈志源有的是力气，平时家里酿酒和养猪的活干完后，也会过来总社干活，有时还拿着一些稔子酒到外面卖，也能赚上一些钱。

陈志源苦着脸道：“不是啊，我们家很久没有出过稔子酒了。上次出到四十八号了，我们家是四十九号，应该到我们家了。你们不知道啊，我家的稔子酒多得已经占着我睡的房间了。”

“振华，现在我们怎么分出酒的号？”宋民也赶了过来，听到村民们这样说，担心地问刘振华。

因为一些原因，村里还是有几十户没有加入合作社。

不过刘振华他们也理解，像一些五保户或者单亲家庭，他们没有这样的能力。只能在合作社这边做点小活，赚点生活费。

例如包装稔子酒、装纸盒等，这些都要人手干的。

刘振华想了想道：“这样吧，我征求一下大家的意见，按理说，应该按照顺序排号。但这几天，我也听到一些叔伯说他们家的困难处。例如三叔，他家的老母亲不舒服要看病，急需用钱，所以我们是不是先照顾一下他家呢。”

陈学才拿着一个本子走出来，看了看里面内容，抬头道：“这段时间跟我说困难的社员，我都记下来了，我也有去他们家看过，也确实是困难。志源，要不这样，先照顾有困难的社员，下次再给你们排号，好不好？”

这次也就能照顾二十户，而陈学才登记下来的困难户，已经有三十多户了，这是非常头疼的事情啊。

陈志源见陈学才问他，只得点头道：“好吧，我们家还能坚持一段时间，先照顾其他困难户吧。”

陈志源的妻子贾玉梅一听，气愤地剜了陈志源一眼，骂道："陈志源，你这个傻瓜，你今晚就不要回房间睡了。"

"呵呵，不回就不回，我晚上与稔子酒睡。"陈志源摸着头笑道。

"哈哈哈。"村民们纷纷大笑起来。

大家乡里乡亲的，别人都有困难了，他们还在抢这个出酒的机会，就显得没有人情味了。

于是，村民们陆续回去了，只留了一些实在困难的社员在这里。

很快，陈学才就与宋丽芳定下那二十个社员，让他们赶快从家里搬稔子酒过来合作社这边装车。

那些社员们表示了感谢后，也急忙回到家准备搬稔子酒过来。

陈学才把本子合了起来，苦着脸对刘振华道："村主任，现在我发现我们就算是一下子出了两千瓶稔子酒，还是解决不了根本问题。"

"是啊，只能解决一部分。不过这只是开始，后面可能会有更多的订单，如果那个白总经常在我们这里拿货，那数量也是非常可观的。"刘振华解释着。

第76章 不是报恩

众人点点头，表示理解。

这只是一个开始，如果省城那边的稔子酒卖得好，他们就会接到更多的订单。

一瓶二十块钱，对于他们这边来说，有点贵，有一些人消费不起。但对于省城那边来说，这是小钱。

只要推广得好，那肯定可以销售更多的稔子酒。

“对了，振华哥，刚才你说那个白总会帮我们在省城宣传希望牌稔子酒？”宋丽芳突然想到了一个重要的问题。

“是啊，这才是我们所看重的。估计经过白总的宣传，我们的稔子酒会在省城打出名声，到时我们卖的就不止这两千瓶了。”刘振华赞赏地瞥了宋丽芳一眼，她报读了党校的工商管理专业之后，好像更加喜欢学习，已经懂得不少管理方法了。

宋丽芳被刘振华这样看着，小脸一红，羞答答地垂下头。

陈学才在旁边暗中看着，不由在心里叹着气。现在村主任与丽芳的关系好像淡了不少，总让大家感觉心里不舒服。不过幸好他们没有闹出什么事情来，大家这才放下一点心来。

而且看现在的情形，丽芳还是非常喜欢村主任的。

这时，牛志锋开着摩托车过来了。

他到了大家的面前时，为了显示自己威风的车技，故意扭着屁股，让摩托车走着八字。

刘振华看到在小坑里乱撞的摩托车，不由担心地叫道："志锋，你小心，不要摔下来。"

"振华，你放心吧，我哪会摔倒呢？"牛志锋不以为然地叫道。

话音刚落，车头一歪，他就倒了下去。

幸亏前面是禾草，软软的，牛志锋并没有摔伤。

不过当牛志锋站起来的时候，那全是发胶的头发上挂了一些禾草，看起来非常搞笑。

"哈哈哈。"宋丽芳看到牛志锋这糗样，不由捧腹大笑。

"咦？丽芳，看来你非常喜欢我啊，你对我笑了。"牛志锋不管别人的嘲笑，厚着脸跑到宋丽芳的身边。

刘振华看得心里不舒服，气得骂道："志锋，你干什么啊？我们还有事情呢。"

"我知道丽芳忙，所以过来帮她的忙啊。"牛志锋才不会管刘振华呢。

宋丽芳见刘振华似乎有点吃醋的样子，心里一动，没有说什么，只是笑着瞄了牛志锋一眼。

牛志锋见宋丽芳看着他，如打了鸡血一般，一直在对着宋丽芳傻笑。"丽芳，听说振华不喜欢你了是吗？那你跟我好吧，我喜欢你。"

"振华哥，志锋问我这个问题啊。"宋丽芳一脸无辜地看着刘振华。

陈学才见宋丽芳这样说，不由暗暗好笑，不过他们抿嘴转头看着其他地方，当作什么都不知道。

听着宋丽芳的问话，刘振华讪讪地不知道如何回答了。

牛志锋继续笑道："丽芳，你看到没有，振华都默认了呢。这样吧，明天我们去县城里逛街，我请你看电影，怎么样？"

刘振华火了，板着脸吼道："牛志锋，我们在做事情，你不要在这里闹，赶快给我滚，要不然我不客气了。"

牛志锋看见刘振华这么凶，吓了一大跳。他从来没有见过刘振华这样对他，急忙退了一步。

牛志锋还想说什么，可是陈学才和田世明将牛志锋架着往外面走。“牛志锋，我们有正经事做，你不要在这里捣乱。”

把牛志锋赶走后，陈学才经过宋丽芳的身边时，轻声说道：“村主任好像有点不舒服。”

宋丽芳听出陈学才话里的意思，抿嘴一笑，脸上全是喜悦。

她已经试出来了，他还是非常喜欢她的，只不过没有让外人知道而已。

他是想着她好的，让她继续读书，以后与他一起管理希望合作社。

没有过多久，小货车过来了，村民们也运着自己家的稔子酒过来。

装完车后，司机载着稔子酒往县城那边赶去。

现在的公路好走了，大家去镇里只要十来分钟。

陈学才他们见稔子酒运出去了，纷纷松了一口气。“村主任，以后我们合作社会越来越好啊。”

“是啊，省城那边是我们最重要的一关，打通了，以后我们就可以赚大钱。虽然我不知道这个白先征是哪家公司的，不过他能先给我们钱，可见也是一个大气的老板，以后我们可以合作。”刘振华笑着道。

下午，刘振华他们在养猪场那边干活。今天一次性又出了两千瓶稔子酒，大家非常高兴。

宋丽芳一直在刘振华的身边干活，她脸上带着笑，可就是没有跟刘振华说话。

她现在知道他的心思，知道他是喜欢她的，所以她不用再与他表面表现得亲密，只要在他的身边就行。

“铃——铃——铃——”手机响了起来。

旁边的猪饿了，在猪栏里“嚎嚎嚎”地叫着，刘振华没听到裤袋里的手机铃声。

“振华哥，你的手机响了。”宋丽芳叫道。

“啊，我的手机响了？”刘振华看了一下自己的裤袋，再看看自己脏兮兮的手，暗暗蹙着眉头。

因为在喂猪的时候，手会脏，这时最烦接手机了。

刘振华走到旁边的水龙头边，洗干净手，拿出手机走到一边。

这时的手机已经不响了，刘振华看着未接来电，显示的是周红星的名字。

“周董给我打电话？”刘振华奇怪了，可也没多想，立即回拨了过去。

很快手机接通了，里面传来周红星的笑声：“怎么了？振华，你还在生我的气啊？”

刘振华急忙回答道：“哪会呢，周董，我在喂猪，手脏得很，我洗了手才给你打过来。”

“原来是这样啊，我还以为你生气了呢。”周红星说道，“你现在有空聊聊吗？”

“有空，您请说。”刘振华看了前面的养猪场一眼，他们人员多，喂猪也挺快的。一人负责几栏，也不用多长时间，所以他也没必要过去了。

“是这样的，我爸他们喝了你的那些稔子酒，觉得不错，所以我想与你合作，推广销售你们合作社的稔子酒。”周红星说道。

如果是以前，刘振华肯定非常高兴。

可上次他去省城给周红星打了电话之后，知道当时周红星只是报恩，并没有真心想要他们的稔子酒。所以，这次刘振华认为周红星还是想着报恩。

刘振华轻按了一下有点疼痛的胃部，叹着气道：“周董，您的好意我心领了。上次您已经帮了我很大的忙，那五百瓶稔子酒的事情，真的非常感谢。这次您不用再帮我了，我心里也过意不去的。”

“振华，你误会我的意思了。说真的，上次我真的只是想着报恩，用一万块还你的人情，以后也不想再买你们合作社的稔子酒了。可是，你们家的稔子酒真的非常不错，我爸和他的那些战友非常喜欢，缠着要再买你的稔子酒。我开始还不相信，去他们疗养院一调查，发现你们的稔子酒真是好东西啊。”周红星把事情的经过一五一十地说了出来。

原来，当时周红星把稔子酒买回来放在仓库里后，就没再理会了。

但周兴华那里也有一些稔子酒，他喝了一瓶之后，感觉腿脚好了一些，所以又开始喝第二瓶。

有一天，周兴华的一个同样住在疗养院里的老战友过来周兴华这里串门，说自己风湿痛腿脚不好，以后怕是要用拐杖了。

周兴华说自己这里还有稔子酒，让他就拿一瓶回去喝着。

没想到那个老战友一喝，觉得不错，腿脚疼痛缓解了，可以走路了，便急忙再过来拿第二瓶。

这事情很快在疗养院里传开了，大家都说要这种稔子酒喝一下，让周兴华送他们一瓶。

周兴华那里没有稔子酒了，便叫周红星运一些过来。

当时周红星交代梁秘书去做，梁秘书也不知道运多少好，想着反正那些稔子酒在仓库里也是放着，不如运到疗养院给那些老同志当福利。

以前他们还怕这种农村酿造出来的稔子酒不好，不适合老同志喝。

可现在周兴华和那些老战友都想要稔子酒，那就运过去吧。

所以这稔子酒一运去疗养院，周兴华自己只留下了五十瓶，剩下的被其他老同志你十瓶我八瓶，很快就瓜分掉了。

梁秘书向周红星汇报时，周红星不以为然。反正他们这些人是不会在乎那一万块的，分给那些叔叔伯伯也是没有问题的。

可没有想到过了一段时间，那些老同志喝了稔子酒觉得非常不错，见自己家没有什么库存了，便又过来找周兴华，问是不是按照那个地址就可以买到了呢？

同时疗养院的负责人也联系周红星，说这种稔子酒不错，疗养院想进一批。

第77章 艰难抉择

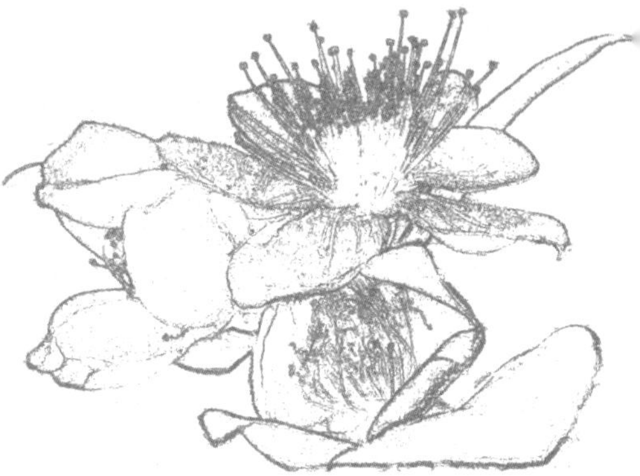

周红星一听就来劲了，急忙带人去疗养院，一调查发现这稔子酒真的非常好。

现在疗养院的那些老同志，风湿病减轻了不少，难怪他们还想要买稔子酒。

于是，周红星想自己代理稔子酒的销售，要把这个做大。因此，他给刘振华打来电话。

刘振华愣住了，没有想到会是这样，这也太让人欣喜了。“周董，你真的要代理我们的稔子酒吗？”刘振华大声地叫道。

宋丽芳听到刘振华的大叫，奇怪地扭头看了过去。

刘振华站在树下，零星的阳光洒落在他的身上，显得那么美好，让宋丽芳看得都痴了。

他为了希望合作社的事情，拼命地干活，现在比以前又瘦了一些。她的心，也跟着疼了起来，恨不得冲过去，紧紧地抱着这个让人想疼一辈子的男人。

“当然是真的了，振华，不过我们要说好了，我要你们稔子酒的总代理，你不能再给别人代理了。”周红星的话语非常霸道。

刘振华问道：“周董，你这个总代理是要我们把所有的稔子酒交给你们来代理吗？”

“是的，你们不能再卖稔子酒了。”周红星道。

刘振华想了想道："如果这样的话，那我们每酿造出一批稔子酒，你们就要全部买下来。"

"这样可不行，我们也要看销售结果嘛。如果不好的话，我们也不能全部买下来啊。"周红星不愿意了，"对了，振华，你们合作社一年可以产多少万斤的稔子酒？"

刘振华一早就计算过相应的数据，所以听到周红星的问话，想也没有想便回答了："我们以前算过，我们不可能天天酿造稔子酒，稔子也不是应有尽有，我们村有两百多户，一年下来，至少可以酿造三百万斤的稔子酒。"

"当然了，这只是我们今年的情况，等明年我们的合作社做大了，可能还会扩大生产，有可能达到一千万斤。"刘振华没有说出后面的话，这是要在他们合作社赚大钱的情况下，才会再扩大生产。

但是现在他们合作社支撑下去都非常难——因为销售不出去啊，他们哪敢再扩大生产呢？

不过稔子树是要大面积地种植了，他们跟其他村也说了，明年还会收他们的稔子。

但因为收多少，什么价钱，刘振华给不了一个具体数字，也不敢与其他村签协议。

"振华，大家也算认识了，我就实话实说吧，我现在准备大力推广宣传你们的稔子酒，但一年能不能帮你们销售掉那三百万斤，我还没有底，这要试过才行。"周红星道，"要不这样吧，我先订两万瓶你们的稔子酒，看看销量如何，我再给你具体答复。不过，你要给我整个广苏省的独家销售权，不能让别人再代理了。另外，你们海江市的销售代理权，可以由你们自由支配。我们也调查过，现在你们的销售主要是在海江市，销售成绩也挺不错。"

刘振华不由打心里佩服这些老板，在没有做生意之前，已经把相关的事情给调查清楚了。

刘振华倒吸了一口气道："你们要两万瓶稔子酒吗？"

"这个可说不准，按照我的估计，一个月至少要你们一二十万瓶稔子酒吧。但现在我们还没有宣传推广，也不敢打包票。我可以与你签约，如果一个月达不到十万瓶的话，之前的协议可以作废，你们可以再找其他的代理商。"周红星可能一早已经想好了代理的条件，在刘振华不同意的情况下，马上又降了条件。

刘振华暗想了一下，发现周红星这个想法还是不错的。

现在他们主要的销售代理在海江市，一个月大约只有三万瓶左右。周红星要广苏省其他市的代理，一个月能要十万瓶以上稔子酒，这是非常不错的。

与周红星合作后，他们自己再在海江市努努力，估计可以销售掉他们一半的库存。

这样的话，他们就不用担心了，可以大胆按照这个路子走。以后就算他死了，希望合作社也不会有事。

刘振华点头道："周董，你是要签一年的独家代理权吗？"

"是的，一年独家代理权。一年后，我有优先签约权。对了，你也把其他省的一年代理权给我们吧，反正你们在其他省也没有销售渠道，还不如让我们代理一下，看卖不卖得动呢。"周红星笑着道。

刘振华听了心里大喜，他们落山村是一个贫困村，连海江市都没有钱打广告，用的是电视台新闻报道的便利销售，更不要说在全省甚至在其他省宣传推广了。

如果周红星可以帮他们在其他省宣传，只是一年的代理，这对他们有好处啊。

只要把希望牌稔子酒的名声打响了，后面他们就容易销售了。

周红星要这一年的代理权，也是合情合理。人家投钱下去宣传推广，你不把酒让他们独家卖，给了其他人卖，让其他人占便宜，周红星肯定不会愿意的。

就在刘振华要答应下来的时候，突然想到刚才白先征打过来的电话。"啊，周董，不好意思啊，刚才省城有一个叫白先征的老板给我打电话，已经给我付了两千瓶稔子酒的钱，我们已经给他寄货了。另外，我也答应他，要给他一年的代理权呢。"

"什么？白先征居然抢我的生意？"周红星生气地大叫起来，"难怪他当时还请我吃饭，说帮他爸买稔子酒，原来是想打你们稔子酒的主意啊。"

刘振华奇怪地问道："周董，你认识白总？"

"认识啊，我们是同一个院子长大的，他爸是我爸的老战友，也住在疗养院里。我说的那个老同志，就是他爸。估计他见这稔子酒好，想着代理销售了。振华，你与他也签了一年的稔子酒独家代理权？"周红星问道。

刘振华摇摇头，苦着脸道："没有，我们只是口头约定，还没有签协议呢。他那个只是代理，不是独家。"

难怪白先征这么熟悉稔子酒，还能把自己的情况查得那么清楚，原来他爸一早喝过稔子酒，而且喝过之后，腿脚走路方便了不少。

"哈哈哈，那就行了。现在口头协议算什么，没有签字都不算数的。"周红星听了刘振华的话之后，心情大好，"反正你现在已经把他所要的稔子酒寄过去了，也算是对得起他。明天你不要跟他的律师签约，跟我签吧。他只是要两千瓶稔子酒，我直接就要两万瓶，后面我还要加的呢。另外，白先征的生意哪里有我的大啊，他一年卖不了十几二十万瓶。可我不一样啊，我估计能卖一两百万瓶呢。"

刘振华犹豫了一下，想来想去，最后还是摇着头道："周董，对不起了，做人不能不讲信用啊。我已经答应白总了，而且还收了他的定金，是不能违约的。要不这样，除了白总之外，我不再给其他人代理，行不行？"

"不行。"周红星马上拒绝了刘振华这个提议，"虽然白先征的公司没有我的大，但是他代理销售的话，肯定也会卖不少。我花钱打广告宣传，为他铺路子，让他赚大钱，这怎么行呢？"

刘振华无奈了："周董，要不然你也代理我们稔子酒，不搞独家的，好不好？"

"不好。"周红星又一次叫道，"振华，虽然大家的关系不错，但人情归人情，生意归生意。如果你不给我独家代理，我是不会代理销售你们的稔子酒的。"

刘振华愁眉苦脸："可是我已经答应过白总了，还收到他的钱了。"

"你们只是口头协议，不算数。你不要这么傻了，明天不要跟他们签约，与我这边签约吧。你想想啊，有我的代理，可以解决你们合作社的大问题，你还要管白先征那个小子干什么呢？如果他有意见，我跟他说，你不用怕，只要你不与他签约就行了。"周红星为刘振华担起了责任。

"唉，我觉得还是不行啊。周董，对不起了。"刘振华觉得做人还是要讲信用的。

虽然周红星所给的条件非常优越，可以让合作社渡过今年的难关，可做人不能言而无信啊。

刘振华无奈地用指甲掐着自己手臂上的肉，说真的，他自己都快要坚持不住了，很想背信弃义，不管白先征了。

如周红星所说，你给我钱，我也给你发货了，协议没有签，我也可以反悔，你也拿我没有什么办法啊。

但是，这样不行啊。刘振华苦恼地用力扯了扯自己的头发。

“振华，可能是你一时冲动。这样吧，你不是说白先征的律师要明天早上才过来你们落山村吗？在你没有签约之前，我都可以等你。你想通了，就给我打电话，我立即与律师过去找你签约。”周红星没有再与刘振华多说，直接挂了手机。

刘振华拿着手机站在那里如木偶一般，过了好一会儿，他像泄了气的气球，一下子瘫坐在地上，似乎没有了精神。

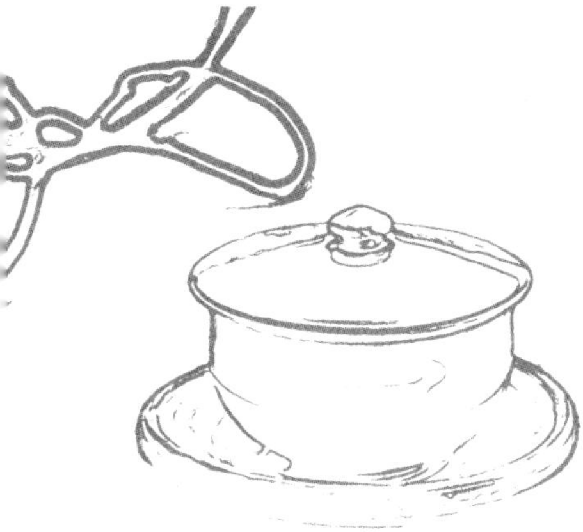

第78章 大吃一惊

要知道刘振华刚才拒绝了周红星诱人的条件，是要下多大的决心啊。

现在想起来，刘振华也有点佩服自己了。

宋丽芳一直留意着刘振华这边，当她看到他瘫坐在地上，忙扔掉手里的大勺，飞快地跑了过来。“振华哥，你怎么了？”

“振华出事了。”陈学才他们见此，也顾不得猪栏里等着吃东西的猪，扔下手里的东西跑过去。

刘振华看到宋丽芳他们全都跑了过来，笑着道：“你们这是干什么？”

“振华，你哪里不舒服？”陈学才担心问道，“你是我们落山村的主心骨，千万不能倒啊，要不然大家都得完蛋呢。”

刘振华摇着头道：“我没有事，只是觉得累，所以坐下来休息一会儿。刚才，我拒绝了周董，心里有点不好受。”

“什么拒绝了周董？”众人不明白了。

刘振华顿了顿，然后把刚才与周红星谈话的内容说了出来。

宋丽芳他们一听，全都睁大着眼睛，嘴巴也张得老大。

“学才，你掐我一下，看我是不是在做梦？”田世明对陈学才叫道。

还没有等陈学才掐，宋民已经在田世明的手臂上狠狠地掐了几下：“世明，疼吗？”

“疼啊。”田世明龇着牙道。

“那我们就不是在做梦了。”宋民道。

“我的乖乖啊，一个月十万瓶，一年就是一百二十万瓶，就算我们十三块钱卖给他们，也是一两千万啊。我们落山村有这么多钱，还愁脱不了贫，过不上好日子吗？”陈学才的脸上露出迷茫。

不要说田世明，他也在怀疑自己是在做梦啊。

李水莲急忙道：“振华，你不要傻了，赶快给周董打电话，答应他，让他现在就带人过来签约，最好今晚就签了，赶在那个白先征之前，那白先征也不好说什么了。”

“对啊，村主任，我们不是还没有签约嘛，我们可以不与白先征签约的。反正我们已经给他运稔子酒过去了，要不，我们到时再给他一些钱赔罪也行啊。”陈学才道。

“就把那两万六千块还给他，那两千瓶稔子酒当是送给他的，我们要签周董的约啊，村主任。”田世明劝着刘振华。

宋丽芳没有说话，只是低着头，好像在想着什么事情似的。

李水莲用肩膀碰了一下宋丽芳：“你劝劝他吧，让他不要这么傻。”

“妈，我听振华哥的，他怎么说我都支持他。”宋丽芳摇着头。

李水莲睨了宋丽芳一眼，自己这个女儿是没有“救”了。

宋民没有说什么，去旁边拿过水烟筒，蹲在那里“噜噜噜”地抽着烟。

李水莲骂道：“老宋，你也说一句吧。”

刘振华摇着头道：“你们不要说了，我觉得做人最讲究的就是要讲信用。特别是我们做生意的，不讲信用，以后没有人敢找我们做生意了。虽然说我们没有与白总签约，但当时我们都说过了，算是口头签约，不再更改了。”

“我觉得振华说得对，做人嘛，就要说话算话，不要出尔反尔，那样做人没有意思。”宋民点着头赞同道，“周董不与我们合作，我们也没有办法，以后再想想其他办法吧。”

刘振华继续道：“白总与疗养院那边有关系，应该也可以卖不少稔子酒的。他是非独家代理，只要省城那边的稔子酒好卖了，我们再想办法在那里派出我们的销售员，也可以把稔子酒推广出去。”

陈学才和田世明见宋民赞同刘振华的做法，而且他们合作社一向以刘振华为主，只得点头叹气，没有再说什么了。

宋民对陈学才他们道：“你们知道这个消息就行了，不要传出去，包括你们的婆娘，暂时也不要说了。要不然，村里会有不少异议，会影响到我们以后的工作呢。”

“好，我们知道了。”陈学才点头称是。

李水莲见刘振华不听劝，气得扭头去猪栏那边喂猪了。

这个下午，大家都没有说话，全在埋头喂猪，然后各自回家。

虽然陈学才和田世明有想法，但是宋民和刘振华有三票，他们有两票，反对也没有用。

再说了，当时签合作社的协议时，刘振华为了让自己的思路可以贯彻下去，要求他是能完全为合作社做主的。

宋民见陈学才他们两人有情绪，把他们叫到村办公室。“你们是不是有想法啊？”

“是啊，老村主任，我觉得村主任太那个了，其实没有必要啊。”陈学才点着头道。

宋民摇头道：“学才，你不懂的，不管做人还是做生意，都要讲一个信字。人家白总这么信得过我们，直接就给打钱过来，明天再过来签约，我们怎么可以反悔呢？比如说，世明借给你的钱，没让你写借条，你以后就不还了吗？”

“不，老村主任，我陈学才不是这样的人。”陈学才急忙摇着头。

宋民笑道：“那就是了，振华也不是那样的人啊。我觉得振华这样做是对的，做人不能不讲信用。虽然现在我们是亏了一点，但以后我们会更好的。因为我觉得振华把我们合作社往正路上带，你们也不要太急了。能多卖稔子酒是好事，但我们也要对得起我们的良心，你们说是不是啊？”

陈学才和田世明听了宋民这番肺腑之言，也慢慢地想通了：“老村主任，我们明白了，以后听振华的就行，他做得对。”

“好了，我们也累了一天了，早点睡，明天还要干活呢。”宋民一边说着，一边往办公室外面走。

天已经黑了，宋民很快消失在夜幕中。可是陈学才觉得宋民的身影似乎还能看得见，不管天多黑，一样掩盖不了。

第二天早上，落山村的村民并不知道刘振华拒绝了周红星的独家代理，大家还是按部就班地工作。

刘振华他们来到合作社干活，大约十点多的时候，刘振华的手机响了，是省城一个陌生的手机号。

“你好。”刘振华道。

“是刘振华先生吗？”对方问道，“我是白先征总经理派过来的律师，我们已经到你们落山村的村口了。”

刘振华高兴地道：“我们马上过去接你。”

刘振华挂了手机，正要骑摩托车出去时，他的手机响了，是周红星打过来的。

“周董，您好。”刘振华恭敬地道。

“振华，你想好了吗？”周红星笑着道，“我们给的条件可是非常优越啊。要不，我们再给你提高一些条件，一个月至少要进你们十五万瓶的稔子酒，怎么样？”

刘振华摇摇头，苦着脸道：“周董，你不要再引诱我了，我听了心里难受啊。”

“那你就与我们签约吧。”周红星笑着道。

“不行啊，我已经跟白总说好了，除非他不想与我们签约，否则我们就要给他一年的非独家代理。”刘振华不好意思地摸了一下鼻子，“要不这样吧，一年后，我们再签独家代理，怎么样？”

“这个难说了，一年后，如果我做其他项目的话，可能就顾不上这个。”周红星拒绝了刘振华的提议，“我有一个毛病，就是第一次不能合作的话，下次就不会再与对方合作了。就算对方的东西再好，我都不会走回头路。”

刘振华只得叹着气道：“那好吧，周董，对不起了。再见。”

失去一个这么好的机会，一年至少有一百八十万瓶的销量，再加上他们在海江市的销售，可以说能达到两百多万瓶的销量了。

这里面至少有四千多万元的销售额，再加上生猪、稔子枝叶的项目，他们一年应该可以达到六千万元吧，这个数字，真的非常吓人，是他们脱贫目标的十倍，一定可以让邱干部高兴坏了。

但现在没有办法了，他们要做个说话算话的人。

刘振华把手机放进口袋里，坐上摩托车，打着火，往村外奔去。

一辆黑色小车停在村口，刘振华开到小车旁边停下来，从小车里面下来一个戴眼镜的中年男人。

“刘振华先生是吧？我是白总的律师，我们现在找个地方签约吧？”律师对刘振华道。

“行，你们开着车跟我过来啊。”刘振华把他们带到村办公室。

宋丽芳已经煮好开水等着了，他们一过来，她灵活的小手就开始泡茶。

律师瞅了宋丽芳一眼，眼里露出惊喜：“这就是桃金娘子吗？”

“是的，律师同志，你回去要跟白总说一说，看能不能在省城那边宣传一下，可能会有效果，能带动不少销售的。”刘振华笑着道。

律师又瞅了宋丽芳一眼，这才把眼神收了回来。“桃金娘子真是漂亮啊，我们以后一定要用她的形象推广宣传，肯定会有好效果，以后能卖很多稔子酒呢。”

律师与刘振华聊了一会儿，又喝了宋丽芳亲手泡的茶，这才从公文包里拿出合约来。

刘振华接过合约，小心谨慎地打开，仔细地看着里面的内容。

突然，刘振华吃惊地站了起来，脸色大变：“律师同志，这是怎么回事？”

第79章 抱头大哭

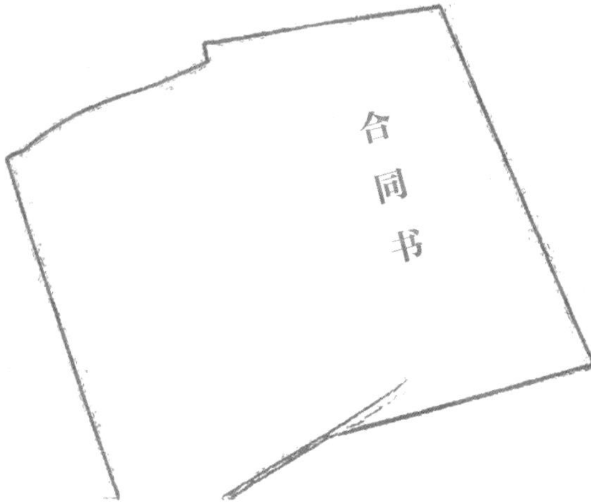

原来，刘振华发现这份合同的内容与周红星所说的一样，每个月至少要订购他们合作社十五万瓶的稔子酒。

合约后面盖的是周红星公司的印，还有周红星的签字。

“这是我们周董的意思，请刘先生不要生气。”律师解释道。

刘振华生气地道：“律师，你们回去吧，另外告诉周董，做生意不能这样的。我答应了白总，你们不能假冒白总的律师过来与我签合约啊，这是违法的事情，你身为律师，难道不知道吗？”

律师笑着道：“刘先生，你误会了，其实白先征总经理是我们周红星董事长的手下，我们都是同一家公司的。”

“什么？”刘振华吃惊地看着律师，觉得这简直是开国际玩笑啊。

白先征是周红星的手下，那他昨天是在干什么啊？一个接一个地打着电话，难道是在演戏吗？

“刘先生，对不起，不过这是周董的意思，具体情况你可以问周董。”律师不好意思地道着歉。

刘振华问道：“这不会是你和周董合计的，想骗我与你们签约吧？”

“扑哧。”律师一下子笑出声音来，“不会的，你可以打电话问一下白总。”

对啊，我问白先征不就行了吗？想到这里，刘振华拿出手机给白先征打电话。

不一会儿，手机接通了，传来白先征的声音："刘先生，对不起啊，这是周董想要试探你。至于是什么原因，你可以给周董打电话，他会跟你说。不过我非常乐意与你合作，你是一个讲信用的人，我们红星集团需要和你合作。"

刘振华听到红星集团，知道是没有错了。这红星集团就是周红星的公司，白先征果然是周红星的人。

刘振华慢慢地放下手机，这事情搞得怎么像演戏一般，自己的心脏都快要承受不了。

宋丽芳也停下手中的活，转身看着刘振华和律师。刚才她也听出这一切是周红星所策划，但到底是怎么回事呢？

刘振华给周红星打电话，对方很快接通，接着传来周红星爽朗的声音："振华，不好意思了啊。"

刘振华苦着脸道："周董，我感觉自己一头雾水，这到底是怎么回事啊？"

"我也是没有办法，因为我们这次要代理你的稔子酒，准备做大，所以一定要试探下你能不能坚守自己的原则，是不是一个讲信用的人。"周红星向刘振华解释这次事情的来龙去脉。

原来周红星发现刘振华的稔子酒非常不错之后，立即派人调查摸底，发现刘振华在推广宣传上有短板，只在海江市的销售好一点。

因此，周红星想着独家代理稔子酒，可他又怕当他们把稔子酒这个品牌打响之后，有其他经销商暗中找刘振华拿货。这样的话，他们所有的付出都会白费。

这次先由白先征过来探路，再由周红星出面诱惑，就是想看刘振华能不能坚守自己的那一份诚信。

试探后，周红星满意了，让律师带着合同过来找刘振华，他们要把稔子酒做强做大了。

当然，如果刘振华不讲信用，白先征的那个合同，也是不会与刘振华签的。

刘振华听了暗暗冒汗，幸亏自己是一个讲信用的人，要不然，这次可就是竹篮打水一场空啊。

刘振华苦笑道："周董啊，你害得我昨天下午到现在，心神一直不宁，而且还被其他社员责怪，我都不敢去合作社那边了。”

“是啊，你能顶得住那份诱惑，坚守自己的诚信，实在难得。所以，振华，我们昨天决定，给你们加大宣传投入，我们每个月至少要从你们那里订十五万瓶稔子酒。不过呢，合约也要改为三年独家代理，还有你们的桃金娘子，要配合我们的宣传。”周红星大声地说道。

刘振华扭过头看着宋丽芳，她在旁边站着，是可以听到周红星说的话。

宋丽芳急忙向刘振华点头，表示自己愿意。

为了能让落山村的村民脱贫过上好日子，她配合宣传推广又有什么呢？

这次是每个月十五万瓶的订单，她豁出去了。

刘振华见宋丽芳同意，点着头道：“周董，我们同意。”

“那好，你现在签约吧，等会我们的摄影团队会过来，为稔子酒拍一些宣传短片。拍完之后，桃金娘子要跟着去省城，配合我们在省城的宣传。哈哈哈，只要我们一起努力，肯定可以将稔子酒卖得非常好。”周红星高兴地大笑着。

刘振华再次仔细地看了三遍合约，周红星已经签名和盖印章，就等是他们这边签名和盖章了。

于是，刘振华签约了。

律师给周红星汇报之后，接着刘振华的银行账号上就收到了一百九十五万元的巨款。

按照周红星的意思，刘振华他们要先把一个月的订单赶快给发到省城去。

今天一早到的两千瓶稔子酒，已经卖完了。

因为那些老同志个个是人精，发现稔子酒非常不错后，有人居然要订一千瓶。

那里面有那么多的老同志，哪里够分呢？刚才，周红星还被白先征的父亲打电话过来大骂了一顿，说他一瓶都没有买到。

他们这些老干部都想着让自己的身体健康一点，一千瓶也就两万块，对于他们来说是小意思。

白先征的父亲真的是周兴华的老战友，不过白先征后来与周红星一起创业，大家一起赚大钱了。

周红星他们在省城有着强大的关系网，估计这次刘振华他们的稔子酒送上去，很快又会销售完了。

他们还认识很多的疗养院，另外周兴华在全国各地还有不少老战友，这都是好的销售对象啊。所以，一个月销售十五万瓶，只是周红星一个保守的预估而已。

刘振华到现在还没有反应过来，他一直看着手机上的那笔差不多两百万元的巨款，简直不敢相信自己的眼睛。

他拼命地掐着自己的大腿，那钻心的疼痛，让他知道这不是在做梦。

虽然说周红星霸道，但是他的雷厉风行也是让人欣赏。先给钱，再送货，他周红星并不怕刘振华赖账。

“律师同志，你们放心，今天晚上，我们的货就可以运到你们的仓库。”刘振华的右手在空中兴奋地挥着。

以前因为运的货不多，所以他们不敢包车。

司机说过了，如果全车的货都是他们的稔子酒，那会减少不少运费。所以，刘振华现在就给货车司机打电话，叫他马上开车过来，赶快装车运货到省城。

十五万瓶稔子酒，一次肯定是运不完的。

律师拿了一份合同走了，他说回去还有事情，不在这里吃中午饭了。另外说集团的摄影团队大概中午就到，让刘振华他们做好准备。

刘振华高兴地给陈学才打电话：“学才哥，你们赶快过来村办公室，有天大的喜事啊。”

很快，陈学才他们赶到村办公室，一听原来昨天的事是周红星为了考验刘振华所设下的局，而且周红星已经给了一个月十五万瓶稔子酒的货款，兴奋地扑过来，紧紧地抱着刘振华：“村主任啊，你太厉害了，还是你做得对啊，我们要发大财了。”

宋丽芳看到陈学才搂得那么紧，而且还把脑袋靠在刘振华的肩膀上，急忙叫道：“咳！咳！咳！学才哥，你怎么这样啊？”

“呵呵呵，丽芳啊，对不起了，我就是一下子兴奋过头，你放心吧，我不喜欢男人的，我现在就把村主任还给你啊。”陈学才这才发现自己还紧搂着刘振华，吓得急忙松开，往后面退了几步。

宋丽芳的小脸一下子变红了，娇嗔地骂道：“学才哥，你不要这么坏好不好？”

宋民从进来后就没有说话，过了好一会儿，他的眼泪忽然簌簌地往下掉。

“宋叔，你怎么了？”刘振华吓了一大跳。

宋民抹掉脸上的老泪，摇着头道：“我……我没事，我只是开心啊。我们落山村终于脱贫了，就这些稔子酒，一个月就差不多有两百万元，一年就有两千多万元，以后谁还敢说我们落山村的人是穷鬼啊。我是高兴啊，我高兴……呜呜呜……”

说着说着，宋民蹲在地上抱头大哭，哭得就像小孩子一般。

陈学才和田世明的眼睛也湿润了，他们这些第一批吃螃蟹的人，心里所承受的压力，只有他们自己才知道。

陈学才因为用老祖屋抵押贷款，老婆气得差点跑掉。

田世明家里非常穷，本来家里有上顿没下顿，为了能脱贫过上好日子，他们全家都豁了出去。田世明的老婆暗中跟他说，如果这次的希望合作社还不能赚钱脱贫，她也不想活了。老祖屋都没有的话，还怎么敢面对祖宗……

他们这两个男子汉大丈夫想着想着，也像宋民一样蹲在地上抱头大哭了起来。

宋丽芳也一早泪流满面，刘振华抹掉脸上的眼泪，心里暗暗欣慰。

与周红星签下这份合同，稔子酒在销售方面就没有什么大问题了。不过，现在要赶快让村民把稔子酒送过来，不能让周红星那边等得太急，因为省城不少地方在等着稔子酒呢。

第80章 脱贫有望

昨天，刘振华拒绝周红星之后，周红星已经信任刘振华，开始在省城用他们的渠道宣传了。

所以，今天一早运到的稔子酒被抢购一空，他们也在等着稔子酒赶快送过去。

刘振华再次抹掉脸上的眼泪，来到广播室："各位乡亲们，现在有一个大好事，我们接了一个大订单，每个分社都派一个代表过来村广场这边开会，要快啊。"

刘振华本来还想说是十五万瓶的大订单，可是眼眶又湿润了，他没有再往下说，想着平息一下自己的心情，一会儿再跟村民们说。

刘振华他们出到外面的时候，发现村民们已经堵在前面了。

宋民有点生气地道："你们在这里堵着干什么？不是说去广场那边开会吗？"

"老村主任，我们家也困难啊，你让我们这次也出一百瓶稔子酒吧。"贾玉梅怕这次又是照顾困难户，不能轮到他们家。

"老村主任，我们家也困难，先让我们家出一百瓶稔子酒吧。"其他村民也大声叫道。

上次受照顾的困难户不敢过来说什么了，但是其他没有照顾到的困难户，或者这段时间急着用钱的村民，也都向宋民求着情。

宋民生气地甩着水烟筒："你们就这点出息吗？什么一百瓶，这次让你们出五百瓶稔子酒。”

“好啊，出我们家的。”贾玉梅急忙对后面的刘振华道，“村主任，我们家志源可是非常听你的话，从来没有第二句的。但上次我们让过了，这次该轮到我们了。”

刘振华笑着道：“本来我就是想跟你们说的，这次我们接到大订单了，每家出五百瓶稔子酒，都运到合作社前面的空地上，估计现在货车都已经过来了，我们要马上装车。”

为了便于运输，刘振华他们自己出钱，在合作社那边建了一条简陋的水泥路，与村外的水泥路连通。

“这次能出五百瓶稔子酒？”贾玉梅的眼睛亮了，“那赶快出我家的。”

“出我家的。”后面有村民吵了起来。

宋民骂道：“你们都给我听好了，刚才振华他们已经与省城的红星集团签约了，每个月至少出十五万瓶稔子酒，刚才周红星董事长已经给振华打了一百九十五万元过来了。”

“什么？一个月至少能出十五万瓶稔子酒？村主任，是真的吗？”贾玉梅不相信自己的耳朵，着急地看着刘振华。

刘振华点点头道：“这是真的，我们合作社今天进账了差不多两百万元，听周董说，这个月可能还会继续要货，现在省城是供不应求。所以，现在你们每一个分社出五百瓶稔子酒，下午就给你们发一半的钱。乡亲们，我们要发财了，哈哈哈。”刘振华把这次的合约内容告诉了大家。

“哈哈哈，我们要发财了。”村民们一听，个个都跟着高兴地大笑起来。

下午每一户可以拿到几千块的货款，可以解决他们现在的一些生活难题了。

此外还有稔子枝叶的销售和在海江市销售的稔子酒，都可以让村民们再赚一些钱。

另外，过一段时间，他们饲养的生猪也要出栏，那又有一大笔钱了，他们能不高兴吗？

压在大家心头上的石头被推掉，大家兴奋地跳着，笑着，闹着……

突然，有一个村民抱着头大哭起来：“呜呜呜……我们不会被别人嘲笑了，我们也可以脱贫，我们也可以过上好日子了。呜呜呜……”

情绪是可以传染的，很快那些刚才还在大笑的村民都哭了起来。

一时间，到处都是哭声。

刘振华急忙拿来话筒说道："大家不要哭了，我们要赶快运稔子酒去合作社那边，货车在等着了，人家红星集团也在等着我们的稔子酒呢。"

"村主任，我们这是高兴啊。"贾玉梅不好意思地抹掉眼泪，"走，我们回家搬稔子酒。"

现在村民们的家里都堆了不少稔子酒，一下子能出五百瓶，可以减轻不少负担了。

剩下还欠的数目，就在合作社总社那边出了。

总社才是合作社的核心，陈学才和田世明他们也不容易，刘振华也要让他们赚一些钱才行。

货车开向省城了，省城过来的摄影团队也进到了落山村。

他们的拍摄角度果然比县电视台专业，不断地要求宋丽芳等人按照他们的设想做着动作。

刘振华给马委员打电话："领导，我现在向你汇报，我们落山村快要脱贫了。"刘振华把今天的事情说了。

"什么？振华，你们干得太漂亮了。照你们这样下去，再过一个月，你们的生猪卖出去，你们村就脱贫了。"马委员兴奋地大叫着。"你们好好干，到时我为你请功。"

刘振华不好意思地道："马委员，我这次给你打电话，是想着你帮我们牵头，我们准备与其他村签订种植稔子树的计划，到时我们负责收购他们的稔子。至于稔子枝叶的话，以后再说。"

"这个好啊，我早就想跟你说了，你们落山村致富之后，一定不能忘了其他村啊。我们这边的土壤适合种稔子树，而且稔子树又非常好种。"马委员高兴地笑道，"反正你需要什么，我会尽量配合你。"

希望合作社一下子进账差不多两百万元，这可是天大的喜事啊。

"对了，振华，你要马上给邱干部打电话，让他请电视台的记者过来帮你们报道一下，这也是一种宣传。"马委员提醒刘振华。

刘振华点点头道："是的，我准备一会儿就给邱干部打电话。现在省城红星集团的摄影队在我们村，你有空过来拍一些镜头吗？到时他们会放在省城甚至是全国宣传的。"

"要在全国宣传？"马委员一听来劲了，"好啊，我配合你，我现在就去向书记和镇长汇报啊。哈哈哈，我太高兴了。"

刘振华感受到马委员这个兴奋劲，心里也很高兴。

接着刘振华又给邱干部打电话，邱干部听了更来劲："振华，是要在全国放吗？那我现在赶快去理个头发，还要染发，不能让全国的观众看到我的白发啊。电视台那边肯定没有问题，你一下子就接了差不多两百万元的订单，不要说县电视台，就是市电视台，估计也会过去采访你们了。"

当天下午，刘振华让宋丽芳和陈学才统计这次出稔子酒的数据，他带着陈志源等人去了一趟农村信用社，提了一些钱回到村里。

当大家拿着红红的钞票时，都高兴地欢呼着。

这是希望合作社第一次这么大面积地发钱，大家对以后的发展充满了希望。

刘振华也跟信用社那边联系过了，明天就去把他们这四个人的十二万元贷款还了，毕竟银行的利息非常高。反正他们手头也有钱了，没有必要拖着。

宋民他们也同意了，表示明天就去把这件事情办成。

几天之后，村民们的兴趣更大了，都想着加大劲生产稔子酒。

可刘振华制止了他们的想法，说现在与红星集团是初步合作阶段，稔子酒在省城甚至是全国能不能大卖，谁也不敢说，还是过两三个月，看情况再做打算。

现在村民们当刘振华如神明一般，他怎么说，大家就怎么做。

其实刘振华心里还有另外一个想法，周红星他们的集团公司是非常强大的，已经帮刘振华他们想了另外一条路子，那就是生产稔子果汁。

稔子酒针对的是成年人群，特别是老年人。但稔子果汁是全民可用的，这个更有前景呢。

这也是刘振华要请马委员帮忙，找其他村主任过来商谈，与他们签订种植稔子树的主要原因了。

除了稔子酒需要很多稔子外，果汁一样需要不少的稔子。

刘振华也运了一些稔子果给红星集团，他们那边的研究机构研究出来后，便会在落山村建果汁厂。

希望合作社负责生产，红星集团负责销售，他们到时按照股份来分成，这样也是大有可为。

海江市电视台的记者过来采访落山村的脱贫事迹之后，希望牌稔子酒又一次出名了，市里的稔子酒好卖了不少，宋志军说，现在县城一天可以卖两百瓶。

市里一些代理商也过来批发稔子酒，也是几百瓶几百瓶地运走，以前积压的稔子酒也卖出了不少。

刘振华拿到货款，也慢慢地还给村民。

他不想在自己死之前，还没有把欠别人的钱还掉。

早上，刘振华起来，正想着去宋家吃早饭，经过村广场时，牛杀猪叫住他："村主任。"

牛杀猪系着蓝色围裙，两只黑手套里全是油，一脸敬佩地看着刘振华。

"噢，牛叔，有事吗？"刘振华走过去问道。

牛杀猪现在老实了，不但不骗乡亲们的秤，有时还给大家优惠。

猪肉价与镇里的一样，有时还称多一点，大家都说牛杀猪变好了，也喜欢在他那里买猪肉。

"呵呵，我是想着与你商量，等你们的生猪要出栏时，可以卖一些给我吗？"牛杀猪不好意思地问道。

乡亲们越来越有钱，牛杀猪从开始一天卖半头猪到后来卖一头猪，到现在他一天要杀两头猪在落山村卖，才能满足大家的需求。

第81章 稔子花开

这么大的销量，以前是想也不敢想。可自从刘振华当了村主任后，改变了落山村贫穷的面貌，大家也有钱多买猪肉了。

特别是刘振华的人格魅力，让牛杀猪更加佩服。

刘振华他们养的生态猪与别人平时养的饲料猪完全不一样，有一些猪肉客给牛杀猪打电话，说想买落山村的生态猪，让他帮忙问一下，价格高一点都没有问题。

刘振华听了牛杀猪这样问，高兴地道："这个可以啊，只要价格合理，我们可以卖的。不过牛叔啊，你也知道，我们的猪起码要养六个月才能出栏，与其他四个月出栏的饲料猪不一样，价格嘛，可能一斤要贵一两块吧。"

"这个没有问题，到时你们的猪要卖的时候，跟我说一声，我和我的朋友都想要呢。"牛杀猪高兴地叫着。

现在城市人就喜欢吃绿色天然的东西，那些猪肉客一早就打听到刘振华他们这里有生态猪，当然是想要买到手。

不过听说刘振华要把这些生态猪送到省城，而且现在刘振华不比以前了。

人家一下子就能赚到两百万元，一年控制的钱估计有几千万元呢。

像这样的大人物，哪是他们这些小猪肉客可以接触得了的？

自从希望合作社崛起后，又从村里选了一些人当村干部了。

现在宋丽芳去了省城，听说是配合红星集团推广宣传。

稔子酒非常好卖，上次的十五万瓶稔子酒已经差不多卖完，周红星让刘振华再运十五万瓶上去。

这次，大家分到了不少钱，家里仓库中的稔子酒也没有多少了。

希望合作社的保鲜库也在建了，稔子果快要过季了，刘振华准备把那些剩下的稔子果送到保鲜库里。

现在白洋镇快要变成稔子镇了，每条村都按照刘振华的设想种植稔子果。

也有一些其他村的人想自己酿造稔子酒，可不知道为什么，他们酿制出来的稔子酒，根本没有希望牌稔子酒那么好。

据说有一些经销商尝过那些稔子酒后，没有再过来询问了。所以，稔子酒，还是希望牌的好。

这时，陈学才刚好走过来买猪肉："牛叔，给我一斤瘦肉，一斤排骨。"

"好咧，学才，我给你优惠啊。"牛杀猪一边说着，一边给陈学才各称了一斤一两，不过只收一斤的钱。

刘振华把牛杀猪所说的事情跟陈学才说了，陈学才高兴地道："这个可以。虽然说制药厂那边要猪肉，但肯定消化不了那么多。我们卖一些给猪肉客，也是有好处的。对了，村主任，上次红星集团的人说，也想要我们的绿色食品，让我们下次运稔子酒上去的时候，也卖给他们一些呢。"

刘振华苦着脸道："现在省城那边到处都要，我们也没有那么多绿色食品啊。不过生态猪还是可以的，到时请牛叔帮我们杀了，再保鲜运上去。"

牛杀猪眼睛一亮，急忙道："村主任，这可是一个好主意，杀好的猪，起码可以多赚不少钱，到时让我加入你们那里？"

刘振华笑着道："这个没有问题，我们的生猪很快就要卖了，到时你过来帮我们的忙。"

因为合作社里一年有着几千头猪出栏，开始刘振华还担心售卖的问题。

自从他打了生态猪的品牌出去，现在不少人都过来找他们要生态猪。

不过村民们是不会答应别人的，一切等着刘振华做主，看怎么卖呢。

现在刘振华定下的生态猪价格，每斤比别人的饲料猪贵一两块，村民们更是高兴。他们觉得跟着刘振华是没有错的，能保证大家赚到钱。

就是他们以前养的鸡鸭，都让他们赚了一些钱，刘振华真是好村主任啊。

突然，陈学才的眼睛睁得老大，吃惊地对着牛杀猪道："牛叔，牛志锋有女朋友了？"

"真的？"牛杀猪高兴地转过头一看，发现牛志锋拉着朱玉秀走过来，气得火冒三丈，"他们怎么会在一起？两个都这么胖，以后生出来的孩子也是胖啊。"

"呵呵呵，牛叔，这就叫有情人终成眷属嘛。"刘振华笑道。

"哈哈哈。"众人捧腹大笑。

下午，刘振华接到宋志峰的电话，说有事情找他，让他过去村办公室一趟。

刘振华到了村办公室，发现宋志峰蹲在门口，抽着烟，神情恼怒。

宋志峰看到刘振华过来，立即把烟头扔掉，往这边扑过来。

"刘振华，你如果敢对不起我妹妹，我一定不会饶了你。"宋志峰扭着刘振华的手臂，脸色变得狰狞。

刘振华本来是非常生气宋志峰动粗，可是听到宋志峰一说起宋丽芳，整个人软了下来。"唉，志峰哥，我没有对不起丽芳啊。"

"没有？可你为什么还没有与我妹妹结婚？你是不是还想着省城那个前女友？"宋志峰听到外面的闲言闲语，担心刘振华会甩了宋丽芳，所以跑过来找刘振华。

因为宋民在合作社那边，宋志峰只得把刘振华叫过来这边询问了。

刘振华没好气地道："志峰哥，你不要听别人胡说，我和丽芳现在还小，不急着结婚。她现在省城宣传推广稔子酒，迟点回来还要读大专，我们约定好了，三年后，大家再考虑这个事情。"

"你真的不会抛弃我妹妹？"宋志峰的表情缓和不少，放开了刘振华。

刘振华打开办公室的门，叫宋志峰进去坐："真的不会，现在我们只想着把希望合作社办起来呢。"

"男人有钱就会变坏，我可是不相信你。这样吧，你把你手中的股权转给我，如果你与我妹妹结婚了，我就把股权还给你，如果你不要我妹妹了，那股权就是我的了。"宋志峰终于说出了自己最终的目的。

他不管刘振华抛弃不抛弃宋丽芳，只要刘振华把手中的股权转给他就行了。要知道现在希望合作社不能再入股了，据说现在一股起码值一百万元呢。特别是总社的那一股，更是值一千万元。

刘振华犹豫了一下，点着头道："也行，我现在就去写个声明书吧。"

"好啊，你赶快写啊。振华，大家是自己人，我是相信你的。不过现在外面的人传得太厉害了，我这不是担心丽芳被别人欺负嘛。"宋志峰马上虚情假意地对刘振华笑道。

刘振华去到前面的办公桌前，拿出纸笔写着声明。

没有过多久，刘振华拿出一张写好的声明书给了宋志峰。

宋志峰急忙拿了过去，打开一看，看到前面的内容，不由心花怒放。

可是当他看到后面的内容时，不由跳了起来："振华，如果你背叛了丽芳，不是把股份给我吗？怎么写着给丽芳了？"

刘振华瞥了宋志峰一眼："如果我对不起丽芳，不是把钱给丽芳，难道给你？志峰哥，你这话说得好像没有道理啊？难道你过来不是为了丽芳？"

"是，是。"宋志峰无奈地把这个声明书给收了起来。

虽然他得不到好处，但是丽芳能拿到好处，也是不错的。

宋志峰走了，刘振华正想着回合作社那边时，突然胃部一揪，猛地坐在椅子上不敢动弹。

他的胃痛得越来越厉害，有时痛得没有办法工作。

刘振华急忙从口袋里拿出一些药丸吃了下去，在那里坐了好一会儿，才缓缓地站了起来，往外面走去。

希望合作社的第一批生猪出栏了，两百多头猪，其中有二十二头是宋民家的，其他都为合作社总社的财产。

当时宋家拿出自己的家传秘方，刘振华是有言在先的，那两栏从宋家转移过来的猪，合作社免费帮他们饲养，到时出栏了，卖得的钱算是给他们的感谢费。

因此，这二十来头生猪卖了四万多块，让李水莲眉开眼笑。

而另外两百多头生猪，卖了四十多万元。除去一些成本，刘振华他们这五个股东每人分了几万块。

当天晚上，刘振华便还了以前村民们借给他的，又另外给了两成的利息。

本来村民们说不用的，但是刘振华死活不同意，说他们一定要拿着。

他都不知道自己什么时候会死，留太多的钱，也是没有用的。

刘振华知道自己对不起宋丽芳，所以暗中写了遗嘱，如果他死了，一半的财产给宋丽芳，另外一半给村里，当作村的办公经费。

刘振华想着明年有钱了，要把村里的路给修好了，还要装上太阳能路灯，再建文化楼、图书馆，拉上网络光纤，丰富村民们的文化生活。

有钱了，是应该还钱给老枪了。想到这里，刘振华拿出手机给老枪打电话。

“哟，刘老板终于想起我们在省城的穷同学了？”老枪故意装着腔。

“行了，老枪，我才是穷同学啊。”刘振华笑骂着。

“振华，你这话不厚道啊。你们希望牌稔子酒可厉害了，在我们省城里到处都是广告宣传。还有那个桃金娘了，真是漂亮啊。”老枪正色道，“没有想到你们农村的企业，能做得这么大，真是不简单。”

刘振华笑了笑道：“我们也是靠了运气。”这都是周红星他们的功劳，他们的宣传真是厉害，广苏省越来越多的人知道希望牌稔子酒，也越来越多人购买稔子酒。

按照现在周红星的预算，他们一个月可以卖三十万瓶稔子酒。因此，希望合作社没有太大的库存压力了。

明年，在稔子丰收的时候，将是他们再次赚大钱的时候。

现在落山村已经脱贫了，不过按照邱干部的话来说。考评脱贫工作，是一年一度的，所以扶贫的表彰大会，是要到明年才开的。

“反正我们省城的人都知道你们的稔子酒和桃金娘子了。”老枪道。

刘振华感激道：“老枪，当初如果没有你的帮助，我们还不能成功呢。你把你的银行账号给我，我现在还你钱。兄弟，真的非常感谢你，迟点我们的运货车上省城，我给你捎点鸡鸭蔬菜啊。”

“振华……”老枪犹豫了一下，才慢慢说道：“到这个时候了，我也不隐瞒你了。其实那一万块，不是我借给你的。”

“不是你？是谁？”刘振华吃惊地叫了起来。

“是杨思诗。”老枪道。

刘振华更加震惊：“这怎么可能呢？当时她不是说与我分手了吗？还当面跟我

一刀两断的。”

“这个事情，我也听其他同学说过。可后来我接到了杨思诗的电话，她跟我说，你与我的关系非常好，如果你给我打电话，需要帮助的时候，一定要告诉她。”老枪苦笑了一下，“你的运气真好，身边总有好女人，先是杨思诗，后是桃金娘子。杨思诗不但借给你钱，还有你要找的稔子资料，都是杨思诗自己去找的。你当时来省城去见的一些酒店客户，还有药厂的资料，也是杨思诗帮你找的。”

“你可能不知道，我才刚去公司上班，哪里有那么多时间帮你找呢？杨思诗为了你，真的是没有二话啊。本来你去省城时，她想见一见你的。可是在门外，她看到了那个桃金娘子，就没有再进来，也没有再出现过了。唉，兄弟啊，还是你自己把钱还给杨思诗吧，你们之间以后到底怎么样，你自己做主吧。该说的，我都说了。”

刘振华的下巴都快要掉了，没有想到在省城大力帮助自己的并不是老枪，而是杨思诗，他脑海深处，又一下子跃出了杨思诗的倩影。在大学时的记忆，又全冒了出来。

“老枪，我……我……”刘振华觉得对不起杨思诗，可事情已经这样，他不知道如何是好。

“振华，你选择好，就大胆去追吧，那个桃金娘子也不错，千万不要浪费自己的时间。”老枪提醒着刘振华。

刘振华心里一振，想起了自己的病情，急忙摇着头道：“老枪，我和杨思诗已经没有什么关系了，你把银行账号给我，我把钱转给你，你到时再还给她吧。另外，你帮我感谢她，就说我来世再报答她的恩情。”

杨思诗对他的好，特别是那种无私的帮助，那种“只要你过得好，爱不爱我无所谓”的态度，让刘振华深深感动。

每个夜晚，在省城的宋丽芳都会给他发一条信息，让他注意身体，注意饮食。

现在他们之间虽然没有说过一句情话，可是宋丽芳对他的情意，他每时每刻都能感觉到。

唉，可能这是最好的结局，不久的将来，他会在天堂看着她们，为她们祈祷，为她们祝福……

第二年的四月六号，落山村里张灯结彩，余溪县扶贫总结大会在落山村的广场召开。

广播里播着《社会主义好》《没有共产党就没有新中国》等歌曲，如果在去年，落山村的村民们会觉得这些歌曲全是吹牛拍马屁，但他们现在打心里的认为，真是这样的。

如果没有邱干部的关心，没有马委员他们的帮助，没有刘振华的回乡，他们现在可能还在为温饱奔波。

但是现在不一样了，宋家的老大老二买了小车，陈学才、田世明、陈志源等人也买了小车，大家的日子过得红红火火。

截止到上周，落山村所有的实际收入和代理商提前下的订单，已经达到了一亿元。

这是振奋人心的好消息，现在落山村每一户的年收入，都已经到了二十万元以上。

像陈学才这种总社的，酿酒和养猪比较多，年收入达到了五十万元。

像陈志源那些村民为了多赚钱，在养了一栏猪，掌握了技术之后，下半年再建一个猪栏，两栏同时养，一年单是养猪就差不多有二十万元的收入。

再加上稔子酒等的收入，已经让他们奔小康了。

不过喝水不忘挖井人，落山村的村民们都知道如果不是有刘振华这个村主任，他们根本不能发家致富。

而且以后他们要继续赚钱的话，还是要紧跟着刘振华。只要继续与红星集团和白云峰制药厂合作，他们落山村的希望合作社就会赚更多的钱。

刘振华已经为他们设计好下一步的思路，除了稔子果汁外，还要继续保持稔子酒的质量。

生态天然绿色食品，一样是他们落山村的拳头产品，一样可以让他们赚上不少钱。

三叔家新建的三层半高的楼房在上个月已经入伙了，听说三叔的大儿子，下个月也要结婚。

以前其他村的姑娘不敢嫁落山村的汉子，现在可不一样了，一听到是落山村的男人，纷纷吵着要嫁过去。

这话传到牛志锋的耳朵里，把他给气得半死。

刘振华也成了海江市的明星村主任，市里把他当成模范标兵，听说迟点还会给他颁发“五一劳动奖章”。

去年落山村的脱贫工作非常突出，所以县里决定在落山村召开扶贫总结大会。

各个乡镇的书记镇长一早就过来了，他们参观了落山村的合作社，个个赞叹不已。

龙县长也过来了，在邱干部等人的陪同下，在办公室里坐着。

马委员见快到十点钟了，便把宋民叫了进来：“老宋，你跟振华说，我们就要开始了。他这个功臣，一会儿要好好发言介绍经验。”

“马委员，我昨天就跟振华说了，肯定不会有问题的。”宋民笑着走了出去。

龙县长表扬马委员和邱干部：“落山村真是不错，去年的贫困村，今年就成了社会主义的新农村。村里道路已经硬底化，还有太阳能路灯和篮球场。”

“呵呵，都是领导给我们指出正确的路子啊。”邱干部的老脸笑得皱纹都数不清了。

下个月，他就要正式退休了。去年的扶贫工作，是他这辈子最辉煌的一笔。

马委员也是笑道:“龙县长，现在我们白洋镇的一些村庄，都与落山村签了协议，成了合作伙伴。以前落山村是贫困村，现在成了带动其他村致富的村庄了。”

“是啊，只要我们肯努力，没有什么事情是做不成的。你们要好好总结，让其他兄弟乡镇学学经验。如果其他村都像落山村这样，我们全县脱贫有望，一定可以消灭贫困。”龙县长点头道。

马委员对龙县长道：“时间差不多了，我们出去吧？”

“好，我们出去。”龙县长道。

就在众人站起来要出去时，宋民气急败坏地跑进来：“不好了，振华不见了。刚才他把发言稿让人交给了丽芳，说她现在是村支书，让她发言就行。”

邱干部拿出手机道：“我给他打电话。”

“没用的。刚才陈学才他们就发现振华不见了，一直打他的手机，可一直没有人接听。”因为宋民跑得快，脸上冒出不少汗水。

陈学才他们也走了进来，十分慌张：“是啊，今天早上村主任的神情有点不对，我们问他怎么回事，他说昨天晚上没有睡好，所以才是这样。我们也没有多问了，可没有想到现在出现这样的情况。”

马委员慌了：“你们赶快派人去找振华，看看是不是出了什么事情，一会儿就要开会了，他怎么不在了呢？”

在办公室里面的人都走了出去，他们看着外面黑压压的人群。

今天来的人不少，不但各个镇的领导和代表都过来了，连县市电视台、报社等的记者也都过来了。

大家看到领导们都出来了，纷纷鼓掌表示欢迎。

广播里的音乐也一下子静了下来，负责放音乐的广播员以为领导要上主席台就座了。

突然，宋丽芳惊慌地拿着一张检查单向宋民跑了过来：“爸，这是我在振华哥房间里找到的胃镜检查单，他得了胃癌。”她的脸上带着青肿，也不知道刚才在路上摔了多少跤。

“什么？”宋民惊得身体一颤，手里的水烟筒掉在地上却浑然不知。

“什么？村主任得了胃癌？”在村广场里坐着的村民一下子跳了起来。

“这不可能。”

“他是好村主任啊。”

场面一下子混乱了，大家纷纷冲过来看宋丽芳手中的检查单。

在后面的宋志峰浑身发抖，随即从口袋里拿出一张纸，脸上全是愧疚之色。

“不会的，肯定不会的。”陈志源生气地对着天空狂叫，“老天啊，为什么会这样呢……呜呜呜……难怪他越来越瘦，难怪他要拼命地工作，难怪他……”

慢慢地，陈志源面向着苍天跪了下来:“我求您了，老天，不要让村主任出事啊。”

一时间，广场里哭声一片，村民们纷纷跪下来大哭。

大家想起了去年的六月，刘振华从省城回来，想带大家一起脱贫致富。他们其中有一些人怀疑刘振华的动机，还要逼他还钱。

当时，刘振华为了能让希望合作社继续办下去，当着大家的面，给大家跪了下来，那一幕，让他们心存内疚。

他们看了检查单，村主任一早就得了病，可他隐瞒真相，不去治疗，带病与大家为落山村的脱贫努力。

现在落山村脱贫了，可是村主任他却……

“村主任，是我们对不起你，是我们害了你啊。”村民们越想越感觉心里难受，伸开双手抱着脑袋大哭，哭声惊天动地。

突然，有人大叫了一声，接着村民们不约而同地面向着苍天磕头，一下，两下，三下……

在落山村的后山上，刘振华一边蹒跚地走着，一边看着漫山遍野的稔子花。微风一吹，稔子花似乎在向他招手，向他微笑，向他……

去年他就让村民们大力种植稔子树，现在落山村一眼望去，全是稔子树。

四月是稔子开花的季节，有花就有果，只要看到稔子树开花，那再过两个月，就有稔子果成熟，他们又可以酿造稔子酒了，大批的订单等着他们。

他看到这些稔子花，心里就踏实了。这一年，落山村的乡亲们肯定又会大丰收，肯定会大赚钱。

这段时间，刘振华感觉自己的身体越来越不行了。

去医院拿药时，医生劝他赶快去大医院化疗，看有没有希望能再多活几年。

可他脱不开身啊，一直到昨天，他已经把所有的事情都交代下来了。

在村办公室的抽屉里，有一份详尽的方案书，只要走完这三年，希望牌稔子酒的名气肯定非常响了。

不过刘振华还是希望落山村继续与周红星一起合作，他们不是销售的能手，只有依托红星集团，才可以走得更远，或者是能让合作社不衰落。

宋丽芳学了差不多一年的工商管理，在处理事情上已经有了很大的进步。陈学才他们在大局观上也有了提高，只要他们能按照自己所写的那份计划做下去，应该不成问题。

落山村终于脱贫了，村民们过上了红红火火的日子，他也松了一口气，就算是现在死，他也能闭上眼睛了。

就在刚才，他分别给宋丽芳和杨思诗的银行账号上转了 52013.14 元，表达他对她们的感谢。

刚才刘振华的手机一直响个不行，有陌生的电话，也有熟悉的电话，还有包括杨思诗的。

不过他不会接了，医生说过，如果他再不去省城接受化疗，可能他都熬不过这几天了。

突然，刘振华脚下踩滑，直接摔在地上。

仰面看去，天空还是那么蓝，四周的稔子花散发着迷人的香味，让他迷恋。

他迷恋落山村的一切，可是没有办法，如果有来生的话，他宁愿再到落山村当村主任。

远处传来呼唤刘振华的声音，可他没有回答，也没有力气回答。

他只是想着好好地再多看一眼那迷人的稔子花，让它一直留在自己的脑海里，直到永远……

尾声

刘振华微微睁开眼睛，眼里全是迷茫。“我死了吗？这是在哪里？”

“你现在在省城人民医院。”旁边传来一道洪亮的声音。

刘振华轻转脑袋，看到一脸气愤的周红星站在面前。“周董，这是怎么回事？”刘振华一脸的茫然。

“你还好意思说？知道自己身体有事，怎么不赶快来省城大医院化疗？难道你真的想死吗？”周红星生气地瞪着刘振华，如果不是因为刘振华现在是一个病人，他真想好好教训对方。

这个让他既气愤又喜欢的年轻人，他真的拿对方没有办法。

“唉，我既然得了癌症，是没有办法治好的，就没有必要浪费那个钱。再说，以前我哪有钱和时间啊。”刘振华无奈地说道。

他们要与时间赛跑，要把合作社搞起来，争分夺秒。如果不抓紧时间，社员们就会气馁，后面的养猪场和稔子酒厂都没有办法支撑得起来。

“好了，外面有不少要见你的人，你都见一见吧，接着，你就要进行化疗了。”周红星板着脸。

“周董，我这个病，还能治吗？”刘振华问道。

周红星的脸色一下子暗了下来，他刚才也问过主治医生，得知刘振华现在的情况非常不妙，要立即进行化疗。

至于化疗成不成功，还是未知数。而且医生还说，就算成功，刘振华最多也只能再活一年。

周红星听到这个消息，犹如被万斤重锤击在心头。可容不得他犹豫，急忙把消息跟宋民等人说了。

宋民他们纷纷表态，刘振华是孤儿，就让村民们帮他作主，让他一定要做化疗。就算能多活一天，也要做，不管花多少钱都行。

如果不是刘振华创办了希望合作社，落山村的村民们也不会过上好日子。

就在昨天晚上，落山村召开了全体村民大会，大家一致举手赞成，就算把希望合作社所有的钱花光，就算他们倾家荡产，也要救刘振华，就算让他多活一天也好。

不过也幸亏当时刘振华为了帮助村民们，让希望合作社出钱为全村所有的人买了城乡医疗保险。现在刘振华出事住院，至少可以报销五成以上的治疗医药费。

“还是有机会的。”到这个时候了，周红星也没有隐瞒，把医生所说的全告诉了刘振华。

周红星出去后，宋民他们进来了。

本来非常生气的宋民想要好好骂刘振华一场，责怪他不爱惜自己的性命。可当宋民看到刘振华憔悴的脸色，就骂不出口了。

“好了，你们有什么话要跟振华说的，赶快吧，他下午就要开始化疗了。另外，你们谁也不能哭。”宋民说着说着，声音变得哽咽了。

邱干部、陈学才他们依依不舍地与刘振华说了几句话后，都抹着眼睛走了出去。

现在刘振华的病情非常重，越早化疗，对他越好。当然，如果手术失败的话，他们可能就再也见不到刘振华了。

最后，众人离开了，只剩下宋丽芳。

“振华哥，你为什么这样对我？”宋丽芳咬着嘴唇，眼泪如珠子般掉下来。

“唉，丽芳，可能这次是我最后一次跟你说话了。不管怎么样，你还是要好好生活下去。就算我手术能成功，我们也只是朋友。”刘振华决绝地说着，他不会连累宋丽芳她们。

刚才杨思诗给刘振华发信息，说要过来探望他，可他拒绝了，并请她以后不要再来打扰他。

下午，刘振华做完手术，医生们从手术室里出来，周红星等人迎了上去：“医生，手术怎么样？”

“手术还可以，但因为病人拖的时间太久了，还是没有办法治好。只有一年时间，你们要有一个心理准备。”医生摇着头离开了。

化疗之后，刘振华要求回到落山村调养。

宋民他们听医生说，如果调养的环境好，病人心态乐观，对病情还是有一定的帮助的。

刘振华想住在村外的稔子树园里，那里的空气好，又在村口边上，可以有空去看看希望合作社，给点个人建议什么的。

于是，村里就为刘振华在稔子树园旁边建了一座房子，还根据他现在的病情，轮流为他做既可口又有营养的饭菜。

希望合作社有刘振华在旁边指点，发展的势头更加好，成为余溪县经济的一道靓丽风景。

一年后，刘振华去省城人民医院检查身体，那位主治医生惊呆了：“刘先生，我看你现在的身体比以前好了一些。这样吧，我再给你开一些药，半年后，你再过来检查一下。”

“好的，谢谢医生。”刘振华笑了。